MARTINA SAHLER UND HEIKO WOLZ
Die Zuckerbaronin

AF197367

Martina Sahler
Heiko Wolz

DIE ZUCKER BARONIN

Marthas Geheimnis

Historischer Roman

LÜBBE

Originalausgabe

Copyright © 2023 by Martina Sahler und Heiko Wolz

Copyright deutsche Originalausgabe © 2023 by Bastei Lübbe AG, Köln
Dieses Werk wurde vermittelt durch die
Michael Meller Literary Agency GmbH, München.

Textredaktion: Anna Hahn, Trier
Umschlaggestaltung: Johannes Wiebel | punchdesign, München
Einband-/Umschlagmotive: © stock.adobe.com: Kathy | LiliGraphie | SusaZoom | bietau | cduschinger
Satz: hanseatenSatz-bremen, Bremen
Gesetzt aus der Adobe Garamond Pro
Druck und Einband: GGP Media GmbH, Pößneck

Printed in Germany
ISBN 978-3-404-18963-2

5   4   3   2   1

Sie finden uns im Internet unter luebbe.de
Bitte beachten Sie auch: lesejury.de

Figurenverzeichnis

(Hauptfiguren sind fett gesetzt,
reale Figuren und Orte mit * gekennzeichnet)

Um 1906/1908
In Polderfeld

Korbinian Schinder, geb. 1856, Fuhrunternehmer und Schmugglerkönig vom Bayerischen Wald
Barbara Schinder, geborene Heusing, geb. 1862, seine Frau
Martha, geb. 1888, die älteste Tochter, dem Vater ähnlich
Gwendolyn, geb. 1891, die mittlere Tochter, gilt mit ihren Begabungen als Wunderkind
Helena, geb. 1894, die jüngste Tochter, verrückt nach Tieren
Max Arenburg, geb. 1850, Korbinians bester Freund, der für die Sozialdemokraten in den Deutschen Reichstag gewählt wird
Benno Meininger, geb. 1884, Korbinians bester Mitarbeiter
Cilly, geb. 1894, Bennos Schwester, besucht die Schule in Deggendorf und ist mit Helena befreundet

In Ornbach

Leopold Wallendorf, geb. 1850, Direktor der *Donau Zucker AG*
Annegret Wallendorf, geb. 1853, seine Frau
Alexander Wallendorf, geb. 1887, Erbe von Gut Theresienberg und der *Donau Zucker AG*

Vinzenz Winkler, geb. 1887, verheiratet mit Kathi, Bauer, Alexanders bester Freund

Florian Köhler, geb. 1886, Schreinersohn, macht das Freundestrio mit Alexander und Vinzenz komplett

In Deggendorf*

Walter, geb. 1851, und Edith Lanz, geb. 1852, Textilfabrikanten und mit den Eheleuten Wallendorf befreundet

Veronika Lanz, geb. 1886, ihre einzige Tochter

In Waidreut und Kahlmühlen (nahe der böhmischen Grenze)

Gustav Böch, geb. 1860, Mesner in der Waidreuter Pfarrkirche und Mittelsmann für Korbinians Schmuggelhandel

Pfarrer Wildner, der die Osterprozession nach Böhmen anführt

Alfons Hartler, geb. 1859, neuer Gendarm in Kahlmühlen, in zweiter Ehe verheiratet mit der zwanzig Jahre jüngeren Anna, die er beeindrucken will

In Englingen (auf deutschem Gebiet nahe der schweizerischen Grenze)

Rupert Vogel, geb. 1849, Zöllner mit dem Lebenssinn, den Saccharin-Schmuggel zu unterbinden

Agathe Vogel, seine altersschwache Tante, die ihn nach Strich und Faden gängelt

6

In Buchel (auf schweizerischem Gebiet nahe der deutschen Grenze)

Andrin Brunner, geb. 1889, und **Loris Brunner**, geb. 1888, schweizerische Brüder, die das Gemischtwarengeschäft ihres Onkels Beat für den Schmuggel von Saccharin nach Deutschland nutzen

Weitere Figuren in den Jahren 1878 bis 1898

In Baltimore*, USA

Constantin Fahlberg*, geb. 1850, entdeckt 1878 das Saccharin; Max Arenburgs Cousin
Eleonore Lewis, geb. 1847, seine Haushälterin
Ira Remsen*, geb. 1846, Begründer der chemischen Fakultät der Johns-Hopkins-Universität und eine Zeit lang Fahlbergs Vorgesetzter

In Polderfeld

Kuno Heusinger, geb. 1830, und Mechthild Heusinger, geb. 1831, Eltern von Barbara Heusinger, betreiben eine Schneiderwerkstatt
Adele Schinder, geb. 1826, Korbinians Mutter

In Ornbach

Ignatz Wallendorf, geb. 1815, Vater von Leopold Wallendorf,
dem Wahnsinn verfallen
Friedl Wagner, geb. 1818, und Hannelore Wagner, geb. 1819, Eltern von Annegret Wallendorf mit einem Stellmacherbetrieb

In Deggendorf*

Georg von Basnitz, geb. 1834, Direktor der Kreditabteilung der
Deggendorfer Bank

In Leipzig*

Adolph List*, geb. 1823, Techniker und Fabrikant; Constantin
Fahlbergs Onkel
Adolph Moritz List*, geb. 1861, Chemiker und Adolphs Sohn

Prolog

Die Schneeschmelze hatte erst Ende März eingesetzt. Drei Wochen später lagen noch immer grauweiße Überreste auf den Feldern. Die Sonne trocknete die Wege, aber im Schatten der Wälder zogen sie sich nass und voller Schlamm durch die Landschaft. Birken, Weiden und Haselnuss streckten ihr Grün vor den dunkleren Tannen dem Himmelsblau entgegen, auf den Wiesen blühte der Löwenzahn, gelbe Inseln zwischen den Waldstücken. Zartes Summen, Brummen und Flattern schienen den Duft von etwas Neuem aufzuwirbeln.

Korbinian Schinders Kutschwagen fuhr auf breiten Rädern, die sich gut auf dem weichen Boden lenken ließen. Auf der Anhöhe, die sie nun erreichten, brachte er die Pferde zum Stehen. Das Fell der Kaltblüter dampfte, das Geschirr klirrte, als sie ihre Köpfe schüttelten. Unten im Tal kringelte sich der Rauch aus den Schornsteinen, die Menschen dort saßen beim Frühstück.

Auch sie wollten Rast machen. Korbinian sprang vom Bock und hielt seiner Frau Barbara die Hand hin, um ihr den Abstieg zu erleichtern. Ihre Kleidung war wie die der drei Töchter an diesem Tag ungewöhnlich schwer, sie mussten noch einige Stunden aushalten, dann würden sie von der in den Säumen, Falten und Taschen eingenähten Last befreit sein. Und ein Stück wohlhabender, wenn alles klappte. Aber was sollte schon passieren?

Der Rastplatz auf dem Hügel war mit seinen beiden grob gehauenen Holzbänken und dem Tisch dazwischen gut gewählt. Einkerbungen übersäten die Platte, manche von Zeit und Witterung geschaffen, andere mit der Klinge als Liebesbeweis eingeritzt. Barbara breitete ein kariertes Tuch aus, nahm Brett und Messer aus dem Korb und schnitt Scheiben von Brot und Käse ab. Korbinian strich versonnen die Narbe entlang, die sich seitlich seiner rechten Braue bis zum Kinn zog, während er seine Frau betrachtete. In der Vormittagssonne brannte die alte Verletzung, aber es war ein vertrauter Schmerz. Er hatte gelernt, damit zu leben. Über den Tisch hinweg streichelte er Barbaras Hand.

»Nimmst du dir auch genug, meine Donaunixe, ja?«

»Ja, Lieber, keine Sorge. Aber sag nicht Donaunixe. Das bin ich nicht, und überhaupt ist das heidnischer Unsinn.« Sie hatte ebenso leise gesprochen wie er, doch die anderen am Tisch spitzten die Ohren.

»Aber du bist schön wie die Isa, das weißt du.«

Die älteren Töchter und Korbinians Mitarbeiter Benno Meininger unterdrückten ein Lachen. Aber sollten sie sich ruhig darüber amüsieren, dass man nach zwanzig Jahren Ehe noch so verliebt sein konnte. Was Barbara und ihn miteinander verband, war das Glück seines Lebens. Nur Helena, die Jüngste, machte große Augen. Sie rutschte näher, angelockt von den geflüsterten Worten. »Wer ist die Isa?«, wollte die Zwölfjährige wissen und griff nach einer Scheibe Brot. Martha, die Älteste, klopfte ihr auf die Finger.

»Warte, bis die Mutter allen gegeben hat!«

»Jetzt lass sie halt, Martha, du bist zu streng.« Korbinian legte den Arm um Helena und küsste ihr den Scheitel.

Martha warf ihren zimtbraunen Zopf über die Schulter, ihre Miene verriet, was sie von der Sache hielt, aber sie schwieg. Korbinian wusste es ja selbst: Von den Töchtern kam Helena am meisten nach der Mutter und machte ihm damit das Herz weich. Das Gesicht, die schmale Statur, der blonde Haarkranz.

Während Barbara Brot und Käse austeilte, eilte Benno zum Fuhrwagen, kramte in seinem Rucksack und kehrte mit einem emaillierten Napf mit Schnallenverschluss zurück. Er öffnete ihn und stellte ihn in die Mitte des Tisches. »Wurstsalat, greift zu!« Alle aßen ihre Käsebrote, stocherten mit ihren Gabeln im Salat herum, Helena ließ ein lautes *Mmh* vernehmen. Auch die anderen lobten Benno und langten zu. Er hatte früh beide Elternteile verloren und lernen müssen, sich selbst zu versorgen. Das schaffte er meisterlich.

Die Blicke, die Benno Martha zuwarf, während sie genüsslich kaute, entgingen Korbinian nicht. Es war ihm recht. Auf den Jungen war Verlass. Dass sich etwas zwischen ihm und seiner Ältesten entwickeln könnte, war nicht geplant gewesen, passte aber in den Traum von einer starken unabhängigen Sippschaft.

Helenas Frage nach der Isa hing in der Luft. Gwendolyn, die Mittlere, nahm sich der Jüngsten an. »Die Nixe Isa ist eine Schwester der Loreley und herrscht über das Schloss am Fuße des Jochensteins«, sagte sie. »Zwischen Passau und Untergrießbach. Es heißt, sie tauche in flimmernden Kleidern und mit einem Blumenkranz geschmückt in hellen Mondnächten auf und zeige sich den Fischern.«

Korbinian nickte ihr lächelnd zu, bevor er sich an Helena wandte: »Die Isa hat Haare wie Mutter und du, und sie ist genauso wunderschön wie ihr.«

Aber die Jüngste war mit ihren Gedanken schon woanders.

»Was tust du da?« Martha sprang auf, als Helena von der Bank rutschte, ihre Brotreste zerbröselte und die Krumen einer Handvoll Spatzen zuwarf, die voller Freude auf diese unverhoffte Mahlzeit heranflatterten. Schnell vergrößerte sich die Zahl, die Vögel pickten die Bröckchen auf.

11

»Ich bin satt«, rief Helena. »Ich will mir einen Blumenkranz wie die Isa winden, bevor wir weiterfahren.«

»Beim nächsten Mal frag zuerst, ob ein anderer dein Brot noch will. Nichts an Wildvögel, Helena«, bat Barbara, wie immer im genau richtigen Ton. Bestimmt, aber nicht zu streng. Korbinian stand oft hilflos daneben, wenn die Schwestern sich stritten oder eine von ihnen getadelt werden musste.

Eine Viertelstunde später traten sie den letzten Rest des Weges an. Bald lag Waidreut vor ihnen. Korbinian saß auf dem Kutschbock, seine Frau neben ihm, die drei Töchter und Benno machten es sich auf dem Lastkarren bequem. So gut das eben ging. Man holte sich ohnehin blaue Flecken bei der wackeligen Fahrt. Die in ihren Kleidern verborgenen Päckchen mussten zusätzlich drücken. Außer den im Stoff eingenähten Tüten befanden sich zwischen ihren Füßen vier Säcke mit zwei weiteren Zentnern.

Saccharin.

Vor einer Woche hatte Korbinian mit Benno die gelben Pakete mit den weißen Kristallen an der deutsch-schweizerischen Grenze in Empfang genommen. Auf jeder einzelnen Tüte stand die Anleitung: »Man löse den Inhalt in einem halben Liter warmen Wasser auf. Ein Teelöffel dieser Lösung entspricht der Süßkraft von drei Stück Würfelzucker.« Als wüssten die Leute nicht selbst, wie es verwendet wurde! Seit sich die Mehrheit der Menschen Rübenzucker nicht mehr leisten konnte oder wollte, war dieser von Gott gegebene Ersatz heiß begehrt. Kein Wunder, dass die Mächtigen der Zuckerindustrie den Politikern das Messer an den Hals gedrückt und diese den Süßstoff daraufhin verboten hatten – nicht nur in Deutschland, auch in Frankreich, Belgien und Spanien. Nur die Schweiz sah keinen Grund, Produktion und Vertrieb einzuschränken. Das Land hatte sich regelrecht zur Saccharin-Oase entwickelt. Alle Schleichhändler hielten enge Verbindungen zur Alpenrepublik.

12

Korbinian versorgte den gesamten Bayerischen Wald mit dem Süßstoff. Was übrig blieb, verscheuerte er mit seinem Fuhrunternehmen an die Österreicher. Die Pakete ließen sich wunderbar in Umzugsgut verstauen. Aber heute reisten sie nach Böhmen. Dort konnte der *Arme-Leute-Zucker* für fünfundzwanzig Reichsmark pro Kilo verkauft werden! Ein unfassbarer Gewinn stand ins Haus, wenn man bedachte, dass sie selbst nur sechs Mark pro Kilo an die Schweizer bezahlten. Korbinian pflegte ein Netz von Mittelsmännern weit über den Bayerischen Wald hinaus, aber in diesem Fall hatte ihm sein bester Freund Max, der für die Sozialdemokraten als Vertreter von Niederbayern im Deutschen Reichstag saß, den entscheidenden Tipp gegeben: In Waidreut hatten die Menschen eine spezielle Art der Schmuggelei entwickelt, bei der große Mengen an Saccharin über die Grenze geschleust werden konnten. Korbinian hatte sofort den Kontakt herstellen lassen. Eine solche Gelegenheit musste man beim Schopf packen.

»Wie sehe ich aus?«, hörte er Helena von hinten. Wahrscheinlich hatte sie sich aus den gepflückten Gänseblümchen einen Kranz geflochten und auf ihren Kopf gesetzt.

»Bildschön bist du«, antwortete Benno. Korbinian grinste in sich hinein. Seine Jüngste hatte ein untrügliches Gespür dafür, wer ihr die richtige Antwort geben würde. »Wie deine Schwestern«, fügte sein Mitarbeiter hinzu. Martha pustete die Luft aus, Gwendolyn reagierte nicht. Vermutlich war sie in den Gedichtband vertieft, den sie sich als Reiselektüre mitgenommen hatte.

»Anstatt Vögel zu füttern und Kränze zu winden, solltest du dich lieber auf die Aufgabe konzentrieren, die vor dir liegt«, drang Marthas Stimme über das Rattern der Räder nach vorn. »Weißt du noch, was Vater dir eingeschärft hat?«

»Ja doch! Ich soll fromm gucken und zügig gehen.«

»Halte dich daran, sonst ruinierst du alles.«

Neben Korbinian wandte Barbara sich lächelnd um. »Du brauchst nicht frömmlerisch zu tun, Helena. Es ist Ostern, wir feiern die Auferstehung des Herrn, da kann man wohl ein wenig Gottesfurcht voraussetzen.«

Korbinian unterdrückte ein Glucksen. »Du meinst, wie dieser Pfarrer Wildner?«

Barbara sah ihn erschrocken an. »Du hast mir erzählt, dass der Geistliche den Schmuggel bei seiner Prozession für gutheißt, weil er davon überzeugt ist zu helfen. Niemand wird betrogen, die armen Familien aus dem Böhmerwald kommen mithilfe der zusätzlichen Einnahmen durch die bittersten Zeiten. Nur deswegen habe ich zugestimmt, dabei zu sein.«

»Du hast recht, Nixe, da hatte ein treuer Kirchendiener mal einen wahrhaft gesegneten Einfall.«

Barbara musterte ihn skeptisch von der Seite. »Verspottest du mich?«

Korbinian lächelte, streichelte ihr Bein, fühlte den kratzigen Filz ihres Rockes. Ihre Schmugglergarderobe war praktisch, aber dennoch sah er sie lieber in ihren leichten Leinenkleidern. »Mach dir keine Sorgen, Barbara, der Herrgott schaut mit Wohlwollen auf uns herab, da bin ich mir sicher.«

Damit gab sich seine im christlichen Glauben erzogene Frau zufrieden.

»Wer den geldgierigen Zuckerindustriellen ein Schnippchen schlägt, ist immer auf der richtigen Seite«, fügte Martha hinter ihnen hinzu.

Korbinian brummte bestätigend. Er betrieb seine Schmuggelgeschäfte seit acht Jahren, nie hatte ihn deswegen ein schlechtes Gewissen gequält. Was taten sie Schlimmes, abgesehen davon, dass es vom Gesetz her verboten war? Der rechte Weg, von dem die Pfaffen von ihren Kanzeln predigten, war es dennoch. Menschen wie die Schinders sorgten dafür, dass die Leute ihren

Brei und Tee, den Kuchen und die Milch für die Kinder süßen konnten. Daran war nichts Verwerfliches. Dass sie dabei selbst Geschäfte machten … Wer ging schon einem Erwerb nach, ohne seinen eigenen Lebensunterhalt damit zu bestreiten?

Der heutige Tag stand unter einem guten Stern. Zum ersten Mal schlossen sie sich der Osterprozession aus dem bayerischen Waidreut über die Grenze nach Böhmen an. Korbinians Fingerspitzen kribbelten bei der Vorstellung, wie sie singend und lachend mit dem Geld in den Taschen heimfahren würden. Danach hätten sie sich eine Pause verdient. Benno würde seinen Anteil bekommen, und vermutlich würde er das meiste davon zurücklegen, um die Ausbildung seiner Schwester zu finanzieren. Ein verlässlicher Junge, ging es Korbinian durch den Kopf. Einer, der auch gut für die Frau sorgen wird, die er sich nimmt.

Sein Blick wanderte über die Schulter. Martha kam in ihren Ansichten über soziale Gerechtigkeit und mit ihrem Schaffensdrang am ehesten auf ihn. Schade, dass sie eine Frau war, aber mit Benno an ihrer Seite hätte er den Sohn, den er sich als ältestes Kind gewünscht hatte. Ob sie in diesem Jahr Hochzeit feiern würden? Wenn es nach Benno ging vermutlich schon. Seiner Miene nach zu urteilen wäre ihm heute lieber als morgen. Bei Martha war Korbinian sich nicht so sicher. Hatte sie überhaupt bemerkt, dass der Junge ein Auge auf sie geworfen hatte? Und würde sie einsehen, dass sie sich mit ihren achtzehn Jahren allmählich festlegen sollte? Darüber hinaus konnte ein Enkelsohn nicht früh genug kommen. Korbinian wollte nicht bereits am Krückstock laufen, wenn der Junge das Alter erreichte, in dem er ihm beibringen würde, was er über den Schmuggel wissen musste.

Sein Blick streifte Gwendolyn. Sie begleitete die Familie nicht gern bei den Touren, ihre Nase steckte so tief im Buch, dass nur ihr aschblonder Scheitel zu sehen war. Sollte sie sich mit den

Gedichten nur von dem törichten Gedanken ablenken, etwas Unrechtes zu tun. Irgendwann würde sie wie ihre Mutter erkennen, dass Moral allein nicht satt machte oder das Brennholz für den Winter bezahlte. Auch Barbara war keine Verfechterin der Schmuggelei, fügte sich aber. Letzten Endes wusste sie selbst, dass sie das Richtige taten. Für sich und für andere.

Korbinian schnalzte und zog die Zügel der beiden Pferde, als sie den Ortseingang von Waidreut passierten. Auf dem Weg waren ihnen nur wenige Menschen begegnet, auch hier waren die Straßen leer. Die meisten Bewohner besuchten an diesem späten Ostermontagmorgen die Kirche, aber ihr Kontaktmann sollte zu Hause anzutreffen sein. Laut Beschreibung wohnte er mitten im Ort.

Barbara holte einen Spickzettel aus der Rocktasche, ohne dass Korbinian sie nach der Adresse gefragt hätte. Nach so vielen Jahren Ehe verstand man sich ohne Worte.

»Mesner Gustav Böch.« Sie sah sich in der von der Pfarrkirche dominierten Ortschaft um, durch die sie langsam rollten. »Da.« Sie wies auf ein Haus mit einem umlaufenden Balkon, das im Schatten des Gotteshauses stand. Korbinian lenkte den Fuhrwagen an den Straßenrand, hielt unter der Empore, von der aus ihnen eine lebensgroße barocke Holzfigur zuzuwinken schien.

»Na, wer erkennt ihn?«, fragte Korbinian.

Gwendolyn beugte sich vor. »Der heilige Nepomuk. Der Brückenheilige und Patron des Beichtgeheimnisses.«

Martha klatschte spöttisch. »Heute kann er mal beweisen, dass er Brücken schlagen und ein Geheimnis für sich behalten kann.«

Korbinians Lachen rollte in seinem Brustkorb. »Außerdem ist er der Schutzpatron der Böhmen. Sie erwarten ihn bestimmt sehnsuchtsvoll.« Er stieg wieder vom Bock und half seiner Frau herunter. Die Mädchen und Benno kletterten ebenfalls von der

Ladefläche, ächzten leise unter der Last in ihren Kleidern und rieben sich Beine und Rücken. Nach der langen Fahrt genossen sie es, sich zu strecken.

»Ihr wartet hier«, wandte sich Korbinian an seine Töchter und Barbara. Benno bedeutete er mit einem Kopfrucken, ihn zu begleiten. Die Tür des Hauses öffnete sich, und ein kleiner Mann mit Halbglatze und kugelrundem Bauch trat heraus. Korbinian und Benno stellten sich vor.

»Wie viel Kilo habt ihr dabei?« Gustav Böch hielt sich nicht mit Plaudereien auf.

»Du hast geschrieben, dass exakt zwei Zentner in die Figur passen. Die haben wir in Säcken. Den Rest haben sich die Frauen in die Röcke eingenäht.«

Böch stieß einen Pfiff aus. »Das gibt einen schönen Reibach. Kommt, helft mir, den Nepomuk vom Balkon zu holen.«

Kurz darauf stand die Figur in ihrem blau-gelben Gewand, mit dem Wallehaar und dem dunklen Bart auf der Straße und starrte selig Löcher in den Himmel. Helena ging an den Heiligen heran und pochte ihm mit der Faust auf den Kopf. Ein dumpfes, hohles Geräusch erklang. »Willst du wohl aufhören!« Barbara zog Helena zurück und bekreuzigte sich hastig dreimal. Derweil fingerte Böch am Rücken der Statue herum. Ein Riegel klackte, eine Geheimtür öffnete sich, die in den Scharnieren quietschte. Korbinian lugte hinein. Das perfekte Versteck. »Die Figur wird schwer werden. Können wir sie überhaupt tragen?«

»Keine Sorge, mit vier Mann kriegen wir das hin, wie geschrieben.« Böch blickte sich in der Runde um und sah den Fuhrunternehmer dann fragend an.

»Bis auf Benno sind alle meine Leute an den Feiertagen bei ihren Familien«, erklärte Korbinian entschuldigend. »Es muss also zu dritt gehen. Oder wir suchen uns jemanden aus dem Dorf, der …«

Martha trat mit trotzig erhobenem Kinn einen Schritt vor. »Ich bin der vierte Mann.«

Böch runzelte die Stirn. »Die Statur hast du, aber wenn dir unterwegs die Kraft ausgeht …«

»Wird sie nicht«, unterbrach Martha ihn.

Er betrachtete sie und nickte dann zur Kirche. Von dort erklang der Abschlussgesang der Messe. »Meinetwegen. Jetzt lasst uns keine Zeit verlieren. Schafft die Säcke heran.«

Barbara machte große Augen. »Wir füllen ihn hier auf der Straße? Was, wenn uns jemand sieht?«

Böchs Lachen klang wie das Blöken eines Schafs. »Jeder hier weiß von der süßen Füllung, die wir dem Nepomuk alle zwei Wochen verpassen. Hunderte Hungerlöhner und Familien profitieren seit Monaten von dem Erlös, Pfarrer Wildner persönlich führt die Prozession an.«

»Was ist mit der Gendarmerie? Ist die Polizei im Grenzgebiet nicht besonders wachsam?«, setzte Barbara nach.

Böch winkte ab. »Der alte Fallgruber verlangt seinen Anteil. Der wird den Teufel tun und sich ein solches Geschäft entgehen lassen.«

»Und den Zöllnern auf der böhmischen Seite ist es nicht verdächtig, dass ihr alle zwei Wochen nach drüben prozessiert?«

»Verdächtig? Ein vom Pfarrer angeführter Umzug? Glaubt mir, keiner würde es wagen, dem Geistlichen Unrecht zu unterstellen oder gar die Heiligenfigur zu untersuchen. Aber wenn ihr die Hosen voll habt, verkauft mir die Ware, und ich besorge mir selbst drei Leute. Ich kenne genug, die mitmachen würden.«

Korbinian spürte den Blick seiner Frau, doch er schüttelte den Kopf. »Und wir gehen mit schmalerem Gewinn im Geldbeutel heim? Nichts da. Du bekommst deine Provision, wie über Max Arenburg vereinbart. Um den Rest kümmern wir uns.«

»Dann los, her mit dem Zeug!«

Die Glocken der Pfarrkirche erklangen, das Geläut zog übers Land, schreckte einen Schwarm von Saatkrähen auf. Das Portal des Gotteshauses öffnete sich just in dem Moment, als sie die Reste aus dem vierten Sack in den Bauch des Nepomuk stopften. Böch drückte kraftvoll die Tür auf dem Rücken der Statue zu und schob den Riegel vor. Die Kirchgänger traten heraus.

»Schließen sich uns noch andere an?«, fragte Gwendolyn mit gerunzelter Stirn.

Böch nickte. »Wir sind immer mindestens zwanzig Leute. Manche gehen aus purem Vergnügen oder Frömmigkeit mit, andere haben über Schweizer Freunde Material bekommen, das sie drüben versilbern wollen.«

Eine Menschengruppe bildete sich um die Schmugglerfamilie und den Mesner. Alle waren im besten Sonntagsstaat gekleidet, die Frauen in Tracht mit geschmückten Hüten, die Männer in Filzjacken und Lederhosen. Sogar ein Kind war dabei, ein pausbäckiges Mädchen mit grünem Rock, gekreuzten Bändern über der Bluse, einem tellerrunden Hut mit Strohblumen auf dem Kopf und einer Kerze in der Hand, deren Flamme im Wind tänzelte.

Wie eine Krähe flatterte Pfarrer Wildner heran. Der Talar umwehte seine hagere Gestalt. »Alles bereit für unsere Prozession?« Zwei jugendliche Messdiener schleppten das große Holzkreuz, unter dem der Geistliche der Gemeinde sogleich voranschritt. Dazu stimmte er »Der Heiland ist erstanden« an, schwenkte das Weihrauchfass, und schon hallte das Halleluja seiner Schäfchen über die Straßen von Waidreut. Hinter ihm hielten die Jungen das Kruzifix empor, dahinter stöhnten Korbinian, Böch, Benno und Martha unter dem süßen Nepomuk. Sie stemmten ihn halb auf ihren Schultern, für alle gut sichtbar.

Neben ihnen hielt Barbara Helena an ihrer Rechten und Gwendolyn an der Linken. Zwei Dutzend Waidreuter folgten ihnen mit gesenkten Köpfen, die Hände gefaltet, viele beteiligten sich an dem weithin hörbaren Gesang. Der harzig-frische Weihrauch wehte über sie hinweg, mischte sich mit dem Duft der Wiesenblumen und Ackerböden, Birken und Fichten.

Am Ende der Siedlung tauchten vereinzelte Häuser und Höfe auf, die schon zu Kahlmühlen gehörten. Dort lag das Gasthaus »Zum Lochner«, in dem sie nach getaner Arbeit einkehren wollten, dahinter das Gebäude der Gendarmerie, aus der Ferne an dem Emailleschild zu erkennen, das in der Brise hin und her schwang. Barbara sang des Pfarrers »Das neue Morgenrot erglüht« aus voller Kehle mit. Die Sorge in ihren Augen konnte das jedoch nicht verbergen. Vielleicht sollte Korbinian sie beim nächsten Mal zu Hause lassen? Auch Gwendolyn würde vor Freude in die Luft springen, wenn er ihr gestattete daheimzubleiben. Anders Helena. Sie war gern auf diesen *Ausflügen* dabei, entdeckte immer wieder Neues. So auch jetzt: Sie löste sich von der Hand der Mutter und lief zu einer jungen Katze an den Straßenrand. Das dürre Tier richtete den Schwanz auf und strich dem Mädchen um die Beine. Helena streichelte sie hingebungsvoll, während die Prozession weiterzog. Barbara und Gwendolyn hielten Schritt mit den anderen, Helena blieb zurück. »Jetzt komm!«, rief Barbara über die Schulter, doch ihre mahnenden Worte verschmolzen ungehört mit dem Gesang.

Der Weg führte bergan, eine der steileren Anhöhen in diesem Gebiet hinauf. Links und rechts wechselten sich Schluchten, Wälder und Wiesen ab.

Erst auf Höhe der Gendarmerie holte Helena sie wieder ein, ein tanzendes Bündel Lebensfreude in Korbinians äußerstem Sichtfeld. Sie lief auf flinken Füßen, der schwere Saum des Rockes schlenkerte um ihre Waden. In der nächsten Sekunde trat sie darauf und fiel der Länge nach zu Boden. Die Naht riss. Gelbe Päckchen verteilten sich auf dem Weg. Gleich mehrere brachen auf, der kristallene Inhalt rieselte heraus, stob im leichten Wind auf. Der Gesang erstarb abrupt. Einige, die das Unglück nicht mitbekommen hatten, stiegen ihren Vorgängern in die Hacken. Eine helle Kinderstimme erhob sich, und jedes Brummeln, jedes »Pass doch auf!« verstummte, als das Mädchen im grünen Rock und mit der mittlerweile erloschenen Kerze in der Hand rief: »Mama, schau, jetzt schneit's doch noch mal!«

Den Dienst so kurzfristig an einem Ostermontag anzutreten war nicht das, was sich Alfons Hartler vorgestellt hatte, als man ihm vor einem Monat mitgeteilt hatte, dass er auf eigenen Wunsch von Passau nach Waidreut versetzt werden würde. Er hatte dringend um einen neuen Bezirk gebeten, Hauptgrund dafür waren die außerehelichen Affären seiner zwanzig Jahre jüngeren Frau Anna, über die man sich in der ganzen Stadt das Maul zerriss. Vielleicht kam sie in diesem abgelegenen Ort zur Ruhe mit ihren bald dreißig. Vielleicht konnte sie ihm endlich das Zuhause schenken, das er sich seit dem Tod seiner ersten Frau vor vier Jahren und der Auswanderung der Kinder nach Amerika sehnlich wünschte. Hatte er nicht ihr zuliebe auf das Trinken verzichtet, das ihn zuletzt fest im Griff gehalten hatte? Jetzt war es an der Zeit, dass sie ihm dafür etwas zurückgab.

Geplant gewesen war die Einweisung in seinen neuen Dienst für kommende Woche. Aber Werner Fallgruber hatte am gestrigen Ostersonntag in aller Früh auf Alfons' Dienststelle in Passau angerufen und mit derart belegter Stimme sein Leid geklagt, dass Alfons erst einen Defekt in der Leitung vermutet hatte. »Ich weiß, dass Sie es nicht müssten, Hartler, aber bitte kommen Sie früher. Ich liege mit Fieber und komme partout nicht auf die Beine! Gott sei Dank hat meine Schwester mir ein Bett in ihrem Haus bezogen und kann mich pflegen. Doch jemand muss auf dem Posten sein. Und wenn es nur dafür ist, dass sich niemand darüber beschwert, dass keiner da ist. Also, können Sie es einrichten?«

Alfons hatte gegrummelt, Anna würde auf die Schnelle nicht mit umziehen, er würde die Tage allein in der Dienstwohnung über der Wache verbringen müssen. Aber seiner Pflicht würde er nachkommen, da brauchte sich der Kollege Fallgruber keine Sorgen machen.

Es gab einen Assistenten, Bert Borchert, einen Polizeianwärter, der den Schreibkram erledigte und dem diensthabenden Gendarm in allen Belangen zur Seite stand. Aber der war über Ostern bei seiner Familie in Südtirol und wurde erst Mitte der Woche zurückerwartet.

Alfons schaute sich in der karg eingerichteten Wache um: ein verschrammter Holzschreibtisch, auf dem eine Schreibmaschine, ein Stifthalter, ein Stempelrondell, Feder und Tintenfass und hölzerne Ablagekästen standen, zwei Stühle, ein Tresen, ein Regal mit einigen wenigen verloren wirkenden Aktenordnern. Entweder hatten Fallgruber und sein Gehilfe die Bürger gut im Griff – oder sie waren Schlafmützen, denen die Leute auf der Nase herumtanzten. Alfons nahm sich vor, durchzugreifen und sich Respekt zu verschaffen.

Er streckte sich. Die Uniform musste er dringend erneuern, Hemd und Jacke waren ihm deutlich zu kurz an den Armen, die Hose endete eine Handbreit über den Knöcheln. Es war schwer, ein passendes Modell für seine lange Gestalt zu finden. Immer korrekt saß hingegen der breite Ledergürtel mit Knüppel, Taschenlampe, Handschellen und Waffenholster. Den Stock hatte Alfons schon geschwungen, wenn ihm ein Betrunkener auf der Passauer Maidult blöd gekommen war. Die Schusswaffe hatte er noch nie abfeuern müssen, aber sie verlieh ihm das beruhigende Gefühl, in jeder Situation die Kontrolle behalten zu können. Er setzte sich an den Schreibtisch und begann sich durch die Ablage der Vorkommnisse zu arbeiten, die Fallgruber zuletzt beschäftigt hatten. Ein gewisser Bauer Leidinger hatte Anzeige erstattet, weil der Nachbar die Kühe heimlich auf seiner Wiese weiden ließ. Kaufmann Grimmer hatte einen jungen Ladendieb auf die Wache gezerrt, der Apotheker beschwerte sich über … Hartler sah auf, als von draußen Gesang ertönte. Eine religiöse Prozession? Sie schien direkt zur Grenze zu wandern. Wie schön, ein kirchlicher Festumzug zwischen den Ländern! Alfons mochte es, wenn sich die Völker verständigten und gemeinsam feierten, statt gegeneinander in den Krieg zu ziehen. Es gab genug Elend in der Welt.

Im nächsten Augenblick drang eine helle Mädchenstimme herein, und Alfons horchte auf. Schnee? Jetzt noch? Und so plötzlich? Durch die Fenster schien doch die Sonne. Alfons erhob sich und schob die Gardine beiseite. Draußen schwirrte der Pfarrer wie ein Vogel mit seinen Schwingen, ganz außer sich. Dahinter setzten fromme Leute eine Figur des Heiligen Nepomuk mit aller gebotenen Vorsicht ab und eilten zu einem Gewimmel von Gläubigen um ein zweites, am Boden liegendes Mädchen. Es musste ausgerutscht sein. Etwas Weißes wehte um sie herum. Aber wie Schnee sah es nicht aus, eher war es Mehl oder Zucker oder … Der lederne Gürtel knarzte, als Alfons sich vorbeugte und die Augen zusammenkniff. Die gelben Tüten auf dem Weg. Und da fielen der kleinen Kröte weitere aus dem Kleid. Saccharin! Seit die Schweiz sich mit der Süßstoff-Produktion hervortat, florierte der Schleichhandel damit. Hier hatten ein paar schräge Gesellen offenbar eine besonders perfide Art des Schmuggels im Sinn. Sie hatten sich unter die gutgläubigen Katholiken gemischt, um ihre schändliche Ware über die Grenze nach Böhmen zu bringen! Aber diese Tour würde Alfons ihnen vermasseln.

Er eilte um den Tresen und riss die Tür auf. Schnell trat er auf den Weg. »He, ihr da!«, rief er dem Mädchen und dem Mann zu, der ihr soeben auf die Beine half. Der Pfarrer zerrte sich den gestärkten Kragen vom Hals, weil er offenbar unter Luftmangel litt. Kein Wunder, wenn er so gotteslästerlich hintergangen wurde! Die Gläubigen liefen durcheinander wie die Ameisen, plapperten aufgeregt miteinander. Nicht leicht, sich da einen Überblick zu verschaffen. Wer gehörte hier wahrhaft zur Prozession, wer hatte sich dazugeschlichen? Alfons schob sich nach vorn und stand plötzlich dem Nepomuk gegenüber. Lebensgroß schaute der Heilige ihn an, sein Blick durchdringend. Alfons verneigte und bekreuzigte sich schnell, um ihm die Ehre zu erbringen, die ihm gebührte. Als er aufsah, war das Mädchen auf den Beinen und lief, gestützt von dem Mann, davon. Nein, jetzt warf der Kerl sie sich kurzerhand über die Schulter und rannte los. Weitere Menschen verteilten sich in alle Richtungen. Aus dem voluminösen Faltenrock einer Frau löste sich ebenfalls ein gelbes Paket, klatschte auf den Boden und offenbarte seinen Inhalt. Klein und schmächtig, wie sie war, würde Alfons sie am ehesten erwischen, auch wenn sie sich jetzt mit einem anderen Mädchen aus dem Staub zu machen gedachte. Im Vorbeilaufen nickte er dem Pfarrer zu: »Auf mich können Sie sich verlassen, Hochwürden!«

»Wieso?«, krächzte der Geistliche. »Wie … was … wer sind Sie?«

Die Vorstellung musste warten, Alfons setzte zur Verfolgung an. »Bringen Sie Ihre Prozession zu Ende, Hochwürden, ich kümmere mich um das Pack!«

Hatte man sie hereingelegt, um ans Saccharin zu gelangen? Böch hatte doch versichert, dass die Gendarmerie auf ihrer Seite war. Und sah der baumlange Mann, der sich seinen Weg bahnte, nicht aus, wie eigens für ein Schauspiel in die viel zu kleine Uniform gesteckt? Das orangerote Haar brannte wie ein Glorienschein, der entschlossene Blick gab den Ausschlag: Es handelte sich wohl tatsächlich um einen Mann des Gesetzes! Die aufgeregten Stimmen ringsum bestätigten es. Korbinian versuchte, sich zu orientieren. Da lag seine Tochter mit ihrem schwer bepackten Kleid, der Blumenkranz im Straßendreck.

»Steh auf, Helena, schnell!« Sosehr Martha sich immer wieder über die Schwester aufregte, jetzt war die Angst in ihrer Stimme nicht zu überhören. Sie kämpfte sich vor, aber Benno zog sie an der Hand fort. Guter Junge!

»Wir müssen fliehen!«, sagte Barbara. In ihren Augen standen Tränen, ihr Atem ging keuchend. Sie hielt die leichenblasse Gwendolyn an der Hand.

»Lauft!«, ächzte Korbinian, beugte sich zu Helena hinab und half ihr auf. Sie taumelten ein paar Schritte, dann bückte er sich, umfasste ihre Hüften und warf sie sich über die Schulter. Er überzeugte sich, dass alle genau das Richtige taten: Sie flüchteten in verschiedene Richtungen. Auch andere Teilnehmer der Prozession nahmen die Beine in die Hand, vermutlich diejenigen, die selbst ein paar Pfund drüben in Böhmen versilbern wollten. Die übrigen blieben, und in Korbinians Rücken lamentierte der Pfarrer: »Was für ein Unglück, ach, was für ein Unglück! Der heilige Nepomuk stehe uns bei!«

»Lass mich runter, Papa!« Korbinian setzte Helena nach einigen hundert Metern im Schutz der Häuser Waidreuts ab und legte den Zeigefinger an den Mund. Gemeinsam lauschten sie. Kraftvoll hämmerte Korbinians Herz gegen seine Rippen, während er um Luft rang. Die erste Erleichterung darüber, dass der Polizist ihnen nicht auf den Fersen war, wich der Frage, ob er wirklich aufgegeben hatte. Oder verfolgte er jemand anderen aus der Familie? Instinktiv hatte Korbinian den Weg ins Tal gewählt. Aber was war mit Barbara und Gwendolyn? Wohin waren Benno und Martha gelaufen?

Er rang mit sich. Der Gendarm hatte ihn nur von hinten gesehen. Konnte er unverfänglich wieder hinaufgehen, angeblich angelockt vom Tumult? Konnte er …?

Ein ferner Schuss brachte den Gedanken zum Schweigen.

Korbinian zuckte zusammen.

Ein zweiter Schuss.

»Papa?« Helena grub die Finger in seinen Arm. Den Schmerz spürte er nicht. Ein Zittern lief durch seinen Körper, seine Knie drohten nachzugeben. Er musste sich an der Wand des Hauses abstützen, hinter dem sie sich verbargen. Erst dann konnte er um die Ecke zur Anhöhe lugen. Dort setzte sich die Prozession in Gang, als wäre nichts geschehen. Andere Männer hatten sich gefunden, die den Nepomuk hochwuchteten. Die Waidreuter fingen sogar wieder an zu singen, als wollten sie den Tod übertönen, der sie auf einmal fast greifbar umgab.

»Komm, Helena.« Er zog seine Tochter hinter sich her, den Berg hinauf und links in die Wälder, wohin er Barbara zuletzt mit Gwendolyn hatte laufen sehen. Er schrak zusammen, als Benno und Martha aus einem Gebüsch traten, nahm beide wortlos in die Arme.

»Wir müssen Mutter und Gwendolyn finden«, drängte Martha und schloss sich ihm und Helena mit Benno an, als sie nun, sich immer wieder hinter Bäumen versteckend, weiterschlichen. Korbinian hielt die Nase in die Luft, die den Gestank nach Schwarzpulver mit sich trug.

Da war Gwendolyn! Allein. Er ließ jede Vorsicht fahren, stürzte auf sie und den steinigen Abgrund zu, an dem sie hockte, die Arme um die Knie geschlungen. Summend wiegte sie sich hin und her. Sie reagierte nicht, als er ihren Namen rief, schaute starr an ihm vorbei. Jetzt waren Martha und Helena an ihrer Seite. Sie zogen die Schwester in die Höhe, doch sämtliche Kraft schien ihr aus den Beinen zu fließen. Sie sackte in sich zusammen, während sie die Augen nicht von der Schlucht abwandte. Korbinian trat näher. Benno hielt ihn, als er wie ein gefällter Baum in die Tiefe zu stürzen drohte.

Etwa fünf Meter unter ihnen lag Barbara auf den Felsen. Ihr Blick war gebrochen, aus einer Schädelwunde lief das Blut auf den Stein. Auf ihrer Brust funkelte das Medaillon, das Korbinian ihr einst geschenkt hatte.

Schreie dröhnten in seinen Ohren. Martha und Helena. Sie hatten ebenfalls hinabgeschaut, taumelten zurück. Er hingegen konnte nicht wegsehen. Seine Donaunixe, umspült vom kalten Wasser des Bachs.

»Was ist passiert, Gwendolyn?« Seine Stimme klang in seinen Ohren nach einem Fremden. Er wandte sich der Tochter zu, sah ihre leeren Augen, das leichenblasse Gesicht. Vorsichtig umfasste er ihre Schultern, stierte sie an, schüttelte sie leicht, damit sie sich aus ihrer Schockstarre löste.

Endlich bewegte sie die Lippen. »Wir … wir sind gelaufen, immer schneller, und dann war da auf einmal der Abgrund.«

»War der Gendarm hinter euch?«

»Zuerst ja. Da waren so viele, die geflohen sind. Er hat einen Jungen gepackt, aber der hat sich losgemacht, und er ist ihm nach. Dann fiel ein Schuss … und noch einer und Mutter ist …« Schluchzend und am ganzen Körper zitternd brach sie ab.

Neben dem Entsetzen über Barbaras Tod loderte ein unbändiger Hass in Korbinian auf. Hass auf diesen Mann, der ihm das Liebste genommen hatte. Denn schuld war er, so oder so.

»Vielleicht … vielleicht lebt sie noch?«, drang Gwendolyns erstickte Stimme zu ihm.

Er schüttelte den Kopf. Zu mehr reichte es in seiner Not nicht. Selbst diese winzige Bewegung zerbrach ihn in tausend Stücke. Benno neben ihm atmete schwer, er drückte seine Schulter. »Dort drüben geht es hinab. Ich hole den Fuhrwagen, dann können wir sie nach Hause schaffen. Der Gendarm wird sicher nicht hierherkommen.«

»Das soll er wagen.« Korbinian ballte die Fäuste so fest, dass seine Unterarme brannten.

»Er war allein. Der hat mit den Leuten zu tun, denen er nach ist.«

Korbinian setzte sich hin. »Ich werde Wache halten.«

Benno eilte im Laufschritt davon. Die drei Mädchen ließen sich schweigend neben ihrem Vater nieder.

TEIL 1

Oktober 1908, Bayerischer Wald bei Deggendorf

Verlust und Liebe

1

Ornbach

Alexander Wallendorf blickte aus dem Fenster der Kutsche auf die mit ihren Handwagen vorbeiziehenden Bauern. Nach dem heutigen Markttag war die Straße vor dem Deggendorfer Bahnhof von den Menschen verstopft, die auf ihre Höfe zurückkehrten. Die Rückengestelle der Bäuerinnen waren am Morgen vermutlich schwer bepackt gewesen, jetzt trugen die Frauen ebenso leicht daran wie an dem Lächeln auf ihren Gesichtern. Sie hatten sicher ordentlich Geld eingestrichen. Auch die restliche Ware auf den Ladeflächen der von den Männern geführten Handkarren war überschaubar. Ein paar Äpfel kullerten umher, Kartoffeln, Kürbisse, Kohl – Früchte und Gemüse, die das ertragreiche Donautal seinen Bewohnern im Spätsommer schenkte. Zwischen den Bauern mit ihren Holzwagen tuckerten einige Automobile, hupten, wenn sie nicht vorankamen. Die neumodischen Fahrzeuge prägten das Straßenbild immer mehr, obwohl sich nur die besser gestellten Bürger die Anschaffung leisten konnten. Während des Studiums hatte sich Alexander manchmal von einem Kommilitonen chauffieren lassen, dessen Eltern ihn großzügiger ausstatteten als seine, und sich angeschaut, wie man einen Mercedes bediente. Vielleicht würde er seinen alten Herrn jetzt, da er wieder daheim war, überreden können, sich ein motorisiertes Fahrzeug zuzulegen. Es widerstrebte ihm zwar, bei solchen Fragen auf das Wohlwollen des

Vaters angewiesen zu sein, aber noch lagen die Dinge so, dass Leopold Wallendorf das Sagen hatte.

Kutscher Josef knallte mit der Peitsche, die Pferde zogen kräftiger an, das Bahnhofsgebäude mit seinem Flachsattelbau blieb hinter ihnen zurück. Alexander lehnte sich gegen die gepolsterte Kutschwand, während sie Deggendorf Richtung Donauhafen verließen. Am Morgen war er noch in Leipzig gewesen, einer richtigen Stadt im Vergleich zu den beschaulichen Orten hier im Bayernwald. Dennoch war er froh, nach der Handelsbetriebslehre wieder zu Hause zu sein. Nein. Er freute sich, in die Heimat zu kommen, das war ein Unterschied.

Seine Rückkehr war für den Sommer geplant gewesen, hatte sich aber verzögert, weil er die Abschlussprüfung beim ersten Versuch in den Sand gesetzt hatte. Erst beim zweiten Mal hatten ihm die Prüfer die Urkunde überreicht, begleitet von mahnenden Worten zu seiner Arbeitseinstellung. Lisa, die Schankmagd im Auerbachs Keller, die sich in ihn verliebt hatte wie die Margarete in den Faust, hatte ihm wohl zu sehr die Zeit versüßt. Von ihr wussten seine Eltern natürlich nichts, die Liebelei war ohnehin Geschichte. Von seinem Versagen im ersten Anlauf hätten sie besser auch nichts erfahren, aber wie hätte er ihnen das verheimlichen sollen? Immerhin konnte er sicher sein, dass es ein Familiengeheimnis bleiben würde. Die Mauern aus Standesdünkel und Ansprüchen um die Wallendorfs waren so massiv wie die von Gut Theresienberg. Nichts drang nach außen, was dem sorgsam arrangierten Bild schaden könnte.

Alexander rieb sich den schmerzenden Rücken, während sie die Stelle passierten, an der die Isar in die Donau mündete. Die Fahrt mit dem Zug von Leipzig nach Deggendorf war weit komfortabler gewesen als der Rest des Weges mit der Kutsche. Sein Vater forderte seit vielen Jahren eine Nebenbahn von Deggendorf in Richtung Ornbach – oder besser: direkt zu seiner Fabrik.

Aber es gab nicht genügend Mitstreiter, die ein solches Vorhaben unterstützten, und so mühte sich die Droschke die Straße durch den Wald hinauf zu den Feldern rund um Ornbach.

Die Baumreihen lichteten sich. Alexander rutschte zur Fensterscheibe und lugte in der nächsten Kurve nach vorn auf den Höhenzug. Eichen erhoben sich inmitten der Äcker, in ihrem Schatten ein paar Büsche und Gehölz, Schutz für Hasen und Mäuse vor den am Himmel kreisenden Bussarden. Dort drüben hatte er als Kind um diese Jahreszeit ein verletztes Kitz in einem Weizenfeld aufgehoben, das Herz hatte unter dem gepunkteten Fell heftiger geschlagen als sein eigenes. In seiner Erinnerung hörte er den hellen, durchdringenden Ruf nach dem Muttertier, ein Geräusch wie von einer Katze. Heute leuchteten nur wenige Felder im satten Korngelb. Der Großteil der Flächen lag zerwühlt, an den Rändern Berge der Schätze, die sie hervorgebracht hatten.

Zuckerrüben.

Der Kutscher lenkte sein Gefährt durch den steilen Ort, vorbei am Postamt, dem Rathaus, dem Gasthof, der Kirche, an der Schule, die Alexander nur ein Jahr besucht hatte. Seine Eltern hatten einen Hauslehrer eingestellt, der mehr aus ihrem Sohn hatte machen sollen als einen Bauern oder Schreiner. Die Freundschaft zu Vinzenz und Florian, denen er in diesem einen Schuljahr begegnet war, hatte das allerdings nicht beendet. Früher waren sie eine Bande aus fünf Kerlen gewesen, doch die anderen beiden, Söhne von Tagelöhnern ohne Zukunft, suchten ihr Glück in Amerika, wie so viele. Der Industriellensohn und die Arbeiterjungen – seine Eltern hatten das immer verhindern wollen. Aber in den höheren Kreisen, in denen die Wallendorfs Bekanntschaften gutgeheißen hätten, hatte Alexander sich nie wohlgefühlt.

Er hatte Vinzenz geschrieben, seinem engsten Vertrauten und

der Erste von ihnen, der dem Junggesellendasein den Rücken gekehrt hatte. An die Kette gelegt hatte seine Kathi ihn nicht, zumindest was den Spaß mit Freunden anging. Aber ob das Schreiben ihn rechtzeitig erreicht hatte? Insgeheim hoffte Alexander, dass Vinzenz und Florian ihn willkommen hießen. Die Kutsche rollte die Einfahrt zum Gut hoch, unter dem steinernen Bogen hindurch in den Hof und dort eine Runde über den Kies, damit die Bediensteten Zeit hatten, nach draußen zu stürzen.

So lange wollte Alexander nicht warten. Er klopfte gegen das Kabinendach. »Halt an, Josef!« Er öffnete die Tür, kaum dass die Droschke stand, streckte den Kopf heraus, blinzelte in die Abendsonne. Eine Brise trug die Süße später Rosen aus dem Garten mit sich, mischte sie mit dem erdigen Duft des Oktobers und dem der Ställe. Über allem lag das ureigene Aroma nach Melasse aus der Fabrik, das Alexander wie nichts anderes mit seiner Heimat verband. Rauchfahnen waberten aus den Schloten hinter dem Gutshof. Wegen dieses Geruchs nächtigte sein Vater ab Beginn der Produktionskampagne stets bei offenem Fenster. Selbst im November oder Dezember blieb es dabei, auch wenn der Teich am Anwesen dick mit Eis bepackt war und Alexanders Mutter Annegret in ein eigenes Zimmer flüchtete, weil sie so fror. Leopold Wallendorf behauptete, selbst im Schlaf riechen zu können, sollte etwas in dem Prozess nicht stimmen, bei dem aus Rüben weißes Gold in Form von Kristallzucker hergestellt wurde.

»Alexander!«

Annegret Wallendorf erschien an der Pforte des Haupthauses. Als sie den Saum ihres hochgeschlossenen Kleids hob, um auf ihn zuzulaufen, kamen flache Lederstiefel zum Vorschein. Er hatte seine Mutter nie in Schuhwerk mit Absätzen gesehen, sie überragte die meisten Menschen ohnehin. Auch jetzt, als sie vor ihm stand, musste selbst er, groß wie er war, nicht zu ihr hinabschauen. Wieder einmal wurde ihm bewusst, von wem er das ungewöhnlich helle Blau seiner Augen und das Haselnussbraun seiner Haare hatte. Als kleiner Junge hatte er sich vor anderen Leuten hinter ihrem Rock verborgen. Diese Schüchternheit hatte er abgelegt. Ablegen *müssen*. Der Vater wollte keinen Schwächling als Sohn. Er sollte seiner Stellung in der Gesellschaft gerecht werden.

Der Loyalität, die seine Mutter dem Vater in diesen Dingen entgegenbrachte, stand Alexander zwiespältig gegenüber. Einerseits hatte es ihm als Kind Sicherheit gegeben, dass die Eltern zusammenhielten. Andererseits hätte er sich ihre Unterstützung gewünscht, wenn der Vater ihn am Arm gepackt hatte, um ihn zu züchtigen. Ein zerbrochenes Glas, ein unbedachtes Bauernwort. Alexander hatte den Schmerz in ihrer Miene gesehen, wenn das ordentliche Sitzen am Tisch ihm in den Tagen danach Tränen in die Augen getrieben hatte. Trotzdem hatte sie nicht gegen die Ansichten ihres Mannes zur Erziehung aufbegehrt.

»Mein Junge, wie schön, dass du da bist!« Sie umarmte ihn, küsste ihn links, rechts, links auf die Wangen. »Wie war die Fahrt?«

Alexander verzog das Gesicht. »Ich bin froh, dass sie vorüber ist.«

»Die Strapazen sieht man dir nicht an. Du siehst gut aus.« Sie lächelte. »Bist du erleichtert, dass du das Kapitel Leipzig nun abgeschlossen hast?«

»Das nächste wird nicht lange auf sich warten lassen.«

Annegret gab ein Lachen von sich, wurde aber gleich wieder ernst. »Ja, dein Vater hat Pläne. Wie immer. Und Hoffnungen.«

Das war keine große Überraschung. Inwiefern diese Pläne Alexanders eigenen Vorstellungen entsprachen, musste sich zeigen, und die *Hoffnungen* stellten sich nur allzu oft als *Erwartungen* heraus. Aber wie sich seine Zukunft gestalten würde, darüber mochte er an diesem Tag nicht nachdenken.

Eine Bedienstete lief heran, einen Strauß Rosen in den Händen, den sie Alexanders Mutter präsentierte. Annegret begutachtete das Gebinde, zupfte an ihm herum und entfernte einige geknickte Blätter. Dann nickte sie dem Mädchen zu, das daraufhin ins Haus eilte.

»Ihr erwartet Gäste?«, schloss er.

»Dein Vater hat wichtige Leute zum Abendessen eingeladen.« Seine Mutter ging ihm voran.

»Dann muss ich mich entschuldigen.« Er unterdrückte den Impuls, die Krawatte zu lockern. »Die Reise war anstrengend, ich möchte die Koffer auspacken. Ich brauche ein bisschen Zeit zum Ankommen, bevor ich mir eine Gesellschaft antun kann.«

»Ausruhen kannst du dich im Alter, Alexander.« Sie lächelte über die Schulter. »Es ist wichtig, dass du dabei bist. Enttäusche uns bitte nicht. Deine Garderobe liegt schon bereit. Aber geh erst Vater begrüßen. Er erwartet dich in der Bibliothek.« Sie stieg die steinernen Stufen hoch.

Er blieb stehen, die Wärme in seinem Rücken schwand, als sich eine Wolke vor die Sonne schob und die Kälte des Windes ihn traf. Der Geruch der Fabrik wurde stärker.

»Verzeihung.« Kutscher Josef hatte einen Burschen herangerufen, mit dem er die Koffer hinauftrug. Alexander ließ die beiden vorbei und folgte ihnen durch die schwere Holztür mit dem von einem Steinmetz gestalteten Wappen der Familie.

Ein Kronleuchter erhellte das Foyer mit den holzgetäfelten Wänden, der vertraute Geruch nach Eichenholz und Essigreiniger empfing ihn. Aus der Küche drangen Topfklappern und der Duft von gekochtem Gemüse, in der oberen Etage polterten Josef und der Bursche mit seinem Gepäck. Alexander sehnte sich danach, sich auf dem Bett auszustrecken und für ein paar Stunden die Augen zu schließen. Auf der Fahrt hierher hatte er nicht die Ruhe dazu gefunden. Aber gut, er würde nicht am ersten Tag einen Streit mit den Eltern heraufbeschwören, sondern sich an das halten, was sie vorbereitet hatten. Es sei denn, seine Freunde ließen sich blicken! Mit Vinzenz und Florian würde er seine Schläfrigkeit im Handumdrehen überwinden.

Er wandte sich nach links, lief durch den Salon bis vor eine zweiflügelige Tür. Dort blieb er stehen, nahm einen tiefen Atemzug, bevor er klopfte und nach kurzer Aufforderung eintrat.

Leopold Wallendorf war von gedrungener Gestalt mit kräftigem Nacken und einem Backenbart. Das Monokel vor dem linken Auge wirkte zerbrechlich. Als könnte ein Stirnrunzeln die Silberfassung zerquetschen und das Glas zum Springen bringen. Er sah auf. »Willkommen, mein Sohn.« Er schob einige Papiere auf dem Tisch hin und her, nahm eins auf und kritzelte etwas mit seinem Füllfederhalter an den Rand.

»Guten Abend, Vater.«

»Schön, dich wieder zu Hause zu haben. Wir haben viel zu besprechen! Schau dir das hier an.« Er winkte ihn heran. Alexander ging um den Schreibtisch herum, nahm den Geruch nach Moos und Tabak wahr, der zu seinem Vater gehörte wie der von Melasse zur Fabrik, und hörte das leise Pfeifen bei jedem Atemzug in seiner Brust. Vor Alexanders innerem Auge blitzten die Bilder aus der Kindheit auf, wenn sein Vater nach der Rute gegriffen hatte. *Ich mache das nicht gern, aber du weißt, dass du es verdient hast, nicht wahr, mein Sohn?* Die Angst von damals steckte ihm an manchen Tagen noch in den Knochen, doch er kämpfte dagegen an. Er war ein erwachsener Mann, er würde sich nicht mehr einschüchtern lassen.

Mit den Fingerknöcheln klopfte der Senior auf die Blätter, Tabellen voller Namen und Zahlen. »Sechshundert Mann. Die Kampagne wird gewaltig.«

Die Zuckerrüben wurden im März und April gesät, Anfang September geerntet und bis weit in den Dezember hinein in der

Fabrik verarbeitet. Rund um die Uhr. Eine Mammutaufgabe, den Nachschub zu jeder Zeit sicherzustellen, damit die Maschinen ohne Leerlauf arbeiten konnten. War der Verdampfungsvorgang einmal gestartet, durfte er nicht unterbrochen werden. Alexander überflog die Zahlen. Über das Jahr kamen sie mit rund hundert Angestellten aus, in der letzten Saison hatten sie dreihundert zusätzliche Männer beschäftigt. Für diese Kampagne also die doppelte Menge. »Haben wir für eine solche Auslastung denn ausreichend Lieferanten?«

»Die Ernte war gut. Außerdem habe ich frühzeitig Verträge mit fränkischen Bauern geschlossen, bevor der Fürst sich die Rüben von dort unter den Nagel reißen konnte.«

Der Fürst – Albert von Thurn und Taxis, der mit seiner in Regensburg ansässigen *Bayerischen Zucker AG* den Markt dominierte, ihr härtester Konkurrent. Leopold Wallendorf musste unglaubliche Mengen an Rüben geordert haben, wenn er so viele Arbeiter einstellte. Die Ackerknollen aus Franken zu beziehen bedeutete, sie mit der Bahn herzuschaffen. In Deggendorf mussten sie umgeladen und dann auf Fuhrwerken nach Ornbach gekarrt werden. Hoffentlich hatte sein Vater sich bei den zusätzlichen Ausgaben nicht verkalkuliert. Aber wann war das schon geschehen? Nicht umsonst stand die *Donau Zucker AG* dort, wo sie jetzt war. Selbst im fernen Berlin kannte man ihren Namen und den der Familie.

Wallendorf, das bedeutete Zucker.

Ein anderes Papier erregte Alexanders Aufmerksamkeit. Neben Leopold Wallendorfs Parteibuch, das ihn als Mitglied der Nationalliberalen Partei Deutschland auswies, lag eine Zeichnung vom Ornbachtal mit der Fabrik. Auf der gegenüberliegenden Seite, als Verlängerung hinab bis ins Dorf, standen in einer langen Reihe Häuser, die es gar nicht gab. »Du planst eine Werkssiedlung?« Vor drei Jahren hatte er seinen Vater nach Augsburg begleitet, um dort das zur Spinnerei gehörende Kammgarnquartier zu besichtigen, ein Wohnviertel für die Werktätigen.

Leopold nickte. »Wir werden expandieren und können uns nicht länger nur auf Einheimische verlassen. Es werden Arbeiter mit ihren Familien herziehen, und die brauchen was zum Wohnen. Sie sollen sich hier wohlfühlen. Ein Zuhause haben.« Alexander betrachtete seinen alten Herrn verwundert von der Seite. Hatte er etwa seine soziale Ader entdeckt? Doch sogleich fügte der Senior an: »So leisten sie gute Arbeit.« Das klang schon eher nach ihm. Leopold Wallendorf hatte nicht nur als Vater eiserne Prinzipien. Von seinen Angestellten verlangte er Einsatz bis zur Selbstaufgabe. Niemals ging er Kompromisse ein, die der Produktivität im Wege standen.

»Wird dir der Gemeinderat bei diesem Vorhaben zustimmen?«, fragte Alexander.

»Das lass mal meine Sorge sein.« Er zwinkerte seinem Sohn zu, als hätte er gescherzt. Dann warf er einen Blick auf die Standuhr und beugte sich wieder über die Listen und Zahlen. »Es wird Zeit, die Gäste treffen jeden Moment ein.« Er lächelte, was sein Gesicht in tausend Falten zerspringen ließ. »Zeig dich von deiner besten Seite.«

»Aber immer doch, Vater.« Alexander erwiderte das Lächeln höflich. »Wer kommt eigentlich?«

Hinter Leopolds Monokel blitzte es. »Lass dich überraschen. Es wird ein für alle angenehmer Abend, versprochen.«

Derlei Andeutungen waren ungewöhnlich für seinen Vater. Er war ein Mann der klaren Worte, aber Alexander beließ es dabei und erinnerte sich an etwas, das ihm in Deggendorf eingefallen war. »Die Fahrt mit der Kutsche war übrigens wieder einmal eine Katastrophe.« Er drehte die Schultern, um anzudeuten, wie verspannt er war. »Hast du mal über die Anschaffung eines Automobils nachgedacht?«

Leopold stierte ihn an. »Ich bin zu alt, um das Lenken eines solchen Fahrzeugs noch zu erlernen. Josef braucht man mit derlei gar nicht erst zu kommen, und eigens einen Chauffeur für ein einziges Fahrzeug einzustellen, der die meiste Zeit nur Däumchen dreht, kommt gar nicht infrage.«

Es passte zu seiner Art, eine solche Überlegung nur auf sich zu beziehen.

»Ich bin jung genug.« Alexander lächelte, um seinen Worten die Schärfe zu nehmen. Mit einer fordernden Haltung kam er nicht weit. Er musste seinen Vater mit guten Argumenten überzeugen. »Außerdem kann ich dich fahren, wenn ich es erst einmal beherrsche, die Ausgaben für einen Chauffeur können wir also sparen. Wir könnten zu Beginn eines für uns erwerben. Wenn die Entwicklung so rasant weitergeht wie bisher, könnten wir später mit weiteren Fahrzeugen den Rübentransport unterstützen.«

Sein Vater winkte ab. »Pferdewagen sind gut genug, bis die Bahnstrecke irgendwann ausgebaut wird. Und ein Automobil für dich allein – nun«, jetzt erwiderte er das Lächeln, »beweise mir, dass du es verdienst. Dann werden wir sehen.« Damit wandte er sich wieder seinen Unterlagen zu.

Alexander verabschiedete sich mit einer angedeuteten Verbeugung. Kurz darauf atmete er in seinem alten Zimmer durch. Das Bett war frisch bezogen, in den Regalen standen seine Bücher, neben dem Kleiderschrank seine Koffer und ein Herrendiener, an dem eine gebügelte Hose, ein weißes Hemd, Kummerbund und Fliege hingen. Nebenan war ihm ein Büro eingerichtet worden. Er warf nur einen kurzen Blick hinein – ein Schreibtisch, halb so groß wie der seines Vaters, ein Bürostuhl, ein Aktenschrank, ein niedriger Tisch mit zwei Sesseln für Geschäftsgespräche. Ein Raum, der nichts mit ihm zu tun zu haben schien.

Gleich am Tag seiner Rückkehr ein offizielles Essen. Geschäftspartner, Gemeinderäte, wer auch immer. Das mochte vielleicht vergnüglich für seinen Vater sein, er selbst stellte sich besser auf todlangweilige Stunden ein. Er zog sich um und band die lästige Schleife, als vom Hof das Geklapper einer Kutsche die Ankunft der Gäste ankündigte.

Er verließ das Zimmer und stieg die Stufen hinab. Noch war niemand nach draußen geeilt, um die Eingetroffenen zu begrüßen. Mit Schwung öffnete Alexander die Tür – und stand einer jungen Frau im Dirndl gegenüber, feinster blauer Stoff, ein dazu passendes Collier. Die nachtschwarzen Haare trug sie kunstvoll zu einem Knoten geschlungen, zwei Strähnen umrahmten ein ebenmäßiges Gesicht. Das rechte Auge schien eine Spur größer zu sein als das linke, das sich unter einem leicht hängenden Lid versteckte. Überraschenderweise war es dieser Makel, der sie hübsch machte. Sie knickste und schürzte die Lippen beim Lächeln. »Grüß Gott.«

»Der junge Herr Wallendorf!« Erst jetzt bemerkte Alexander den Mann schräg hinter ihr. Der Vater? Wie Leopold Wallendorf war er gut genährt und verbarg es nicht. Er streckte den Bauch heraus, auf feisten Wangen saß eine Nickelbrille, und seine Glatze glänzte derart vom Schweiß, dass der Sonnenuntergang sich darin spiegelte. »Wie schön, Sie in Ihrem Elternhaus anzutreffen. Darf ich Ihnen meine Frau Edith und unsere Tochter Veronika vorstellen?« Neben dem Mann stand eine Dame mit faltigem Hals. Die Ähnlichkeit zwischen der Mutter und der Tochter war deutlich ausgeprägt, auch wenn sich ein grauer Schleier des Alters über Erstere gelegt hatte. Wer waren diese Leute?

»Entschuldigen Sie, mein Vater unterhält viele Kontakte, und sicher sind wir uns schon einmal begegnet. Die Schuld liegt bei mir, dass ich mir Ihren Namen nicht merken konnte.«

Eine Hand legte sich von hinten auf seine Schulter. Leopold Wallendorf schob sich neben seinen Sohn und breitete die Arme aus. »Walter Lanz, Textilfabrikant aus Deggendorf, nebst Gattin Edith. Wie schön, Sie hier zu haben. Und das Fräulein Veronika! Ausgezeichnet, dass Sie es einrichten konnten. Sie sehen bezaubernd aus! Findest du nicht auch, Alexander?«

Er deutete ein Nicken an. Die junge Frau war eine Attraktion. Aber was verband seine Eltern mit einem Textilfabrikanten und seiner Familie?

Während sich Leopold Wallendorf dem Ehepaar zuwandte, sie in Plaudereien verwickelte und durch das Foyer geleitete, trat die junge Frau an der Eingangstreppe auf ihn zu. »Ein wunderbares Anwesen haben Sie hier.« Sie sah sich um, die Aufforderung war offensichtlich. Alexander kam ihr gern nach. Jede Minute draußen war eine weniger auf dem Schlachtfeld aus Handel, Profit und Politik drinnen. Auf etwas anderes konnte dieses Treffen nicht hinauslaufen. Er bot ihr den Arm und führte sie die Stufen hinab.

»Ich zeige Ihnen gern alles, Fräulein Lanz.«

Vor dem Tor führte neben dem Weg ins Tal ein weiterer in großem Bogen um das Gutshaus und die Nebengebäude. Als sie außer Sichtweite des Haupthauses waren, stieß Veronika erleichtert die Luft aus. »Entschuldigen Sie, aber in Gegenwart meiner Eltern bin ich immer etwas angespannt.«

Er grinste über ihre Offenheit. »Ich kenne das. Und bitte, sagen Sie Alexander zu mir.«

»Veronika. Und jetzt zeigen Sie mir Gut Theresienberg, Alexander.«

Sie schritt schneller aus, betrachtete die Scheunen, die Unterkünfte der Bediensteten, den Fuhrpark mit den verschiedenen Kutschen und den Rosengarten, den Alexanders Mutter hatte anlegen lassen. »Sie haben keine englischen Sorten, nicht wahr? Die würden sich hier gut entwickeln.«

»Sie kennen sich aus?« Er schaute an ihr vorbei zur verlassenen Pferdewiese. Zu schade, dass Josef die Tiere schon in die

Ställe gebracht hatte. Alexander hätte gern seinen Hengst Zeus begrüßt.

Veronika winkte ab. »Nur ein bisschen. Ich liebäugele mit dem Gedanken, mir einen Garten anzulegen, und wenn ich mir etwas vornehme, dann versuche ich, es perfekt zu machen.« Sie wies zu einer Ruhebank zwischen den Rabatten. »Da fehlt zum Beispiel ein Spalier«, sagte sie mit einem Lachen.

Alexander war der Garten seiner Mutter von Herzen egal, aber dass diese Veronika kein Blatt vor den Mund nahm, erstaunte und gefiel ihm gleichermaßen. Sie sprach aus, was ihr in den Sinn kam. Das konnte doch ein amüsanter Abend werden.

Am östlichen Ende des Anwesens breiteten sich die Produktionshallen, Vorratslager und Packhäuser der Zuckerfabrik aus, massive Steingebäude in u-Form mit Satteldächern. Mit Blick auf den sich aus den Türmen der Anlage kräuselnden Dampf hielt Veronika den Handrücken vor die Nase. »Daran muss man sich erst gewöhnen.«

»Das ist mir bis heute nicht gelungen«, gestand er.

»Sie werden in der Fabrik mitarbeiten?«

»So ist es geplant. Ich habe soeben die Lehre beendet, es wird sich zeigen, wie mein Vater und ich uns arrangieren.«

»Sie sind der einzige Sohn, nicht wahr? Dann gibt es zumindest keinen Ärger mit Mitstreitern.«

Alexander hob die Schultern. »So lasten aber auch sämtliche Erwartungen auf mir allein.« Er betrachtete Veronika und hatte das Gefühl, ihr gegenüber ebenso offen sein zu können wie sie es ihm gegenüber war. »Manchmal zweifle ich daran, alle Ansprüche zu erfüllen.«

»Mir als einziger Tochter müssen Sie das nicht sagen! Wir scheinen viel gemeinsam zu haben.« Sie lächelte ihn an. »Aber jetzt sollten wir unsere Eltern nicht zu lange auf uns warten lassen.«

Er deutete auf die andere Seite. »Wenn wir hierherum gehen, kommen wir an den Pferdeställen vorbei. Es ist kein großer Umweg um den Teich.«

»Nein, danke. Die Kutschfahrt hierher hat genügt, und wir müssen ja noch zurück. Wahrscheinlich stinkt mein Kleid morgen noch nach Gaul, und ich muss es zum Reinigen geben.«

Na schön, es würde sich sicher bald eine freie Stunde für die Tiere ergeben. Er bot ihr erneut den Arm und geleitete sie ins Haus.

Im Speisesaal schmückte der Rosenstrauß den Tisch zwischen den Efeugestecken, die Annegret für diesen Anlass im Ort in Auftrag gegeben haben musste. Die Vorsuppe wurde serviert, kaum dass Alexander Veronika den freien Stuhl neben seinem zurechtgerückt und sich selbst gesetzt hatte. Das Aroma von Gemüse, Sahne und Majoran stieg dampfend von den Tellern auf. »Habt ihr zwei ein bisschen die Zeit vergessen, hm?« Leopolds Augen blitzten, bevor er sich wieder seiner Suppe zuwandte.

Walter Lanz wirkte zufrieden und drückte kurz die Hand seiner Frau, während er Alexander und seine Tochter über den Rand seiner Nickelbrille hinweg betrachtete.

»Die Suppe duftet köstlich, verehrte Frau Wallendorf«, sagte Edith Lanz. »Ob es wohl möglich ist, von Ihrer Köchin das Rezept für unsere Küche mitzunehmen?«

»Aber natürlich! Und warten Sie, bis das Hühnchen in Weißwein serviert wird, meine Liebe! Ein Gedicht! Ich finde es immer wichtig, den Angestellten neue Impulse zu geben.«

»Bei uns ist das die Aufgabe unserer Tochter«, schaltete Walter Lanz sich ein. »Sie hat ein gutes Händchen im Umgang mit den Bediensteten, nicht wahr, Veronika-Schatz?«

»Man tut, was man kann.« Neben Alexander probierte Veronika mit gespitzten Lippen von der Suppe.

»Sie ist an so vielem interessiert«, nahm Edith Lanz den Faden auf. »Sie stickt wunderbar und hat ein Händchen für Dekoration. Und erst ihr Umgang mit Kindern!« Sie legte ihrem Mann vertraulich die Hand auf den Arm. »Weißt du noch, wie der achtjährige Sohn unserer Köchin gesagt hat, er würde sie vom Fleck weg heiraten?«

Sie lachten beide, das Ehepaar Wallendorf stimmte ein. Veronikas Miene war unergründlich, und Alexander fragte sich, was hier vor sich ging.

»Wenn ein junger Mann in ein gewisses Alter kommt«, sagte Leopold Wallendorf, »sollte er sich darum bemühen, die beste Frau an seine Seite zu bringen, die er nur finden kann. Es macht einen Unterschied, ob man als Junggeselle durchs Leben geht oder als Ehemann und Familienvater. So wie meine liebe Frau seit so vielen Jahren die verlässliche Stütze an meiner Seite ist. Ich wüsste nicht, wo ich ohne sie heute wäre.«

Sein Vater übertrieb maßlos. Die Ehe seiner Eltern verlief nur deshalb harmonisch, weil seine Mutter es so selten wagte, auf ihrer Meinung zu beharren. Als Kind hatte er das nicht bemerkt, inzwischen sah er es glasklar, und oft fragte er sich, ob seine Mutter wirklich glücklich war.

Sein Vater blickte ihn direkt an, auch das Ehepaar Lanz musterte ihn erwartungsvoll, und ihm wurde bewusst, dass er dieses Abendessen völlig falsch eingeschätzt hatte. Was für ein Irrtum! Hier ging es nicht um Gewinne oder Gemeindepolitik. Hier ging es um eine andere Art von Geschäften.

Er sollte etwas sagen, das Gespräch in eine unverfänglichere Richtung lenken, aber noch war er zu perplex, um zu reagieren. War Veronika in dieses Spiel eingeweiht? Verwirrt sah er nach rechts. Sie lächelte ihn an und legte ihre Hand auf seine.

Die Sache lief doch prächtig. Leopold Wallendorf hatte es vorausgesehen: Die junge Lanz passte wie keine Zweite. Er war ihrem Vater bei einer Tagung einflussreicher Geschäftsleute im Kreis Deggendorf begegnet. Beim Bier am Abend waren sie auf ihre Familien zu sprechen gekommen und damit auf das Dilemma, das sie beide teilten. Die Kinder der Ehepaare Wallendorf und Lanz entwickelten sich bedauerlicherweise nicht zu Hoffnungsträgern der nachfolgenden Generation, Geschwister gab es keine. Lanz hatte darüber lamentiert, dass seine einzige Tochter, obwohl eine Schönheit vor dem Herrn, Pech in der Liebe habe. Für Leopold war *Liebe* ein dehnbarer Begriff. Mit dieser Ansicht hielt er sich nach drei Krügen auch nicht zurück. Für den Anfang taten es gegenseitiger Respekt und gleiche Interessen, wenn man sich gut ergänzte und die Umstände es erforderten. Ein junger Mann wie Alexander mochte seine Erfahrungen gemacht haben. Dass er seinem Vater und der Mutter keine der Damen vorgestellt hatte, sprach Bände. Vermutlich wusste er selbst, wie wenig seine Bekanntschaften den Aufgaben einer Frau an der Seite eines Zuckerbarons gewachsen waren.

Veronika entpuppte sich in der Zeit, als Alexander noch für seinen Abschluss in Leipzig büffelte, bei den ersten unverbindlichen Treffen als Goldstück. Mit ihrer forschen Art hatte sie die bisherigen Kandidaten, die von ihrer Schönheit angetan waren, vermutlich verschreckt. Wahrscheinlich hätte Leopold als junger Bursche selbst Reißaus genommen, wenn sie ihm schon bei der zweiten Verabredung die Namen ihrer Kinder hätte nennen können, die da kommen sollten – Goldstück hin oder her! Für Alexander war sie mit diesem ausgeprägten Charakter genau die Richtige. Er liebte seinen Sohn, aber ihm fehlten Biss und Entschlusskraft. Orientierung. Die passende Ehefrau konnte das ausgleichen.

Leopold hatte die erste Begegnung eigens für den heutigen

Tag angesetzt. Die Produktionskampagne war angelaufen und verlangte in den nächsten Wochen seine volle Aufmerksamkeit. Da konnte er sich nicht weiter um die nötigen Schritte kümmern. Wenn er die Sache erst einmal ins Rollen gebracht hatte – und genau diese Zuversicht hatte er –, würde sich alles andere von alleine entwickeln. Die beiden würden ein prächtiges Paar abgeben! Das musste auch Alexander sehen. Wenn der bloß mal den Mund aufbekäme! Seine Kiefer arbeiteten, als zermahlten sie jedes Wort einzeln, das ihm in den Sinn kam, während sich das Tischgespräch bis zum Dessert vor allem um die vorbildlichen Eigenschaften des Fräulein Lanz und die Vorzüge einer festen Verbindung drehten.

»Hatten Sie Gelegenheit, einen Blick auf die Fabrik zu werfen, Fräulein Lanz?«, erkundigte sich Annegret.

»Nur von Weitem«, antwortete Veronika. »Eine sehr imponierende Anlage. Wirklich wunderbar.«

Alexander warf ihr einen Blick zu, den Leopold nicht deuten konnte. Zweifelte er an ihren Worten?

»Vielleicht vereinbart ihr einen Termin für eine Besichtigung?«, schlug Leopold vor.

Annegret schmunzelte. »Ach, du bist immer so geschäftsmäßig. Zunächst einmal sollte sie sich das Haus anschauen. Das würde Ihnen doch sicher gefallen, Liebes, nicht wahr?«

Annegret war nicht von Anfang an begeistert gewesen, als er ihr seinen Plan unterbreitet hatte. Aber wie immer in all den Jahren ihrer Ehe hatte sie am Ende verstanden, dass er recht hatte. An Veronika gab es nicht das Geringste auszusetzen, sie war eine großartige Partie für Alexander. Das hatte sie eingesehen und ihn fortan in seinen Vorstellungen unterstützt.

Dreißig Jahre Ehe, und er hatte den Schritt nie bereut. Es hatte auf dem Höhepunkt andere Frauen gegeben, natürlich. Ein Mann von seinem Format durfte sich das gönnen. Aber er hatte diese Liebeleien immer geheim gehalten, um Annegret nicht zu beunruhigen. Als Ehepaar führten sie ein angenehmes Leben, und das wünschte er sich auch für seinen Sohn, obwohl der aus einem anderen Holz geschnitzt war als er selbst.

Bevor Veronika reagieren konnte, wandte sich ihr Vater an Alexander. »Sie müssen uns unbedingt auch in Deggendorf besuchen!«

Alexander regte sich nicht, nestelte an seinem Kragen.

»Alexander?« Leopold runzelte die Stirn. Das permanente Schweigen seines Sohnes bis zum Kaffee, der nun serviert wurde, war an der Grenze zur Unhöflichkeit. Bevor er jedoch Antwort erhielt, erklang aus dem Hof ein Geschrei wie bei einem Volksfest. Kutscher Josef eilte in den Speiseraum, verbeugte sich mehrmals. »Verzeihung, die Herrschaften, unten im Hof sind die Herren Köhler und Winkler eingetroffen. Sie lassen sich leider nicht wegschicken und wollen warten, bis das Dinner beendet ist.«

Alexander sprang auf und eilte ans Fenster. Leopold knallte die Serviette auf den Tisch und folgte ihm. Das Gejohle nahm zu, als Alexander hinabwinkte. Es war offensichtlich, dass Florian Köhler und Vinzenz Winkler schon das ein oder andere Bier intus hatten. Immerhin waren die beiden Taugenichtse heute fast elegant gekleidet mit ihren Filzjacken und den Westen. Sie begrüßten Leopold mit übertriebenen Verbeugungen, bevor sie sich an Alexander wandten: »Kannst du kommen? Wir haben viel vor mit dir!«

Wie Leopold sie verabscheute! Seit Kindheitstagen verwüsteten sie Gut Theresienberg. Sie waren kein Umgang für seinen Sohn, das hatte er ihm immer wieder erklärt. Vermutlich hielt er aus purem Trotz an der Freundschaft fest.

Leopold musste seinen Zorn bändigen, um nicht den Blumentopf vom Fensterbrett nach ihnen zu werfen. Zu etwas Ähnlichem hatte er sich schon einmal hinreißen lassen, nur waren es Steine im Hof gewesen. Mit dem letzten hatte er ein Fenster im Erdgeschoss getroffen, was die Deppen mit lautem Applaus gefeiert hatten – um dann, am nächsten Tag, ehe er jemanden damit hatte beauftragen können, den Schaden in stiller Arbeit zu richten. Als ob das etwas an ihrer ungehobelten Art änderte. Und erst die Saufgelage! Wie lange war es her, dass er den volltrunkenen Florian halb nackt am Fuße der Treppe vorgefunden hatte? Er hatte die Sterne betrachten wollen, den Weg nach draußen aber nicht mehr geschafft und daher mit dem Kronleuchter vorliebgenommen. Dabei war er eingeschlafen. Zumindest hatte Leopold das am frühen Morgen aus seinem Lallen geschlossen.

Die Sache würde aus dem Ruder laufen, wenn er nichts unternahm! Annegret und Familie Lanz waren inzwischen ebenfalls ans Fenster getreten. »Danke für euren Besuch!«, rief Leopold, auf dass die Kerle kapierten, wie wenig dankbar er für die Störung war. »Aber wie ihr seht, haben wir Gäste. Feiert Alexanders Rückkehr ein andermal, oder noch besser, wartet, bis es wirklich was zu feiern gibt. Das könnte schneller der Fall sein, als ihr …«

»Entschuldige«, unterbrach Alexander ihn. Das Auftauchen der Freunde schien den Knoten in seiner Zunge gelöst zu haben. Er schüttelte den Kopf. »Ich hatte in der Bibliothek keine Gelegenheit, dir zu erzählen, dass ich auch Besuch erwarte. Das ist schon länger ausgemacht als dieses kurzfristig anberaumte Treffen. Ich habe keine Wahl, so leid es mir tut.« Er wandte sich an die sichtlich verwirrte Veronika, nahm ihre Hand und hauchte einen förmlichen Kuss darauf. »Danke für Ihre Bekanntschaft, Fräulein Veronika. Es war mir eine Freude. Sicher haben wir noch Gelegenheit, die Fabrik und das Haus zu besichtigen. Für heute muss ich mich allerdings entschuldigen. Ich hoffe, Sie haben Verständnis dafür. Ich habe meine Freunde seit vielen Monaten nicht gesehen.«

Alle starrten ihn sprachlos an, als er sich aus dem Fenster

lehnte. »Ich bin in fünf Minuten bei euch.« Er deutete eine Verbeugung in Richtung der Eheleute Lanz an. Dann wandte er sich an seine Eltern. »Danke für den Empfang, den ihr mir bereitet habt. Da merkt man gleich, dass man wieder zu Hause ist.« Er nickte Veronika zu, bevor er sich umdrehte und den Speisesaal verließ.

»Nun gut«, ergriff Annegret hinter Leopold das Wort, während seine eiligen Schritte allmählich verklangen. »Wenn es schon länger ausgemacht war, zeugt es von Alexanders Pflichtgefühl, nicht wahr? Auch wenn er den Abend sicher lieber in Ihrer angenehmen Gesellschaft verbracht hätte, Fräulein Lanz. Wollen wir uns dann ins Kaminzimmer begeben? Leopold, kommst du?«

»Ich bin gleich bei euch.« Leopold starrte immer noch in den Hof zu den beiden Störenfrieden hinab. Zum Glück hatte es seine Frau meisterlich verstanden, die peinliche Szene zu überspielen. Er selbst brauchte einen Moment, um seine Fassung wiederzugewinnen. Wie konnte Alexander es wagen! Er war nie leicht zu lenken gewesen, aber das Leben in Leipzig schien seine rebellische Art verstärkt zu haben. Es würde ein hartes Stück Arbeit werden, aus ihm einen würdigen Nachfolger für die *Donau Zucker AG* zu machen. Düstere Zeiten standen bevor.

2

Polderfeld

»Komm mit, Papi. Der Bäcker Huber hat nach dir gefragt! Und Pfarrer Lindemann.« Marthas Schwester Helena setzte sich auf den Schoß des Vaters und schmiegte sich an ihn. Sofern er die Anhänglichkeit der Jüngsten genoss, ließ er es sich nicht anmerken. Seine Miene zeigte seit jenem schicksalhaften Tag vor zweieinhalb Jahren nur selten eine Regung. Seine Haare waren schlohweiß geworden, er trug sie ungepflegt bis auf die Schultern. Wenn eine der Töchter ihn darauf ansprach, winkte er schweigend ab. Martha wusste, was in ihm vorging: Er sah keinen Sinn darin, sich für eine Welt herauszuputzen, die ihm das Liebste genommen hatte. So wie die Farbe aus seinen Haaren geflossen war, waren die Worte aus ihm verschwunden. Manchmal schien es, als sei er verstummt. Er brummte ein knappes »Nein.«

»Papi!«

»Jetzt lass ihn schon.« Martha drehte sich um und flocht das goldfarbene Seidenband um die Spitze ihres Zopfes. Für heute hatte sie ihr bestes Kleid aus moosgrünem Leinen mit weitem runden Ausschnitt gewählt. Seitlich wurde es von Knöpfen gehalten, der Saum spielte ein paar Zentimeter über ihren Waden. Die meisten Mädchen und Frauen würden das Erntedankfest in Tracht besuchen, sie fühlte sich wohler in einer weniger konventionellen Garderobe. Dass deswegen hinter ihrem Rücken über sie getuschelt werden könnte, scherte sie nicht. Sollten die anderen eben denken, sie hielte sich für etwas Besseres. Das war sie nicht. Gewöhnlich würde sie aber nie sein.

Genau das schien den Junggesellen in Polderfeld zu gefallen. Sie umschwirrten Martha zu solchen Anlässen wie die Fruchtfliegen das Obst. Wenn die Annäherungsversuche ihr zu arg wurden, führte sie Benno ins Feld. Lachend behauptete sie dann, bald eine Meininger zu sein, obwohl diese Verabredung nie getroffen worden war. Wieso auch? Die treue Freundschaft zwischen ihnen war mehr wert. Und warum sich jetzt schon auf Benno oder einen anderen festlegen? Mit zwanzig darauf schielen, bald einem Mann den Haushalt zu führen und sich von ihm den Bauch rund machen zu lassen, war nicht Marthas Vorstellung vom Leben.

Helena streichelte ihrem Vater über die Narbe auf seiner Wange, wie so oft, um ihn zu trösten. Als würde die Berührung einen alten Schmerz lindern. In ihrer Kindheit hatte Martha einmal wissen wollen, wer ihm da so wehgetan hatte. »Das darf man nicht, oder?«, hatte sie gefragt. Und der Vater hatte nur geantwortet: »Nein, das darf man nicht.« Das war alles gewesen.

Schmatzend küsste Helena ihn auf die Wange. »Wenn du schon nicht mit aufs Fest kommst, nimm wenigstens deine Mundharmonika und setz dich raus auf die Bank. Oder lass dir von Gwendolyn ein Buch geben.«

»Ich komme schon zurecht, Helena.« Er griff nach dem Medaillon, das vor ihm auf dem Tisch lag. Seit Barbaras Tod trug er es immer bei sich. Martha sah, dass er das Bildnis der heiligen Maria darin betrachtete. In seinen Pranken wirkte das filigrane Gebilde ebenso verloren wie er selbst, wenn er in der Stube saß. Er umschloss es mit seinen Fingern und behielt es in der Hand.

»Sag doch Nixe«, bat Helena mit kindlichem Ernst. Als hätte sie mit ihren vierzehn Jahren in den letzten Wochen nicht einen gewaltigen Schuss gemacht, sodass Martha bei sämtlichen Röcken die Säume hatte auslassen müssen. Fummelkram, der ihr wunde Finger eingebracht hatte. Sie liebte die Arbeit im Fuhrunternehmen, aber Nadel und Garn waren nichts für sie, genauso wenig wie Pfanne und Holzlöffel. Noch immer hing der Geruch nach dem angebrannten Speck vom Morgen in der Stube.

»Das hast du schon lange nicht mehr gesagt«, beharrte Helena mit Schmollmiene.

»Ach, das.« Korbinian wich ihrem Blick aus, sein Gesichtsausdruck so müde, als wollte er schlafen und nie wieder aufwachen.

Martha drückte dem Vater einen Kuss auf die stoppelige Wange. »Wann kommt denn Onkel Max nach Polderfeld?«, fragte sie, um von Helenas Bitte abzulenken. Maximilian Arenburg schien der Einzige zu sein, den Korbinian neben seinen Töchtern und Benno um sich ertrug. In seiner Gegenwart blühte er beinahe auf. Ein Onkel war Max nicht wirklich, sie waren nicht einmal mit ihm verwandt, dennoch war er Marthas Pate. Seit er im Reichstag saß, hielt er sich nur noch selten im Dorf auf.

»Erst im Dezember, hat er geschrieben.«

»Schade, ich vermisse ihn«, sagte Martha, obwohl der Nenn-Onkel sich ihr gegenüber distanzierter gab als ihren Schwestern. Es bekümmerte sie nicht, dass ihm Gwendolyn mit ihrer Art näher am Herzen lag.

»Ich auch«, stimmte Korbinian zu, und Martha lächelte. Hatte sie nicht gewusst, wie sie sein Schweigen am besten brach? »Aber in Berlin ist er der Sozialdemokratie nützlicher als hier auf dem Land«, führte ihr Vater aus, ganz der Anhänger der Sozialisten, der er vor allem durch den Einfluss seines Freundes geworden war. Zwar war er politisch nicht aktiv, aber er unterstützte die Partei bei jeder Wahl und kämpfte mit jedem Wort, jedem Handschlag für eine sozial gerechte Gesellschaft gegen die Macht der Industriellen.

Helena saß immer noch auf seinem Schoß, schmiegte ihre

Wange an seine. »Dann feiert der Onkel Max Weihnachten mit uns, nicht wahr?«

Korbinian schmunzelte, und Marthas Herz pochte vor Freude. Es kam selten vor, dass er eine frohe Miene zeigte, meist waren da nur seine traurigen Augen in der Farbe von Regen. Außer der Umgang mit Max schienen nur ihre *Geschäfte* die Kraft in ihm zu entfesseln, die ihn früher ausgemacht hatte. »Das wird er sich nicht entgehen lassen.«

Martha wusste, dass Helena sich nicht nur auf den Onkel, sondern auch auf seine Geschenke freute – Max Arenburg war für seine Großzügigkeit bekannt. Er war unverheiratet, mit einem Klumpfuß war es nicht leicht, eine passende Frau zu finden. Keine Familie, die er beschenken konnte, da kamen die Schindertöchter als Ersatz gerade recht.

Martha hatte einen Bruch in der Freundschaft zwischen ihrem Vater und dem alten Schulkameraden befürchtet, schließlich hatte der die Tour nach Waidreut vermittelt. Aber Korbinian gab ihm nicht die Schuld für das, was dort geschehen war. Dennoch schien sich sein Zorn von damals zu einem ungesunden Knoten in seinem Inneren geballt zu haben. Nach außen hin erweckte er den Eindruck eines träge in der Sonne dösenden Hofhunds, aber Martha hatte Sorge, dass die Flamme der Wut in ihm schwelte und sich irgendwann in ein verzehrendes Feuer verwandelte.

Heute aber war kein Tag für derart düstere Gedanken!

»Wir bleiben nicht zu lange, versprochen.« Sie zog ihm Helena vom Schoß, stellte sie vor sich hin und musterte sie vom Kopf bis zu den Füßen. Blauer Rock, weiße Bluse und eine Schürze darüber, die Haare zu zwei Zöpfen geflochten. Nach dem Tod der Mutter hatten Gwendolyn und sie sich einige Male an der Kranzfrisur versucht, die Barbara der Jüngsten mit Liebe gewunden hatte, hatten es aber bald aufgegeben. Helenas Haare hatten nur an die traurigen Kronen der Bäume im Herbst erinnert, kurz bevor sie ihre Blätter verloren. Aus den vergangenen Tagen geblieben war Helenas Angewohnheit, sich mit Kränzen aus Wildblumen zu schmücken, wann immer sie die Gelegenheit dazu hatte. Heute bestand er aus rosafarbenen Herbstanemonen.

»Fertig?«, fragte Martha.

»Länger als du«, gab Helena schnippisch zurück. Was die Jüngste ihrem Vater an Liebreiz entgegenbrachte, hatte sie für die älteren Schwestern an Widerworten und Kratzbürstigkeit übrig.

»Gwendolyn!«, rief Martha durch die Stube, sodass es bis in die hinterste Ecke des Hofes zu hören sein musste. »Himmel, bis wir hier wegkommen, ist der Tanz vorbei. Oder die Männer sind so betrunken, dass es keinen Spaß mehr …«

Gwendolyn trat aus ihrem Zimmer, einen ordentlichen Dutt auf dem Kopf und in ein schlichtes Trachtenkleid gehüllt. Ihr Lächeln glitt zwischen ihrem Vater und den Schwestern hin und her. Fragend öffnete sie die Arme und drehte sich langsam im Kreis.

Es war ein gutes Stück Arbeit gewesen, sie überhaupt zum Mitkommen zu überreden. Sie hatte behauptet, jemand müsse dem Vater Gesellschaft leisten, damit er bei der fröhlichen Musik aus dem Dorf nicht Trübsal blies. Korbinian hatte protestiert und seine Sorge nur notdürftig verborgen, seine mittlere Tochter könne auf dem Heiratsmarkt übrig bleiben. Martha sah die Sache mit dem Heiraten und Kinderkriegen anders, aber schaden würde es der siebzehnjährigen Schwester nicht, unter Leute zu gehen. Vielleicht kam ihr mal ein Besserer als der Bäckersohn Quirin so nahe, dass er ihre Augen bemerkte, graublau wie zwei Isarsteine im Wasser.

»Ich kann dir ein paar Anemonen holen«, sagte Helena. »Die kannst du dir noch in den Knoten stecken.«

»Und möchtest du mein Lippenrot haben?«, fügte Martha hinzu. »Du könntest mehr aus dir machen.«

Tränen traten in Gwendolyns Augen, und ausnahmsweise meldete sich der Vater mit deutlichen Worten: »Lass dich nicht verrückt machen, Mädel. Du bist gut, genau so, wie du bist. Dazu braucht es keine Blumen und Schminke.«

Gwendolyns Miene hellte sich auf, und Martha war froh darüber. Der letzte Satz war aus ihr herausgeschossen, bevor sie nachgedacht hatte. Gwendolyn *war* schön, verstand es aber nicht, das zur Geltung zu bringen.

Zehn Minuten später spazierten die Schwestern untergehakt mit weit ausholenden Schritten in Richtung Dorfmitte. Der Schinderhof mit seinem strohgedeckten Dach, der Scheune mit dem Fuhrwerk, dem Pferdestall, dem Gemüsegarten, dem kleinen Teich und dem Hühnerhaus lag etwas außerhalb. Ihr Weg führte sie an anderen Höfen vorbei, von denen der strenge Geruch nach Milchvieh oder Schweinen ausging. Die Sonne war vor einer halben Stunde untergegangen, orangerote Schlieren zogen sich entlang des Horizonts, die ersten Sterne blinkten am nachtblauen Himmel. Der Herbst war in diesem Jahr ungewöhnlich sonnig, am Tag hatte es Temperaturen um die zwanzig Grad gegeben, und der Abend trug die Wärme des goldenen Oktobers mit sich. Ein Kribbeln lief Marthas Rückgrat hinab. Gleich würde sie über die Tanzfläche fliegen und die Gedanken um den Vater oder die beiden Schwestern mit ihren Eigenarten vergessen können! Sie ging schneller und lachte, weil Helena alle zwei Meter einen Extraschritt einlegen musste, um an ihrer Seite zu bleiben. Sie passierten die ersten Häuser der Dorfmitte, vorbei am Stellmacher, am Schmied, am Domizil des Lehrers, und hörten schon die Kapelle, die auf dem Kirchplatz zum Tanz aufspielte. Fackeln und Gaslaternen verbreiteten ihr warmes Licht bis über die Dächer.

Ein Hund kam kläffend auf sie zu, Helena löste sich von den Schwestern und ging in die Knie. Der Mischling sprang an ihr hoch, leckte ihre Hände, sie wuschelte ihm durchs Fell. »Na, Zauserl, wieder mal ausgerissen?« Sie griff in ihre Rocktasche und holte einen Wurstzipfel hervor.

»Willst du dir vor dem Fest noch Flöhe holen und nach Hartwurst stinken?«, rief Martha über die Schulter, behielt ihren eiligen Tritt aber bei. Musste ihre Schwester sich noch immer von jedem herumstreunenden Tier, jeder blühenden Pflanze, jedem ungewöhnlichen Stein ablenken lassen? Wäre sie damals nicht aus der Reihe geschert, hätte sie sich nicht dem Kätzchen zugewandt, wäre sie nicht so schnell gelaufen, gefallen … Martha machte ihr keinen Vorwurf. Aber manchmal wünschte sie sich, Helena würde endlich ihre Verträumtheit ablegen.

»Die Flöhe fühlen sich auf Zauserl zu wohl, als dass sie auf mich springen.« Helena holte sie ein. »Sie lieben ihn. Genau wie er mich mag.«

»Und deine Wurst.« Lachend legte Gwendolyn ihr den Arm um die Schultern und zog sie an sich, wie meist um Harmonie bemüht.

Als sie an der Schlachterei vorbei um eine Häuserwand bogen, erstreckte sich der Kirchplatz vor ihnen, die riesige Linde in der Mitte. Die Baumkrone war breit ausladend, die Äste vielfach von Pfählen gestützt, Erinnerung an vergangene Zeiten, da darunter das Dorfgericht zusammengetreten war. Auf dem mit bunten Bändern geschmückten Holzpodest klapperten die Absätze der Tanzenden, während die dahinter sitzende Blaskapelle mit Inbrunst eine Polka spielte.

»Wirst du heute tanzen?« Martha knuffte Gwendolyn in die Seite.

»Ach, wer holt mich denn schon.«

»Du kannst dir doch selbst einen aussuchen, der dir gefällt!«, rief Helena. »Das macht Martha auch so.«

Gwendolyn schüttelte den Kopf. »Nur damit sich einer aus

Höflichkeit mit mir abgibt? Nein, danke. Ich schau lieber zu und hoffe, dass ich jemanden zum Reden finde.«

Martha schnalzte verächtlich. »Reden? Dir ist echt nicht zu helfen, du kleines Schäfchen.« Sie drückte ihr einen Kuss auf die Wange. »Trink ein Glas Wein, vielleicht geht's dann.«

»Gute Idee!«

Martha und Gwendolyn schossen Helena gleichzeitig warnende Blicke zu. »Du nicht«, sagten sie wie aus einem Mund.

Die Jüngste machte ein unschuldiges Gesicht, in den Augen der muntere Trotz, den sie für ihre Schwestern reserviert hatte. »Ich würde ja sofort tanzen, wenn ich jemanden finden würde. Aber die Jungen in meinem Alter sind alle Kasper, und die älteren stinken nach Schweinestall oder Tabak.«

Martha grinste. Gut, dass Helena die Liebe noch nicht entdeckt hatte. Auch für die Burschen in Polderfeld. Mit ihrem ausgeprägten Dickschädel würde sie die vor einige Herausforderungen stellen. Gwendolyn hingegen hinkte hinterher. Vielleicht brauchte es aber auch nur den Richtigen, damit sie sich aus ihrem Schneckenhaus befreite.

»Passt du heute auf Helena auf?«, erkundigte sich Gwendolyn.

»Auf mich muss keiner aufpassen! Ich bin kein Kleinkind!«

Martha und Gwendolyn übergingen Helenas Einwurf. Martha nickte. »Wenn du mir versprichst, dann zu tanzen?«

Gwendolyn lachte. »Gar nichts verspreche ich dir, du bist diesmal dran, oder etwa nicht?«

Grummelnd stimmte Martha zu. Da gab es endlich wieder Anlass zum Feiern, und sie hatte einen Klotz am Bein. Doch tatsächlich hatte sie diese Aufgabe lange nicht übernommen. Gwendolyn hatte recht, sie war an der Reihe.

»Bring sie nicht zu spät heim«, bat Gwendolyn, und Helena schnaubte verächtlich. Letzten Endes würde sich die Jüngste aber fügen.

Die Umstehenden warfen den Schwestern Blicke zu, grüßten, als sie den Festplatz erreichten und sich umschauten. Der Wirt vom Dorfkrug hatte Holzbänke nach draußen gestellt und ein Podest für die Bierfässer errichtet. Aus dem Gemeindehaus hatten Helfer weitere Stühle und Tische herangetragen. Neben der Kirche erstreckte sich der Pfarrhof, die Haustür war mit Weizenähren geschmückt, im Obstgarten brannten Fackeln zwischen den Mirabellen- und Birnbäumen. Links vom Kirchportal bog sich eine Tafel unter dem Gewicht von Körben voller Kartoffeln und Kohl, Äpfel und Karotten lagen neben Büscheln von Weizen und Hafer. Der Zehnt, den die Bauern früher in Naturalien zahlen mussten, war längst abgeschafft und durch die Kirchensteuer ersetzt. Aber Pfarrer Lindemann war mit seiner gutmütigen Art in der Gemeinde so angesehen, dass die Polderfelder an der Tradition festhielten und ihn jedes Jahr zum Erntedank beschenkten. Manch einer brachte seine Knollen vielleicht auch, um Abbitte dafür zu leisten, dass er sich nur an Weihnachten und Ostern in die Kirchenbank schob.

Jetzt aber mischte sich der Duft des Gemüses mit dem von Bratwürsten, die der Schlachter auf einem Schwenkgrill röstete, und dem des schäumenden Bieres in den Maßkrügen. Der Festplatz war zur Hälfte gefüllt, Lachen und Lärmen schwollen an, doch die Blaskapelle übertönte alles. Der Rhythmus ging in die Beine, die Gäste schunkelten, hüpften, drehten sich auf dem Podest im Kreis. Die Männer schwenkten die Hüte, die Röcke der Frauen flogen.

Helena entdeckte ihre Freundin Cilly am Stamm der Linde lehnend und die Tanzenden betrachtend, löste sich von ihren Schwestern und rannte auf sie zu. »Bis später!« Gleichzeitig trat Quirin Huber auf Martha und Gwendolyn zu. Für Martha hatte er nur ein kurzes Nicken, Gwendolyn hingegen zauberte ein Strahlen auf sein pockennarbiges Gesicht. Mit den Kratern und dem fliehenden Kinn war er eine wenig attraktive Erscheinung. Gwendolyn schien das nicht zu stören, sie hatte den Bäckersohn irgendwann einmal auf den Schinderhof mitgebracht, seitdem hing er an ihr wie eine Klette am Kleid. »Grüß dich, Gwendolyn!« Seine Stimme brach in den Höhen. »Ich hab für dich Tom Sawyers Abenteuer aufgehoben, mein Patenonkel hat es mir in Deggendorf gekauft. Es ist so spannend! Soll ich dir erzählen, was passiert?«

»Bloß nicht!«, erwiderte Gwendolyn lachend. »Ich tausche es gegen Moby Dick, das habe ich vom Lehrer Tauber. Oder kennst du es schon?« Als Quirin sie an die Hand nahm und fortzog, sah sie über die Schulter zurück. Als mache sie sich Sorgen, dass Martha allein blieb. Sollte sie nur zuschauen, vielleicht lernte sie was! Martha sprang wie ein Reh auf den jungen Flickschuster Herbert zu, der mit seinem armseligen Gewerbe wenig Ansehen genoss, dafür aber wie ein Theaterschauspieler aussah, wenn er lächelte. Im Übrigen gehörte er wie die meisten Tagelöhner und Handwerker in Polderfeld zur Schmugglergemeinschaft um ihren Vater. Manchmal schlossen sich ihnen Hausierer, Musikanten und Wanderarbeiter an, nur die Bauern, deren Lebensrhythmus von den Jahreszeiten abhing, hielten sich zurück, solange ihre Vorratskammern gefüllt waren. Vor dem Flickschuster legte Martha die Hände in den Rücken und schwang die Hüften, dass ihr Kleid wehte. »Ein Tänzchen gefällig?«

Herbert ließ sich nicht lange bitten und zog sie unter neidischen Blicken der umstehenden Männer mit sich. Der Festplatz füllte sich, Familien und Paare, Gruppen von Freunden aus Polderfeld und benachbarten Gemeinden trafen ein, stellten sich am Bratwurstgrill an und bestellten Bier und Wein. Auf der Tanzfläche war noch genügend Platz, um sich auszutoben. Martha wirbelte herum und lachte übers ganze Gesicht. Strähnen lösten sich aus ihrem Zopf, flogen um ihr Kinn. Ihre Wangen brannten, der Kleidersaum flatterte ein ums andere Mal bis zu ihrem Knie auf. Sie fühlte sich leicht, klatschte frenetisch, als die Musiker ihr Stück beendeten und gleich zum nächsten Tanz aufspielten. Herbert wollte sie um die Taille fassen und im Kreis drehen, doch da drängte sich jemand zwischen die zwei. »Jetzt wir beide, Martha?«

Benno.

Martha hob anerkennend die Augenbrauen. »Sehr schick heute, der Herr Meininger.« Das weiße Hemd und die Trachtenjacke standen ihm gut, der kleine Bauch, den er in den letzten Jahren angesetzt hatte, verlieh ihm eine gewisse Reife.

»Hey!« Herbert packte Benno an der Schulter. »Das ist mein Tanz mit ihr.«

Martha beugte sich vor, bevor es zum Streit kam. Benno konnte ordentlich hinlangen, und es wäre schade um das schöne Gesicht des Flickschusters. Mehr als das hatte er ja nicht. Sie küsste ihn schnell auf die Wange. »Schon recht, Herbert. Der Abend ist lang, wir tanzen später wieder.«

Grummelnd, die Hände in die Hosentaschen geschoben, verzog sich der junge Mann zum Bierfass vor der Wirtsstube, dem Ort, an dem am lautesten gelacht und gefeiert wurde. Martha beobachtete, wie seine Trinkkumpane ihn johlend begrüßten.

»Er gefällt dir schon, der Flickschuster, wie?«

»Ach woher denn, du Dummer.« Martha gab Benno einen schmatzenden Kuss mitten auf den Mund, als er sie im Tanzschritt dicht an sich zog, und drückte sich lachend wieder ab. »Du weißt doch, dass ich nur Augen für dich hab. Außerdem kann ich mich immer auf dich verlassen.«

»Manch einem würde das nicht reichen.«

Der Satz brachte Martha aus dem Takt. Vor allem der Ton, in dem Benno ihn aussprach. Als hätte einer der Musiker ein ernstes Stück angestimmt, während die anderen schon zum flotten

Rheinländer aufspielten. Benno trat im Tanzschritt schräg hinter sie, aber sie spürte, dass er noch mehr sagen wollte. Neben ihnen tauchten Andreas und Agnes auf, ein Paar in ihrem Alter, deren beider Familien Bauernhöfe betrieben. Agnes' Eltern nur einen kleinen, ihre Heirat in Andreas' Großbauernfamilie war die Chance ihres Lebens. Entsprechend eifersüchtig wachte sie über den Verlobten. Darauf konnte Martha jetzt keine Rücksicht nehmen.

»Partnertausch!« Sie wechselte vor Andreas und hielt ihm die Hand hin, bevor er zustimmen oder Agnes protestieren konnte. Zu Benno sah Martha gar nicht erst hinüber. Er verdarb ihr mit seiner plötzlichen Ernsthaftigkeit noch das schöne Fest! Wie gut, dass Andreas tanzen konnte wie der Teufel. Die anderen Paare rückten zur Seite, einige bildeten einen Kreis und feuerten sie klatschend an, während sie im Hopserschritt nach links sprangen, sich drehten und alles rechtsherum wiederholten. Marthas Zopf flog, sie warf den Kopf in den Nacken und lachte wieder, tanzte sich in einen Rausch hinein, der jede Faser ihres Körpers zum Glühen brachte.

Die Kapelle beendete die Runde mit einem Prosit. Dann legte sie eine Pause ein, um die trocken gewordenen Kehlen zu spülen. Martha war das nur recht. Sie brauchte einen Moment, um wieder zu Atem zu kommen. Außerdem sollte sie schauen, was Helena und Gwendolyn trieben. Die Tanzfläche leerte sich. Martha hielt sich am Geländer fest, entdeckte die Jüngste drüben unter der Linde mit ihrer Freundin Cilly, Bennos Schwester, für die er seit seinem vierzehnten Lebensjahr allein sorgte. Ihre Eltern waren beim großen Gemeindehausbrand 1898 ums Leben gekommen. Martha erinnerte sich noch gut an das Prasseln und Knistern, das bis zum Schinderhof hinauf zu hören gewesen war, vermischt mit den Rufen der Helfer, die zum Löschen herbeieilten. Den Rauch des Feuers hatte man selbst in Deggendorf am Himmel gesehen, hatte es danach geheißen. Unter der Woche besuchte Cilly das dortige Gymnasium und wohnte bei einer Tante. Cilly war ein guter Umgang für Helena, anständig und diszipliniert, ein bisschen still vielleicht. Jedenfalls würde sie Helena nicht auf dumme Gedanken bringen. Und wo war Gwendolyn? Martha schaute sich um. Sie lehnte einen Krug Bier ab, den ihr der alte Krämer Ludwig hinhielt, und schubste mit ganzer Kraft einen betrunkenen Erntehelfer weg, der ihr einen Kuss auf die Wange geben wollte. Der Kerl wankte, verlor das Gleichgewicht, landete mit dem Hintern im Straßenstaub, und sie hatte die Lacher auf ihrer Seite. Da stand ihre Schwester mit Quirin und dem Dorflehrer abseits des Trubels auf dem Pfarrplatz! Martha konnte sich ausmalen, worum sich ihre Unterhaltung drehte. Ihr Pech, wenn sie lieber über Bücher sprach, als sich mitreißen zu lassen. Martha hingegen würde weitertanzen, jetzt da die Musiker sich mit Nachschub versorgt hatten, die Krüge zu ihren Füßen abstellten und die Instrumente wieder in die Hände nahmen.

Über die Köpfe der Feiernden hinweg traf sich ihr Blick mit dem eines Mannes, den sie nie zuvor in Polderfeld gesehen hatte. Groß gewachsen, schmales Gesicht, in dem blaue Augen dominierten, eine aristokratische Nase, Haare in der Farbe von Haselnüssen. Den Scheitel hatte er vor einiger Zeit wohl ordentlich gezogen, jetzt saß er nicht mehr akkurat, was seinem Auftreten etwas Ungestümes verlieh. Aus den Augenwinkeln nahm Martha wahr, dass die Kapelle wieder spielte, doch sie hörte nur ihren eigenen Herzschlag und spürte das Hämmern in ihrer Brust. Gleichzeitig machten sie und der Fremde ein paar Schritte aufeinander zu. Das Stimmengewirr schwoll an, die Musik traf Martha, hielt sie aber nicht auf. Sie nickte ihm zu, als er sie fragend ansah, sein Lächeln wurde strahlend, und wie von einem unsichtbaren Band geleitet, kam er näher.

»Na, Vinzenz, bereust du schon den Ring am Finger? Hab ich es nicht gesagt, dass es in Polderfeld die hübschesten Mädchen gibt?« Schreinersohn Florian hatte das Tempo vorgegeben, bevor sie den Festplatz erreicht hatten. Der Schmiss auf seiner linken Wange war ein Andenken an einen Unfall mit der Säge, der ihn fast das Auge gekostet hatte. Sie waren zu Fuß von Ornbach hergelaufen, ein Marsch von knapp zwei Stunden, bei dem sie die Donau hatten überqueren müssen. Aber sie hatten sich viel zu erzählen, und je länger die Wanderung dauerte, desto größer war die Vorfreude auf einen Krug Bier. Und, wenn es nach Florian ging, auf die Mädchen, die ihnen vom Kirchplatz entgegenblickten und tuschelnd die Köpfe zusammensteckten.

Vinzenz, der vor wenigen Wochen den Bauernhof der Eltern übernommen hatte, winkte gelassen ab. »Eine Bessere als die Kathi finde ich nicht. Sie lässt mir heut' den Spaß zur Feier von Alexanders Rückkehr, weil sie weiß, dass ich ihr treu bin. Da werde ich sie sicher nicht enttäuschen.« Er zog die graue Kappe, die mit ihm verwachsen zu sein schien, tiefer in die Stirn, was ihm trotz seiner soliden Verhältnisse ein verwegenes Aussehen gab.

»Hui, was für biedere Töne!« Alexander lachte, noch immer erleichtert darüber, der absurden Situation auf Gut Theresienberg entkommen zu sein. Den Fuß gerade mal auf heimischen Boden gesetzt, sollte er sich mit einer Wildfremden verbandeln, nur um es den Eltern recht zu machen. Nein, danke. Wie wohltuend war es dagegen, mit seinen Freunden herumzualbern. »Früher hast du nichts anbrennen lassen«, setzte er nach, als Vinzenz nur mit einem Schulterzucken reagierte.

»Zeiten ändern sich.« Vinzenz wirkte nicht wie einer, der seine Entscheidung bereute. Um seine Mundwinkel lag ein hintergründiges Lächeln. Als wisse nur er, was im Leben zählte. Florian steuerte derweil geradewegs zur Bierquelle. Die Kapelle spielte einen flotten Rhythmus, die Tanzpaare hüpften und jauchzten. Einige bildeten einen Kreis um ein einzelnes Paar, das leidenschaftlich übers Parkett fegte. Alexander sah eine zimtbraune Mähne, kaum zu bändigen in dem Zopf. Strähnen flogen um ein ebenmäßiges Gesicht, Augen, die wie im Fieber brannten, das Lächeln breit und ungeniert, das Lachen dann laut und aus tiefster Seele.

»Und du, Alexander? Lagen dir die Frauen in Leipzig nicht zu Füßen? Und was war mit dieser hübschen Person, die bei euch zu Besuch war? Also, das, was ich vom Hof aus sehen konnte … eine echte Schönheit, oder Alexander?«

Alexander konnte den Blick nicht abwenden. In den Bewegungen der Frau steckte eine Wildheit, die einen Widerhall in ihm erzeugte. Die Kapelle beendete ihr Stück und pausierte, die Menschen strömten vom Parkett, die Frau trat ans Geländer, wandte den Kopf in alle Richtungen, und brennend wie Galle stieg in Alexander die Frage auf, nach wem sie suchte. Doch nicht nach ihrem Freund oder Verlobten?

Von der Seite traf ihn ein Boxhieb gegen den Arm. Vinzenz. »Geschmack hast du, das muss man dir lassen. Hast dir gleich die Schönste ausgeguckt. Und anscheinend hast du auch ihre Aufmerksamkeit. Viel Glück!«

Lachend drängte sein Freund hinter Florian her zum Ausschank. Alexander hingegen fühlte sich wie erstarrt. Das Lächeln, das diese Frau ihm schenkte, jagte einen Schauer durch seinen Körper. Er wollte sie weiter so ansehen, nichts sollte sich an diesem Bild ändern, gleichzeitig befeuerte jeder Atemzug den Wunsch, sie zu berühren.

Er machte zwei, drei Schritte. Die Musik setzte wieder ein. Die Frau nickte ihm zu. Er trat kraftvoller aus, bis er vor ihr stand und direkt in ihre Augen aus dunklem Karamell schauen konnte.

»Du tanzt gut«, sagte er. »Ich habe dich beobachtet.«

Sie legte den Kopf leicht schräg, in ihrem Blick eine Einladung, die Alexanders Leidenschaft entfachte. »Ich bin Martha, und ich will den besten Tänzer der Nacht finden. Bist du bereit?«

Sein Herz pochte hart gegen seine Rippen. Martha war nur wenig kleiner als er, feste Arme, runde Hüften, verführerische Polsterungen. Eine Frau, die gewiss zupacken konnte, sich auf der Tanzfläche jedoch anmutig wie eine Feder bewegte. Er nahm ihre Hand kraftvoll in seine. »Ich kann es kaum erwarten.« Er legte den Arm um ihre Taille und zog sie an sich, für einen Moment berührten sie sich von den Füßen bis zur Brust. Er roch den Duft nach Orangen in ihren Haaren, ein zartes Aroma nach Schweiß. Er würde sich verdammt auf die richtigen Tanzschritte konzentrieren müssen.

»Es geht also um den Kampf Gut gegen Böse?«

Quirins Verwirrung zeigte sich in so ausgeprägten Stirnfalten, dass Gwendolyn lachen musste. Mit jedem weiteren Satz stürzte der Dorflehrer, vor dem Kirchportal auf den Absätzen wippend, Quirin in größere Verunsicherung.

»Andere meinen, dass Melville die Suche nach dem Sinn des Lebens schildert.« Martin Tauber, ein noch junger Pädagoge von siebenundzwanzig Jahren, kam auch abseits des Unterrichts seiner Aufgabe nach, die Dorfjugend umfassend zu bilden.

»Aber da ist ein Wal?« Der Bäckersohn las zwar ebenso gern wie Gwendolyn, doch meist blieben ihm die Tiefen einer Geschichte verborgen. Im Gegensatz zu ihr schwamm er nur an der Oberfläche. »Und Harpunen und ein Indianer und Stürme und all so was kommen auch vor?«

Lachend strich Gwendolyn ihm über den Rücken. So ungezwungen konnte sie nur mit wenigen umgehen. Aber hier, in ihrem kleinen literarischen Zirkel, fühlte sie sich sicher. Sie öffnete den Mund, um zu sagen, dass ihm das Buch schon gefallen würde. Doch da verfinsterte sich seine Miene, als sein Vater an ihnen vorbeilief und ihn mit sich winkte. Seine Arme und Hände waren von knotigen Narben übersät, eine Erinnerung an den Gemeindehausbrand, bei dem er als einer der ersten Helfer die Menschen aus den Flammen gezogen hatte. »Die Leute hauen rein, als gäb's kein Morgen, Quirin. Wir müssen den Rest Semmeln aus der Backstube holen. Der Schlachter braucht Nachschub.« Er nickte Gwendolyn zu. »Schade, dass dein Vater nicht da ist, richte ihm einen Gruß aus. Er soll sich mal wieder im Dorfkrug blicken lassen.«

Quirin umfasste Gwendolyns Arm. »Du bleibst aber noch, ja? Und später tanzen wir. Ich habe geübt!«

»Natürlich.« Unbegründet war Quirins Sorge nicht. Gwendolyn mied Menschenansammlungen, selten hielt sie sich länger auf Festen auf als nötig. Am liebsten war sie allein. Es passte zu ihrem Naturell, für die Buchhaltung der Familie Schinder verantwortlich zu sein, seit sie die Schule beendet hatte. Dass sie nicht alle Einnahmen anständig aufführen konnte, verstand sich von selbst. Es missfiel ihr, hier *kreativ* sein zu müssen, aber anders war es nicht möglich, das viele Geld auf die Bank zu schaffen, ohne dass Fragen aufkamen.

Wie viel lieber vergrub sie sich mit den Bilanzen und dem Schreibkram, als zur Schmuggeltour loszuziehen – oder zum Erntedank das Tanzbein zu schwingen! Aber wenn sie im Dorf nicht vollends zur Außenseiterin werden wollte, musste sich etwas ändern. *Sie* musste sich ändern. Zumindest ein bisschen. Daher hatte sie nicht nur Martha versprochen mitzugehen, sondern sich selbst vorgenommen, heute nicht gleich wieder aufzubrechen. Irgendwann musste der Stimmungsfunke doch auf sie überspringen.

»Nun gut.« Der Lehrer nickte ihr zu und richtete die Jackenschöße. »Viel Freude mit Tom Sawyer, Gwendolyn. Mark Twain ist ein herausragender Erzähler.« Seine Ohrenspitzen röteten sich.

»Vielleicht ergibt sich später die Gelegenheit für einen gemeinsamen Tanz«, bemerkte er so steif, als seien seine Muskeln verdrahtet. Dann machte er sich zum Bierausschank auf.

Mit klopfendem Herzen blieb Gwendolyn alleine zurück, unfähig, einen Schritt auf die Menge zuzumachen. Und nun? Abrupt wandte sie sich in die andere Richtung, zog die schwere Tür des Gotteshauses auf und trat ein. Kühle umfing sie, als sie sich mit Weihwasser bekreuzigte. Durch die Steinwände drangen Akkordeon und Tuba, Geschrei, Gelächter und Geklapper nur gedämpft. Gwendolyn sah zum Fresko des Christophorus an der Nordwand der Saalkirche auf und bekreuzigte sich ein weiteres Mal. Der Gedanke an die Mutter, die ihnen den Glauben vorgelebt hatte, löste ein Stechen in der Brust aus. Mit ihrem Tod waren Risse in diesem Glauben entstanden, ähnlich denen im Wandgemälde. Gwendolyn sehnte sich danach, Gewissheit darüber zu erlangen, dass sich hinter all der behaupteten Herrlichkeit mehr verbarg, den tieferen Sinn hinter allem zu begreifen, aber zumindest das brüchige Fresko offenbarte nur kalten, nackten Stein.

Trotzdem ging sie gerne in die Kirche. Die Ruhe war Balsam für sie, hier konnte sie ihren Gedanken ungestört nachhängen.

Sie und ihre Schwestern litten noch immer unter dem Tod der Mutter. Manchmal weinten sie sich in den Schlaf und trösteten sich gegenseitig, indem sie zueinander unter die Decken krochen. Dann verschwanden alle Gegensätze, die sie im Alltag voneinander trennten. Martha hatte als Erste wieder begonnen, das Leben zu genießen. Oder was sie darunter verstand. Auf Dorffesten von einem Arm in den anderen zu fliegen würde Gwendolyn niemals einfallen. Sie stellte sich lieber vor, wie sie den Mittelgang der Kirche an der Seite eines Mannes hinabschritt, der sie so nehmen würde, wie sie war. Dem sie mehr war als nur seine Gattin. Seine Gefährtin wollte sie sein, seine Freundin, Vertraute.

In ihren Träumen hatte dieser Bräutigam kein Gesicht, doch die Orgel spielte auf, die Gemeinde sang und bezeugte damit, dass Gwendolyn die wahre Liebe gefunden hatte und auf ewig glücklich sein …

Rums! Das Donnern der Tür riss sie aus ihren Träumereien.

»Da bist du ja!« Helenas Stimme hallte durch das leere Gotteshaus. Sie rannte auf Gwendolyn zu, ohne zuvor die Finger ins Weihwasserbecken zu tauchen, und zog sie nach draußen. »Das musst du dir ansehen!«

Vor der Kirche wartete Cilly, weniger überdreht als Helena. Sie kaute an ihren Fingernägeln.

»Was ist los?«, fragte Gwendolyn.

»Martha tanzt schon den dritten Tanz mit dem da!«, antwortete Helena an ihrer Stelle und wies mit ausgestrecktem Zeigefinger auf das Parkett. Gwendolyn hatte die älteste Schwester entdeckt. Sie wirbelte herum, ihr Zopf schwang, und der Schweiß stand ihr auf der Stirn. Die Wangen rot, ihr Körper voller Leben. Nichts Ungewohntes. Neu war der Blick. Wohin ihre Bewegungen sie auch führten, immer blieb er auf *den da* gerichtet, einen Mann, den sie offenbar all jenen vorzog, die auf einen Tanz mit ihr gehofft hatten. In gebügelter Hose und mit Kummerbund war er zu elegant gekleidet für ein Dorffest wie ihres, ein Stück Stoff, das einmal eine Fliege gewesen sein musste, lag ihm locker über der Schulter. Jetzt diente es ihm als Schweißtuch. Die obersten Knöpfe des Hemds waren geöffnet, das Kleidungsstück klebte feucht an seinem Brustkorb. Er zog die Blicke vieler Frauen auf sich. Sein Gesicht war ebenmäßig, sein Lächeln attraktiv, aber da war noch etwas, das Gwendolyn nicht fassen konnte, wie ein Geheimnis, das gelüftet werden wollte, ein Versprechen in einem ihrer Romane. Ein Kribbeln lief ihr den Rücken hinab.

Im Tanzschritt lösten ihre Schwester und er sich voneinander, bewegten sich Seite an Seite. Die perfekte Gelegenheit für andere, abzuklatschen und ihm Martha vor der Nase wegzuschnappen. Die ineinander verhakten Blicke waren jedoch ein Band, das keiner durchzuschneiden wagte. Schnell fanden die beiden wieder zusammen.

Der Flickschuster, Benno, Andreas, jetzt dieser Unbekannte. Immer war da ein Funkeln in den Augen der Männer, wenn sie Martha betrachteten. Ein Feuer. Wie sich eine Frau wohl fühlte, wenn sie so angeschaut wurde? Und wie würde sich der Fremde fühlen, sobald er erkannte, dass es ihm nicht anders ergehen würde als Marthas übrigen Verehrern? Für Martha war die Liebe nur ein Spiel. Je eher er das herausfand, desto besser für sein Seelenheil.

»Warum seufzt du?«, fragte Helena neben ihr.

»Habe ich das?« Sie hatte es nicht bemerkt. Nach einer Antwort suchend atmete sie erleichtert aus, als Quirin mit drei aufeinandergestapelten Kisten voller Semmeln an ihnen vorbei zum Grill lief. »Ach, ich habe nur an eine Lektüre gedacht, die Quirin mir empfohlen hat.«

»Du und deine Bücher. Um was geht es diesmal?«

Gwendolyn sah zurück auf die Tanzfläche. Sie zögerte. »Die Geschichte handelt von einem Mädchen, das sich heimlich verliebt.«

»Bäh!«, stießen Helena und Cilly gleichzeitig aus. Kichernd schlugen sie sich die Hände vor den Mund. »Das ist blöd. Und langweilig.«

Gwendolyn senkte den Kopf, blickte auf ihr schlichtes Kleid hinab. »Langweilig, ja.« Sie atmete durch, dann richtete sie sich auf und schüttelte sich. Hatte sie sich nicht etwas vorgenommen? »Ich gehe zu Quirin. Halt du dich an Martha, sie bringt dich heute heim.«

»Noch eins!« Benno knallte den Krug auf die aus Bohlen improvisierte Theke und wischte sich mit dem Ärmel über den Mund.

»Da hat aber einer Durst«, lachte der Wirt, ein stämmiger Mann mit dunkel in den Höhlen liegenden Augen und einem Kranz abstehender Haare um den Kopf. Er stellte Benno ein frisch Gezapftes hin. Benno griff danach, als müsse er sich daran festhalten. Er stürzte den Inhalt des Kruges hinunter und hoffte, dass er sich mit dem Bier Mut einflößte. Zumindest sollte es seine vermaledeite Zunge Martha gegenüber lockern. *Manch einem würde das nicht reichen.* Trottel! Er musste sich endlich vom Herzen reden, was er schon zu lange mit sich herumtrug.

Nach Barbaras Tod hatte er gedacht, sie wüsste es. Bei der Beerdigung hatte er ihre Hand genommen. Sie hatte sie so fest gedrückt, dass es wehgetan hatte. Aber es war ein guter Schmerz gewesen. Doch er war abgeklungen, und Martha hatte danach mit keinem Wort erwähnt, ob sie dem eine Bedeutung zumaß. Stattdessen hatte sie ihn und den Vater zu neuen *Geschäften* gedrängelt, kaum dass die Blumen am Grab verwelkt waren. Mit jeder Tour war seine Liebe zu ihr gewachsen. Heute war die Gelegenheit, ihr das zu sagen.

Er wandte sich um, stützte sich kurz ab, weil der Boden vor ihm kippte. Er schüttelte den Kopf, die Welt glitt wieder in die Waagerechte und mit ihm die Tanzenden. Martha flirrte durch sein Blickfeld, schöner denn je.

Benno schwenkte den Krug, damit die verbliebene Flüssigkeit den Schaum aufnahm, setzte ihn aber ab, ohne ihn zu leeren. Sollten die Lausbuben etwas davon haben, die zwischen den Tischen und Bänken umherliefen und die Reste zusammenschütteten. Solange die Eltern einem verboten, ein eigenes Bier zu trinken, begnügte man sich damit. So hatte er es früher auch gehalten und seinen ersten Rausch erlebt.

Benno wollte sich erneut mit dem Arm über den Mund

fahren, dann wurde ihm bewusst, dass er so sein bestes Hemd beschmutzen würde. Er hatte Cilly sogar gebeten, es für ihn zu bügeln, damit er eine gute Figur abgab, wenn er vor Martha trat. Sein Blick glitt zur Tanzfläche, aber wo irgendein junger Mann aus Polderfeld an ihrer Seite hätte sein sollen, sah er Alexander Wallendorf. Das Lied endete, die meisten Paare tauschten untereinander, Martha und Alexander hielten sich an den Händen und signalisierten damit, dass auch der nächste Tanz ihnen gehörte.

Der geleckte Fabrikantensohn! Sollte er nicht in Leipzig sein? War er nur über das Wochenende hier und besuchte seine Eltern? Aber was trieb einen wie ihn auf das Erntedankfest nach Polderfeld?

Benno entdeckte Alexanders Begleiter. Die beiden hatten sich ebenfalls Mädchen geschnappt und führten sie aufs Podest. Da war der Schreinersohn Florian Köhler, der für Benno mal einen Werkzeugkoffer angefertigt hatte. Bei dem mit der Kappe musste es sich um den Jungbauern Vinzenz Winkler handeln, dessen Familie die Ortschaften seit Jahrzehnten mit Milch belieferte.

Und wenn ein Dutzend Ornbacher in Polderfeld eingefallen wäre, es war ihm gleich – solange keiner von ihnen seine Martha ansah wie dieser Wallendorf!

Wusste sie überhaupt, mit wem sie sich da abgab? Gut möglich, dass sie ihn nicht kannte. In Kindheit und Jugend hatte man mit den Leuten aus anderen Dörfern kaum etwas zu tun gehabt, dann war Alexander lange fort gewesen. Davor hatte Benno ihn einmal getroffen, als er ein Pferd auf Gut Theresienberg gekauft hatte. Für kleines Geld hatte er eine gebrechliche Stute erworben, die reif für den Schlachter gewesen war, aber noch zwei Jahre ihren Dienst getan hatte. Benno erinnerte sich an die Arroganz des alten Wallendorf und den spöttischen Ausdruck in der Miene des Jüngeren, der es offenbar amüsant fand, sich für kein edleres

Pferd als die lahme Lore zu entscheiden. An Geld mangelte es Benno durch die Schmuggelgeschäfte nicht, aber das brauchte er für wichtigere Dinge als Luxusrösser. Das Gesicht des Schnösels hatte er nicht vergessen, und nun himmelte genau der seine Martha an. War sie es nicht, die mit Korbinian am lautesten über die Mächtigen der Zuckerindustrie schimpfte, die mit ihrem Einfluss dem Volk das Saccharin vorenthielten? Vielleicht sollte sie sich mit einem der Bauern aus Fellenau oder Dietelfink unterhalten, die auf Drängen des alten Wallendorf auf Zuckerrüben umgesattelt hatten. Sie hielten sich für geachtete Geschäftspartner, bis er ihnen schließlich immer weniger zahlte, weil er auch andere Bauern überredet hatte und nun den Preis bestimmen konnte.

Benno drehte sich um, schob den Krämer zur Seite, der seinen Platz an der Theke einnehmen wollte, und knallte dem Wirt sein Geld hin. »Noch eins!« Mit einem Kopfrucken schleuderte er die Haarsträhne zurück, die ihm oft in die Stirn fiel. Wieder setzte er an, diesmal nicht, um sich mehr Mut einzuverleiben, sondern um die Wut hinunterzuspülen, die seinen Hals hinaufkroch wie eine Spinne die Wand.

»Was ziehst du denn für ein Gesicht?« Gwendolyns Stimme waberte durch das Menschengewirr und die Musik an ihn heran. Sie kämpfte sich zu ihm durch, sein Blick über ihre Schulter zur Tanzfläche schien ihr Antwort genug zu sein. Sie nahm ihm den halb leeren Krug aus der Hand, trank ihn mit großen Schlucken aus. Dann stieß sie einmal auf und lachte über den eigenen Übermut. »Komm«, sagte sie und führte Benno einige Meter zum Obstgarten vor dem Pfarrhaus, wo sie unter einem Birnbaum eine freie Bank fanden.

Schwer ließ er sich darauf fallen. Weder von der Entschlossenheit noch von der Wut war viel geblieben, müde war er, mehr nicht. Gwendolyn folgte seinem Blick erneut. »Manchmal tut es gut, etwas auszusprechen, auch wenn derjenige, für den es bestimmt ist, nicht zuhört. Oder diejenige.«

Die Trunkenheit verflog schlagartig. Als hätte Gwendolyn ihn kopfüber in einen Trog Quellwasser getaucht. Stand ihm seine Enttäuschung so deutlich ins Gesicht geschrieben? Langsam senkte er den Kopf, nestelte an seinen schmutzigen und von der harten Arbeit gezeichneten Fingern herum. Fand Martha eher Gefallen an den feinen Händen eines Mannes, der nie in seinem Leben geschuftet hatte, nur Stift und Papier hielt?

»Es ist so«, fing er stockend an, »dass ich deine Schwester fragen wollte, ob sie …«

»Gwendolyn!« Quirin eilte auf sie zu. Der Idiot! Am liebsten hätte Benno ihn quer über den Dorfplatz gejagt. Aber was konnte er schon für Alexanders Auftauchen? »Jetzt sollten genügend Semmeln da sein. Ich habe extra noch eine Fuhre hergetragen, damit ich nachher nicht noch mal helfen muss. Wir können tanzen.«

»Ach, Quirin.«

»He, versprochen ist versprochen!«, beharrte der Bäckersohn.

Benno spürte Gwendolyns Blick auf sich. Die Gute. Kümmerte sich um jeden, nur nicht um sich selbst. »Geh schon« ermutigte er sie und stand schwankend auf. Die kurzzeitige Nüchternheit wich dem angenehmen Gefühl, dass es nicht mehr viel bedurfte, um vollkommen betrunken zu sein. Vielleicht sogar so sehr, dass er sich am Morgen an nichts erinnern würde. Er kramte in seiner Tasche nach den Münzen und wankte zurück zum Ausschank.

»Siehst du, es ist kinderleicht! Lass dich nur von mir führen!« Quirin rief so laut über die Musik hinweg, dass sämtliche Tanzpaare auf dem inzwischen rappelvollen Podest es mitbekamen. Nur Gwendolyns Schwester und dieser Fremde schienen in einer eigenen Welt zu sein und sich nicht mehr voneinander lösen zu können. Armer Benno. Es war offensichtlich, dass er Martha verehrte und darunter litt, dass sie ihn nicht weiter …

»Autsch«, gab Quirin mit einem Lächeln von sich, als Gwendolyn ihm auf den Fuß stieg.

»Hoppla, entschuldige«, sagte sie und passte sich seinem Tempo an. Ja, so konnte sie sich auf die Musik einlassen und auf die vorgegebenen Schritte pfeifen. Sie sollte nur dem folgen, was Rhythmus und Melodie vorgaben. Wie schön war es dann, von jemandem herumgewirbelt zu werden und selbst im Takt von einem Ende der Tanzfläche zum anderen zu hüpfen. Sie hätte ewig so mit Quirin weitermachen können, aber der Kapellmeister mit der Tuba hatte es sich in den Kopf gesetzt, die Gäste munter miteinander zu mischen, um die Stimmung hochzukochen. Als er das Spiel unterbrach und »Damenwahl!« rief, stolperte Gwendolyns Herz für einen winzigen Moment. Dabei war es ganz einfach. Sie durfte sich jemanden aussuchen. Wieso sollte das nicht weiter Quirin sein, mit dem sie ohnehin die ganze Zeit tanzte? Ihn mit einer Verbeugung aufzufordern war kein Problem, die Gefahr gering, dass ihr eine junge Frau ihn wegschnappte. Er mochte der beste Freund sein, den man sich wünschte, ein guter Fang war er aus Sicht der anderen kaum. Quirin nahm ihre Aufforderung mit einem gespielt vornehmen Nicken an. Wieder tanzten sie, bis die Musik ein weiteres Mal aussetzte. Ein Tusch, und der Kapellmeister rief: »Alle Damen einen Schritt nach links!« Das Gedränge auf der Tanzfläche wurde von lautem Lachen und Rufen untermalt, und ehe Gwendolyn es sich versah, fühlte sie die Hände des Mannes um ihre Taille, der eben noch mit Martha getanzt hatte. Ihre Knie wurden weich, sie spürte Schwindel hinter der Stirn.

Der Fremde hielt sie fest und behutsam zugleich, als befürchtete er, sie zu zerbrechen. Der Duft seines Rasierwassers hüllte

75

Gwendolyn ein, würzig wie Bergamotte. Über die nackte Haut zwischen den geöffneten Hemdknöpfen rann ein Schweißtropfen.

Schnell rief sie sich sämtliche Schritte ins Gedächtnis, die sie kannte, um ihm bloß nicht auf die Füße zu treten, wenn es weiterging. Polka, ein flotter Rheinländer … Die Kapelle stimmte einen gediegenen Walzer an, bei dem die Paare eng aneinanderrückten. *An der schönen blauen Donau* von Johann Strauss, erkannte sie. Ein wundervolles Stück.

Sie bemühte sich, das leichte Zittern ihrer Hände zu verbergen. Vorsichtig hob sie den Kopf und schaute auf. Ihr Tanzpartner lächelte sie an, ein Glitzern in den Augen, das sie nicht deuten konnte. Machte er sich über ihre Schüchternheit lustig?

»Ich bin Alexander«, stellte er sich vor und drehte sie langsam nach rechts.

Sie schaffte es, mit ihm Schritt zu halten. »Ich heiße Gwendolyn. Eine aus unserer Familie kennst du ja bereits.« Sie wies mit dem Kinn auf Martha. Die hielt den Mund verkniffen, weil sie mit dem Lehrer tanzen musste, der den Walzer zwar korrekt, aber mit wenig Gefühl ausführte. Martin Tauber warf Gwendolyn im Vorbeigleiten einen traurigen Blick zu.

»Du bist Marthas Schwester?«, fragte Alexander.

»Eine davon«, bestätigte Gwendolyn. »Die Jüngste läuft hier auch irgendwo herum.«

»Ist sie denn genauso schön wie ihr beide?«

Gwendolyn schoss die Hitze in die Wangen. Wahrscheinlich errötete sie bis zum Haaransatz. Eine solche Frage so direkt zu stellen, war … war …

Alexander lachte auf. »Du bist es wohl nicht gewohnt, dass man dir Komplimente macht?«

Gwendolyn versuchte, ihre Fassung wiederzuerlangen. Sie schielte an ihm vorbei auf Martha und Tauber. »Ich bin anders als meine Schwester«, sagte sie und schob dann, einem Gedanken folgend hinterher: »Sie ist es gewohnt, dass alle Männer ihr zu Füßen liegen.« Das musste Warnung genug sein, ohne Martha in ein schlechtes Licht zu rücken.

Alexander ging nicht auf die Andeutung ein. »Sie hat dir ja auch ein paar Jahre voraus, wenn ich es richtig sehe.«

»Hm.« Gwendolyn verzichtete auf den Hinweis, dass Martha und sie nicht miteinander zu vergleichen waren. Zu sehr unterschieden sie sich in Wesen und Charakter. Stattdessen wandte sie ihr Gesicht ab, konzentrierte sich auf die Schritte und auf das Gefühl, einen Mann wie ihn so nah bei sich zu haben. Da war wieder dieses Kribbeln, das ihren Rücken hinablief, und damit einhergehend immer stärker der Wunsch, dass der Walzer noch lange nicht enden sollte.

»Ich habe dich noch nie hier gesehen«, brachte sie hervor.

»Ich komme aus Ornbach, bin heute aber erst aus Leipzig heimgekehrt. Dort habe ich drei Jahre lang studiert.« Er grinste sie an, hielt ihren Blick. »Ich hoffe, man sieht sich jetzt öfter. Polderfeld hat tatsächlich die schönsten Mädchen. Meine Freunde hatten recht.«

Der Schlussakkord erklang, alle lösten sich voneinander und applaudierten, bevor sich die ursprünglichen Tänzer wieder fanden. Alexander ergriff ihre Hand und hauchte einen Kuss darüber. »Es war mir eine Ehre, Fräulein Gwendolyn.«

In der nächsten Sekunde rauschte Quirin heran und drängelte sich vor Gwendolyn. »Gott sei Dank! Agnes ist ein furchtbarer Trampel. Mit dir macht es viel mehr Spaß!« Und schon wirbelte er sie zur Polka herum, die der Kapellmeister nach einem lauten »Juchhe!« spielen ließ. Über seine Schulter blickte Gwendolyn Alexander hinterher, der seinen Arm um Martha legte.

3

Am folgenden Morgen

Die Sonne kündigte sich mit kräftigem Farbenspiel an, orangerote Schleier über aufleuchtendem Blau, gefolgt von Lichtgelb.
Auf den Wiesen des Donautals lag Nebel wie eine dünne Bettde-
cke. Die Feuchtigkeit hatte sich auch auf den Tischen und Bänken des Polderfelder Dorfplatzes niedergelassen. Die Luft musste
frisch und klar sein, aber Gwendolyn roch nur das verschüttete
Bier und den eigenen Schweiß. Aus dem Schwenkgrill kräuselte
sich der Rauch letzter Glutnester, eine vom Rost gerollte Wurst
kokelte vor sich hin. Hier und da erklang das Schnarchen derje-
nigen, die den Heimweg nicht mehr geschafft hatten, andernorts
sezierte eine Gruppe Männer lautstark mit schweren Zungen die
politische Lage Europas und stellte Mutmaßungen darüber an,
was die nächsten Jahre bringen würden. Aus dem Obstgarten
kam ein Würgen.

Gwendolyn drehte und drehte sich auf der Tanzfläche im
Kreise, die Arme weit ausgebreitet. Dass die Musiker längst ein-
gepackt hatten und nur sie die Melodie in ihrem Kopf hörte, war
ihr einerlei. Ein herrlicher Abend, eine herrliche Nacht lagen
hinter ihr.

Einige müde Helfer begannen, die Tische zu säubern und zurück ins Gemeindehaus zu tragen, der Wirt rollte die leeren Fässer in den Keller des Dorfkrugs. Dass er und die anderen immer
wieder lächelnd zu ihr sahen, kümmerte Gwendolyn nicht. Auch

Quirin schaute sie an. Er kniff die Augen zusammen, hoffte wahrscheinlich, damit das eigene Karussell anhalten zu können. Er schwankte und stützte sich am Stamm der Linde ab, wie es sicher schon Generationen vor ihm am Morgen nach dem Erntedank getan hatten.

»Du kriegst ja gar nicht mehr genug«, brachte er über die Lippen. Dabei fiel es ihm sichtlich schwer, die Worte auszusprechen, ohne dass sie ihm unterwegs durcheinandergerieten.

Gwendolyn lachte auf. »Bist du denn nicht auch gespannt, was das Leben für uns bereithält?« Was für eine wunderbare Entscheidung, diesmal als Letzte das Fest zu verlassen! Ein Gefühl von Aufbruch und Neuerung hatte von ihr Besitz ergriffen und war mit jeder Stunde stärker geworden, die sie geblieben war. Jetzt wollte sie davon zerplatzen!

Quirin verzog das Gesicht. Sie stoppte in der Drehung und lief zu ihm, hüpfte die Stufen hinab, um ihn zu stützen, sollte ihm schlecht werden wie dem armen Kerl, den man immer noch aus dem Obstgarten hörte. So weit schien es beim Bäckersohn nicht zu sein. »Was soll uns schon erwarten?«, fragte er und fügte dann, nach einem festen Blick in ihre Augen, an: »Hör mal, ich würd' dich schon nehmen.«

Gwendolyn verstand nicht.

»Na, vom Heiraten rede ich«, klärte Quirin sie auf. »Ich soll bald die Backstube führen, weil meinem Vater die Gicht in die Finger sticht, und dann soll ich sie an meine Kinder weitergeben. Und du sollst dich vermutlich nach einem Mann umschauen und ihm welche schenken. Aber da wäre ja noch *das*.« Er wies mit der flachen Hand auf sein Gesicht. »Mich sieht keine an«, er deutete auf sie, »und dich nimmt auch keiner.« Gwendolyn fror, als er den Kopf zurückzog, um sie zu betrachten. Es schien seine Sicht nicht zu klären, so wie er die Augen abwechselnd zusammenkniff und aufriss. »Wobei, ganz so arg schaust du gar nicht aus. Mir auf jeden Fall reicht's, ich kann mir nicht erlauben, wählerisch zu sein.« Er löste sich aus ihrem Griff, trat einen Schritt zurück.

Gut so, denn ein weiteres Wort und Gwendolyn hätte ihm eine Ohrfeige verpasst. »Halt lieber den Mund, Quirin.« Der Kloß in ihrem Hals schmerzte beim Schlucken. Tränen schossen ihr in die Augen.

»Das ist die beste Lösung für uns beide und die Väter. Also, was sagst du?«

»Dass du ein Hohlkopf bist!« Gwendolyn raffte ihr Kleid und rannte los. Sie passierte die bierseligen Hellseher, die ihre wirren Prognosen bleiben ließen und ihr nachriefen. Sie eilte um die Schlachterei, nahm den Weg an den Höfen vorbei, auf denen die Bauern sich schon um das Vieh kümmerten und nun einem heulenden Schindermädchen hinterherblickten, das vor irgendetwas davonlief. Aber der Wahrheit konnte man nicht entkommen, oder?

Endlich erreichte sie den Hof. Feucht stieg es im Licht des neuen Tages aus dem Strohdach auf, das Haus stand stabil wie seit Jahrhunderten. Als könne kein Wetter es erschüttern, und tobe es so heftig wie in Gwendolyns Herzen. Schäumende Wut und Scham, weil sie sich eingebildet hatte, durch eine Nacht auf dem Dorfplatz habe sich ihr Leben verändert. Präsentiert hatte sie sich, lächerlich gemacht und sich dabei auch noch gut gefühlt.

Sie riss die Haustür auf. Die Stube war leer. Den Hühnern und Gänsen reichten die Körner zu späterer Stunde, selbst die Pferde hielten es länger aus als die Kühe und Schweine der Bauern. Es bestand keine Not für ihren Vater, in aller Herrgottsfrühe aufzustehen. Gwendolyn stürzte in ihr Zimmer, warf sich aufs Bett und ließ den Tränen freien Lauf.

Irgendwann versiegte der Bach, doch Quirins Worte lagen ihr wie Wackersteine im Magen. Was für ein Dummkopf. Sich derart zu betrinken, dass man solch einen Unsinn von sich gab und andere verletzte. Aber hieß es nicht, dass Kinder und Betrunkene die Wahrheit sagten?

Gwendolyn schniefte und stand auf. Sie lief zum Tisch unter dem Fenster und nahm den Handspiegel aus der Schublade. Ein verheultes Gesicht blickte ihr entgegen, die Augen rot, der Dutt zerrupft wie ein altes Sofakissen. Keine krumme Nase, kein schmallippiger Mund, und ihre Haut war weich und glatt. Alexander hatte sie gern angesehen, obwohl seine Komplimente vermutlich übertrieben waren. Vielleicht war sie keine Schönheit, aber auch garantiert keine, von der man sich angewidert abwandte. Was hatten die anderen Mädchen ihr voraus, die auf einem Fest im Handumdrehen jemand Besseren zum Tanzen fanden als einen törichten Bäckersohn?

Ein Lächeln schlich sich auf das Gesicht im Spiegel. Gwendolyn legte ihn beiseite, neuer Mut erfüllte sie. Hatte sie nicht eine Expertin zur Hand, die ihr zeigen konnte, wie man Männer dazu brachte, dass sie sich in sie verliebten? Ob mit Schminke auf Lippen und Wange oder Blumen im Haar – vielleicht sollte sie es wagen, sich darauf einzulassen!

Sie stürmte aus dem Zimmer und sprang die Stufen nach oben. Hier war die Decke so niedrig, dass sie den Kopf einziehen musste, um unter den Querbalken hindurchzulaufen. Mit schnellen Schritten war sie an Marthas Tür. Leise klopfte sie an. »Martha?« Sie flüsterte, um Helena im Zimmer gegenüber nicht zu wecken. Deren Tür war wie immer nur angelehnt. Als könnte eine geschlossene sie daran hindern loszurennen, sobald ihr eine neue Idee kam. »Martha?« Gwendolyn legte das Ohr gegen das Holz. Sie wiederholte den Namen ein drittes Mal, doch drinnen rührte sich nichts. Vorsichtig drückte sie die Klinke nach unten. Die Tür sprang auf, sie streckte den Kopf ins Zimmer. Das Bett war leer, die Decke gefaltet, das Kissen aufgeschüttelt. Hier hatte heute Nacht niemand geschlafen.

Sie eilte über den Flur, schaute zu Helena hinein und sah einen ebenso verwaisten Raum. Himmel, hatte Martha die jüngste Schwester denn nicht heimgebracht? Gwendolyn hatte doch mitbekommen, wie sie gegangen war, und angenommen, dass sie Helena schon vorausgeschickt hatte.

All ihre Wut hatte Gwendolyn für Quirin aufgebraucht, jetzt breitete sich in ihr nur bleierne Enttäuschung darüber aus, dass alles beim Alten war. Was hatte sie anderes erwartet? Beim Schmuggel war Martha die treibende Kraft, beinahe wilder und draufgängerischer als der Vater. Aber verlangte man etwas für die Familie, hatte man das Nachsehen. Zu wichtig war dann dies oder das, zu spießig der Wunsch, dafür die eigenen Interessen zurückzustellen.

Konnte Helena noch am Dorfplatz sein? Gwendolyn hatte sie nicht mehr gesehen, hatte in den letzten Minuten aber anderes im Kopf gehabt. Es war durchaus möglich, dass sie irgendwo mit Cilly zusammenhockte. Die Jüngsten nutzten es aus, wenn die Zügel lockerer gelassen wurden.

Sie stieg die Treppe hinab und verließ das Haus. Die Sonne stand inzwischen weit am Himmel, der nächste warme Tag kündigte sich an. Sie passierte die Scheune, kam am Verschlag für die Hühner vorbei – und stoppte, als sie eine Stimme hörte. Hatte sie Martha Unrecht getan und sie war doch schon da? Um das Federvieh kümmerte sie sich selten, aber es kam vor.

Gwendolyn trat näher, hob den Riegel und öffnete die knarzende Tür.

Morgenlicht fiel durch die schmutzigen Scheiben des Verschlags und erhellte ihn. Dort, in einer Ecke, hockte Helena, ein flaumiges Küken in ihrem Schoß. Mit der Hand beschützte sie das Tier, während sie beruhigende Worte sprach. Der Kranz aus Anemonen saß schief und ramponiert auf ihrem Schopf.

»Was machst du hier, um Himmels willen!«

Helena zuckte zusammen, doch Gwendolyn fuhr fort: »Herrje, du hast mir eine Heidenangst eingejagt!« Sie spürte einen Rest Wut in sich, aber es war ungerecht, dass ihre Schwester ihn abbekam. Sie trat vor und rückte ihr den Kranz zurecht. »Warum bist du nicht im Bett?«

Helena schaute in ihren Schoß und streichelte das Küken, das sich vertrauensvoll in die Beinkuhle schmiegte. »Ich wollte Wastl nicht allein lassen.«

Gwendolyn ging in die Knie, berührte den Flaum mit dem Zeigefinger. »Kannst du mir auch verraten, wo dieser *Wastl* herkommt?« Sie besaßen ein knappes Dutzend Gänse. Für Gelege waren Nester zwischen Trennwänden vorbereitet, mit reichlich Wasser in der Nähe. In den letzten Wochen hatte Gwendolyn in keinem davon ein Ei gesehen.

»Cilly und ich haben ihn im Stroh entdeckt.«

Gwendolyn sah sich um. »Ist Cilly noch da?«

Helena schüttelte den Kopf, der Kranz verrutschte wieder. »Sie ist nach Hause gegangen, damit Benno sich keine Sorgen macht.«

»Und daran konntest du dir kein Beispiel nehmen? Kannst du dir nicht denken, dass wir uns auch Sorgen machen, wenn wir nicht wissen, wo du bist?«

Helena zuckte die Achseln. »Ihr hattet ja eure Kerle und habt nicht nach mir geguckt.«

Gwendolyn fühlte das schlechte Gewissen in sich hochsteigen, obwohl ihr der Verstand sagte, dass Martha die Schuld trug. Sie sollte sich um Helena kümmern.

»Quirin ist nicht mein *Kerl*«, stellte sie klar.

»Gut so. Du hast auch einen besseren verdient. Mindestens so hübsch wie Marthas Tänzer sollte er schon sein.«

Gwendolyn lachte und hörte selbst den leicht bitteren Ton darin. »Wir werden sehen. Wenn der Richtige kommt, frag ich dich um Rat, einverstanden?«

Helena stimmte in ihr Lachen ein. »Darf ich mich um Wastl kümmern? Ich glaube, er ist vor zwei Tagen geschlüpft, hat sich seitdem von dem ernährt, was das Ei hergibt. Seit ich hier bin, war kein Muttertier bei ihm. Ich habe ihm gerade etwas Gras und Wasser gegeben, und er hat gierig gefuttert. Ich glaube, er ist ein kleiner Kämpfer, der Singerl, was?« Sie hielt ihn sich vors Gesicht und küsste die weichen Federn an seinem Bauch.

Vor zwei Tagen. Das passte. Helena wusste es nicht, aber in jener Nacht hatte ein Fuchs eine der Gänse gerissen. Gwendolyn hatte am Morgen Federn und Blutspuren entdeckt und sogleich alles bereinigt, um der Jüngsten den Anblick zu ersparen. Später hatte sie ihr erzählt, dass sie eine Gans verkauft hatten. Gepasst hatte Helena das nicht. Aber nun hatte sie ja Ersatz gefunden.

»Lieb, dass du dich um ihn kümmern willst«, umschiffte sie die Antwort auf die unausgesprochene Frage, wieso sich kein Muttertier um das Junge kümmerte. »Vergiss darüber die Schule und deine Pflichten im Haus nicht.«

Helena hielt sich das flauschige Tier an die Wange, schloss träumerisch die Augen. »Vielleicht ist Wastl ja ein verwunschener Prinz.«

Gwendolyn erhob sich, strich einige Strohhalme von ihrem Rock. »Hoffentlich. Dann hätte wenigstens eine von uns Glück in der Liebe. Jetzt komm ins Bett. Wastl kannst du in sein Nest setzen. Gänseküken sind von Anfang an recht selbstständig.«

»Der braucht mich noch«, behauptete Helena, legte Wastl aber zurück an die Fundstelle und erhob sich. »Ich bin in zwei Stunden wieder da!«, versprach sie ihm, bevor sie Hand in Hand mit Gwendolyn zum Haus lief.

Gwendolyn war erleichtert, dass sie die Jüngste an keinem übleren Ort als dem Hühnerhaus angetroffen hatte. Das klärte aber nicht, wo sich Martha herumtrieb. Es ging sie nichts an, die Schwester konnte tun und lassen, was ihr gefiel. Dennoch setzte sich ein ungutes Gefühl in ihr fest. Wie leichtlebig sich Martha an diesem Abend wieder einmal gezeigt hatte. Wie sie in Alexanders Armen versunken war, wie gekränkt Benno sie beobachtet hatte, beide nur Bälle in einem Spiel, von dem sie nichts wussten. Das hatte keiner von ihnen verdient, Alexander genauso wenig wie Benno.

Die Morgensonne kitzelte Benno an der Nase. Er hockte an einem abseits aufgestellten Biertisch nahe dem Wirtshaus, den Kopf seitlich auf die verschränkten Arme gelegt, und musste niesen. Gequält stöhnte er auf. Sein Schädel schien zu platzen. Aber er war ja selbst schuld. Als er sich aufrappelte, klimperten nur wenige Münzen in seiner Tasche. Es war also nicht bei einem oder zwei weiteren Krügen geblieben, nachdem er Gwendolyn mit Quirin zum Tanzen geschickt hatte. Sein Blick ging zum Podest. Du liebe Zeit, wie lange hatte er geschlafen? Gwendolyn stand mit dem Bäckersohn neben dem Parkett, sonst niemand. Die beiden schienen in eine ernste Unterhaltung vertieft zu sein. Jetzt drehte Gwendolyn sich um und lief mit fliegendem Rock davon, Quirin sah ihr wankend nach und schlurfte dann mit gesenktem Kopf heimwärts in die andere Richtung.

Was hatte der arme Tropf verbrochen? Benno nahm sich vor, Gwendolyn bei Gelegenheit danach zu fragen, so nett, wie sie ihm gestern Abend das Gespräch angeboten hatte. Jetzt musste er sich erst einmal um das Frühstück für Cilly kümmern, obwohl sein Magen allein beim Gedanken an Brot und Käse, frische Butter und selbst eingekochte Waldbeermarmelade rebellierte.

Cilly! War sie etwa noch hier, geschlagen mit einem Taugenichts von Bruder, der den Absprung nicht rechtzeitig geschafft hatte? Erleichtert atmete er aus, als es ihm einfiel: Cilly war erst mit Helena zum Schinderhof gegangen, dann zurückgekehrt und hatte von einer *wunderbaren Entdeckung* berichtet. Sie schlief entweder mit in Helenas Bett wie in Kindertagen oder sie war zuverlässig heimgekehrt.

Dass er sich so hatte gehen lassen! Wenigstens hatte er nun etwas, das er Pfarrer Lindemann im Beichtstuhl erzählen konnte. Der Geistliche hatte nach dem Tod der Eltern die passenden Worte gefunden: dass die beiden bei Gott und in seinem und Cillys Herzen weiterlebten. Dieser Gedanke tröstete Benno bis heute und verband ihn mit der Kirche. Wie Cilly nahm Pfarrer Lindemann an, dass Benno seit diesem Tag grundanständig als Kutscher für die Schinders arbeitete. Aber das Schicksal hatte etwas Besseres für ihn vorgesehen. Korbinian hatte ihn nicht nur aufgenommen wie einen Sohn, sondern mit ihm als jugendlichem Helfer vor nunmehr zehn Jahren, im Sommer 1898, den Schleichhandel aufgebaut. Damals war der Arme-Leute-Zucker zum ersten Mal verboten worden. Der Fuhrmann hatte schnell und findig gehandelt, und er hatte Benno von Beginn an in seine Pläne einbezogen und am Gewinn beteiligt.

Benno fühlte sich von Herzen Gott und dem Pfarrer verpflichtet, besuchte mit Cilly jeden Sonntag die Messe und nahm danach regelmäßig im Beichtstuhl Platz. Das Problem war, dass er von seinem größten Vergehen – den Schmuggelgeschäften – nicht erzählen konnte. Und so erfand er die ein oder andere Sünde, damit der Gerechtigkeit Genüge getan war. Ein wenig Neid hier, ein kleiner unzüchtiger Gedanke da, der Pfarrer bestätigte, dass dies nur allzu menschlich war, aber Benno sich auf dem rechten Weg befand, wenn er ernsthaft bereute. Heute brauchte er seine Fantasie nicht zu strapazieren. Maßlosigkeit war ein feiner Grund, die Beichte abzulegen und ein paar Rosenkränze zu beten.

Der nächste Gedanke war schmerzlicher und löste ein scharfes Stechen in seinem Kopf aus. Wallendorf! In Fetzen kamen die Erinnerungen zurück: wie Martha und Alexander miteinander getanzt hatten, wie sie sich kaum voneinander hatten lösen können. Benno hatte keine Chance gesehen dazwischenzugehen. Vielleicht hatte ihn auch die Angst zurückgehalten, dass Martha ihn abweisen könnte. Hatte sie ihn jemals so angesehen wie Alexander?

Während sich sein Verstand allmählich klärte, verfluchte er sich für sein Zögern in den vergangenen Monaten. Warum hatte er ihr nicht längst seine Liebe gestanden? Dann wäre alles geregelt gewesen, Martha wäre nicht eingefallen, mit einem anderen zu tanzen, vom Flickschuster und Andreas einmal abgesehen, die keine Konkurrenz darstellten. Aber nein, immer hatte er es verschoben, auf den richtigen Zeitpunkt gewartet. Zu lange? Oder maß er alldem zu viel Bedeutung bei? War Wallendorf nur ein begnadeter Tänzer, und Martha machte sich darüber hinaus gar nichts aus ihm?

Das Gespräch mit ihr konnte er nicht länger aufschieben! Am Mittag war er ohnehin mit Korbinian verabredet, um die nächste Tour zu planen. Martha würde wie immer dabei sein. Danach konnte er sie zur Seite nehmen, oder besser: Ihr direkt vor ihrem Vater sagen, was er für sie empfand und dass er daran glaubte, dass sie mehr verband als reine Kameradschaft.

Er erhob sich, sammelte sich einen Moment, hielt sich am Tisch fest, dann ging es. Er nahm einen tiefen Atemzug und trat den Heimweg an. Weit hatte er es nicht, sein Haus lag auf der anderen Seite der Kirche. Cilly hatte ihm bestimmt eine Lampe brennen lassen, weil sie nicht angenommen hatte, er würde bis zum frühen Morgen auf dem Fest bleiben. Er liebte die Stimmung in seinem Haus, wenn sie am Wochenende heimkehrte. Seine Schwester sorgte für Behaglichkeit, wo ihn sonst die Einsamkeit umgab.

Sein Gang war unsicher, als er Schritt vor Schritt setzte. Der Weg führte ihn am Friedhof vorbei und in einem Bogen um eine

Häuserreihe, in der die Schneiderei und ein Tuchhandel ihr Gewerbe betrieben. Auch das Arzthaus und die Apotheke befanden sich in dieser Straße. Es gab eine Abkürzung, die über das Grundstück der Näherin führte, die es nicht gerne sah, wenn ihr jemand durch die sorgfältig angelegten Beete trampelte. Benno war sicher, dass sie an diesem frühen Morgen Besseres zu tun hatte, als ihr Stück Land zu bewachen. Er bog links in die Gasse ein – und stutzte, als leises Lachen zu ihm drang. Er wich zurück, verbarg sich hinter der Häuserwand. Vorsichtig reckte er den Hals. Vor dem Garten stand die stille Bank, wie sie in Polderfeld genannt wurde, unter einem mit wildem Wein bewachsenen Spalier, davor ein Kruzifix. Die Morgensonne ließ die Blätter in allen Farben des Herbstes erstrahlen. Ein beliebter Ort für den Pfarrer und den Lehrer, wenn sie sich von ihrer geistigen Tätigkeit ausruhten und ihre Blicke über die Äcker und Felder streiften.

Heute saß dort keiner der Honoratioren der Gemeinde. Still war es auch nicht. Das Lachen kannte Benno nur allzu gut. Er sprang auf die andere Seite der Gasse, um einen besseren Blick zu haben. Als hätte er den nötig. Er sah Marthas grünen Rock und dann Alexander Wallendorf, wie er sich über sie beugte und ihr Lachen mit einem Kuss erstickte. Leises Stöhnen und Atmen.

Bennos Blut gefror zu Eis, doch die Erstarrung hielt nur eine Sekunde. Sein Herz begann umso stärker zu rasen, in seinen Ohren hämmerte der Puls so heftig, dass er taumelte. Vor seinen Augen zuckten rotschimmernde Erinnerungen an den Verlust der Eltern beim großen Brand. Die verzweifelten Schreie von damals hallten in seinem Kopf, während er die Fäuste ballte und gegen den drängenden Wunsch ankämpfte, auf den jungen Wallendorf einzuschlagen, bis er sich nicht mehr rührte.

Was dachte sich Martha bloß dabei! Eine Liebe zwischen zwei Menschen, die aus so unterschiedlichen Welten stammten, hatte doch keine Chance! Wusste sie nicht, wer in Wahrheit zu ihr gehörte? Benno würde nicht zulassen, dass Martha sich kopfüber ins Unglück stürzte. Er würde ihr die Augen darüber öffnen, wofür Alexander Wallendorf und seine Familie standen, damit sie zur Besinnung kam.

4

»Ich hab Nachricht von den Brunners.«

Martha folgte ihrem Vater über den Hof zur Scheune, in der das Fuhrwerk untergebracht war. Sie hatte nach dem Dorffest nur wenige Stunden geschlafen und in dieser Zeit so intensiv von Alexander geträumt, dass sie kaum noch unterscheiden konnte, was Wahrheit und was ihrer Fantasie entsprungen war. Waren sie wirklich geflüchtet, als hinge ihr Leben davon ab? Waren sie durch die Siedlung geirrt, sich immer wieder an Häuserwände drückend, um sich zu küssen? Auf der stillen Bank hatten sie ein Plätzchen gefunden, um die Zärtlichkeiten fortzusetzen. Als das Dorf ringsherum zum Leben erwacht war, hatten sie sich mit dem Versprechen voneinander getrennt, sich schon am heutigen Abend wiederzusehen. Jetzt schaffte Martha es kaum, sich auf das Gespräch mit ihrem Vater zu konzentrieren, aber der Name Brunner ließ sie aufhorchen. »Eine neue Lieferung?«

Korbinian nickte. »In einer Woche kann die Übergabe stattfinden. Wir sollten uns ranhalten, um alles vorzubereiten. Ich zeig dir, was ich mir überlegt habe.«

Die Brüder Loris und Andrin Brunner wohnten vierhundert Kilometer entfernt in Buchel auf der Schweizer Seite der Grenze. Ihr Engagement im Gemischtwarenladen ihres Onkels Beat nutzten die jungen Männer zu ihrem eigenen Vorteil. Bei den regelmäßigen Fahrten nach Zürich, wo sie die Waren für das Geschäft besorgten, legten sie stets einen Zwischenstopp bei der *Hermes AG* ein, um Saccharin zu erwerben. Die Familie Schinder gehörte zu ihren besten Abnehmern. Marthas Vater ließ sich immer wieder neue Verstecke einfallen, damit er mit seinem Karren in der Nähe der Grenze keinen Verdacht erregte. Normalerweise liebte Martha die Tour quer durch Deutschlands Süden und den Nervenkitzel am Schlagbaum. Diesmal war es anders. Zwei Wochen sollte sie unterwegs sein? Ausgerechnet jetzt?

Vom Hühnerhaus kam ihnen Helena entgegen. Sie trug etwas auf dem Arm und streichelte es versunken. Siedend heiß lief es Martha über den Rücken. Sie eilte auf die Schwester zu. »Ich hätte dich heimbringen sollen. Aber ich … ich … Hat dir das Fest gefallen? Hat die Kapelle nicht wunderschön aufgespielt? Bestimmt hat Cilly dich dann begleitet, da hätte ich sowieso nur gestört, nicht wahr?«

Helena hielt an, verbarg immer noch etwas vor der Brust, hob aber die Nase. »Ich komme schon allein zurecht. Ich habe gleich gesagt, dass ich keine Gouvernante brauche.«

Wenn sie gleich wieder schnippisch wurde, schien sie keinen Schaden genommen zu haben. Und war sie nicht wirklich alt genug, um selbst zu entscheiden, wann sie sich vom Fest verabschiedete? Vielleicht sollte das auch Gwendolyn einsehen und nicht wie eine Glucke über die kleine Schwester wachen. Gut, es gab den einäugigen Xaver, der etwas außerhalb wohnte und von dem es hieß, er schielte nach den ganz jungen Backfischen. Manchmal fanden sich vor den Haustüren von Familien mit blonden Mädchen Äpfel als Geschenke, und man vermutete, dass er sie abgelegt hatte. Beweise gab es nicht. Dann randalierten auf einer Feier wie der gestrigen die Betrunkenen, die sich nicht mehr im Griff hatten und denen eine schmächtige Helena nicht mal eben einen Schubs geben konnte, wie sie selbst es bei dem Erntehelfer getan hatte. Aber es war ja alles gut gegangen. Sie beugte sich vor und lugte zwischen den verschränkten Armen hindurch auf das, was ihre Schwester hielt. »Wen haben wir denn da?«

»Das ist Wastl«, antwortete Helena mit plötzlichem Stolz in der Stimme, während der Vater an ihnen vorbei weiter zur Scheune lief.

»Kommst du, Martha?«

»Gleich.« Sie streichelte den Gänserich. »Ich wusste nicht, dass eine Gans brütet.«

»Das wusste niemand. Gwendolyn hat mir erlaubt, mich um ihn zu kümmern.«

Solche Entscheidungen trafen gemeinhin der Vater oder an seiner Stelle Martha als Älteste. Aber egal. Helena hatte ja keinen Jungen mit nach Hause gebracht, über dessen Verbleib ein Urteil gefällt werden musste. »Du gibst bestimmt eine feine Gänsemutter ab.« Martha drückte ihr einen flüchtigen Kuss auf die Wange. »Wo ist Gwendolyn eigentlich?« Sie erinnerte sich daran, die Schwester noch spät auf dem Fest gesehen zu haben. Bis auf ein Mal hatte sie nur mit diesem unsäglichen Quirin getanzt. Aber immerhin, ein Anfang. Und besser, als sich mit dem Dorflehrer zu langweilen, der den Walzer wie ein mathematisches Rätsel angegangen war. Murmelnd hatte er seine Schritte gezählt. Sie lächelte bei der Erinnerung daran, wie verschüchtert Gwendolyn derweil mit Alexander gewirkt hatte.

»Sie ist erst am Morgen heimgekommen!«, schnatterte Helena. »Eigentlich wollte sie lange schlafen. Sie ist aber wieder aufgestanden, um mit mir und dem Vater zu frühstücken und die Pferde zu versorgen. Dann hat sie sich mit dem Schreibzeug in die Stube verdrückt.«

Ja, das war die Welt, in der sich Gwendolyn sicherer bewegte als in Gesellschaft.

»Und wo warst du die ganze Nacht?« Helena legte den Kopf schief und betrachtete Martha.

Zu Marthas Ärger wurden ihre Wangen heiß. Von der kleinen Schwester sollte sie sich nicht in die Enge drängen lassen! Sie musste sich nicht rechtfertigen. »Das geht dich nichts an, du Naseweis!« Damit wirbelte sie herum und eilte dem Vater hinterher. Vor der Scheune stoppte sie, als sie auf dem Weg zum Hof Benno erkannte. Ihr Vater hatte ihn herbestellt, um ihm seine neueste Idee zu präsentieren. Er trug wieder seine übliche Arbeitskluft, Stoffhosen und ein Schnürhemd, dessen Ärmel er hochgekrempelt hatte. In der Mittagssonne leuchtete sein Blondhaar wie ein Büschel Weizen, mit einem Kopfrucken schleuderte er die Tolle aus der Stirn. Er hielt die Hände in den Taschen vergraben und stapfte weit aus. Der Kater vom gestrigen Abend war ihm deutlich anzusehen.

»Grüß dich, Benno. Na, hast du dich gut erholt?« Sie grinste ihn an, aber er drängte sich schon an ihr vorbei und schob das Scheunentor auf.

Himmel, nahm er es ihr noch übel, dass sie sich von ihm nicht das Fest hatte verderben lassen? Sie war ja nicht auf den Kopf gefallen und wusste, dass er sich einbildete, unter der Freundschaft zur Familie wachse mehr. Als ob so etwas selbstverständlich wäre, nur weil er der beste Mitarbeiter ihres Vaters war und es allen in den Kram passte. Sie mochte ihn, aber was sie in der vergangenen Nacht mit Alexander gespürt hatte, löste jetzt schon wieder einen überwältigenden Drang aus, alles stehen und liegen zu lassen und zum Treffpunkt zu eilen, den sie für den Abend vereinbart hatten. Seine Küsse, seine Berührungen, als könne er niemals genug von ihr bekommen. Sie hatte ihre Begegnung wie im Rausch erlebt. Zum Reden hatten sie gar keine Zeit gefunden, ihre Münder waren mit Besserem beschäftigt gewesen. In wenigen Stunden würde sie wieder in seinen Armen …

»… hörst du überhaupt zu, Martha?«

Die Stimme des Vaters drang laut in ihre Gedankengänge. Sie zuckte zusammen, wischte sich über die Stirn, mühte sich, ins Hier und Jetzt zurückzukehren. Was hatte er mit Benno besprochen? Die Baumstämme, genau. »Sind bereits genug ausgehöhlt?«, fragte sie, um zu zeigen, dass sie am Gespräch teilnahm.

Benno verdrehte die Augen. »Das hat dein Vater gerade gesagt. Wir brauchen noch ein paar, später laden wir sie auf, die richtigen Stämme zuoberst, damit bei einer eventuellen Kontrolle nichts auffällt. In die hohlen passt eine Menge Zeug rein.«

Ihr Vater war erfinderisch darin, das Saccharin zu verstauen. Nur so schafften sie die Mengen aus der Schweiz, die sie dann im Deutschen Reich verteilten. Oder in Böhmen. Mit den Waidreutern hatten sie sich allerdings seit jener Osterprozession nicht wieder zusammengetan, obwohl Marthas Vater einige Male allein hingefahren war, wohl um an der Stelle Zwiesprache mit der Mutter zu halten, an der sie ums Leben gekommen war.

Die Waidreuter trugen den süß gefüllten Nepomuk nach wie vor alle zwei Wochen über die Grenze. Zu einträglich war das Geschäft, als dass die Beteiligten es sich entgehen ließen. Ob sie sich mit dem neuen Gendarmen arrangiert hatten, wusste Martha nicht. Aber egal, was sich die Leute ausdachten, um durch den Schleichhandel reich zu werden: In den einschlägigen Kreisen galt Korbinian Schinder als der Schmugglerkönig vom Bayerischen Wald. Er besaß die besten Kontakte, hatte ein Netzwerk an Helfern, die er gerecht behandelte, und ließ sich nicht erwischen. Die ausgehöhlten Baumstämme waren typisch für ihn. Ein ideales Versteck, das es so sicher nie zuvor gegeben hatte. Niemand würde die illegale Ware darin vermuten.

»Ich helfe beim Aufladen.«

»Besser nicht«, sagte Benno barsch. »Du siehst aus, als wärest du mit dem Kopf in den Wolken. Nachher fällt dir noch ein Stamm auf deine hübschen Tanzfüße.«

»Spar dir deine spitzen Bemerkungen«, erwiderte Martha. »Dir sieht man den Suff ja auch noch an. Giftig grün bist du im Gesicht. Aber sage ich was? Nein. Es bleibt dir überlassen, wenn du dich lieber betrinkst, anstatt dir ein nettes Mädchen zum Tanzen zu suchen.«

»Ich hätte schon eins gehabt, aber das hat es ja vorgezogen, sich einem anderen zu widmen. Und zwar den ganzen Abend.«

Martha stierte ihn an. So deutliche Worte aus seinem Mund. Und der Vorwurf, der darin lag. Dabei hatte sie ihm nie etwas versprochen! »Und wenn schon? Was geht es dich an?«

Korbinian hatte sich mit Hammer und Meißel vor einen Baumstamm gekniet, um die Einkerbung zu vergrößern. Er gab vor, sich nicht für den Streit zwischen Benno und Martha zu interessieren.

»Sehr viel, wenn es sich bei dem anderen um den jungen Herrn Wallendorf handelt!«, polterte Benno. »Schimpfst du nicht gern über die Großkopferten? Tja, da hast du einen von ihnen!«

Martha stockte das Blut in den Adern. Ihr Kiefer klappte auf, aber sie war unfähig, etwas zu erwidern. »Die Wallendorfs aus Ornbach?« Sie fühlte sich wie im freien Fall. »Bist du dir sicher?«

»Die überhebliche Miene dieses Lackaffen vergisst man nicht. Weißt du eigentlich, was man sich über den erzählt? Wie viele Weibergeschichten der in Sachsen gehabt haben soll? Glaub bloß nicht, du bist etwas Besonderes für ihn. Du bist nur eines von vielen Mädchen, mit denen er sich vergnügt.«

Tausend Gedanken wirbelten hinter Marthas Stirn, sie bekam nicht einen davon zu fassen. Nie im Leben hätte sie damit gerechnet, dass einer der Wallendorfs auf einem Dorffest in Polderfeld auftauchen würde. Du liebe Zeit, wie sollte sie ihre Gefühle und dieses Wissen zusammenbringen? Aber wusste Alexander

95

umgekehrt, wer sie war? Wessen Tochter? Der Zuckerfabrikant und die Schmugglerin – eine solche Beziehung ging keiner sehenden Auges ein!

Ihr Vater richtete sich auf, den Griff um den Hammer so fest, dass die Knöchel seiner Finger hervortraten. »Den Namen Wallendorf will ich auf meinem Grund und Boden nicht hören. Habt ihr das beide verstanden?«

Martha und Benno schraken gleichermaßen zusammen, er mehr noch als sie. Offenbar hatte er Korbinian nach seiner Tirade für einen Verbündeten gehalten. Jetzt wurde er selbst zurechtgewiesen. Aber warum?

»Was ist passiert, Papa?«

Brummelnd winkte ihr Vater ab, hockte sich wieder hin und setzte seine Arbeit fort. Schweigend nahm Benno den Stechbeitel und half ihm.

Martha ließ sich auf einem Holzklotz nieder. »Hattest du schon mit ihnen zu tun?«

»Ach, das ist alles lange her«, gab ihr Vater mit tiefer Stimme von sich, scheinbar auf die Arbeit konzentriert. »So lang, dass es schon fast nicht mehr wahr ist.« Er sah auf, blickte Martha direkt in die Augen. »Keiner von denen ist ein guter Umgang für uns, und damit hat es sich.«

»So sehe ich das auch«, stimmte Benno zu.

»Aber durch die üblen Machenschaften von Leuten wie ihnen kommen wir erst zu unseren Geschäften!«, warf Martha ein. »Im Grunde müssten wir ihnen dankbar sein.«

Benno lachte auf. Es klang nicht erheitert. »Dreh du es dir nur so, wie es dir gerade passt, jetzt, wo dich dieser Schnösel verblendet hat.«

»Lass dich bloß nicht mit dem blicken.« Korbinian trieb den Meißel so tief ins Holz, dass ein Span wegsprang, dick wie der Knochen eines erwachsenen Mannes.

Martha hob das Kinn. Ihre widersprüchlichen Gefühle verwirrten sie. Gleichzeitig regte sich ihr natürliches Bedürfnis nach Rebellion, wenn zwei Männer ihr sagten, was sie zu tun oder zu lassen hatte. Vieles lag ihr auf der Zunge, aber in einem Teil ihres Verstandes wusste sie, dass es klüger war zu schweigen – und trotzdem das zu tun, wonach ihr der Sinn stand.

Eine Weile arbeiteten Benno und Korbinian schweigend, schabten das Holz aus der Mitte des Stammes, bis ihnen der Schweiß die Hemden dunkel färbte. Die Anspannung war zum Greifen. Martha wusste nicht, was ihren Vater mit den Wallendorfs verband. Aber es war lange her, das hatte er selbst gesagt, und was ging sie die Vergangenheit an? Alexander und sie hatten sich *jetzt* ineinander verliebt.

Korbinians Stimme zerschnitt die Stille, als er aus seinen Gedanken heraus sagte: »Dass irgendein Deutscher in Amerika das Saccharin erfunden hat. Unglaublich, oder? Das war das Beste, was den armen Leuten in unserem Land passieren konnte. Jemand sollte ihn zum Heiligen erklären.« Er stieß ein Lachen aus, das mehr wie ein Husten klang.

Martha und Benno wechselten einen überraschten Blick. Marthas Vater erzählte fast nie von den vergangenen Zeiten, aber wenn, dann spürte man stets Zorn aufflackern. Manchmal kam er ihr vor wie einer dieser Vulkane, die Feuer spuckten. Obwohl sie wie harmlose Berge aussahen, drohten sie jederzeit auszubrechen. Korbinian Schinders Verschlossenheit und Schweigen verwechselte man besser nicht mit Gleichgültigkeit.

Als hätte er vergessen, dass Martha und Benno zuhörten, fuhr er fort und trieb weitere Späne aus dem Stamm: »Das war schon lange fällig. Dass jemand wie dieser Chemiker am Thron der Wallendorfs rüttelt. Die und ihr Rübenzucker! Wenn sie könnten, würden sie heute noch den Schmuggel von Saccharin unter Todesstrafe stellen. Profit, um nichts anderes geht es denen.« Die letzten Worte klangen wie ein fernes Gewittergrollen. In einer jähen Bewegung schleuderte er den Hammer in Richtung Scheunenwand. Ein dumpfer Knall, ein Bersten war zu hören, als sich das Holz spaltete. Martha zuckte zusammen, spürte ihren Herzschlag bis zum Hals.

Benno legte sein Werkzeug beiseite, trat auf Korbinian zu, drückte seine Schulter, und neben all der Wut auf ihn war Martha in diesem Moment dankbar für sein Einfühlungsvermögen. Er wusste mit Korbinian umzugehen. »Uns können sie nichts, Korbinian. Aber wir ihnen, was?« Er packte das eine Ende des Stammes und wartete, bis Korbinian das andere ergriff.

»Nein, uns können sie nichts«, stimmte Korbinian zu. Mit einem Ächzen schoben sie das Holz zurecht. »Wir brauchen das Übliche, Martha. Decken, Jacken, Proviant, Wasserbeutel. Kümmere dich darum. Das Geld bewahrt Gwendolyn auf, das nehme ich morgen früh an mich, wenn wir abfahren.«

»Morgen früh schon?« Marthas Stimme klang dünn.

Benno sah auf, eine große Frage in den Augen und dann, als er ihr Entsetzen bemerkte, der Zorn. »Du kennst die Strecke. Wir brauchen mindestens fünf Tage für die Hinfahrt und müssen ein wenig Reserve einplanen, wenn wir in ein Wetter geraten.«

»Ich ... ich packe gerne die Tasche für die Fahrt. Aber ... ich komme diesmal nicht mit. Ihr schafft das ohne mich.«

Beide Männer starrten sie an. »Was soll das heißen? Du bist doch immer die Erste, die dabei sein will?«, erwiderte Korbinian.

»Diesmal nicht. Wenn ihr jemanden braucht, fragt Gwendolyn. Oder Helena. Ich habe mir viel vorgenommen, bevor der erste Schnee fällt. Ich will die komplette Bettwäsche, Kissenbezüge und Überwürfe waschen und trocknen, und das Haus muss mal wieder geschrubbt werden.«

Benno klappte der Kiefer herunter. »Seit wann ist dir die Hausarbeit wichtiger als unsere Touren?«

Martha spürte, wie es in seinen Gedanken arbeitete. Sollte er seine Schlüsse ziehen – ihr war es egal! Sie würde sich nicht für so lange Zeit von Alexander trennen, wo sie sich gerade erst kennengelernt hatten. Am liebsten würde sie ihn jeden einzelnen Tag in der Woche sehen und dort weitermachen, wo sie nach der Erntedankfeier aufgehört hatten.

»Helena würde sich freuen, wenn sie euch begleiten dürfte. Sie muss ihre Erfahrungen sammeln, sie ist alt genug. Und Gwendolyn täte es gut, öfter aus der Stube zu kommen.«

Korbinian winkte ab. »Keine von beiden. Wenn du nicht mitkommst, fahren Benno und ich allein. Gwendolyn hasst unsere Touren, und Helena ist noch ein Kind und zu tollpatschig.«

»Das ist sie nicht mehr, aber gut.« Martha sprang auf und strich sich über den Rock. »Ich bereite alles vor.« Sie warf Benno einen Blick zu, den er mit zusammengezogenen Brauen erwiderte, und eilte hinaus.

»Du hast heute den Abwasch vergessen, Helena, den Hühnerstall wolltest du fegen, und zum Bäcker musst du auch noch laufen!« Gwendolyn rief laut genug, dass man ihre Stimme über den ganzen Hof hörte. Etwas vom Haus entfernt drehte Helena weiter ihre Kreise mit dem Singerl im Arm. Hühner pickten um ihre Füße, der Hahn stolzierte krähend an ihr vorbei. Zwei Enten watschelten zum kleinen Teich hinter der Scheune.

»Ich will Wastl zeigen, wie es hier aussieht, damit er sich zurechtfindet, wenn er anfängt herumzulaufen!« Helena blieb stehen und sah herüber. »Außerdem holst du immer frisches Brot.«

Das stimmte, aber heute hatte Gwendolyn wenig Lust darauf. Aus triftigem Grund. Diese Stunde, in der ein Dummkopf sie bis ins Mark verletzt hatte, hatte sie noch nicht überwunden. Allein die Aussicht, ihm im Laden zu begegnen, ließ ihr Tränen des

Zorns in die Augen schießen. Sie blinzelte sie fort. »Du kannst dich weiter um Wastl kümmern, sobald die Arbeit erledigt ist.« Nur wenn alle mithalfen und nicht ewig diskutierten, schafften sie es, den Hof und das Unternehmen ohne die Mutter zu führen. Sie selbst hatte am Vormittag an der Buchführung gesessen, nachdem sie die Pferde versorgt hatte. Die Kaltblüter gehörten zu ihrem Aufgabenbereich. Sie liebte es, wenn sie ihr ihren warmen Atem in den Nacken bliesen und Apfelstücke und Möhren aus ihrer Hand fraßen. Ein angenehmer Ausgleich zu der Arbeit mit den Zahlen und Tabellen. Sie hatte Umschläge mit Geldscheinen gepackt, die sie Handwerkern und Mitarbeitern schuldeten, und einen dickeren mit dem Betrag, den Vater an der Grenze bezahlen würde.

Einmal die Woche fuhr sie nach Deggendorf zur Bank, zu gefährlich war es, solch große Summen im Haus zu lagern. Über jede einzelne Mark führte sie penibel Buch. An diesem Vormittag war ihr das nicht leichtgefallen. Der Schlafmangel machte sich mit einem Pochen hinter den Schläfen bemerkbar, aber bestimmt würde sie nicht ihre Pflichten vergessen und sich unter der Decke verkriechen. So waren sie nicht erzogen. Wer feiern konnte, konnte auch arbeiten, hatte Mutter Barbara immer gesagt, und der Vater hielt sich ebenso an diesen Grundsatz. Obgleich er selbst wohl nicht wusste, wann er zum letzten Mal mit den Dorfbewohnern die Krüge hatte klingen lassen.

Helena stapfte an ihr vorbei ins Haus, den Gänserich im Arm. Gwendolyn hob ermattet beide Arme. »Wo willst du hin?«

»Ich bringe Wastl in mein Zimmer, da hat er es wärmer, und der blöde Hahn kann ihn nicht ärgern.«

»Das geht nicht, Helena. Du …«

Helena lief weiter, ohne auf sie zu hören. Gwendolyn stieß ein abgrundtiefes Seufzen aus. Halb galt es Helena, halb Martha, die gerade aus der Scheune trat und ebenfalls über den Hof lief.

Gwendolyn stemmte die Fäuste in die Hüften und öffnete den Mund.

»Schau mich nicht so böse an«, kam ihr die Ältere zuvor und nahm sie kurz in die Arme. »Es tut mir leid, es kommt nicht wieder vor.«

Eine lässige Entschuldigung, ein Fingerschnippen, und ihr Fehlverhalten sollte vergessen sein. Das war Martha. Gwendolyn beließ es dabei. »Ich habe in der Nacht in dein Zimmer geschaut«, sagte sie. »Du warst nicht da.«

»Oh, da werde ich noch auf dem Fest gewesen sein.«

Gwendolyn schüttelte den Kopf. »Ich war eine der Letzten. Ich habe dich nicht mehr gesehen.«

Martha lächelte sie an. »Du hast dich amüsiert. Das freut mich für dich.«

Eine Antwort war das nicht. Doch der Satz rührte wieder die Erinnerung daran, wie die Nacht geendet hatte. »Na ja, amüsiert … Ja, zwischendurch war es ganz nett.«

»Die meiste Zeit hast du mit Quirin getanzt, nicht wahr?«

»Ach der.« Gwendolyn winkte ab.

»Und einmal auch mit Alexander Wallendorf.«

Gwendolyn riss die Augen auf. »Wallendorf? Wie die drüben in Ornbach von der *Donau Zucker*?«

Martha nickte. »Ich hab auch gerade erst erfahren, dass er einer von denen ist. Aber für seine Familie kann ja niemand was, oder?«

»Nein, natürlich nicht. Aber … Martha, weiß er, wer *wir* sind? Mit was wir unseren Lebensunterhalt verdienen?«

Ihre Schwester zuckte die Achseln, unbekümmert wie eh und je. »Ob ich ihm gesagt habe, dass unser Vater ein Fuhrunternehmen betreibt?«

»Du weißt genau, was ich meine!«

Martha lachte auf und legte Gwendolyn den Arm um die

Schulter. »Das binde ich doch nicht jedem auf die Nase. Einem Wallendorf schon gar nicht.«

Gwendolyn betrachtete Martha einen Moment lang schweigend. »Du magst ihn.«

»Ich mag viele.«

Und viele mochten sie. Im Gegensatz zu Gwendolyn. Sie senkte den Kopf, als ihr Quirins *Antrag* wieder in den Sinn kam, doch dann erfasste sie dieselbe Entschlossenheit, die sie in der Nacht überkommen hatte. Wenn sie Marthas Hilfe wollte, musste sie ihr gegenüber offen sein. »Wie bringt man die Männer dazu, sich in einen zu verlieben?«

Martha kniff die Augen zusammen. »Was ist passiert? Gwendolyn?«

Die ehrliche Sorge in ihrer Stimme brach den Bann. Gwendolyn hielt die Tränen nicht länger zurück. Sie fiel der Schwester in die Arme, schluchzte und ließ sich von ihr trösten, bis sie sich gefangen hatte. »Alexander hat mir Komplimente gemacht«, sagte sie, »aber die verteilt er sicher so gern unter den Leuten wie sein Vater den Zucker. Und sonst hat mich keiner richtig angeschaut. Nur ein dummer Bäckersohn hat mir einen Heiratsantrag gemacht, weil er glaubt, ich kriege sonst keinen ab.«

Martha schrak zusammen, hielt Gwendolyn eine Armlänge von sich. »Hat er das so gesagt?«, fragte sie entrüstet und zog sie wieder an sich. »Was für ein Esel!«

Gwendolyn löste sich, kramte ein Tuch aus der Schürzentasche und schnäuzte sich. »Deswegen war ich in der Nacht bei dir. Ich wollte dich fragen, wie du es schaffst, dass die Männer sich alle nach dir umdrehen. Hätte ich doch Lippenrot auftragen sollen? Ein anderes Kleid anziehen? Mit einem tieferen Ausschnitt?«

Martha streichelte Gwendolyns Wange. »Das hat mit Schminke und freizügigen Kleidern wenig zu tun. Als Frau strahlst du etwas aus, wenn du auf der Suche nach einem Mann bist. Das merken die Kerle. Das hast du bisher nicht gezeigt, also kam keiner auf den Gedanken, dass du Interesse an ihm haben könntest.«

Gwendolyn hörte ihr atemlos zu, sog jedes Wort auf. »So einfach soll das sein?«

»Ja, so einfach ist das. Wenn du willst, dass die Männer dich bemerken, dann wird das früher oder später von allein geschehen. Du bist eine schöne junge Frau, Gwendolyn. Glaub mir, bald wirst du aufblühen und leuchten, und niemand wird mehr an dir vorbeigehen können, ohne dir hinterherzuschauen. Ich sehe es jetzt schon an dem Funkeln in deinen Augen. Abgesehen davon, helfe ich dir natürlich gern, wenn du eine neue Frisur probierst oder eines von meinen Kleidern ausleihen willst. Und Ohrstecker mit Glasperlen habe ich, in der gleichen seltenen Farbe wie deine Augen. Ich schenke sie dir, wenn du magst!« In Marthas Blick lag ein Feuer, das Gwendolyn nie zuvor wahrgenommen hatte. Oder war es neu? »Ich wünsche dir von Herzen, dass du bald einen findest, der dich so glücklich macht wie …« Sie brach ab.

»Ja?«

»Der dich glücklich macht.«

Während Martha sich am frühen Abend in ihrem Zimmer mit dem Wasser aus dem Krug wusch und sich die Haare bürstete, bis sie glänzten, stieg das Fieber in ihr auf, mit jeder Minute stärker. Gleichzeitig ging ihr durch den Kopf, was für ein Unglücksvogel Gwendolyn war. Die Jüngere hatte es nicht aussprechen müssen, es war offensichtlich. Sie hatte sich in Alexander verguckt. Da erwachte ihre büchervernarrte Schwester endlich aus dem Dornröschenschlaf, und dann trat genau der falsche Prinz in ihr Blickfeld! Nach dem Tanzabend und den Küssen auf der stillen Bank stand außer Frage, dass Alexander nur Augen für sie,

Martha, hatte. Wenn er Gwendolyn geschmeichelt hatte, dann sicher nur, weil er es liebte, seinen Charme spielen zu lassen. Aber Gwendolyn war keine junge Frau, mit der ein Mann schäkern sollte. Sie nahm alles zu ernst und würde die unschuldige Schwärmerei für Alexander schnell überwinden müssen.

Für Martha war es hingegen nichts Unbekanntes, dass Männer in ihrer Gegenwart den Verstand verloren. Sie liebte dieses Spiel aus Macht und Leidenschaft. Neu dagegen war, wie heftig sie selbst reagierte und dass das Verlangen derart auf sie übergesprungen war. Unmöglich, zwei Wochen darauf zu verzichten!

Nachdem sie ihren Zopf geflochten, eine am Ausschnitt geschnürte Bluse und ihr hellblaues Lieblingskleid angezogen hatte, lief sie hinab in die Stube und packte den Lederrucksack für den Vater, wie sie es versprochen hatte. Am Morgen würde sie mit ihm aufstehen und Brote und Äpfel dazustecken. Bei der nächsten Tour wäre sie wieder dabei. Aber diesmal mussten sie ohne sie zurechtkommen.

Niemand begegnete ihr auf dem Weg hinaus. Sie griff sich das Fahrrad, das an der Wand zum Hühnerhaus lehnte, und schwang sich darauf. Sie trat ein paarmal kräftig in die Pedale, bis sie Schwung bekam und ins Dorf radelte.

Aus ihrem Zopf lösten sich Strähnen und flogen umher. Ihr Rock flatterte, sie streifte ihn immer wieder hinab, damit er nicht zu viel von ihrem Bein entblößte. Menschen auf dem Marktplatz grüßten sie, manche schauten ihr hinterher, der schönen Tochter vom Schinder. Der Apotheker lüpfte seinen Hut, als sie an ihm vorbeifuhr. Großbauernsohn Andreas stieß, ohne Aufpasserin Agnes an seiner Seite, einen anerkennenden Pfiff aus, die Bäckersfrau winkte mit einem Geschirrtuch. Vor dem Dorfkrug hoben ein paar Zecher, denen der gestrige Tag nicht gereicht hatte, die Krüge in ihre Richtung und johlten. Für alle hatte Martha an diesem Abend ein Lächeln.

Bald ließ sie das Dorf hinter sich. Sie war dankbar für das Rad, das jeder in der Familie ab und zu nutzte, um schnell etwas zu erledigen. Davon abgesehen bereitete es einen Heidenspaß, den kleinen Abhang in den Auwald hinunterzurollen und die Beine dabei weit von sich zu strecken.

Alexander hatte ihr am frühen Morgen von einer Fischerhütte unterhalb Ornbachs erzählt, zwei Kilometer stromabwärts. Zu Fuß hätte sie eine Stunde dorthin gebraucht, mit dem Fahrrad schaffte sie es in knapp zwanzig Minuten. Sie überquerte die Donau, bog ab und fuhr neben ihr her. Bald tauchte die beschriebene Ansammlung von Pappeln mit dem Dickicht darunter auf. Dahinter sollte sich die Hütte verbergen. Martha stieg ab und schob das Rad die letzten Meter. Schließlich entdeckte sie das halb zerfallene Häuschen nah am Ufer. Lichterschein von Kerzen im Inneren fiel zwischen den Brettern hindurch und erhellte die einbrechende Dämmerung. Alexander wartete auf sie.

Sie führte das Rad am Lenker und lehnte es gegen die Wand.

Rasch strich sie sich mit den Händen durch die Haare, glättete den Rock, sah sich um. Wie er es ihr versichert hatte: Die Hütte lag so abgelegen, dass kaum Gefahr bestand, überrascht zu werden. Sein Großvater Ignatz hatte sie als junger Mann errichten lassen, weil er vor dem Deutschen Bruderkrieg das Angeln geliebt hatte und, wenn es spät wurde, gern direkt an der Donau übernachtete. Sie wurde schon lange von niemandem mehr genutzt. Jetzt erlangte sie neue Bedeutung als Alexanders und Marthas geheimer Ort.

Martha trat an die Tür, drückte die Klinke, lugte durch den Spalt. Alexander häufte Stroh auf und breitete eine Decke darüber. Er hatte sie noch nicht bemerkt.

»Da bin ich.«

Er fuhr herum, kurz erschrocken, dann glitt ein Strahlen über sein Gesicht. »Endlich!« Mit drei Schritten war er bei ihr, zog sie an sich, küsste sie.

Hinter ihm flackerten auf einem Tisch drei Kerzenstummel. Zwei Stühle standen dabei, ansonsten gab es nur diesen Strohberg und die Decken, die er offenbar mitgebracht hatte. Sie verströmten einen Geruch nach Lavendelseife.

Als sie sich von ihm löste, sah sie sich um. »Ist das hier dein Liebesnest?«, fragte sie mit unschuldigem Augenaufschlag. »Wie viele Frauen kennen das Versteck?«

Er grinste. »Was denkst du denn von mir! In Ornbach gelte ich als braver Junge.«

»Und in Leipzig?« Sie wunderte sich selbst über die Ernsthaftigkeit in ihrer Stimme. Klang da Bennos hartes Urteil in ihr nach?

»Vorbei und vergessen. Und wenn du die Hütte als Liebesnest bezeichnen willst, dann ist es unseres.« Er setzte sich auf das Strohbett und klopfte neben sich.

Sie ließ sich nicht lange bitten. In der nächsten Sekunde versanken sie in einer Umarmung. Wie hatte sie sich danach gesehnt! Ihr Denken hörte auf, als sie sich ihren Gefühlen hingab. Sein Duft nach Zedernholz und Bergamotte hüllte sie ein. Diesen Geruch würde sie später immer mit dem Verlangen in Verbindung bringen, das sie in dieser Stunde erfasste. Auf der stillen Bank hatte sie sich zurückgehalten, zu groß war die Gefahr gewesen, gesehen zu werden. Aber im schummerigen Licht der Hütte, auf dem knisternden Stroh und mit seinen Händen überall auf ihrem Körper gab es kein Halten mehr.

In den letzten beiden Jahren hatte es andere Begegnungen mit Männern gegeben, aus Neugier, weil sie die Liebe kennenlernen wollte. Doch nie zuvor hatte es sich so angefühlt wie mit Alexander. An seinen Berührungen merkte sie, dass er Erfahrung im Umgang mit Frauen hatte, aber sie verbot sich jeden

Gedanken daran, schloss die Augen, genoss ihre Sinne. Gleichzeitig schenkten sie sich die Erfüllung und küssten sich seufzend vor Glück.

Hinterher lag sie in seinem Arm, ein Bein auf ihn geschwungen, sodass sie sich von Kopf bis Fuß berührten. Alexander breitete eine weitere Decke über sie, unter der sich ihre Hitze sammelte. Die Holzwände der Hütte knackten, von draußen drangen der Ruf eines Käuzchens und das Tuten eines Donauschiffes auf der Suche nach einem Liegeplatz für die Nacht zu ihnen herein.

In der Dunkelheit stemmte Martha sich auf die Ellbogen. »Ich würde gerne mit dir auf einer Wolke schweben und die Welt von oben betrachten. Nichts und niemand könnte uns aufhalten.«

»Du bist ja eine Träumerin«, sagte er erstaunt. »So hätte ich dich gar nicht eingeschätzt.«

Lächelnd wandte sie ihm ihr Gesicht zu, berührte mit ihren Lippen seinen Mund. Sie wollte immer und einen Tag so mit ihm zusammen sein. »Und wovon träumst du?«

»In meinem Leben ist wenig Platz für Träume. Es gibt einen vorgezeichneten Weg, und ich bemühe mich nach Kräften, meine eigene Persönlichkeit dabei nicht zu verlieren.«

»Das musst du mir erklären.« Ein Teil der romantischen Stimmung löste sich auf, wich einer von Vertrauen geprägten Atmosphäre, in der sie ihre Gedanken teilten. Genau wie Martha auf seine Worte achtete, nahm sie seine Stimme wahr, dunkel und samtig, dazu seinen Duft.

»Meinen Eltern gehört die *Donau Zucker*.« Er hielt inne, musterte sie, wie um herauszufinden, ob das etwas in ihr zum Klingen brachte.

Martha ließ sich nichts anmerken, nickte nur. »Du bist ein Wallendorf.«

Sein Lächeln wirkte erleichtert, als habe er befürchtet, seine familiären Verhältnisse könnten auf Abneigung stoßen. »Ja, das bin ich, und ich bin stolz darauf.«

»Warum?«

»Warum was?«

»Warum bist du stolz darauf? Was hast du geleistet?« Sein Bekenntnis löste Widerwillen in ihr aus. Doch sie bereute ihre Spontaneität sofort, als sie seine Irritation bemerkte.

Er rückte ein Stück von ihr ab. »Nun, du hast recht, ich selbst habe noch nichts geleistet, aber ich hoffe, dass ich irgendwann zum Erhalt und Gedeihen der Firma beitragen kann. Gut, die Handelsbetriebslehre habe ich erst im zweiten Anlauf abgeschlossen, aber ich war längst nicht der Einzige, und ich habe mir vorgenommen …«

»Pst.« Sie legte den Zeigefinger auf seinen Mund. »So habe ich das nicht gemeint. Wir kennen uns erst so kurz, wie käme ich dazu, ein Urteil über dich zu fällen.«

Sie schaffte es nicht, ihn aus dieser bedrückten Stimmung herauszuholen. »Du wärst beileibe nicht die Erste, die annimmt, ich wäre mit dem, was auf mich zukommt, überfordert«, sagte er mit gesenktem Kopf. Verletzlich, wie sie es nicht erwartet hatte. »Manchmal zweifele ich selbst, ob ich der Richtige bin.« Er stieß ein Lachen aus, das in ihren Ohren blechern klang. »Meine Eltern vertrauen darauf, dass ich ihnen eine geschäftstüchtige Verlobte präsentiere, die meine Schwächen ausgleicht.«

Martha fühlte einen Stich in der Brust. »Hast du schon eine in Aussicht?« Ihre Stimme klang in ihren eigenen Ohren fremd. Sie war nicht naiv, sie träumte nicht davon, selbst im Hause Wallendorf eingeführt zu werden, doch die Vorstellung, dass eine andere bei einer solchen Zeremonie an Alexanders Arm hing, raubte ihr für einen Moment den Atem. Bis in die Fingerspitzen spürte sie die Diskrepanzen zwischen einer Familie Schinder und einer Familie Wallendorf. Wie traurig, dass ihre Idee von der Wolke nur eine Spinnerei war.

Er starrte an die Decke, bekam ihren inneren Aufruhr nicht mit. »Meine Eltern halten eine Industriellentochter aus Deggendorf für die passende Kandidatin.«

»Hübsch?«

»Außerordentlich hübsch.«

Martha schwieg, zählte ihre Herzschläge, während Alexander seinen Gedanken nachhing. Endlich wandte er sich ihr wieder zu, streichelte ihre Wange. »Du bist blass. Ist dir kalt?«

Tatsächlich fror sie, aber es lag nicht an der Temperatur in der Hütte. Er versuchte, in ihren Augen zu lesen, und plötzlich trat ein Erkennen in seine Miene. »Martha, du denkst doch nicht, dass ich Gefühle für diese Frau habe? Glaubst du, ich läge hier mit dir, wenn ich ernsthafte Absichten mit einer anderen verfolgen würde? Das traust du mir nicht zu, oder?«

Marthas Herz wollte jedes Wort für wahr halten. Ihr Verstand riet ihr jedoch, auf der Hut zu sein. Am besten baute sie noch heute eine Mauer um ihre Seele, damit sie gegen Verletzungen gewappnet war. Aber wie sollte sie das schaffen, bei all dem, was sie für ihn empfand? Sie sehnte sich jetzt schon nach der nächsten Umarmung und hätte ihn am liebsten so lange geküsst, bis er aufhörte, von irgendwelchen Industriellentöchtern zu reden, die besser zu ihm passten als eine Martha Schinder aus Polderfeld. »Wie soll ich das wissen?«, sagte sie leise. »Wir kennen uns eigentlich gar nicht.«

Er küsste sie, zog sie an sich, ein Funkeln in den Augen. »Dann ändern wir das. Ich weiß ja auch nicht mehr über dich, als dass du eine leidenschaftliche Tänzerin und wunderschön bist. Also, erzähl. Was muss ich wissen?«

Sie lachte auf, erleichtert, dass der Ton zwischen ihnen wieder heiterer wurde. Dennoch spürte sie einen Stachel in sich bei der Erkenntnis, dass sie einen Teil der Wahrheit auslassen musste. »Mein Vater ist der Fuhrunternehmer Korbinian Schinder, meine Mutter ist vor zwei Jahren gestorben. Wir wohnen etwas außerhalb von Polderfeld, haben einen kleinen landwirtschaftlichen Hof zu unserer eigenen Versorgung. Ich habe noch zwei Schwestern, wir helfen alle auf dem Hof und im Betrieb mit.«

Er küsste ihre Nasenspitze. »Mein Beileid zum Tod deiner Mutter. Das muss ein Schock für euch gewesen sein. Woran ist sie gestorben?«

Hitze stieg in ihr auf. »Das … das war ein Unfall. Beim Pilzesuchen. Sie ist in eine Schlucht gestürzt.« So hatten sie es in Polderfeld berichtet und auf eine Stelle im Wald verwiesen, die für den Hergang plausibel war. Der Gedanke, dass dies nicht ihre letzte Lüge ihm gegenüber sein würde, bedrückte sie.

»Entschuldige, ich wollte die Erinnerung nicht wachrufen. Es muss entsetzlich für euch gewesen sein.«

Martha schluckte. Die Trauer um den Verlust der Mutter brauchte sie nicht zu spielen. Ihre Augen füllten sich mit Tränen. »Es war der schlimmste Schmerz, den ich je erlebt habe. Ich vermisse sie jeden Tag. Sie war das Herz unserer Familie.«

Eine Weile hielten sie sich schweigend, dann sagte Alexander in die Stille hinein: »Als Fuhrunternehmer ist dein Vater auf einträgliche Aufträge angewiesen. Mein alter Herr hat große Pläne mit einer Wohnsiedlung für Arbeiter. Sicher kann ich ein gutes Wort bei ihm einlegen, damit er euch berücksichtigt.« Sie hörte das satte Lächeln in seiner Stimme, ein junger Mann von bestem Stand, der weniger bevorteilte Menschen an seinem Reichtum teilhaben ließ und dafür den ihm gebührenden Dank erwartete.

Das Gefühl der Rebellion überfiel sie ohne Verzögerung. Sie löste sich von ihm, setzte sich auf und ordnete mit den Händen ihre Haare und den Blusenausschnitt. »Mein Vater hat seine

Stammkundschaft im gesamten Bayerischen Wald. Vermutlich wird er keine Zeit für weitere Aufträge haben.«

Alexander schwang die Beine herum, setzte sich neben sie. »Wenn es doch mal eng wird, gib mir Bescheid. Die Wallendorfs helfen gern.«

Martha holte Luft, schluckte aber hinunter, was ihr auf der Zunge lag. Sie wollte sich nicht im Unfrieden von ihm trennen. Dafür war der Abend zu schön gewesen. »Wann sehen wir uns wieder?«

»Morgen?«

5

Zwei Wochen später

Morgen. Und all die weiteren Tage. In der Zeit, die Benno und ihr Vater auf Tour verbrachten, traf sich Martha jeden Abend mit Alexander in der Fischerhütte. Die sonnige Stimmung trug sie durch den Tag, während sie die Großwäsche erledigte und das Haus vom Keller bis unters Dach schrubbte. Dabei musste sie sich nicht konzentrieren, ließ ihre Gedanken und Träume fließen.

»Seit wann singst du bei der Hausarbeit? Und dann noch was von einem Krug und einem grünen Kranze?« Helena kam die Treppen von der oberen Etage hinab. Ihr dicht auf den Fersen folgte Wastl, von einer Stufe auf die nächste springend. Inzwischen ließ sie ihn im Haus herumlaufen, und der Gänserich hielt sich vertrauensvoll an seine Ziehmutter.

Martha lachte und schüttete einen Schwung Seifenwasser auf den Steinboden, um es mit einem Schrubber zu verteilen. Sie hatte sich die Strümpfe ausgezogen und den Rock an der Seite verknotet. Hier sah sie ja keiner außer den Schwestern. Was für ein Mordsspaß, mit nackten Füßen über den Seifenschaum zu schliddern. »Heute scheint die Sonne, ist das etwa kein Grund zu singen?«

»Du hast beim gleichen schönen Wetter auch schon ein Gesicht gemacht wie sieben Tage Regenwetter. Das kann es nicht sein.« Wastl purzelte auf dem rutschigen Boden hin und rappelte sich hoch.

Martha runzelte gespielt die Stirn. »Ich kann auch wieder mürrisch werden und dich fragen, warum du gestern Abend nicht das Tor zum Hühnerhaus geschlossen hast.«

Helena setzte ihre bockige Miene auf. »Ich wollte nicht mehr raus. Ich wusste ja, dass du das erledigen würdest, wenn du spät heimkehrst. Von woher eigentlich?«

Marthas gute Laune verflog schlagartig. Sie wies mit dem Zeigefinger auf Helena und funkelte sie an. »Vernachlässige deine Pflichten nicht, sonst rede ich mit Papa, sobald er wieder da ist.«

»Das tu mal.« Helena stolzierte an ihr vorbei. Wastl hinter ihr schien die gleiche hochmütige Miene zur Schau zu tragen. »Vergiss nicht, mir Bescheid zu geben. Vielleicht hat er ja eine Idee, wo du dich herumtreibst, wenn ich ihn danach frage.«

Natürlich waren den Schwestern ihre abendlichen Ausflüge nicht verborgen geblieben. Was hatte sie denn gedacht? Helena zog vermutlich keine konkreten Zusammenhänge zwischen der durchtanzten Nacht beim Erntedankfest und Marthas täglichem Verschwinden. Anders Gwendolyn. Wenn die Schwestern zusammen beim Essen saßen, für dessen Zubereitung nach Marthas erfolglosen Versuchen die mittlere zuständig war, sah Martha in ihren Augen die große Frage nach dem Wie-kannst-du-nur. Gwendolyn schien zu ahnen, mit wem sie sich traf, und ihre Gefühle spiegelten sich in ihrem Blick: Mal war es Zorn, vermutlich über Marthas Leichtlebigkeit, mal war es Erstaunen, weil sie diese Beziehung tollkühn fand. Dann wieder Kummer, weil sie sich womöglich selbst nach einer solchen Liebe sehnte, bei der man keinen Tag ohne den anderen sein konnte. Gwendolyn sprach nichts davon aus, und Martha war es recht. Sie hatte Gwendolyn ihre Unterstützung zugesichert, dazu stand sie. Den Weg zum Erwachsenwerden musste aber jeder für sich allein beschreiten. Das Gefühl, sich in den Falschen verliebt zu haben, gehörte genauso dazu wie die Erkenntnis, dass Menschen unterschiedlich dachten und fühlten. Gwendolyn würde Martha so akzeptieren müssen, wie sie war. Für niemanden auf der Welt würde sie sich verbiegen – nicht einmal für ihre Schwester.

Dennoch bemühte sie sich darum, jede Spekulation zu vermeiden. Im Dorf hatte man ihr mit wachsender Verwunderung hinterhergesehen, wenn sie zu später Stunde auf dem Fahrrad vorbeiglitt. Seit dem vorigen Abend hatte sie sich einen Umweg herausgesucht, der im weiten Bogen um die Siedlung führte. Fast zehn Minuten mehr Strecke, aber dafür brachte sie das Getuschel hoffentlich zum Schweigen.

Heute war aller Wahrscheinlichkeit nach der letzte Abend, an dem ihr Vater und Benno unterwegs waren. Für morgen wurden sie zurückerwartet. Hastig hatte sie in der spätnachmittäglichen Sonne die Wäsche von der Leine genommen, die Betten und Kissen damit frisch bezogen und die Gardinen vor die Fenster gehängt. Zumindest würde sie sich nicht nachsagen lassen, sie hätte den Hausputz nur vorgetäuscht. Sie hatte alles so erledigt, wie sie es angekündigt hatte. Ihre Hände waren aufgequollen, weiß und rau, aber Alexander machte das nichts aus, als er sie eine halbe Stunde später, gleich nachdem sie die Hütte betreten hatte, in die Arme zog und zum Strohbett führte. Sie murmelten verliebten Unsinn, flüsterten sich Kosenamen zu, seufzten und stöhnten, während ihre Körper wie von selbst zueinanderfanden.

Heute hatte Alexander eine Flasche Wein und eine Dose kleiner Zuckerkuchen mitgebracht, mit denen sie sich hinterher gegenseitig fütterten. Martha leckte seine Finger ab und biss zum Spaß hinein, er wollte es ihr lachend heimzahlen, und schon balgten sie sich auf dem Lager und küssten sich den Zucker von den Lippen.

»Du magst es süß, oder?«, fragte er grinsend. »Bei uns zu Hause könntest du in Zucker baden, wenn du das wolltest.«

Es war erstaunlich, wie leicht die Stimmung zwischen ihnen kippte. »Meinst du, deine Eltern hätten Spaß daran?«

So wie ihre Laune gesunken war, verflog nun auch seine. »Ich muss dir nichts vormachen, oder?« Seine Miene wirkte fast komisch zerknirscht.

»Natürlich nicht. Eine Fuhrmannstochter ist nicht die passende Frau an der Seite von Wallendorf junior.«

»Sie würden dich gewiss nicht mit offenen Armen empfangen. Aber irgendetwas sagt mir, dass du die Richtige sein könntest, um es mit ihnen aufzunehmen.«

Sie zuckte mit den Schultern. »Ich lasse mich von niemandem Bange machen, das stimmt. Schon gar nicht von einem Zuckerbaron. Aber ich weiß auch nicht, ob ich Lust auf einen Kampf habe, wenn ich doch eigentlich nur mit dem Mann zusammen sein möchte, den ich … sehr mag.« Von Liebe war bisher nie die Rede gewesen. Sie mieden das Wort, als würden sie sich damit zu viel Gewicht auf die Schultern laden. Sie wussten beide, wie schwer es für sie wäre, wenn sie sich in der Öffentlichkeit zueinander bekannten. Beide scheuten diesen Schritt. Ein bisschen war die Fischerhütte zu der Wolke geworden, die sich Martha zu Beginn gewünscht hatte. Hier gab es nur sie.

Wieder küssten sie sich, um die Schatten zu vertreiben, die zwischen ihnen aufflogen wie Raben.

»Du bist so süß«, sagte Alexander dicht an ihrem Ohr, »ich schwöre dir, du wirst in deinem Leben nicht mehr auf Zucker verzichten müssen, wenn wir zusammenbleiben.«

»Pass auf mit deinen Schwüren«, gab sie nur halb im Scherz zurück. »Ich brauche nichts, was zu überteuerten Preisen ausgeliefert wird, solange es preiswerte Alternativen gibt.«

Er löste sich von ihr, sprang auf, tigerte in der Hütte auf und ab. Sie maß nicht mehr als drei Schritte hin und zurück. »Du meinst Saccharin? Das Sauzeug aus der Chemieküche?«

»Man braucht viel weniger davon, um so zu süßen wie mit Zucker. Und es kostet nur einen Bruchteil.«

»Der Verkauf ist illegal! Trotzdem bekommst du das Zeug im Bayerischen Wald an jeder Ecke! Ich frage mich, wie die Banden das seit so vielen Jahren am Auge des Gesetzes vorbei vertreiben können! Das ist ein Unding und gehört hart bestraft!«

»Du findest es ungerecht, dass arme Menschen sich ihre Mahlzeiten süßen?«

»Ach, mit Sozialromantik kommt man hier nicht weiter! Jeder ist seines Glückes Schmied, und wenn Faulpelze und Taugenichtse sich Zucker nicht leisten können, dann haben sie es sich selbst zuzuschreiben.«

»Nicht jeder ist mit einem goldenen Löffel im Mund geboren.«

Auf einmal sackten seine Schultern nach vorn, als er stehen blieb. »Du liebe Zeit, wir streiten uns, Martha!« Mit einem Satz war er neben ihr, bedeckte ihr Gesicht mit Küssen, und sie erwiderte seine Zärtlichkeiten. Es schmerzte, wenn ihre unterschiedlichen Ansichten zutage traten. »Es tut mir leid«, sagte er, »aber das Thema regt mich auf. Wir sollten es nicht mehr ansprechen.«

»Nein, wir sprechen es nicht mehr an«, stimmte sie zu, überwältigt von den Gefühlen, die seine Berührungen erneut in ihr aufflammen ließen. Sie griff nach dem Becher Wein und nippte daran. Alexander nahm ihr das Gefäß aus der Hand, trank von derselben Stelle wie sie.

»Wir werden uns nicht mehr jeden Abend sehen können. Mein Vater sollte morgen heimkehren. Ich muss mir etwas überlegen, wie ich es erkläre, wenn ich abends an die Donau fahre. Mehr als zweimal in der Woche wird das nicht mehr möglich sein.«

»Ich werde an den anderen Tagen sterben vor Sehnsucht nach dir.«

»Fragt deine Familie nicht, wo du deine Abende verbringst?«

Alexander lachte auf. »Sie würden es gern wissen, vermuten wohl, dass ich mit meinen Freunden unterwegs bin. Ihnen ist alles recht, solange ich die beiden nicht mit nach Gut Theresienberg bringe.«

»Was stimmt denn mit ihnen nicht? Sind sie so schlimm?«

»Meinen Eltern sind sie nicht gut genug als Umgang für mich. Sie sind die Söhne eines Schreiners und eines Bauern, und ich …« Wieder die Schatten. Alexander ruderte schnell zurück. »Ich bin meinen Eltern diesbezüglich keine Rechenschaft schuldig. Tagsüber arbeite ich mich in die Firmenabläufe ein, das muss ihnen reichen.«

Martha biss sich auf die Unterlippe. »Was soll ich meinem Vater sagen, wenn ich zur Fischerhütte will?«

Alexander hob die Schultern. »Du bist erwachsen, und du machst nicht den Eindruck, als würdest du dir Fesseln anlegen lassen. Kannst du nicht einen Liebsten haben, von dem du niemandem erzählen möchtest?«

Sie dachte darüber nach. Natürlich, es war ihr gutes Recht, sich nach einem passenden Mann umzuschauen und ihn der Familie erst vorzustellen, wenn sie sich sicher war, den Richtigen gefunden zu haben. Aber etwas in ihr wollte um jeden Preis verhindern, dass Benno davon Wind bekam. Ihm war nichts versprochen, trotzdem würde sie gern vermeiden, ihn zu verletzen.

»Du könntest sagen, dass du eine Anstellung im Donaustüberl hast. Die suchen immer Serviererinnen und Mädchen für die Küche. Das Geld, was du da verdienen würdest, käme euch doch sicher zupass, sodass keiner Einwände hätte, oder?« Er beugte sich vor, flüsterte ihr ins Ohr. »Ich würde dir natürlich aushelfen und dir eine glaubhafte Summe geben, sodass niemand an deiner Geschichte zweifelt.«

Wieder die Rabenflügel. »Das Stüberl ist eine gute Idee«, sagte sie nur, mühsam beherrscht, um die Harmonie zu wahren. »Um den Rest kümmere ich mich selbst.«

Sie küssten sich lange zum Abschied, schmeckten den Rotwein und die Sehnsucht nacheinander. »Schließ deine Augen«, bat er.

Sie tat es, hörte, wie er in seiner Westentasche kramte und kurz darauf ein silbernes Klingen.

»Gib mir deine Hand.«

Sie öffnete die Augen und sah überrascht zu, wie er ein hauchdünnes Armband mit fein geschwungenen Gliedern um ihr Handgelenk schloss. Es passte perfekt und spiegelte den Schein der Kerzen, als sie den Arm hob. »Wie hübsch es ist.« Sie betrachtete es von allen Seiten. Es musste ein Vermögen gekostet haben, aber sie würde ihm jetzt keine Vorwürfe machen. Es waren schon zu viele Misstöne an diesem Abend gefallen.

»Es unterstreicht deine Schönheit, und es soll dich immer daran erinnern, dass ich mich nach dir sehne, wenn wir uns nicht sehen können.«

Sie legten ihre weiteren Treffen auf mittwochs und samstags fest, bevor sie sich voneinander verabschiedeten und in unterschiedliche Richtungen den Heimweg antraten. Martha spürte, dass er ihr noch lange nachsah, als sie in der Dunkelheit flussaufwärts zur Donaubrücke radelte.

Helena saß in der Küche und trocknete sich die Tränen. Sie weinte immer, wenn eines der Tiere geschlachtet wurde, aber dafür waren sie da, und die alte Henne, die mit reichlich Wurzelgemüse im Kochtopf simmerte, hatte über all die Jahre im Freien gepickt und viele Eier gelegt. Nun tat sie der Familie einen letzten Dienst, indem sie für einen schmackhaften Eintopf sorgte, und gut war es mit dem Hühnerleben. Das musste Helena akzeptieren, fand Martha, zumal Wastl sich zum Trost in ihrem Schoß einrollte und mit dem Schnabel an den Härchen auf ihren Armen zupfte. Gwendolyn rührte im Topf und warf eine Prise Salz und Majoran aus dem Garten dazu, sah wieder aus dem Fenster, wie den ganzen Vormittag schon, und rief: »Sie kommen!«

Helena vergaß ihr Leid, Gwendolyn die Suppe, beide stürmten nach draußen. Wastl lief ihnen schnatternd hinterher, Martha folgte als Letzte. Das Strahlen in den Gesichtern der Männer zeigte, dass die Tour ein voller Erfolg gewesen war. Korbinian sprang vom Bock, griff sich Helena und wirbelte sie im Kreis herum. »Na, Nixlein, hast du deinen alten Vater vermisst?« Es war lange her, dass sie ihn so fröhlich erlebt hatten. Wie Helenas Augen leuchteten!

In der nächsten Sekunde fühlte Martha sich in der Taille gefasst und hochgehoben. Sie trommelte auf Bennos Schultern, damit er sie herunterließ. Lachend kam er der Aufforderung nach, drückte ihr dafür aber ohne Vorwarnung einen Kuss mitten auf den Mund. Mit einer ruppigen Bewegung befreite Martha sich. Sein Strahlen blieb, als könnte ihm nach dieser Tour nichts die gute Laune verderben.

»Es ist alles nach Plan gelaufen«, sagte er. »Die Brunners sind unglaublich. Diesmal haben sie ausgediente Ölfässer für den Transport bis kurz vor die Grenze genutzt. Dann haben wir alles in die Baumstämme umgeladen.« Er warf einen Blick über die Schulter. »Das ist wirklich das beste Versteck. Im Frühjahr werden wir die Ware ein zweites Mal mit dieser Fuhre holen. Bis dahin werden wir wie immer alles in der Scheune verstauen.«

»Ihr seid sicher hungrig. Wir haben Hühnersuppe gekocht.« Gwendolyn lächelte von Benno zu Korbinian. »Geht nur rein, der Tisch ist schon gedeckt. Ich versorge die Pferde und komme nach.«

Korbinian trat auf sie zu und streichelte ihre Wange. »Das ist gut«, sagte er.

119

»Ich habe Hunger wie ein Bär nach dem Winterschlaf!«, rief Benno. Zu viert spazierten sie ins Haus, während Gwendolyn die Pferde vom Geschirr befreite und in den Stall führte, um ihr Fell trocken zu reiben und Futter bereitzustellen.

»Wir essen erst, dann geht es an die Verteilung«, sagte Korbinian. »Helena, du holst den Flickschuster auf den Hof. Der soll ein paar Leute zusammentrommeln und einen Großteil des Saccharins an die bekannten Stellen in der Region schaffen. Martha, du bringst dem Krämer einen Sack voll. Lass dir gleich das Geld auszahlen. Der Kerl lässt sich immer zu viel Zeit damit.« Martha nickte. In Polderfeld herrschte niemals Mangel am Arme-Leute-Zucker. Sogar der Pfarrer und der Lehrer kauften ihn unter der Ladentheke, ohne zu fragen, aus welchen Quellen er stammte.

»Wie wir mit dem Rest verfahren, besprechen wir noch. Wir brauchen erst einmal ein paar Tage Ruhe für unsere geplagten Knochen, nicht wahr, Benno?«

Benno brummte. »Von mir aus könnte es gleich morgen wieder losgehen. Aber in Ordnung, ich wollte sowieso noch zwei Kisten Äpfel und Mirabellen einkochen, die mir der Pfarrer aus seinem Garten gegeben hat. Cilly isst so gern das Kompott.«

Der liebe Benno. Wenn er solche Dinge sagte, wusste Martha wieder, warum sie eine jahrelange Freundschaft verband.

»Du hättest Spaß an der Tour nach Buchel gehabt, Martha«, bemerke Benno und lachte. »Wie der alte Zöllner die Augen zusammenkneift und versucht, ein Vergehen aufzudecken! Die Brunners und uns kriegt der nie! Der wundert sich ja nicht einmal darüber, dass wir mit Holzstämmen über die Grenze fahren und mit der gleichen Ladung zurückkehren!«

»Immer noch Rupert Vogel?« Martha stimmte in sein Lachen ein. Sie kannte den Grenzbeamten von zahlreichen Ausflügen. Mal brachten die Brunners das Saccharin auf die deutsche Seite, mal nahmen sie es in der Schweiz in Empfang. Über Vogels Ehrgeiz, den schweizerischen und deutschen Gaunern das Handwerk zu legen, lachte die gesamte Schmugglerbranche. Es war stets das reinste Vergnügen, ihn an der Nase herumzuführen. Martha lief ein Kribbeln das Rückgrat hinab, als sie sich an den Nervenkitzel der Schmuggeltouren erinnerte, die Ausgelassenheit, wenn sie alle Gefahren überwunden hatten und ihnen das Saccharin sicher war. Wie viel aufregender war das, als Wäsche auf die Leinen zu hängen und Böden zu schrubben!

»Genau der«, bestätigte Benno.

Die Männer langten kräftig zu, nachdem Martha ihnen die Teller gefüllt hatte. Zwischen zwei Löffeln voller Suppe sah Korbinian auf, sein fragender Blick traf Martha. »Die nächste Tour planen wir für kommenden Monat, vermutlich an die österreichische Grenze. Denkst du, du musst dann wieder Hausputz machen?«

Über den Tisch senkte sich Schweigen. Alle Blicke waren auf Martha gerichtet. Die Sekunden verstrichen.

»Ich denke nicht«, sagte sie.

»Meinst du, dass du uns dann wieder begleiten kannst?«

In Marthas Kopf wirbelten die Gedanken, ihr Herzschlag stolperte. Die nächste Tour würde vielleicht nur ein paar Tage, höchstens eine Woche dauern. Sie würde Alexander vermissen, aber es war möglich. Zu verführerisch fand sie die Vorstellung, wieder ein Teil der Schmugglergemeinschaft zu sein. Ein Strahlen ging über ihr Gesicht, als sie ihren Vater anschaute. »Auf jeden Fall«, rief sie. »Ich weiß doch, wo ich hingehöre.«

TEIL 2

30 Jahre zuvor

Juni 1878 August 1898,
Bayerischer Wald, Baltimore (USA) und Leipzig

Aufbau und Abenteuer

6

Juni 1878, Ornbach

»Ich frage dich vor Gottes Angesicht«, stimmte Pfarrer Bergmül-
ler mit seiner sonoren Stimme an, als müsse er den Regensburger
Dom füllen und nicht die kleine Ornbacher Kirche, deren abge-
wetzte Bänke kaum zur Hälfte besetzt waren. »Nimmst du deine
Braut Annegret an als deine Frau und versprichst, ihr die Treue
zu halten in guten und in schlechten Tagen, in Gesundheit und
Krankheit, und sie zu lieben, zu achten und zu ehren, bis dass der
Tod euch scheidet?«

Leopold Wallendorf hatte mit einem Kloß gerechnet, wenn
es so weit sein würde. Aber der Hals war frei, er sprach das »Ja«
ohne Räuspern ebenso laut wie der Geistliche.

»Nimm den Ring, das Zeichen deiner Liebe und Treue, stecke
ihn an die Hand deiner Braut und sprich *Im Namen des Vaters,
des Sohnes und des Heiligen Geistes.*«

Der Spruch kam Leopold leicht über die Lippen, wie jeden
Sonntag, obwohl es natürlich etwas anderes war, ihn bei der eigenen Trauung von sich zu geben als im wöchentlichen Gottes-
dienst.

Der Pfarrer drehte sich zu Annegret in ihrem hellen Trachtenkleid und setzte an sie gewandt die Zeremonie fort. Leopold
betrachtete sie von der Seite. Wie meistens stand sie mit rundem
Rücken, den Kopf zwischen die Schultern gezogen, als wollte
sie sich kleiner machen. Mit ihren fünfundzwanzig Jahren galt

Annegret als *spätes Mädchen*. Sie war mit ihrer langen Nase, der Körpergröße und ihren breiten Füßen keine Frau, um die sich die Männer rissen. Aber hatten diese denn ihre Wesenszüge nicht bemerkt? Neben ihr konnte sich jeder Mann wie ein strahlender Sieger fühlen, selbst wenn er, wie Leopold, mehr als einen Kopf kleiner war als sie. Ihr nachgiebiger Charakter formte ihre weichen Gesichtszüge. Er sah sie gern an, auch wenn sie keine klassische Schönheit war.

Sie tauschten die Ringe, durften sich küssen, und in Leopold setzte sich das Gefühl fest, dass er mit dieser Frau an seiner Seite die Welt aus den Angeln heben konnte. Nichts Geringeres hatte er vor. Ihre Mitgift würde den Grundstein dafür legen.

Der Pfarrer leitete zur Eucharistiefeier über. Erst zum Ende der Messe blickte er das Brautpaar wieder an, als gelte sein Schlusssegen allein ihnen. »So gehet hin in Frieden.«

»Dank sei Gott, dem Herrn«, murmelte Leopold im Einklang mit Annegret und den wenigen Gläubigen in den hinteren Reihen. Der Organist stimmte eine Bach-Kantate an. Leopold schritt zu den schwungvollen Tönen mit Annegret den Gang hinab auf die Tür zu.

Draußen empfing sie Sonnenschein. Augenblicklich trat Leopold in seinem Janker aus gewalkter Schafwolle der Schweiß aus allen Poren. Seit er sich von Annegret beköstigen ließ, hatte er ein paar Pfund zugelegt, die ihm an Hitzetagen zu schaffen machten. Mit dem Segen ihrer Eltern war sie, obwohl es Getuschel darüber gab, nach ihrer Verlobung auf Gut Theresienberg eingezogen. Dort war die ordnende Hand einer Hausfrau dringend nötig gewesen. Annegret mit ihrem Talent, stets zu erkennen, wo sie gebraucht wurde, war unbezahlbar für Leopold und seinen Vater. Er holte ein Tuch aus der Tasche, während Annegret die Glückwünsche ihrer Trauzeugin entgegennahm – einer Cousine, die eigens aus Straubing angereist war – und sich dabei ein Stück von ihm entfernte. Die Cousine und die Mutter hatten für den festlichen Blumen- und Bänderschmuck des Brautwagens gesorgt, der an der Straße stand und von den letzten verbliebenen Pferden des Gestüts Wallendorf gezogen werden würde. Annegrets Eltern hatten bei der Ausrichtung der Hochzeitsfeier auf jeden Pfennig geachtet, aber seiner Tochter einen Landauer zur Verfügung zu stellen, der beladen mit ihrer Aussteuer auf sie wartete, ließ sich der Stellmacher Friedl Wagner nicht nehmen. Kleinmöbel, Wäsche, Geschirr und Säcke mit Kartoffeln und Mehl türmten sich auf dem Wagen.

Leopold fuhr sich mit dem Tuch über das Gesicht und den Backenbart. Als er es wieder herunternahm, stand Georg von Basnitz im Gehrock mit Melone vor ihm. Der Bankier leitete die Kreditabteilung der Deggendorfer Bank, es verhieß nichts Gutes, wenn er sich unters Volk mischte. Aber würde er es wagen, an Leopolds Hochzeitstag auf die prekäre Situation der Wallendorfs zu sprechen zu kommen? Doch vielleicht war es günstig, dass er sich heute blicken ließ. Leopold hatte ohnehin vorgehabt, demnächst einen Termin in der Kreditanstalt zu vereinbaren. Wenn von Basnitz miterlebte, was an diesem Tag passierte, standen seine Chancen besser.

Mit einem Kopfnicken in Annegrets Richtung und einem Händedruck für Leopold gratulierte der Bankier. »Es freut mich, dass auf Gut Theresienberg Ruhe einkehren wird nach dem Unglück der letzten Jahre. Sie werden die Zügel in die Hand nehmen, Herr Wallendorf, nicht wahr? Kommen Sie bald bei mir vorbei, damit wir über die ausstehenden Zahlungen reden können, ja?«

Also doch. Leopold unterdrückte einen Laut des Missfallens über von Basnitz' deutliche Worte und bemühte sich, mit der Sonne um die Wette zu strahlen. »Mit dem größten Vergnügen, Herr von Basnitz! Ich wollte mich Anfang der Woche sowieso bei Ihnen melden.«

Von Basnitz hob eine Augenbraue. »Das kommt unerwartet, mein lieber Wallendorf, aber fein. Ich freue mich, wenn nun ein anderer Wind auf Ihrem Gut weht. Wollen wir den Dienstagnachmittag festhalten?«

»Das passt wunderbar, mein lieber von Basnitz«, erwiderte Leopold mit einem bemüht jovialen Ton, der, wie er selbst hörte, zu altväterlich für seine achtundzwanzig Jahre klang. Er legte sogar die Hand auf von Basnitz' Schulter, zog sie aber fort, als er die Irritation des Bankiers bemerkte. In der Zukunft hätte dieser vielleicht gegen eine solche Verbrüderung nichts einzuwenden. Den mit Schulden behafteten Spross einer verarmten Familie hielt man jedoch auf Distanz. Leopold hatte fast Verständnis für solcherart Überheblichkeit.

Den Wallendorfs war es nicht gut ergangen. Die Mutter war früh an der Schwindsucht gestorben, Leopolds Brüder im Deutschen Krieg vor zwölf Jahren. Dessen verheerende Schlachten trug auch Vater Ignatz immer noch in sich. Leopolds Schwester hatte das grausame Schicksal der Brüder nicht verkraftet und war im letzten Winter verschieden. Seit ihrem Tod litt Ignatz nur stärker, sein Herz und sein Verstand verdunkelten sich zusehends.

Dennoch hatte der Name Wallendorf noch eine Weile für das edle Gestüt gestanden, das sie betrieben. Königshäuser hatten zu ihren Kunden gezählt! Aber der Glanz war verblasst, nachdem der Vater die Zucht vernachlässigt hatte. Es hatte Fehlschläge gegeben, die ihn tiefer in die Melancholie gestürzt hatten. Sie hatten Bedienstete entlassen und notwendige Reparaturen am Gut verschoben. Sie hatten die besten Pferde verkauft. Leopold hatte versucht, den Schaden zu begrenzen und die Zucht in Schwung zu bringen, aber es war ein Kampf gegen Windmühlen geblieben. Bis er eingesehen hatte, dass er Gut Theresienberg neu erfinden musste. Einen radikalen Schlussstrich ziehen und in eine Zukunft investieren, die man sich so in Ornbach bislang nicht vorstellen konnte. Mit Annegret an seiner Seite würde er das schaffen.

Von Basnitz lüpfte seine Melone. »Dann wünsche ich ein schönes Fest und freue mich auf unser Treffen.«

»Ach, bleiben Sie doch und feiern Sie mit uns!«, sagte Leopold so laut, dass die Menschen, die soeben aus der Kirche traten, innehielten. Gut so. Was er vorhatte, verlangte Aufmerksamkeit.

»Begleiten Sie uns gern auf Gut Theresienberg«, fuhr er in der gleichen Lautstärke fort und machte eine ausholende Geste, die alle Kirchgänger einschloss. »Ihr seid herzlich eingeladen. Seid heute unsere Gäste!«

Ein erstauntes Murmeln setzte ein. Damit hatte niemand gerechnet. Die Gemeinde hatte sich schon zerstreut, fand sich jetzt in Grüppchen zusammen und tuschelte miteinander. Überraschte Augenpaare sahen ihn an. Noch traute sich keiner zuzustimmen, aber neugierig waren alle. Welch bessere Gelegenheit bot sich ihnen herauszufinden, ob die Gerüchte um den alten Ignatz stimmten? Irrte er wirklich dort oben umher und warnte vor den anrückenden Preußen, verkroch er sich wimmernd in dunklen Ecken und musste von denen, die auf Gut Theresienberg noch übrig waren, gesucht werden?

»Tatsächlich? Ich fühle mich geehrt.« Von Basnitz zog eine Taschenuhr aus seiner Weste und klappte sie auf. »Ich komme gern für ein Stündchen. Danke.«

Der Bann war gebrochen, die ersten Ornbacher näherten sich Leopold und Annegret. Doch bevor ein weiterer die Einladung annahm, schob sich das eingefallene Gesicht von Annegrets Vater vor ihn. »Bist du wahnsinnig?«, flüsterte er. »Wir hatten uns auf eine Hochzeit im kleinen Kreis verständigt. Nur die Familien und einige Freunde. Angesichts deiner Lage schien uns das angebracht zu sein.«

»Was machen ein paar Gäste mehr schon aus?«, erwiderte Leopold. Friedl Wagner war für seinen peniblen Umgang mit Geld bekannt. Böse Zungen behaupteten, er sei geizig, aber Leopold wusste, dass das nicht stimmte. Er hatte nur ein Händchen dafür, die Taler zusammenzuhalten. In Ornbach führte er in zweiter Generation eine Stellmacherei und hatte sich mit Großaufträgen ein schönes Sümmchen erwirtschaftet. In seinem Betrieb mit einem halben Dutzend Angestellten entstanden nicht nur Kutschen und Karren, sondern auch Waggons für die Eisenbahn und Karussells für den Rummel.

»Ein paar?« Der hochgeschossene Mann blickte sich um. »Wer weiß, wie viele zusätzliche Mäuler wir zu stopfen haben, wenn es sich im Dorf verbreitet! Darauf sind wir nicht vorbereitet.«

»Ich habe mir erlaubt, mich darum zu kümmern.« Leopold freute sich über das Erstaunen im Gesicht des Schwiegervaters. Das Gefühl, weiter zu denken als alle anderen in seinem Umfeld, war ihm vertraut.

»Du hast *was?*«

»Ich habe nicht nur beim hiesigen Schlachter ein Spanferkel geordert. Aus Dietelfink sind ein Schinken und ein Truthahn gekommen, ein Koch und sein Gehilfe sind für den heutigen Tag bestellt. Die Tische stehen bereits im Garten, für Bier und Wein ist reichlich gesorgt. Außerdem habe ich einige Musiker eingeladen, die zum Tanz aufspielen werden.«

Sein Schwiegervater zog ihn am Oberarm von Annegret und ihrer Mutter Hannelore weg, die den Dissens nicht mitbekommen hatten. Sie schüttelten Hände, und Leopold bemerkte zufrieden, dass unter den Gratulanten etliche waren, die sich bereits zum Gehen gewandt hatten und nun erfreut die Einladung annahmen. Diese Hochzeit war der perfekte Anlass, wichtige Kontakte zu knüpfen. Die Dorfgemeinschaft hatte er in der letzten Zeit sträflich vernachlässigt. Ein Fehler, den er jetzt ausbügelte. Mit einem kurzen Blick überzeugte er sich, dass die richtigen Leute blieben – Männer, mit denen er noch an diesem Abend Gespräche zu führen gedachte.

»Es ist kein Geheimnis, dass du und dein Vater knapp bei Kasse seid«, zischte sein Schwiegervater. »Ich habe der Heirat dennoch zugestimmt, weil Annegret etwas in dir sieht, was mir bisher entgangen ist. Ich habe mich auf ihr Urteil verlassen, dass du vernünftiger bist als dein Vater. Dass du das Gestüt aufbauen wirst. Dafür brauchst du jede Mark. Und jetzt verschwendest du ihre Mitgift an die Ornbacher Bauersleute?«

Er löste sich aus der Umklammerung. Dass Annegret sich erst mit fünfundzwanzig Jahren für den Mann entschied, mit dem sie den Rest ihres Lebens verbringen wollte, hatte dazu geführt, dass das Ersparte auf über viertausend Mark angewachsen war. Leopold hatte geahnt, dass der beliebte Stellmacher alles andere als arm war, von solchen Summen hätte er jedoch nicht zu träumen gewagt. Er hätte Annegret auch mit geringerer Mitgift genommen, weil sie für ihn in vielerlei Beziehung die ideale Gefährtin zu sein schien. Aber diese Aussteuer war natürlich ein Pfund in der Waagschale.

Friedl Wagner war für klare Worte bekannt. Nicht anders hatte Leopold ihn kennengelernt. Nun würde sich zeigen, ob er selbst welche vertrug. »Die Mitgift meiner Frau gehört jetzt mir. Ich kann damit tun und lassen, was mir gefällt.« Er wartete einen Moment, um das Blut aus dem Gesicht seines Schwiegervaters weichen zu sehen. Dann griff er ihn seinerseits am Oberarm und schob ihn herum, damit sie beide in Richtung Annegret sahen. »Aber ich will dich beruhigen, werter Friedl. Mir liegt Annegrets Wohl ebenso am Herzen wie dir. Schließlich ist sie nicht nur meine Frau, sondern auch die Mutter meiner zukünftigen Söhne und Töchter. Es wird ihr gut gehen. Und genau aus diesem Grund sind die Gäste wichtig.« Er deutete auf einen Mann mittleren Alters und dessen Gattin, die an dritter Stelle in der Reihe vor der Braut standen. »Da hätten wir den Bauern Engelhardt, der etliche Hektar bestes Ackerland in unmittelbarer Nähe zu Gut Theresienberg bewirtschaftete.« Er zeigte auf ein anderes Paar. »Herr und Frau Gschwend, weitere Felder angrenzend an das Gebiet, auf dem ich zu bauen gedenke.«

»Du … du willst das Gestüt erweitern? Wäre es nicht angebrachter, zunächst die vorhandenen Gebäude instand zu setzen?«

»Das Gestüt ist mir einerlei«, unterbrach Leopold ihn. »Ich habe andere Pläne.«

Der Hochgesang der Gäste auf das frisch getraute Paar hallte von Gut Theresienberg über die Felder und Wiesen von Ornbach. Auf der Herfahrt hatte sich ein fröhlicher Zug von Menschen hinter dem Brautwagen gebildet, Kinder hatten lachend ein Seil über die Straße gespannt, und Leopold und Annegret warfen ihnen Pfennige zu, um sich freizukaufen. Immer wieder blickte Leopold in das Gesicht seiner Frau. Sie schien von innen heraus zu leuchten – eine so schöne Hochzeit hatte sie nicht erwartet. Kaum einer in Ornbach ließ sich das Fest mit den herrlichen Braten und reichlich Getränken entgehen. Zwei Knechte hatten im Baumgarten mit Böcken, Blöcken und Brettern eine lange Tafel aufgebaut. Die Frauen taten sich nun lachend zusammen und schmückten die Pforten des Hauses mit grünen Birkenzweigen. Leopold beobachtete, wie die Leute zu Bier und Wein griffen und immer ausgelassener scherzten und sangen. Er selbst trank nur maßvoll. Er brauchte einen klaren Kopf. Annegret eilte mal zu dieser Gruppe, mal zu jener. Bereits an ihrem ersten Abend als Ehefrau bewies sie Gastgeberqualitäten. Er hatte sie nicht eingeweiht in seine Pläne, aber sie schien zu spüren, dass ihm dieses Fest wichtig war und dass er mit ihr reden würde, sobald konkrete Maßnahmen anstanden.

Mit den Bauern der angrenzenden Felder zu sprechen fiel

ihm leicht. Zahlen flirrten umher, erste Versuche, ins Handeln zu kommen, die Leopold signalisierten, er war auf der richtigen Spur. Schwieriger war es, von Basnitz für sich einzunehmen. Er führte ihn herum, versuchte seinen Blick weg von den mageren Pferden zu lenken, die ihm geblieben waren, weg von den Löchern im Scheunendach und den maroden Fenstern im Haupthaus. Er sollte sich das Grundstück ansehen und die Vision mit ihm teilen, wie man hier im Großen wirtschaften konnte.

Er reagierte, wie erwartet, nicht anders als sein Schwiegervater: »Mir scheint, Sie übernehmen sich, Wallendorf. Sie sind offenbar auf dem besten Weg, sich bis über den Kopf zu verschulden. Ich kann mir denken, dass Friedl Wagner Ihnen unter die Arme greift, aber ich rate Ihnen, es nicht zu übertreiben.«

»Mir greift niemand unter die Arme«, gab Leopold zurück. Am liebsten wäre er in diesem Moment mit seiner Idee herausgeplatzt, aber seine Chance auf Erfolg hing vom richtigen Zeitpunkt ab. Er musste Zahlen und Grundrisse präsentieren, um ernst genommen zu werden. Am Montag würde ihm der Architekt seine Arbeit vorlegen – die brauchte er, bevor er von Basnitz von seinem Vorhaben erzählte. Sonst war es von vornherein zum Scheitern verurteilt.

Am Abend lag er mit Annegret im von einem Baldachin umgebenen Ehebett. Sie hatte, wie es ihre Art war, selbst am Hochzeitsabend ein, zwei Seiten in einem Roman gelesen, um zur Ruhe zu kommen. Nun legte sie das Buch auf ihren Nachttisch. Das Fenster war geöffnet, von draußen drang der Ruf der Nachtigall zu ihnen hinein. Sie hatten alle Gäste einzeln mit Handschlag verabschiedet. Annegrets Eltern hatten sich schließlich, als das Hochzeitsfest Fahrt aufnahm, versöhnlich gezeigt. Denn es war nicht zu übersehen, wie glücklich ihre Tochter war, und das stimmte sie milde. Am Ende hatte das frisch vermählte Paar Vater Ignatz zu Bett gebracht, der den Abend unter dem Tisch mit dem Spanferkel verbracht und immer wieder ängstlich hinter dem Tuch hervorgelugt hatte. Noch eine Eigenschaft, die Annegret auszeichnete: Sie akzeptierte es klaglos, für die Pflege des alten Mannes mitverantwortlich zu sein, und kümmerte sich um den gebrechlichen Greis, wie es nur eine gutmütige Person wie sie tun konnte.

Im Bett liegend, beide in ihre weißen Nachthemden gehüllt, zog er sie an sich, küsste ihre Stirn. »Hat dir unsere Hochzeitsfeier gefallen?«

»Ich hätte es mir nie so schön erträumen können! Was für eine Überraschung. Und wie sich alle um deine Aufmerksamkeit bemüht haben. Ich bin stolz auf dich.« Sie schloss die Augen und spitzte die Lippen.

Er küsste sie. »Dieses Fest war nur der Auftakt zu unserem neuen Leben. Vertraust du mir, dass du von jetzt an nur noch in diesem Stil feiern wirst? Die Leute werden zu uns aufsehen und darum buhlen, unsere Freunde zu sein.«

Sie schaute ihn an, fragend. »Das Gestüt hat genug Substanz, um wieder aufgebaut zu werden?«

Er schüttelte den Kopf. »Nicht das Gestüt. Am Dienstagabend erzähle ich dir mehr. Vorher bin ich in Deggendorf bei von Basnitz. Denk an mich und drück mir die Daumen. Es geht um unsere Zukunft.«

»Was auch immer du tust, ich bin an deiner Seite.«

»Dafür liebe ich dich.« Er drehte sich zu ihr und kam halb auf ihr zum Liegen. Sie empfing ihn seufzend.

»Ein schönes Stück Land haben Sie da, Wallendorf. Danke für die Einladung, ich habe mich sehr wohlgefühlt.« Von Basnitz hatte Leopold die Tür zu seinem Büro geöffnet und wies ihm den Platz auf dem Besucherstuhl vor dem wuchtigen Schreibtisch.

»Freut mich. Kommen Sie gern jederzeit, wenn Sie sich frischen Wind um die Nase wehen lassen wollen.« Leopold setzte sich und sackte zu seinem Verdruss ein Stück ein. Dadurch wirkte der Platz, hinter dem der Bankier saß, noch dominanter. Die Ledermappe mit seinen Unterlagen hielt er in beiden Händen auf dem Schoß.

Von Basnitz schlug einen Aktenordner mit Blättern voller Rechnungen und Tabellen auf. Er nahm eine Brille von seinem Schreibtisch und setzte sie sich umständlich auf, bevor er mit der Nase an die Papiere heranging. »Was dachten Sie denn, welche Schuldenlast Sie heute tilgen wollen? Das geht mittlerweile auf weit über siebenhundert Mark zu, die wir Ihnen geliehen haben.«

»Und die Sie hoch genug verzinsen, dass es für Sie ein einträgliches Geschäft ist, oder?«

Von Basnitz sah auf. Um seine Nase bildete sich ein blasser Hof. »Selbstverständlich lebt ein Kreditunternehmen wie unseres von den Zinsen. Aber die Schuldner sind die Profiteure, wenn sie Summen brauchen, die sie nicht auf einen Schlag von allein aufbringen können. Ohne uns käme die Wirtschaft zum Erliegen.«

»Genau deswegen bin ich hier.«

Der Bankier schürzte die Lippen, warf einen weiteren Blick auf die Zahlen und runzelte die Stirn. »Sie haben in eine wohlhabende Familie eingeheiratet. Die Wagners sind Kunden bei uns, wir kennen die Verhältnisse, im Vertrauen gesagt. Wenn Sie die Gelegenheit haben, sich von Ihrer Schuldenlast zu befreien, dann tun Sie es.«

»Tatsächlich ist meine Frau nicht unvermögend in die Ehe gegangen. Viertausend Mark sind ein guter Anfang.«

Von Basnitz notierte etwas, bevor er wieder fragend aufsah.

»Dieses Geld ist aber nicht mehr als ein Grundstock. Ich brauche wesentlich höhere Summen.«

Von Basnitz riss die Augen auf. Das Entsetzen war ihm deutlich anzusehen. »Sie sprechen von weiteren Krediten? Worauf fußt Ihre Annahme, wir würden in Erwägung ziehen, Sie zu unterstützen? Sie bieten uns nicht die geringste Sicherheit. Was haben Sie vor, Herr Wallendorf?«

Leopold erhob sich, wie so oft in seinem Leben, um seinen Worten auf diese Weise Gewicht zu verleihen. Er stützte sich auf den Schreibtisch und beugte sich nach vorn. »Ich beabsichtige, eine Rübenzuckerfabrik zu gründen.«

Die Entrüstung wich aus der Miene des Kaufmanns und machte einer sachlichen Distanziertheit Platz. »Die Pionierzeit der Zuckerfabrikation ist vorbei.«

Vor Aufregung pochte eine Ader an Leopolds Schläfe. Wenn der Bankier nicht von vornherein rigoros ablehnte und sich auf eine Diskussion mit ihm einließ, hatte er fast schon gewonnen. Er war bestens vorbereitet. »Die Pionierzeit ist vorbei, richtig. Und damit auch die aufwendigen Prozesse, mit denen man noch vor vierzig Jahren den Zucker aus den Rüben gewinnen musste. Der Rübenzucker hat den Rohrzucker längst verdrängt, wir sind wegen neuester Techniken und der Unterstützung der Politik zu einem Zuckerexportland geworden!«

»Von dieser Entwicklung haben bereits viele profitiert. Nach meinem Kenntnisstand gibt es knapp dreihundert Raffinerien in Deutschland.«

»Und sie alle verdienen sich goldene Nasen! Die Nachfrage im In- und Ausland ist beständig größer als das Angebot, Zucker hat sich innerhalb der letzten Jahrzehnte von einem Luxusartikel zu einem Grundnahrungsmittel entwickelt. Jeder, der den Aufbruch wagt, kann sich an dieser Erfolgsgeschichte beteiligen. Stellen Sie sich vor, was eine solche Fabrik für unsere Region bedeutet! Wir schaffen Arbeitsplätze, bringen Steuern, sichern den Wert der hiesigen Wirtschaft.«

»Sie müssten die Rüben von weit her einführen. Haben Sie die Kosten berechnet?«

Leopold richtete sich zu voller Größe auf, ein Lächeln auf den Lippen. »Sie haben die Bauern Engelhardt und Gschwend auf der Hochzeitsfeier kennengelernt. Ich bin mit ihnen handelseinig. Einen Teil ihres Landes werden sie mir verkaufen, damit die Fabrik gleich das richtige Format bekommen kann. Ich denke nicht im Kleinen, Herr von Basnitz. Auf dem übrigen Acker werden die beiden künftig Rüben statt Weizen anbauen. Ich kaufe sie ihnen komplett ab.« Sein größter Triumph, Leopold war selbst überrascht, dass er das in nur zwei Tagen geregelt hatte. Das musste von Basnitz doch beeindrucken, oder?

Der Bankier bog anerkennend die Mundwinkel herab. »Sie stürmen voran, wie?«

»Es ist Zeit, dass Gut Theresienberg zu neuer Blüte kommt und zum Aushängeschild von Ornbach wird. Ich kann das schaffen – mit Ihrer Hilfe. Ich brauche eine Fabrik mit Maschinen, Silos, Arbeitern. Ich habe die Kosten und die zu erwartenden Einnahmen berechnet, in zwei Produktionskampagnen hätten sich die Investitionen rentiert! Von da an gibt es nur noch Gewinne! Die Kredite zahle ich im Handumdrehen zurück. Oder die Bank entscheidet, mein weiteres Expandieren zu unterstützen.« Er grinste.

»Etwas größenwahnsinnig sind Sie schon, Wallendorf, was?«

»Es sind nie die Kleingeister, die die Wirtschaft voranbringen, Herr von Basnitz.«

Der Bankier sah ihn ein paar Sekunden lang schweigend an. Dann nickte er in Richtung der Ledermappe, die Leopold bei sich trug. »Was haben Sie da mitgebracht?«

Leopold hatte das Gefühl, Insekten wimmelten unter seiner Haut. Seine Hände zitterten leicht, als er die Schnalle öffnete und ein Bündel Papiere hervorzog. »Ein Architekt hat den Grundriss einer Zuckerfabrik gezeichnet, wie er auf unserem Land hinter den Ställen und Scheunen realisierbar wäre. Ich habe eine Liste mit Maschinen erstellt, die für den Zuckergewinnungsprozess nötig sind. Dafür habe ich mich in den letzten Wochen in diversen anderen Firmen umgesehen. Die Rüben werden maschinell zu Schnitzeln verkleinert, aus denen der Rohsaft gepresst wird. Später sorgen hintereinandergeschaltete Apparate dafür, dass diesem durch Verdampfen das Wasser entzogen wird. Wir brauchen eine Kochstation, in der dem Saft Kristalle zugesetzt werden, und im späteren Verarbeitungsvorgang noch Zentrifugen. Wir benötigen außerdem Förderbänder, Silos und Lagerräume. Große Summen, über die wir hier sprechen, ich weiß. Hinzu kommen noch die Löhne für die Arbeiter, die ich für den Beginn auf ein gutes Dutzend kalkuliert habe. Ich habe Ihnen Listen geschrieben, aus denen hervorgeht, wann wir die erste Auslieferung planen und von welchen Gewinnspannen wir ausgehen können.« Leopold hatte gesprochen, ohne Luft zu holen. Jetzt nahm er einen tiefen Atemzug, betrachtete das Gesicht seines Gegenübers, das bei seiner langen Rede unbewegt geblieben war.

Von Basnitz rückte auf die Kante des Sessels und streckte die Hand aus. »In Herrgotts Namen, dann geben Sie schon her«, sagte er mit einem Seufzer.

Leopold reichte ihm die Papiere und ließ sich wieder in den Besucherstuhl plumpsen, während sich der Bankier in seine Unterlagen vertiefte. Was sollte jetzt noch schiefgehen? Zucker aus Zuckerfabriken war konkurrenzlos und würde es immer bleiben. Das musste von Basnitz einsehen.

7

Zur selben Zeit an der Ostküste der USA, Baltimore

Wie ein Schuljunge kniete Constantin Fahlberg auf dem Boden des Labors in der Johns-Hopkins-Universität, den Oberkörper halb in den Schrank unter dem Arbeitsplatz geschoben, um zu überprüfen, ob sich im letzten Winkel doch noch eine Spritze verbarg. Was nicht der Fall war. Wie sehnte er sich nach seinem bestens ausgestatteten Laboratorium in New York! Auch in Leipzig hatte es nie Materialmangel gegeben. Selbst bei seinen Expeditionen auf die Zuckerplantagen in Britisch-Guayana waren ihm die Utensilien zur Vorbereitung der Experimente niemals ausgegangen. Nach Labormaterialien zu suchen war eines Zuckerchemikers seines Renommees unwürdig! Obwohl noch keine dreißig Jahre alt, galt Fahlberg nach seinen Studien in Deutschland und den Staaten auf internationaler Ebene als der Experte für alles, was mit der Erforschung des kristallinen Lebensmittels einherging.

Ächzend erhob er sich und stützte sich einen Moment auf der Tischplatte ab, um einen leichten Schwindel zu überstehen. Vor einer Woche war der Sommer mit aller Gewalt über die Ostküste der Vereinigten Staaten hereingebrochen. Schon am Morgen flirrte es in den Straßen von Baltimore, und auch jetzt, da es auf sechs Uhr am Nachmittag zuging, herrschten draußen noch dreißig Grad. Im Labor war es stickig. Dämpfe verschiedener Chemikalien hingen in der Luft.

Die Einrichtung der chemischen Fakultät der Johns-Hopkins-Universität war eine Katastrophe. Die sieben Millionen Dollar aus Hopkins Nachlass waren zum größten Teil in die medizinische Forschung und Lehre geflossen. Die Chemie dagegen wurde sträflich vernachlässigt. Constantin konnte es egal sein. In einigen Wochen wäre er wieder in seinem Zuckerlabor in New York. Seine Anstellung in Baltimore war befristet. Er hatte im Auftrag der Zuckerhändler *Perot & Co.* ein Gutachten erstellt. Die amerikanischen Behörden warfen den Importeuren vor, mehr als siebenhundert Säcke Zucker aus Südamerika eingefärbt zu haben, um weniger Einfuhrsteuer zu zahlen. Constantin hätte die Untersuchungen gern in New York durchgeführt, *Perot & Co.* hatten ihn jedoch nach Baltimore gebeten. Die Stellungnahme war fertig, doch der Beginn des Prozesses, bei dem er als Sachverständiger auftreten sollte, zog sich. Die Zwischenzeit nutzte er, um Forschungen im Auftrag von Ira Remsen, dem Begründer der chemischen Abteilung an der Hopkins-Universität, zu übernehmen. Allerdings interessierten ihn dessen Untersuchungsreihen an Verbindungen aus Steinkohlenteer nur am Rande. Sein Hauptaugenmerk lag auf der Erforschung von Zucker. Dennoch, seine kostbare Zeit mit Müßiggang zu verplempern war nicht seine Art.

Sein Arbeitsplatz im Labor war einer von zwölf, an denen sich die Forscher paarweise gegenüberstehen konnten, getrennt durch ein Regal voller Zylinder, Büretten und Glasflaschen mit den wichtigsten Stoffen und Verbindungen. Wasserhähne mit Spülbecken waren an beiden Enden angebracht, in den Schubkästen sollten Spatel, Löffel und Pipetten liegen. Vieles fehlte.

Heute werkelten neben Constantin nur drei weitere Chemiker der Arbeitsgruppe an den Mikroskopen, Reagenzgläsern und Bunsenbrennern vor sich hin. Einen von ihnen kannte er: Harmon Northrop Morse, den Assistenten Ira Remsens.

Constantin nahm die Taschenuhr aus der Weste. Normalerweise arbeitete er länger, aber da ihm für die Wiederholung des heutigen Experiments die Materialien fehlten, stand einem früheren Feierabend nichts im Wege. Er steckte die Uhr zurück und trat ans Kopfende seines Arbeitsplatzes, um sich ausgiebig die Hände zu waschen. Dann krempelte er die Ärmel des Hemds herunter, nahm Jacke und Melone vom Haken an der Wand und ging zu Morse.

Remsens Assistent war nur zwei Jahre älter als er und erinnerte mit dem Oberlippenbart an ein Walross. Der Eindruck von Trägheit durfte nicht darüber hinwegtäuschen, dass Großes von Morse zu erwarten war. Er verfügte über einen ebenso brillanten Geist wie sein Vorgesetzter. An den meisten Tagen erschien der Leiter der chemischen Fakultät am Ende eines Arbeitstages selbst im Labor, um sich von seinen Mitarbeitern auf den neuesten Stand bringen zu lassen und Anweisungen zu geben. Heute würde Constantin ihn verpassen.

Morse lugte über den Rand seiner Brille, als Constantin an ihn herantrat.

»Wir haben keine sterilen Spritzen mehr«, sagte Constantin auf Deutsch, obwohl sein Englisch nach vier Jahren in den Staaten fließend war. Er nutzte jede Gelegenheit, sich in seiner Muttersprache zu unterhalten. Morse hatte in Göttingen promoviert. »Außerdem benötige ich mehr Kaliumpermanganat. Können Sie sich darum kümmern?«

»Ich rede später mit Remsen«, antwortete der Assistent mit einem hörbaren Seufzer. Er galt nicht Constantin, wie er wusste, sondern den unzureichenden Verhältnissen, unter denen auch er litt. Er war an die Hopkins geholt worden, um Remsen beim Aufbau der Abteilung zu unterstützen, und musste nun mit deren Unzulänglichkeiten leben. »Wie kommen Sie voran, Fahlberg?«

»Remsen hatte recht, das Permanganat eignet sich hervorragend als Oxidationsmittel für das Toluolsulfonamid. Aber jetzt kommt die Überraschung. Das Zielmolekül, zu dem er will, fällt ohne Umwege direkt als Nebenprodukt ab.«

Morse runzelte die Stirn. »Das war so nicht zu erwarten. Und das Hauptprodukt? Um was handelt es sich?«

»Das bedarf noch einer …« Constantin machte einen Schritt zur Seite, als eine junge Frau im Kittel mit einem Feudel an ihm vorbeiwischte. Sie zog einen Wagen mit Putzmitteln, einem Wassereimer und Lappen hinter sich her. Für einen Augenblick unterbrach sie ihre Arbeit und blickte mit gerunzelter Stirn zwischen den beiden Männern hin und her. Constantin hob amüsiert die Brauen. Es war ein vertrautes Gefühl, dass Menschen den wissenschaftlichen Austausch zwischen Chemikern nicht verstanden. Erst später, wenn ihre Entdeckungen praktischen Nutzen versprachen, nahm die Bevölkerung Anteil. Die Pasteurisierung von Milch, die Narkotisierung von Patienten mit Schwefeläther, die Herstellung von Stickstoffdünger für das Pflanzenwachstum – Dinge wie diese veränderten das Leben aller, und immer hatten am Anfang Akademiker mit ihren Experimenten und ihrem Fachchinesisch gestanden. Leider war es bei dieser Auftragsarbeit für Ira Remsen eher unwahrscheinlich, dass sie sich zu einem Meilenstein der Chemie entwickelte.

Ein Lächeln bog die Enden von Morses dichtem Bart, als er, auf dem Drehstuhl sitzend, die Beine anhob, damit die junge Frau unter seinem Schreibtisch schrubben konnte. Sie wischte fahrig, immer wieder zu den Männern schauend, die sie schmunzelnd beobachteten. Endlich entfernte sie sich und putzte an anderer Stelle weiter. Morse richtete seine Brille auf dem Nasenrücken und schob sich an den Tisch heran, bevor er zu Constantin hochsah. »Der Versuch langweilt Sie, nicht wahr?«

»Ich bin dankbar dafür, dass ich mich bei den hiesigen Untersuchungen nützlich machen kann. Aber ich freue mich darauf, wieder eigene Ideen zu entwickeln, ja. Ich helfe Remsen aus, um nicht einzurosten, während ich darauf warte, dass der Prozess endlich beginnt.«

»Das Gutachten steht?«

Constantin nickte. »Meine Untersuchungen haben eindeutig bewiesen, dass keine nachträgliche Manipulation für die Färbung des Zuckers verantwortlich ist. *Perot & Co.* trifft keine Schuld, keine Schummelei. Die Anklage sollte fallen gelassen werden. Aber hier in den Staaten mahlen die Mühlen der Bürokratie auch nicht schneller als in den deutschen Landen.« Er setzte sich die Melone auf und tippte an den Rand. »Guten Abend, Morse. Wir sehen uns morgen.«

Er steuerte den Ausgang an und verließ das dreistöckige Backsteingebäude auf dem Homewood Campus. Über ihm trieben Kumuluswolken am Himmel, dessen Blau an die Flammenfärbung von Cäsium erinnerte. Studenten und Mitarbeiter der verschiedenen Institute drängten sich auf den Gehwegen. Constantin deutete das Lüpfen der Kopfbedeckung an, wenn er bekannten Gesichtern begegnete. Allzu viele waren es nicht, selten nahm er an Aktivitäten außerhalb der chemischen Abteilung teil. Lieber verbrachte er die Zeit im Labor und eilte von dort direkt zu seiner Unterkunft, eine Werkswohnung, die ihm für die Dauer seines Aufenthalts zur Verfügung stand. Inklusive einer Haushälterin. Mrs Eleonore Lewis bewohnte ein Appartement im selben Gebäude. Während er seinen wissenschaftlichen Forschungen nachging, räumte sie bei ihm auf, besorgte die Wäsche, wischte Böden und Möbel und bereitete seine Abendmahlzeit vor. Nach seiner Ankunft zog sie sich in ihre Privatwohnung zurück. Ein perfektes Arrangement, das ihm den Rücken freihielt. Davon abgesehen, mochte er es, nicht von leeren Räumen in Empfang genommen zu werden, sondern von einer lebhaften Person wie Mrs Lewis.

Constantin bog in den Wyman Park ein. Baumbestandene Wege zogen sich zwischen Rasenflächen dahin. Familien tummelten sich auf ihnen. Manche hatten sich zu einem frühabendlichen Picknick niedergelassen. Ein Junge warf einem Hund ein Stöckchen, andere trieben einen Holzreifen vor sich her. Paare flanierten vorüber, das Fächerflattern der Damen übertönte das Zirpen der Grillen in den Büschen. Eine kleine Brücke überspannte den Stony Run, einen Nebenarm des Jones Falls, der die Stadt von Norden nach Süden durchfloss, bevor er sich wieder mit dem Hauptstrom vereinigte. Constantin ließ die Eisenbahnlinie hinter sich, gelangte in sein Viertel und sprang die Stufen des mehrstöckigen Gebäudes hoch. Der Geruch nach gekochten Kartoffeln, frischem Brot und heißem Öl stieg ihm in die Nase. Aus den Wohnungen in den beiden ersten Etagen drangen die Stimmen von Müttern und Kindern, das Klappern von Töpfen. Noch während er die Treppe hochstieg, nestelte er den Schlüssel für sein Appartement aus der Tasche.

Nötig war das nicht. Die Tür im dritten Stock rechts öffnete sich, kaum dass er den Absatz erreichte. Offenbar hatte das Knarzen der ausgetretenen Stufen Mrs Lewis' Aufmerksamkeit geweckt. Er durfte sie Eleonore nennen, hatte sie ihm angeboten, aber selbst in seinen Gedanken gestattete er sich das nicht. Es erschien ihm zu intim. Sie war hübsch, zweifellos, Anfang dreißig, früh verwitwet, anziehend mit ihren runden Wangen und den blauen Knopfaugen. Er mochte es, sie lachen zu hören, doch mit einer gewissen Distanz zwischen ihnen fühlte er sich wohler. Seine wissenschaftlichen Studien hatten ihm in seinem bisherigen Leben nicht viel Zeit gelassen, sich mit dem anderen Geschlecht zu befassen. Mrs Lewis schien das zu spüren und kam ihm auf eine Art entgegen, die sein Blut zugegebenermaßen in Wallung brachte. Aber den Zeitpunkt, wann aus einer Annäherung mehr wurde, den bestimmte er lieber selbst. Constantin Fahlberg war es sein Lebtag lang gewohnt, die Dinge unter Kontrolle zu haben, und Mrs Lewis – so adrett er sie auch fand – würde daran nichts ändern.

Heute trug sie ein lichtgelbes Kleid mit ihrer Küchenschürze darüber. Mehlstaub zeichnete sich auf ihren Händen und den Oberarmen ab, selbst in ihren wirren blonden Locken hing das Pulver. Die durch die hinteren Fenster scheinende Sonne ließ eine hellgoldene Aura um ihr Gesicht erglühen.

»Guten Tag, Mrs Lewis.« Er hob seinen Hut und deutete eine Verneigung an. »Wie geht es Ihnen?« Dass die Amerikaner sich bei jeder Gelegenheit nach dem Befinden des Gegenübers erkundigten, ohne eine Antwort zu erwarten, hatte Constantin schnell übernommen. Er wollte sich bezüglich der hiesigen Etikette nichts zuschulden kommen lassen, wenn sein deutscher Akzent schon so hart war. Die meisten, die ihn zum ersten Mal sprechen hörten, unterdrückten ein Grinsen.

Mrs Lewis schien an seiner Aussprache und dem Auftreten nichts lächerlich zu finden. Sie sah zu ihm auf. »Sie sind früh zurück, Mr Fahlberg.«

»Die Spritzen waren aus, und es fehlte bald auch an Kaliumpermang…« Er unterbrach sich selbst. Wenn er nicht nachdachte, passierte es ihm, dass er ungeeignete Themen wählte. Mit einer Mrs Lewis über Kaliumpermanganat zu reden gehörte dazu.

»Und da dachten Sie, Sie beehren mich früher mit Ihrer Gegenwart und gehen mir zur Hand?«

»Bitte?«

Mrs Lewis' Lachen erfüllte nicht nur das Treppenhaus, sondern auch Constantins Herz. Sie hatte einen ihrer Scherze gemacht, natürlich. Ihm war es fremd, Dinge von sich zu geben, die etwas anderes ausdrückten als das, was sie aussagten. Umso faszinierender fand er ihre Art.

145

Sie trat zur Seite, damit er sich an ihr vorbeischieben konnte, hielt aber demonstrativ die mehlbestäubten Hände in die Höhe. Er legte Jacke und Melone selbst ab.

»Ich wollte damit nur sagen, dass Sie sich noch gedulden müssen mit dem *Abendbrod*«, klärte Mrs Lewis ihn über die Hintergründe ihrer Bemerkung auf. Das letzte Wort dehnte sie in die Länge und blickte ihn erwartungsvoll an.

»Sehr gut«, lobte er. »Nur am Ende ist ein hartes *t*, kein *d*.«

»Abendbrot«, wiederholte sie. »Eine herzhafte *Mahlzeit*.«

Es hatte ihn einige Mühe gekostet, einen deutschen Bäcker in Baltimore zu finden, und noch mehr, ihn zu überreden, seiner Haushälterin das Rezept für ein Bauernbrot zu verraten. Jetzt wehte der Duft eines frisch gebackenen Laibs durch die Wohnung. Constantin konnte die Kruste fast schon zwischen den Zähnen knacken hören. Ihm lief das Wasser im Mund zusammen. »Rufen Sie mich, wenn Sie alles vorbereitet haben.« Er wandte sich der Schreibstube zu, blieb dann aber stehen. »Und essen Sie doch bitte mit mir«, fügte er hinzu. In Mrs Lewis' Augen trat ein Funkeln wie von Magnesiumsternen über dem Bunsenbrenner. Hitze explodierte in seinen Wangen, als wäre er der Flamme zu nahegekommen.

»Gern, Mr Fahlberg.« Ihr Lächeln versprach schon den nächsten Scherz. Constantin ertappte sich bei dem Gedanken, dass er sich etwas anderes von ihr wünschte.

Er zog sich ins Zimmer zurück. Hier dominierte die Arbeit über die Zerstreuung. Im Bücherregal standen einige Titel zeitgenössischer Autoren vom Vormieter, die Staub angesetzt hatten. Constantins abendliche Lektüre bestand in den Werken, die er aus New York mitgebracht hatte. Sie begleiteten ihn überallhin. Mitscherlichs *Lehrbuch der Chemie*, ausgewählte Bände von Wöhlers gleichlautenden Veröffentlichungen, die neuesten Ausgaben der *Zeitschrift für analytische Chemie* des Hofrats Fresenius, unter dem er in Wiesbaden gelernt hatte. Papiere lagen geordnet auf dem Schreibtisch. Die chemischen Formeln und Strukturzeichnungen darauf wurden schon beim flüchtigen Blick Constantins, nachdem er sich gesetzt und den Stapel herangezogen hatte, in seinem Geist lebendig. Sie erhoben sich, drehten sich um die eigenen Achsen, offenbarten ihre Geheimnisse und die ihnen zugrunde liegende Schönheit. War es nicht wunderbar, mit wenigen Buchstaben, Zahlen und Strichen die Bausteine dieser Welt darzustellen? Sie miteinander in Verbindung zu setzen? Ein Gefühl bemächtigte sich Constantins, ein Nachglühen des Übermuts, mit dem er Mrs Lewis zum Essen eingeladen hatte. Die Kristalle und Säuren aus den Papieren schienen ihm zu applaudieren. *Gut gemacht!*, lobten sie ihn. Aber da war mehr. *Nutze diese Energie, um über das Bekannte hinauszugehen!* War es das, was sie ihm zuriefen? Es steckte eine Aufforderung in ihrem heutigen Tanz, ein Ruf, seinem Instinkt zu folgen und …

»Mr Fahlberg«, drang Mrs Lewis' Stimme durch die Tür, und dann, vorsichtig wie ein Tasten im Dunkeln: »Constantin, kommen Sie?«

Sein Herzschlag ließ die vor seinem inneren Auge über dem Schreibtisch schwebenden Formeln und Strukturen wild durcheinanderhüpfen. Er riss sich von dem Anblick los, schlüpfte im angrenzenden Bad in ein frisches Hemd und ging durch den Flur zum Esszimmer. Mrs Lewis hatte bereits Platz genommen. Vor ihr standen Platten mit Wurst und Käse, aufgeschnittene Tomaten lagen neben Gurkenstücken, in der Mitte dampften Scheiben vom Brot in einem Korb und verströmten ihren unwiderstehlichen Duft. Er setzte sich.

»Es sieht herrlich aus. Eleonore.« Schnell nahm er sich eine Schnitte, damit sie nicht bemerkte, wie viel Überwindung ihn das Aussprechen ihres Namens gekostet hatte. Sie nannte ihn Constantin, er würde ihr nicht nachstehen. Es fühlte sich überraschend gut an. Er sah auf. Sein Blick wanderte zu ihrem von Locken eingerahmten Gesicht. Selbst wenn sie ernst war, strahlte sie Heiterkeit aus. Volle Lippen, die zum Lächeln geschaffen waren.

»*Guten Appetit*«, formte ihr Mund die nächsten Worte aus der Heimat, die er ihr beigebracht hatte.

Er nickte ihr anerkennend zu, während er sein Brot mit Butter bestrich und mit Cheddar belegte. Dann biss er hinein.

Eine unerwartete Süße überdeckte den Geschmack des Käses vollständig. Es war aufdringlich, zu viel des Guten. Irritiert ließ er die Hand sinken, kaute hohl, damit der Geschmack sich verflüchtige. Was hatte er da im Mund? Honig? Nein, den hätte er erkannt, auch der amerikanische Ahornsirup war es nicht, den die Menschen hier literweise verspeisten.

Er sah auf. Da war es wieder, Eleonores spitzbübisches Lächeln, das den Scherz verriet, den sie mit ihm trieb. Grinsend legte er die Scheibe Brot ab. »Sehr originell, wirklich.« Sie war über sein Renommee als Zuckerchemiker im Bilde, wusste, womit er sich in New York befasste, und auch der Grund seines Aufenthalts in Baltimore war ihr hinlänglich bekannt. Das Engagement durch *Perot & Co.* ließ keinen Zweifel an seinem Fachgebiet und seiner Leidenschaft für alles, was mit Süßem zusammenhing.

Eleonore legte den Kopf schräg, in ihren Augen noch immer das funkensprühende Magnesium, das ihn als Kind zur Chemie gebracht hatte, nachdem sein Lehrer in Dorpat seinen Schülern den bezaubernden Effekt vorgeführt hatte.

»Sie sprechen in Rätseln, Constantin.«

Ein Rätsel, so? Dann wollten sie mal sehen. »Zucker kann es nicht sein, für diese Süße hätten Sie Unmengen gebraucht. Das hätte ich gerochen.« Zur Sicherheit hielt er noch einmal die Nase in die Luft, aber die Wohnung duftete kein bisschen wie eine Konditorei. Da war nur echtes, ehrliches Brot. »Honig und Ahornsirup schließe ich ebenfalls aus. Eine hiesige Spezialität, die ich noch nicht kenne? Wie heißt die Zutat?«

»Ich … ich verstehe nicht.« Eleonore spielte die Verwirrte mehr als überzeugend. Sie sah von seiner Brotscheibe zu ihm und zurück, runzelte die Stirn. Eine steile Falte bildete sich zwischen ihren Brauen. »Ich habe genau nach Meister Fröhlichs Rezept gearbeitet, wie immer.«

Unmöglich! Sie hatte etwas zugegeben. Und hatte damit Mehl und Hefe verschwendet. So war das Brot ungenießbar süß, sie mussten es entsorgen. Sie hatte sich sicher nichts dabei gedacht, dennoch hob Constantin an: »In den Staaten mag man gern im Überfluss leben. Andernorts herrschen härtere Zeiten.«

Die steile Falte auf der Stirn veränderte sich nur unmerklich, der Ausdruck in ihren Augen dafür umso deutlicher. Eleonore lehnte sich zurück und verschränkte die Arme vor dem Brustkorb. »Ich bin nicht dumm.«

»Das habe ich nicht gesagt, Eleonore.«

»Es hat sich aber sehr danach angehört, Mr Fahlberg.«

Constantin verspürte einen Stich im Herzen. Das wurde allmählich albern. Jetzt stand sie auf. Als führte *er* sie an der Nase herum und nicht umgekehrt!

»Mit dieser Darbietung könnten Sie sich als Schauspielerin bewerben, Mrs Lewis.« Er hatte nicht vorgehabt, auch wieder die Anrede zu wechseln. Jetzt war es geschehen, und er ahnte, dass er damit eine Tür zuschlug.

»Ich weiß nicht, wovon Sie reden«, antwortete seine Haushälterin frostig. »Ich danke Ihnen für die Einladung, aber mir ist der Appetit …«

»Schluss mit dem Unfug!« Seine Hand knallte auf den Tisch, dass die Gläser hüpften. Er erschrak über seine eigene Gefühlswallung. Verstand dieses Frauenbild denn nicht, wann es genug

149

war? »Das Brot!«, fuhr er erhitzt fort. »Sie haben es gesüßt, um mir einen Streich zu spielen.«

»Wie käme ich dazu!«, erwiderte sie entrüstet. »Ich habe weder Zeit für die Art von Scherzen, die Sie mir unterstellen, noch habe ich Lust, mir weiter etwas vorwerfen zu lassen, das ich nicht getan habe. Guten Abend, Mr Fahlberg.«

»Aber wieso schmeckt es so?« Seine fuchtelnde Hand geriet in sein Blickfeld. Einem Impuls folgend nahm er sie zum Mund und leckte mit der Zunge über die Innenfläche, die das Brot berührt hatte – eine eher bei Pharmazeuten gebräuchliche Methode der Bestimmung von Stoffen, die jedoch auch Chemiker hin und wieder nutzten. »Da, süß!«

»Dann gehen Sie sich die Hände waschen!« Die Magnesiumsterne in Mrs Lewis' Augen verglühten. Sie glitzerten feucht und gleichermaßen wütend. »Na los!«, verlieh sie der Aufforderung Nachdruck.

»Ich habe meine diesbezügliche Schuldigkeit bereits im Laboratorium getan«, entgegnete Constantin so nüchtern wie möglich, erhob sich aber. Obwohl es in ihm brodelte, wollte er die Situation nicht weiter aufladen. Vielleicht kam sie zu klarem Verstand, wenn er sie für einen Moment allein ließ. Er suchte das Badezimmer auf, ein kleiner Raum mit kaum mehr als einer Kommode mit Waschschüssel darauf, dem Spiegel darüber und der emaillierten Kanne daneben. Er rollte die Ärmel auf, goss Wasser ins Becken und tauchte die Hände ein, nahm die Seife und rieb sie, bis sie schäumte. Er reinigte die Fingerzwischenräume, fuhr zum Handgelenk und sogar einen Teil vom Unterarm hinauf. Wenn er so weitermachte, war er steril genug, um einen chirurgischen Eingriff am Johns-Hopkins-Hospital durchzuführen!

Ein Klopfen, und die Kanne entglitt beinahe seiner glitschigen Hand, als er Wasser über die andere rinnen ließ. »Gehen Sie sparsam damit um«, drang Mrs Lewis' aufgebrachte Stimme herein. Im Gegensatz zu ihm schien sie nichts davon zu halten, die Lage zu klären. Oder sich gar zu entschuldigen.

Constantin hob die Kanne ein Stück höher, damit das Wasser lauter ins Becken plätscherte. »Ich dachte, Sie ziehen es vor, wenn ich es gründlich mache.«

»Ich ziehe es vor, mir nicht schon mit meinen einunddreißig Jahren Krampfadern vom Laufen zu holen«, erwiderte sie barsch, keine Spur von der sinnlichen Frau, die ihm ihren Vornamen angeboten hatte. »Sonst finde ich nämlich überhaupt keinen Mann mehr.«

Sie war seine Haushälterin. Eine Bedienstete, und auch wenn *Perot & Co.* sie für die Dauer seines Aufenthalts bezahlten, der ihm wieder einmal viel zu lang erschien, war er für diese Zeit dennoch der Hausherr, dem sie Respekt entgegenzubringen hatte. Falls er das Wasser verbrauchte, war es ihre Aufgabe, in den Hof zu laufen und neues zu holen.

Er trocknete sich die Hände ab und klatschte das Tuch ins Becken. Sollte sie es später auswringen und aufhängen. Er riss die Tür auf. »Mrs Lewis, Sie …!«

Der Diele war leer, aus der Küche drang das Klappern von Geschirr. Schwer atmend schritt Constantin den Flur hinab und durch das Esszimmer hindurch. Mrs Lewis drehte ihm an der Spüle den Rücken zu und schüttete selbst überaus großzügig Wasser aus einem Krug ins Becken.

»Zufrieden?« Der kindliche Trotz war töricht, das wusste er. Er streckte ihr dennoch die Hände entgegen. Sie sah nur mit hochgezogener Augenbraue über die Schulter, enthielt sich aber eines Kommentars. Als wäre er es, der sich lächerlich machte! In einem weiteren Anflug eines Gefühls, das ihm als Wissenschaftler eigentlich ungebührlich war, leckte er erneut an den Handinnenflächen – und stutzte. Da war der herbe Geschmack der alkalischen Seife, den auch das beigesetzte Lavendelöl nicht verdeckte. Aber darunter lag dennoch ein Hauch der Süße, die er in der Schnitte wahrgenommen hatte.

Er sog scharf die Luft ein. Oder hatte es *am* Brot gehaftet? Möglich war, dass nicht die Scheibe den Geschmack an seine Haut abgegeben hatte, sondern dass es sich umgekehrt verhielt.

Er betrachtete die Hände – und fuhr sich mit der Zunge über den Unterarm. Die Grenze, bis wohin er ihn gesäubert hatte und wo nicht, war eindeutig festzustellen. Darüber nahm er das salzige Aroma seines Schweißes wahr, aber viel mehr diese volle, wunderbare Süße. Sein Herz schlug schneller, als er versuchte, sich daran zu erinnern, wann genau er während der heutigen Experimente die Ärmel hochgekrempelt hatte. Die Härchen auf seinem Arm schienen dabei in Bewegung zu geraten, eins krümmte sich zum C, das nächste formte ein O, ein drittes schwang sich zum S. Weitere Buchstaben kreisten vor seinem geistigen Auge, Ordnungszahlen, Striche. Wie aus den Aufzeichnungen in der Schreibstube stiegen sie auf, tanzten im schräg einfallenden Licht, bildeten Strukturen. Er hörte sich leise vor sich hin murmeln.

»Sind Sie nun vollkommen verrückt geworden?« Mrs Lewis hatte sich umgedreht und starrte ihn entgeistert an.

»Verstehen Sie denn nicht?«, fragte er atemlos, nahm sie aber nur am Rande wahr. Zu gefangen war er von dem, was sich da langsam vor seinem geistigen Auge abzeichnete. »Die Oxidation führt mit rund vierzigprozentiger Ausbeute zum verlangten Zielprodukt. Als Dehydratisierungsprodukt fällt in gut fünfzigprozentiger Ausbeute eine Sulfaminbenzoesäure ab, die ich noch näher bestimmen muss. Ihre außergewöhnlichen Eigenschaften sind aber schon jetzt absolut faszinierend.«

Mrs Lewis kehrte ihm schweigend den Rücken zu. Nach einer Weile räusperte sie sich. »Sagen Sie, Mr Fahlberg, wann werde ich mich wohl um einen anderen Gast kümmern? Wie lange werden Ihre Verpflichtungen Sie noch in Baltimore halten?«

Lange genug hoffentlich, um herauszufinden, auf was er da gestoßen war! Wenn der Stoff über eine solche Süßkraft verfügte, wie er vermutete, handelte es sich um eine Sensation.

»Ich muss zurück ins Labor!«, stieß er aus und wirbelte schon herum. »Vielleicht bleibe ich die Nacht über dort. Warten Sie nicht auf mich.«

»Das würde mir nicht einfallen«, sagte Mrs Lewis, aber Constantin hatte keine Zeit, eine Replik auf die Spitze zu formulieren. Er hatte etwas zu untersuchen, das die Welt verändern konnte! Ob Ira Remsen überhaupt ahnte, welchem sensationellen Stoff sie da auf der Spur waren?

Das Labor in der Universität war bereits abgeschlossen. Constantin brauchte ein paar Anläufe, bevor er mit zitternden Händen die Tür entriegelt hatte. Kurz darauf beugte er sich über sämtliche Becher, Gläser und Schalen, die er an diesem Tag benutzt hatte, und kostete sie nacheinander durch, um dem Stoff mit dieser ungeheuerlichen Süßkraft auf die Spur zu kommen.

»Noch immer fleißig, Fahlberg?« Von der Tür her erklang Professor Remsens Stimme. Er war auf leisen Sohlen nähergekommen, ein großer schlanker Mann mit feinen Gesichtszügen, halb verborgen von einem krausen Backenbart.

Constantin schrak zusammen, als hätte er ihn bei etwas Verbotenem ertappt. »Tatsächlich war ich bereits zu Hause«, sagte er dann, »aber mir ist noch etwas eingefallen, das ich gern überprüfen wollte.«

»Ich höre.« Remsen nickte ihm auffordernd zu.

»Nun, der Umweg über das Sulfonamid hat sich als erfolgreich erwiesen und …« Er beschrieb dem Professor seine Arbeitsschritte, vermied aber, die Süßkraft, die er entdeckt hatte, allzu deutlich herauszustellen. Ein Bauchgefühl. Remsen war Akademiker durch und durch, es sollte ihm genügen, wenn Constantin die chemischen Prozesse mit ihm besprach, alles Weitere behielt er vorerst für sich.

Als Constantin geendet hatte, gab Remsen ihm Anweisungen, wie er am nächsten Tag fortfahren sollte, um die Experimente abzuschließen. Dann nickte er ihm zu. »Ich bin froh, dass Sie zu uns gestoßen sind, Fahlberg. Sie bringen gute Impulse in meine Arbeit.« Constantin verneigte sich und bemühte sich, seinen inneren Aufruhr zu verbergen. »Wunderbar auch, dass Sie meine Anleitungen so kompetent umsetzen. Was halten Sie davon, wenn Sie für die Fachmagazine einen kleinen Bericht in unser beider Namen schreiben?«

In unser beider Namen? Constantin biss die Zähne aufeinander, um keine heftige Erwiderung zu geben. Dies war seine Entdeckung, kein Remsen oder Morse oder sonst wer würde sie ihm streitig machen. Er würde den perfekten Zeitpunkt abwägen, sich vom Hopkins-Institut zu verabschieden. »Selbstverständlich«, sagte er dennoch, um Remsens Misstrauen nicht zu wecken. »Sehr gern.«

Es würde eine Menge Anstrengungen bedeuten, aus dieser zufälligen Entdeckung einen künstlichen Süßstoff bis zur Fabrikationsreife zu entwickeln. Wenn es überhaupt möglich war! Die Expertise, genau dies herauszufinden, besaß er. Ein wenig Geld hatte er auf der hohen Kante. Aber er würde einen Verbündeten brauchen. Keinen verkopften Gelehrten. Einen mit kaufmännischem Sachverstand. Onkel Adolph? Während seines Studiums in Leipzig hatte er in dessen Stadtvilla gewohnt. Er war ein mit allen wirtschaftlichen Fallstricken vertrauter Techniker, hatte die erste Zuckerfabrik in Russland aufgebaut. Und hatte er nicht immer große Stücke auf Constantin gehalten? In seinen noch immer regelmäßig eingehenden Briefen erkundigte er sich freundlich nach seinem Wohlergehen und seiner wissenschaftlichen Karriere, die letzten Nachrichten hatte Constantin aus Zeitmangel noch nicht beantwortet. Das sollte er dringend nachholen. Dieser Onkel könnte in Zukunft eine wichtige Rolle spielen. Nicht nur in seinem eigenen Leben.

8

Sechs Jahre später, Juni 1884, Polderfeld

Der Feldweg schlängelte sich vor der Mündung der Isar in die Donau nach rechts durch den weitläufigen Auwald. Zwischen den Buchen, Tannen und Fichten beschrieb er einen Bogen, die Holzbrücke über die Isar kam in Sicht, die Korbinian mit seinem Gespann überqueren musste. Die beiden Gäule zogen stärker an. Nach dem arbeitsreichen Tag schienen sie den Stall und ein Bündel Stroh im Kopf zu haben, aber eine letzte Fuhre stand an. Die *Donau Zucker AG* verlangte nach weiterem Holz vom Fellenauer Sägewerk. Als verschandelte die Fabrik die Landschaft nicht schon genug. Mit den Hallen, Lagern, Silos und Maschinengebäuden mochte sie den Großkopferten gefallen, und der Ornbacher Gemeinderat hatte wegen der in Aussicht stehenden Arbeitsplätze mit großer Mehrheit für den Ausbau gestimmt. Korbinian war der Anblick der Fabrik mit all den grauen Mauern und Schornsteinen inmitten der ländlichen Umgebung ein Graus.

Aber was die Leute auf der anderen Seite der Donau trieben, ging ihn nichts an. Er sollte froh sein über den Auftrag, der ihm unverhofft in den Schoß gefallen war. Dem Fuhrunternehmer Gramstätt, der eigentlich das Baumaterial lieferte, war bei einem Wagen die Achse gebrochen. Weil der Eigentümer der Zuckerfabrik keine Verzögerung duldete, hatte der alte Gramstätt zähneknirschend auf Korbinian Schinder verwiesen, der den Ausfall auffangen könnte. Korbinian war noch nicht lange im Geschäft, versuchte sich aber durch Tüchtigkeit seine Kundschaft aufzubauen.

Der Schinderhof stand solide da. Das wenige Vieh gedieh, die paar Hektar Nutzfläche, die Korbinian mit seiner Mutter Adele bewirtschaftete, warfen einen ansehnlichen Ertrag ab. Im letzten Jahr hatte die Krautfäule ein Drittel der Kartoffelernte gekostet, aber das hatten sie verschmerzt. Korbinian und seine Mutter brauchten nicht viel. Adele hatte die sechzig überschritten. So gesund sie wirkte, sah er doch, wie sie die Anzeichen des Alters vor ihm zu verbergen suchte. Eine Hand am Rücken vor dem Herd, eine verzogene Miene beim Holzschleppen oder Wasserholen. Das harte Leben auf dem Hof forderte seinen Tribut.

Mit seinen achtundzwanzig Jahren war Korbinian der Mann im Haus. Der einzige, denn einen anderen hatte die Mutter nach dem Tod des Vaters weder in ihr Herz noch auf den Hof gelassen. Er war vor über zehn Jahren an einer Lungenentzündung gestorben. Korbinian würde seiner Verantwortung der Mutter gegenüber gerecht werden. Sie hatte ihm das Leben geschenkt und ihn mit Liebe großgezogen, das würde er ihr vergelten. Er hatte ihr seine Idee präsentiert, ein Fuhrwerkunternehmen aufzubauen, um Möbel zu transportieren oder die rund um Polderfeld geschlagenen Bäume nach Fellenau zu karren. Er konnte den Brauereien den Hopfen bringen, den Wirtshäusern die Fässer, den Hausbauern die Mauersteine, im Grunde konnte er alles aufladen und abliefern, was die Leute nicht selbst von hier nach dort schaffen wollten.

Der Plan war, in den ersten Jahren neben der Bewirtschaftung des Hofs ein gutes Geld einzustreichen und später dann ganz auf das Fuhrunternehmen umzusatteln. Keine Krautfäule mehr, kein Schlechtwetter, keine Angst vor der andernorts grassierenden Maul- und Klauenseuche. Bis dahin war es ein weiter

Weg, entsprechend hart würde er arbeiten müssen. Daher sollte er sich weniger über die verschandelte Landschaft bei Ornbach ärgern und lieber zügig in Fellenau sein.

Dennoch ließ er die Gäule weiter im Schritt an der Isar entlang auf die Brücke zulaufen. Für Eile war das Wetter zu schön. Die Apfelblüte lag einige Wochen zurück, bei den frühen Sorten auf den Streuobstwiesen rund um Polderfeld zeigten sich erste Früchte als Mahnung, dass der Sommer bevorstand, dieser aber unweigerlich in den Herbst übergehen würde, dem alsbald der Winter folgte. Der ewige Kreislauf, den Korbinian an Tagen wie diesem inmitten der Natur seiner Heimat wie das eigene Blut in den Adern pulsieren spürte. Oder lag da etwas in der Luft? Er hielt die Nase in den warmen Wind, der die Blätter der Laubbäume ringsum rauschen und die Spitzen der Tannen wippen ließ. Noch fehlte der unverkennbare Duft eines Sommerregens, aber da war ein Zittern, etwas, das die Tiere vom Schritt in den Trab fallen ließ. Und pochte nicht sein großer Zeh? Als Jugendlichem war ihm beim Melken eine der Kühe draufgestiegen, drei Wochen lang war er blau und grün angeschwollen, kein Schuh hatte gepasst. Aber deswegen zum Doktor humpeln? Der Zeh war gut verheilt und zeigte seit dem Vorfall zuverlässig jedes Wetter an.

Korbinian zog sich die Schiebermütze tiefer in die Stirn und gab den Pferden ihren Willen. Das Geschirr klirrte, es knackte im Gespann, kurz darauf fuhr der Wagen auf die Bohlen der Brücke auf.

Ein Stück voraus entdeckte er eine schlanke Gestalt zu Fuß. Auch von hinten war unschwer zu erkennen, wer da im knöchellangen schwarzen Rock und der hochgeschlossenen, langärmeligen Bluse Richtung Polderfeld spazierte. Obwohl Barbara Heusing von zarter Statur war, erinnerten ihre sanften Rundungen Korbinian an die besondere Stelle der Isar, von der nur er wusste.

Zielstrebig floss sie der Donau entgegen, nahm sich dort aber die Zeit, mit einer Biegung einen Ort zum Verweilen zu schaffen. Ein Becken, an dessen Rand in den ersten Frühlingstagen so viele Schneeglöckchen wie sonst nirgends die Köpfe aus dem Winterweiß streckten.

Auch in Barbaras Gegenwart blühten die Junggesellen im Dorf auf. Und das auf abenteuerliche Art und Weise! Wie junge Bullen warfen sie sich in die Brust, jeder wollte die größte Portion Schnupftabak auf dem Handrücken haben oder bei einer Feier zeigen, wie schnell er den Krug leerte. Andere protzten, indem sie mehr Münzen springen ließen, als gut für sie war, wenn Barbara sich in der Nähe aufhielt.

»Grüß dich, Barbara.« Die Worte kamen leicht über Korbinians Lippen. Sie war sechs Jahre jünger als er und die bezauberndste Frau im Dorf. Es hatte schon mehrere ernsthafte Interessenten gegeben, die bei Barbaras Vater vorstellig geworden waren, dem Schneider, der wie seine Gattin Mechthild ein eifriger Kirchgänger war. Die jungen Männer hatten angenommen, dass die beiden die einzige Tochter nach Gottes Willen verheiratet wissen wollten, damit sie versorgt wäre, hatten sich aber anhören müssen, dass eine Vermählung Barbaras Entscheidung war. Auch Korbinian hatte die Schneidertochter schon einige Male betrachtet, doch da sie ihm keinen anderen Blick schenkte als den übrigen Junggesellen in Polderfeld, gab er sich keinen Fantasien hin. Und dennoch … Der anmutige Hals, die zum Kranz gedrehten Haare, goldblond wie glühender Weizen. Wieder kam ihm der Gedanke an die Isar, als sie ihm ihr Gesicht zuwandte und ihre Wangenknochen sich wie flache, blank polierte Flusssteine abzeichneten. Dazu Lippen, rot wie Blut.

Rechts am Arm trug sie einen geflochtenen Korb. Ein Dirndl schaute heraus, eine Bluse, eine Hose, alles ordentlich zusammengelegt. Korbinian drosselte das Tempo, rollte langsam neben ihr her. Mit einem Nicken wies er auf die Kleidungsstücke. »Zum Ausbessern?«

Sie nickte. »Gerade in Dietelfink abgeholt. Jetzt bring ich's heim, damit uns die Arbeit nicht ausgeht.« Nicht nur der Vater war Schneider, auch Barbaras Mutter und nicht zuletzt Barbara selbst verstanden sich auf Nadel und Garn.

Korbinian horchte in sich hinein, fühlte bis in den Zeh hinab. »Ein Gewitter zieht auf.« Er war sich nun sicher. »Ich nehme dich mit, wenn du magst.« Er hatte vorgehabt, direkt nach Fellenau abzubiegen, doch der Umweg über Polderfeld war nicht allzu groß. Eine halbe Stunde für einen Gefallen, das würden ihm auch die Gäule verzeihen.

Barbara rollte die Augen. »Ein netter Versuch, aber ich sehe keine einzige Wolke am Himmel.«

»Versuch?«

»Na, es würde dir wohl passen, wenn ich zu dir auf den Kutschbock steige«, klärte Barbara ihn auf. »Damit alle im Dorf sehen, wie du mich nach Hause bringst? Das schickt sich nicht.«

Er zuckte die Achseln. »Wenn es sich mehr schickt, patschnass heimzukommen, bitte schön. Aber riechst du es nicht?« Zum Jucken im Zeh hatte sich der Duft nach Regen in die Luft geschlichen.

»Hartnäckig bist du, das muss man dir lassen. Aber nein, danke.«

Korbinian wollte mit der Zunge schnalzen, um die Pferde anzutreiben. Da drehte Barbara den Kopf zur Seite und hob das Kinn. Sie schnupperte ja doch! Gleich wandte sie sich ihm wieder zu, eine leichte Unsicherheit auf den Zügen. Er ließ die Tiere weiter im Schritt neben ihr herlaufen und lächelte in sich hinein.

»Natürlich«, sagte er, und vielleicht sprang ihn etwas von dem an, was die anderen Männer zu Ochsen machte, wenn sie Barbara beeindrucken wollten. »Jetzt verstehe ich, warum du dich nicht sorgst, nass zu werden. Entschuldige, ich hatte dich mit Barbara Heusing verwechselt, aber du bist ja die Isa.« Sichtlich verwirrt schaute sie ihn an. Jetzt konnte Korbinian das Lachen nicht mehr unterdrücken. Das Spiel gefiel ihm. »Was treibt die Donaunixe an der Isar?«, fuhr er fort. »Und wo sind deine Blumenkränze im schönen Haar?«

Barbara sah entrüstet nach vorn auf ihren Weg. »Eine Nixe soll ich sein, also wirklich.«

Korbinian nickte übertrieben und machte große Augen, als wäre ihm gerade etwas eingefallen. »Hast du mir aufgelauert? Der Isa wird nachgesagt, dass sie gern ihre Späße mit den Männern treibt, wenn sie halbwegs ansehnlich sind.«

»Du hältst dich also für ansehnlich?« Barbara blickte ihn über die Schulter an, das Lächeln halb in den Mundwinkeln versteckt.

»Du mich etwa nicht?«

Jetzt lachte sie auf. Sie blieb stehen, legte den Kopf schräg und kniff die Augen zusammen. Auch Korbinian hielt an. »Dann nimm die Mütze ab«, sagte sie. »Damit ich dich betrachten kann. Hm. Nun, die Haare gehörten einmal geschnitten, deine Nase ist groß wie dein Übermut, aber ansonsten …« Sie ließ den Satz unvollendet, doch Korbinian sah es in ihren Augen glitzern. Die zusätzliche Arbeit mit dem Fuhrunternehmen hatte ihm ordentliche Muskeln beschert. Seine Hemden spannten an den Oberarmen, und wo andere in seinem Alter einen Bauch vom Bier ansetzten, trat seiner fest hervor. Er hatte ein Kreuz, das vieles tragen konnte. Frauen gefiel das. Zumindest Lieselotte hatte das gesagt, die Freundin, die er mit Anfang zwanzig gehabt hatte. Er hatte sie gemocht, doch der Frage, ob er sich ein Leben mit ihr vorstellen konnte, war er stets ausgewichen. Wahrscheinlich hatte er von vornherein gewusst, wie die Antwort ausfallen würde.

»Du wärst ein passabler Fang für die Isa«, bestätigte Barbara nun und seufzte ebenso übertrieben, wie er zuvor die Augen aufgerissen hatte. »Aber wie schon gesagt, ich bin keine Nixe, und überhaupt würde Pfarrer Lindemann uns die Leviten lesen, wenn er erführe, was wir außerhalb seiner Messe für heidnischen Unsinn reden. Du solltest seiner Predigt nächsten Sonntag besonders gut lauschen in deinem dunklen Eck.«

Korbinian saß mit seiner Mutter gleich beim Nebeneingang, etwas verborgen unter der Empore, mit Blick auf das Christophorusbild, wo kaum Licht hinfiel, etliche Bänke hinter den Heusings. Barbara war stets vor ihm im Gotteshaus, sie konnte seinen Platz nur kennen, wenn sie sich schon einmal nach ihm umgedreht hatte. Ihr schien das im selben Moment bewusst zu werden wie ihm. Eine Röte stieg ihr in die Wangen, aber bevor sie sich erklären oder er nachsetzen konnte, erklang vom Weg aus Polderfeld und Fellenau das Geräusch einer anderen Kutsche. Ein Einspänner schoss zwischen den Tannen hervor, eine Staubwolke hinter sich herziehend. Die Peitsche knallte, und schon waren Pferd, Droschke und Kutscher auf der Brücke. Rumpelnd hielt sie auf Korbinian und Barbara zu. Die Konstruktion war breit genug, dass zwei Gefährte sie passieren konnten, doch dafür mussten sie langsam fahren. Korbinian lenkte sein Fuhrwerk zur Seite, um Platz zu machen. Dennoch würde sein Gegenüber bremsen müssen, wenn er keinen Unfall riskieren wollte.

»Ho!«, rief Korbinian und hob die Hände. »Vorsicht!«

Der Entgegenkommende zog die Zügel an, das Pferd stoppte, tänzelte aber, als wisse es um die Ungeduld des Mannes hinter sich und wolle ihm keinen Grund zum Ärgern geben. Trotz des schönen Wetters trug er einen schwarzen Anzug und einen Hut, die Uhrenkette funkelte golden auf der sich über einen Wanst spannenden Weste. Zu viel gutes Essen und zu wenig körperliche Arbeit, kam es Korbinian in den Sinn. Trotzdem: »Eile ist ungesund.«

»Das ist mir ja eine feine Arbeitsmoral«, erwiderte der Mann auf dem Einspänner. Jetzt erkannte Korbinian ihn. Leopold Wallendorf war mit seinen vierunddreißig Jahren Eigentümer der *Donau Zucker AG*, die Korbinian belieferte. Er brachte sein edles Pferd auf Korbinians Höhe zum Stehen und betrachtete Korbinian abschätzig »Schinder, richtig? Der dem Gramstätt in seiner Not aushilft? Allerdings bezahle ich nicht fürs Trödeln, das hat der Alte wohl nicht erwähnt.« Er richtete den Blick an ihm vorbei auf Barbara, und seine Stimme veränderte sich. »Auch wenn ich den Grund für die Muße schon verstehe.« Er lüpfte den albernen Hut und deutete eine Verbeugung im Sitzen an. »Aber Sie hätten wahrlich Besseres verdient, als von einem schäbigen Fuhrunternehmer bedrängt zu werden, Fräulein …?«

Barbara überhörte die Frage nach ihrem Namen. »Korbinian hat mir angeboten, mich vor dem Gewitter nach Hause zu bringen.« Sie sagte es freundlich, aber mit einer gewissen Kälte in der Stimme.

Leopold lehnte sich zurück, um dem Wanst Raum zu geben, der unter seinem stoßweisen Lachen hüpfte. Sein Pferd schnaubte und tänzelte wieder im Geschirr. Korbinian hob beruhigend die Hand, damit es nicht durchging und auf ihn zusprang.

»Welches Gewitter denn, wertes Fräulein?«, fragte Leopold amüsiert an Korbinian vorbei, als wäre er gar nicht da. »Selbst wenn, hätten Sie Besseres verdient als einen lahmen Gaul.« Er räusperte sich und schaffte es trotz seiner gedrungenen Statur, sich ein Stück weit aufzurichten. »Ich habe versäumt, mich Ihnen vorzustellen. Leopold Wallendorf. Ich würde Sie in Windeseile nach Hause chauffieren, wenn ich nicht geschäftlich nach Deggendorf unterwegs wäre.« Er senkte die Stimme verschwörerisch und tat weiterhin, als wäre Korbinian Luft. »Oder woandershin, wenn Sie darauf Lust hätten.« Der lüsterne Blick, den er ihr dabei mit gesenktem Kopf zuwarf, brachte ein Doppelkinn hervor.

Auch darauf ging Barbara nicht ein. Ihre gute Erziehung war ihr hoch anzurechnen. Korbinian hingegen legte sich keine Zügel an. »Ich wusste gar nicht, dass Fabrikanten ihre Schlafzimmer gleich neben den Ställen haben. Wie sonst sollen Sie das *werte Fräulein* so schnell von dort in Ihr Bett bekommen? Einen weiten Weg tragen werden Sie sie wohl kaum können.« Das Grummeln in seiner Stimme verbarg er nicht. Dieser Wallendorf sollte merken, dass er lieber vorsichtig war mit dem, was er über Barbara sagte.

Leopold riss die Augen auf und schnappte nach Luft. Mit ebenso unverhohlener Drohung wie Korbinian knurrte er: »Hättest du diese unverfrorene Bemerkung im Beisein meiner Frau gemacht, müsste ich dich glatt um Satisfaktion bitten. Obwohl … derlei machen ja nur Ehrenmänner unter sich aus.«

»Eine aufs Maul kannst du kriegen, wenn du glaubst, eine anständige junge Dame ungestraft als Betthupferl bezeichnen zu können. Deine Gattin kann gern dabei zusehen, wie ich dir die Abreibung verpasse.«

Auf Leopold Wallendorfs Stirn schwelte eine Ader. In seiner Hand quietschte das Leder, als er die Reitpeitsche fester umschloss. Nur mühsam hielt er sich zurück, das war deutlich zu sehen. Er atmete schwer aus, wandte sich wieder an Barbara, musterte sie von oben bis unten. »Na, der Umgang verrät einiges über die Menschen, denen man begegnet. Es ist gut, dass ich in Eile bin und Sie gar nicht nach Hause fahren könnte. Da ist mir die Gesellschaft meiner Gemahlin Annegret doch lieber, sobald ich meine heutigen Geschäfte …«

»Annegret?«, unterbrach Korbinian ihn. »Die hochaufgeschossene Vogelscheuche? Entschuldige, dann kann ich deinen Gram verstehen. Ich dachte tatsächlich, sie wäre die Hausdienerin, als sie in der Fabrik aufgetaucht ist. So, wie sie versucht hat, es dir recht zu machen. Und so, wie du sie weggeschickt hast. Für mich wäre das keine Art, mit meiner Frau umzugehen.« Die Worte kamen ihm über die Lippen, ehe er darüber nachgedacht hatte.

»Einer wie du erkennt eine richtige Dame gar nicht, wenn sie vor ihm steht«, rief Leopold. »Vielleicht hast du auch gar kein Interesse an einer, wer weiß? Aus Polderfeld hört man so allerhand. Es soll da schon den ein oder anderen gegeben haben, der seinen Tieren näherstand als dem anderen Geschlecht.«

»Vorsicht!«, warnte Korbinian, aber Leopold schien es zu gefallen, dass er ihn mit derlei Provokationen in Rage brachte. Mit einem Lachen fuhr er fort: »Gut, dass mein Geld dir das Futter für deine Gäule zahlt. Sonst hättest du bald gar nichts mehr, an dem du dich festhalten kannst, wenn du nachts zu ihnen in den Stall schleichst. Die beiden sind ja kaum mehr als Haut und Knochen.« Er beugte sich vor, dass sein Wanst die Weste ausbeulte. »Ich habe mich umgehört, Schinder. Viele Aufträge hast du nicht. Ohne mich bist du ein Nichts. Kannst froh sein, dass der Bau ohne das Holz ins Stocken gerät. Sonst könntest du schauen, wo du bleibst.«

»Selbst als Nichts wüsste ich noch, was richtig und was falsch ist. Und du entschuldigst dich auf der Stelle bei Barbara für dein unverfrorenes Angebot.«

»Ich warne dich! Wenn du irgendwo herumerzählst, ich hätte dem Fräulein gegenüber etwas angedeutet, wirst du es bereuen.«

»Du wirst dich jetzt bei ihr …«

»Lass es gut sein.«

Korbinian spürte eine Berührung auf seiner zur Faust geballten Hand. Eine Wärme erfasste ihn, und als er hinsah, lag da Barbaras perfekte Hand auf seiner unförmigen Pranke. Langsam schaute er auf, suchte ihren Blick und …

Ein scharfer Schmerz ließ ihn aufschreien. Ein Brennen zog

sich von seiner rechten Braue über die Wange bis zum Hals. Im nächsten Augenblick lief es ihm warm und nass in den Hemdkragen. Er ruckte herum. Leopold Wallendorf hielt die Reitpeitsche noch in die Höhe. Erneut ließ er sie nach unten sausen, diesmal nicht gegen Korbinian, sondern auf sein Pferd. »Aus dem Weg jetzt, Bauerntölpel!«, rief er und fuhr schon an. »Bring mir das Holz, und dann lass dich auf meinem Gut nie wieder blicken!« Sein Pferd drängte mit schreckgeweiteten Augen und schäumendem Maul an Korbinian vorbei, der Einspänner polterte gegen die Ladewand des Karrens. Leopold gab seinem Tier abermals die Peitsche, Korbinians Wagen schrammte knarrend zur Seite. Die Kutsche ratterte über die Bohlen und dann auf den Weg davon. Nach einigen Sekunden war der Spuk vorbei. Der Schmerz auf Korbinians Wange blieb, war aber weit weniger schlimm als das Feuer, das in ihm loderte. Wenn er das Fuhrwerk wendete, konnte er den Großkotz einholen und …

»Korbinian!«, riss Barbara ihn aus den Rachegelüsten. Ehe er sich versah, kletterte sie neben ihn auf den Bock und umfing sein Gesicht. Dass ihr dabei sein Blut über die Finger lief, störte sie nicht. Er betastete die Wunde. »Halt still!«, ermahnte ihn Barbara. Sie bückte sich zum Korb, den sie zu ihren Füßen abgestellt hatte, nahm die Bluse heraus, schüttelte sie auf und riss ohne Zögern einen Ärmel ab.

»Barbara!«, rief Korbinian – und schon lachten sie beide über die Verwunderung in seiner Stimme. Er zuckte zusammen, und auch sie wurde wieder ernst, als sie den Stoff auf die Wunde presste, um den Blutfluss zu stillen.

»Was hat der Verrückte sich nur dabei gedacht?«

»Genauso wenig wie bei seinem Angebot.«

»Ach das. Es ist ja nichts passiert.« Sie hob den Ärmel an. »Das muss genäht werden, Korbinian. So oder so wird eine Narbe bleiben.«

»Gut«, sagte Korbinian. Er senkte die Stimme: »Dann habe ich eine Erinnerung an den Tag, an dem die schönste Frau aus Niederbayern mich beim Namen genannt hat. Daran kann ich mich festhalten, wenn sie mich in Polderfeld nicht mehr anschaut.«

Sie hielt seinen Blick, dann tupfte sie die Wunde entlang und legte ihm die andere Hand auf die unverletzte Wange. In diesem Moment fielen die ersten dicken Tropfen. Ringsum klatschte es im Blätterdach, nur auf der Brücke waren sie ungeschützt. Über ihnen schoben sich die Wolken vor, die während der Auseinandersetzung mit Leopold Wallendorf aufgezogen waren.

Barbara lachte auf. »Die Isa mag es gern nass haben, ich aber nicht. Also, was ist, Korbinian Schinder, bringst du mich jetzt heim, oder nicht?«

Leopold Wallendorf trieb sein Pferd mit dem nächsten Peitschenknallen an. Die Wut auf den Fuhrmann hatte ihn jäh überrollt. Er hatte keine Sekunde nachgedacht, bevor er die Hand gehoben und ihm die Gerte durchs Gesicht gezogen hatte. Das viele Blut …

Er schluckte. Es war nicht rechtens, was er getan hatte. Aber der Taugenichts hatte es provoziert. Und verdient hatte er es! Die Frage war, ob er es wagte, die Gendarmerie einzuschalten? Hatte er den Mumm, den größten Arbeitgeber der Region weiter gegen sich aufzubringen? Er wusste doch, dass er einpacken konnte, wenn er Leopold dumm kam? Ein Mann wie er hatte Beziehungen. Sobald er die spielen ließ, sprach einer wie der Schinder bei anderen Geschäftsleuten umsonst vor.

Leopold stieß ein verärgertes Schnauben aus. Am besten vergaß er diese unsägliche Begegnung so schnell wie möglich. Es stand Wichtigeres an. Es wurde höchste Zeit, dass sich dieser Tag zum Besseren wandte. Den Tiefpunkt vom Morgen hatte er noch immer nicht überwunden – obwohl er längst an Annegrets niedergeschlagenen Blick gewöhnt sein müsste. Er hatte sie nur angesehen und sofort Bescheid gewusst, als sie sich zu ihm und ihrer Mutter Hannelore an den Frühstückstisch gesetzt hatte. Klara, eine der sechs Hausangestellten, die sie sich mittlerweile leisteten, hatte wie immer alles köstlich angerichtet mit Semmeln, weich gekochten Eiern und duftendem Kaffee in dünnwandigen Tassen. Aber Annegret hatte nur eine kurze, stumme Unterhaltung mit ihrer Mutter geführt, ihn dann angeschaut und kaum merklich den Kopf geschüttelt. Leopold hatte sich an der Tischkante festgehalten, um nicht das Porzellan an die Wände zu werfen. Sechs Jahre waren sie verheiratet! Kein Monat war vergangen, in dem sie nicht gehofft hatten. Aber Annegret blutete jedes verdammte Mal.

Sicher, am Anfang hatte anderes im Vordergrund gestanden. Mit einem Flattern im Leib erinnerte sich Leopold an die Tage des Aufbaus der Fabrik. Nach jenem ersten Gespräch hatte von Basnitz ihm einen ordentlichen Kredit zugebilligt, schon in der Woche darauf hatten die umliegenden Bauern die Verträge unterzeichnet und einen Teil ihres Landes an ihn abgetreten, zwei Monate später hatte der Bau begonnen. Annegret und er wechselten sich ab bei der Einstellung neuer Mitarbeiter, der Buchführung, den Gesprächen mit Lieferanten und Kunden. Es erstaunte Leopold noch heute, mit welch schneller Auffassungsgabe Annegret gesegnet war. Sie hatte sogleich verstanden, was von ihr als Industriellengattin erwartet wurde. Zumindest in dieser Hinsicht war sie perfekt.

Als sie mit der ersten Zuckerproduktion begannen, verlor auch ihr Vater seine Skepsis und zollte Leopold unverhohlen Anerkennung. Er wäre eine Bereicherung in der Firma gewesen mit seinen handwerklichen Fertigkeiten, seiner Klugheit, seiner Loyalität, aber eine Woche vor dem Weihnachtsfest traf den kerngesunden Mann der Schlag in seiner Werkstatt. Mit einem kurzen Schmerzensschrei fiel er um und war tot, umringt von den Lehrlingen und Gesellen. Keine Frage, dass Annegret und er daraufhin die Mutter zu sich auf Gut Theresienberg holten. Um die gut laufende Stellmacherei rissen sich die Angestellten, jeder war bereit, sie fortzuführen. Hannelore gab dem längsten Mitarbeiter ihres Mannes den Zuschlag, und Leopold war an ihrer Seite, um beim Verkauf den größten Profit herauszuholen. Es war ein beruhigendes Gefühl, dass Hannelore nicht unvermögend zu ihnen stieß, doch mehr noch als auf diese zusätzliche Sicherheit spekulierte Leopold darauf, dass sie Annegret bei der Betreuung der hoffentlich zahlreichen Kinder unterstützen würde. Obwohl sie inzwischen mehrere Angestellte hatten und ein Kindermädchen kein finanzielles Problem darstellen würde – zu der eigenen Familie hatte man doch mehr Vertrauen, wenn es darum ging, die künftigen Erben zu tüchtigen jungen Menschen zu erziehen.

Leopolds Vater Ignatz überlebte den Schwiegervater um ein halbes Jahr. An einem lauen Frühlingsmorgen fand Annegret ihn friedlich entschlafen in seinem Bett vor, ein seliges Lächeln auf dem Gesicht, wie versöhnt mit dem Leben, das ihm zuletzt nur Leid gebracht hatte. Dazu geführt hatte sicher auch Annegrets aufopferungsvolle Art, mit der sie ihn die Monate zuvor wie ein Engel gepflegt und seinen aufgewühlten Geist besänftigt hatte. Bei der Beerdigung hatten seine eigenen Tränen Leopold überrascht, war sein Vater ihm doch fremd geworden. Oder war es die Bürde, das Geschlecht der Wallendorfs fortzuführen, die ihn vor dem frischen Grab übermannt hatte?

Und nun schon sechs Jahre andauernde Enttäuschung!

Es musste an Annegret liegen. Anders konnte es nicht sein. Wenn er es wollte, konnte er seine Zeugungsfähigkeit jederzeit beweisen. Und warum sich nicht eine der unverheirateten jungen Frauen anlachen, von denen es zuhauf gab? Obwohl er mit seinem Wanst und der Halbglatze nicht der Traum der Damenwelt war – da gab er sich keinen Illusionen hin –, hatte er den anderen Männern eines voraus: Macht. Seinen Namen kannte man inzwischen im ganzen Reich. Es wäre ein Leichtes, sich eine Geliebte zuzulegen. Aber was, wenn die tatsächlich schwanger wurde und damit bewies, dass die Kinderlosigkeit der Eheleute Wallendorf nicht an ihm lag? Würde er Annegret mit ihrer Mutter wegschicken und eine neue Frau nach Gut Theresienberg holen?

Bei dem Gedanken brach Leopold der kalte Schweiß aus. Er knallte abermals mit der Peitsche und trieb das Gespann auf der anderen Donauseite die Straße gen Deggendorf an. Sosehr er es Annegret auch ankreidete, dass sie ihm keine Kinder schenkte, ein Leben ohne sie? Unvorstellbar.

Die ersten Häuser der Stadt tauchten auf, der Fahrtwind wehte ihm um die Nase. Manchmal wünschte er, er könnte die Grübeleien ein für alle Mal eindämmen, aber sie überfielen ihn immer wieder. Ein prall gefülltes Konto war nicht die geringste Garantie für andauernde Zufriedenheit. Man gewöhnte sich schnell an den Zustand der finanziellen Sorglosigkeit. Keinen Nachwuchs zu haben nagte hingegen hartnäckig an einem Mann. Welcher Sinn lag schon in alldem Streben, wenn es an Erben fehlte?

Jetzt galt es, sich auf das Treffen mit dem Deggendorfer Stadtrat zu konzentrieren. Die örtlichen Politiker waren in vielen Belangen auf seiner Seite, genau wie die Bank. Mit seinem Eintritt in die Nationalliberale Partei vor einem Jahr hatte Leopold dem Namen Wallendorf zusätzlich Gewicht gegeben. Die Partei stand Industriellen wie ihm und dem Großbürgertum nahe. Es las sich gut in seiner Biografie, deren Interessen zu teilen und sich unter ihren Schutz zu stellen. Vielleicht gab seine Parteizugehörigkeit auch heute Pluspunkte, wenn er forderte, ein Privatunternehmen für den Nahverkehr zu finden, sodass eine Bahn bis nach Ornbach zur *Donau Zucker AG* fuhr. Die Ratsmitglieder wussten noch nichts von seinen Vorstellungen, aber er vertraute darauf, dass ihm die richtigen Worte einfielen. Am Ende würden sie wie bei all seinen Vorschlägen zustimmen und ihm applaudieren, weil niemand mehr für den wirtschaftlichen Erfolg der Region tat als er.

Er vertrieb den Rest der Gedanken an die Begegnung mit Schinder und bereitete sich auf seinen Vortrag vor. Wenn alles glatt lief, stand nach der Sitzung ein Besuch in der Rosenbar an. Ein Vergnügen, das sich der Fuhrunternehmer sicher nicht leisten konnte. Die Gaststätte, die ihren blumig umrankten Namen auf einem Emailleschild über der Tür präsentierte, lag in einer dunklen Seitengasse und hielt Tag und Nacht die schwarzen Fensterläden verschlossen. Dafür waren die Damen in den Innenräumen umso aufgeschlossener. Unverbindlich und diskret. Bei ihnen bestand zudem keine Gefahr, dass sie schwanger wurden – oder es allzu lange blieben. Das schadete ihrem Geschäft. Ja, einen solchen Abschluss hätte er sich nach diesem Tag wahrlich verdient.

9

Oktober 1884

»Autsch!« Erschrocken zog Barbara die Hand unter dem Stoff hervor und betrachtete die Kuppe ihres Zeigefingers. Ein roter Tropfen quoll aus einem Stich. Sie steckte den Finger in den Mund und saugte den Kupfergeschmack des eigenen Bluts auf.

»Schau, dass nichts aufs Taufkleid der Wildbergs kommt.«

Barbara sah ihren Vater Kuno an. Wie sie saß er im Türkensitz auf dem Schneidertisch am Fenster. Hier herrschten die meiste Zeit des Jahres die besten Lichtverhältnisse. Bald aber war es so weit, dass die Sonne kaum über den gegenüberliegenden Krämerladen hinweg in die schmale Gasse schien. Dann kamen die Tage, an denen ein Lichtkegel stetig auf das Haus der Heusings zuwanderte, nur um, kurz bevor er es erreichte, zu verblassen. Stattdessen kroch die Kälte aus dem Boden, und es würde zu Barbaras Aufgaben gehören, das Feuer im großen Herd an der Wand gegenüber am Flackern zu halten, damit es behaglich blieb. Noch aber war der Oktober in diesem Jahr warm genug, dass das Schneideröfchen mit dem Eisen obenauf, das darüber hinaus in der Stube stand, ausreichend wärmte. Trocken knackte ein Scheit in der Glut.

Neben dem Vater verbreiteten jetzt schon zwei Leuchten ihr Licht, trotzdem hielt der schmächtige Mann den Janker, den er ausbesserte, so dicht vor die Gläser seiner auf der Nasenspitze sitzenden Brille, dass keine Rolle Garn dazwischenpasste. Barbara teilte die Sorge ihrer Mutter Mechthild, dass er bald gar nichts mehr sah, aber wie sie verließ sie sich auf Gottes Hilfe, wenn es so weit sein würde. Im Gegensatz zum Vater mit seiner kränklichen Statur war Mechthild von gröberer Art, ohne dabei plump zu wirken. Kaum größer als ihr Mann, war sie dennoch kräftig und strahlte die Herzensgüte aus, für die sie in der Gemeinde geschätzt wurde. Sie saß abseits des Tischs an der Nähmaschine, eine Investition, gegen die der Vater sich anfangs gesträubt, die sich aber schnell ausbezahlt hatte. Die Nadel surrte unter den Fußbewegungen der Mutter auf dem Pedal vor sich hin.

»Hörst du?«, fragte Kuno, der wohl nicht mitbekommen hatte, dass Barbara das weiße Kleid schon geschützt hatte.

»Ja doch«, nuschelte sie am Finger im Mund vorbei. Der Unmut in ihrer Stimme galt nicht ihm. Wieso hatte sie nicht besser aufgepasst? Jetzt musste sie warten, bis das Blut gerann und keine Flecken die Stickereien verunzierten, an denen sie seit zwei Tagen arbeitete. Weitere Minuten, bevor sie sich auf den Weg begeben konnte.

Die Mutter betrachtete die Hose, an der sie den Saum ausgelassen und neu gesetzt hatte. »Die Wildbergs holen das Kleid erst am Montag ab. Du hast noch das ganze Wochenende.« Sie wartete darauf, dass Barbara verstand, und lächelte, sodass sich zusätzlich zur Wärme des Ofens eine weitere in der Stube ausbreitete. »Nun lass es schon liegen, und geh zu deinem Zukünftigen.«

»Ob er das ist, steht noch nicht fest.« Barbara nahm den Finger aus dem Mund. Ein kleiner Tropfen erschien auf der Fingerspitze, wuchs jedoch nicht an.

»Du redest aber schon so.« Die Mutter lachte mit einer Lebensfreude, die für beide Elternteile reichte. »Korbinian hier, Korbinian da.«

»Er war dir recht, als ich ihn letzte Woche geholt habe, um den

Schaden am Dach auszubessern«, erwiderte Barbara. Der erste Herbststurm war durchs Donautal gerauscht und hatte seine Spuren bei den Heusings und einigen umliegenden Gebäuden hinterlassen. Sie waren glimpflich davongekommen, aber weder Mechthild noch Barbara hatten den Vater auf die Leiter schicken wollen, auch wenn die Männer ringsum wieder einmal die Augen über den Schneider rollten, weil er nicht für derlei Arbeiten taugte. Ihn kränkte das nicht in seiner Ehre, das wusste Barbara. Sie bewunderte ihn für seinen Gleichmut. Er war den Spott gewohnt. Noch immer galt sein Beruf als Frauenarbeit, wenngleich ihn bis zum Urgroßvater alle Männer der Familie ausgeübt hatten. Von ihm hatte Barbara die Liebe zum Nähen, Sticken und Schneidern. Wie schnell und sicher er früher die Stiche gesetzt und wahre Kunstwerke erschaffen hatte. Blumen, Vögel, Landschaften. Für Barbara war er nicht weniger als ein Maler ohne Pinsel gewesen. Inzwischen hatte sie ihn mit ihren Fähigkeiten überholt, schätzte aber immer noch seinen abschließenden Blick auf die Arbeiten, bevor sie die Kleider oder Festtagstischdecken an die Kunden ausgaben.

Den Vater mit Hammer und Nägeln auf dem Dach hatte sie nicht sehen wollen. Also hatte sie Korbinians handwerkliches Geschick gelobt und erwähnt, dass er sicher gern aushalf.

Barbaras Mutter spannte einen neuen Faden in die Maschine. »Dafür sind wir ihm auch sehr dankbar. Die Schinders waren schon immer ehrbare Leute, und Korbinian scheint ein ebenso guter Mann zu sein, wie sein Vater es war.« Sie ließ die nächste Hose auf den Schoß sinken, die sie von der Bank neben sich genommen hatte. »Aber willst du nicht warten, ob sein Vorhaben mit dem Fuhrunternehmen aufgeht? Der Hof allein wirft gerade genug für ihn und Adele ab, für eine Familie wird es nicht reichen. Es wird schwer werden, die Kinder satt zu kriegen, die du dir wünschst.«

»Ich werde weiter als Schneiderin arbeiten«, entgegnete Barbara.

Ihre Mutter lachte wieder auf. »Viel Zeit wird dir ein Hof dafür nicht lassen.« Hilfe suchend sah sie zu Kuno. Der beugte sich tiefer über den Janker, als habe er es nicht nur an den Augen, sondern auch an den Ohren. Mechthild seufzte. »Wir reden es dir ja nicht aus. Der Korbinian ist schon ein Guter. Aber denk ausgiebig darüber nach. Es sind erst vier Monate, die ihr euch trefft.«

»Vier Monate, eine Woche und zwei Tage. Und er hat mich ja noch gar nicht gefragt.« Barbara wusste genau, wie viel Zeit vergangen war, seit Korbinian sie nach dem Vorfall mit Wallendorf heimgebracht hatte. Sie hatte ihn ins Haus gebeten, um ihn mit einem weiteren Tuch und einer Schüssel warmen Wassers ordentlich zu versorgen. Beharrlich hatte er sich geweigert, den Arzt aufzusuchen, und so hatte Barbara ihm die Wunde genäht, ohne dass er auch nur einmal zuckte. Vielmehr hatte er sie dabei aus seinen tiefen Augen heraus betrachtet, sodass sie sich anstrengen musste, die Stiche richtig zu setzen.

»Aber er hat Adele schon um den Ring gebeten, mit dem sein Vater um ihre Hand angehalten hat«, sagte die Mutter und setzte den Fuß aufs Pedal. »Das hast du mir erzählt.«

Korbinians Mutter Adele hatte es Barbara versehentlich verraten. Sie war davon ausgegangen, dass ihr Sohn, nachdem er den Ring erhalten hatte, Barbara gleich fragen würde. Das hatte er noch nicht, und seitdem war es ein Geheimnis zwischen Barbara und der baldigen Schwiegermutter. Aber wann würde Korbinian sich ein Herz nehmen? Zweifelte er daran, dass sie Ja sagen würde? Einen Grund für diese Annahme gab sie ihm nicht.

Sie faltete das Taufkleid und legte es beiseite, rutschte vom Tisch und streckte die Beine durch. Sie lief zum Vater, dem sie einen Schmatzer gab, an der Mutter vorbei, der sie ebenfalls ei-

175

nen auf die Wange drückte, und aus dem Haus hinaus in die Gasse. Es war frischer geworden, aber Barbara würde so schnell laufen, dass ihr warm werden würde. Außerdem ließ allein der Gedanke daran, wie Korbinian sie in die Arme nehmen, sie mit seinen Küssen begrüßen würde, ihre Haut glühen.

Von drüben winkte ihr der Krämer durch das Schaufenster zu, neben ihm sein Sohn Ludwig, der den Kunden die Ware in die Körbe packte. Barbara hob kurz die Hand, dann schritt sie ein paar Meter gemächlich die Gasse hinab. Sobald sie außer Sicht war, raffte sie ihr Kleid, lief zum Dorfplatz, von dort weiter an der Kirche vorbei. Bald ließ sie die letzten Häuser des Orts hinter sich und folgte dem Pfad, auf dem man sie täglich sah. Inzwischen hatten die Bauern auf den Höfen sich wohl an ihren Anblick auf dem Weg zu den Schinders gewöhnt. Beim Erntedank in diesem Jahr war sie genauso oft wie immer zum Tanz geholt worden, aber sie hatte gespürt, dass es ihren Partnern nur um den Spaß ging, nicht um mehr. Mit Korbinian wollte sich keiner anlegen.

Der Hof kam in Sicht. Lose Bretter an der Rückwand des Hühnerhauses, die Pfosten der kleinen Weide für die Pferde gehörten geradegerückt und zum Teil ausgetauscht, auf dem Dach des Hauses Bahnen im Stroh, die der abfließende Regen gebildet hatte.

Sie zog die Tür auf und trat in den Flur. »Hallo? Ich bin da.« Sie lief die paar Meter zur Stube, bog ums Eck – und prallte mit Max Arenburg zusammen, Korbinians bestem Freund seit Kindertagen. Ihn würde sie wohl mit heiraten müssen, so häufig, wie er zu Besuch kam. Aber auch das tat sie gern, denn Max war ein herzensguter Mensch. Allerdings kein besonders standfester. Er wankte, sein Gehstock traf Barbaras Schienbein, als er ihn herumzog, um einen Sturz zu vermeiden. Er richtete den nach innen gedrehten linken Fuß aus und fing sich. Der Schuster hatte ihm einen Schuh gefertigt, der die gröbste Verformung ausglich, mit der er von Geburt an geschlagen war und die ihn als Kind den Hänseleien der Gleichaltrigen ausgesetzt hatte. In Korbinian hatte er einen treuen Beschützer gefunden. Er hatte sich schon früh für die eingesetzt, denen Gott Steine in den Weg gelegt hatte, um sie zu prüfen. Auch Max hatte sich alsbald in der Dorfgemeinschaft engagiert und diejenigen von seiner Ernsthaftigkeit überzeugt, die ihm einst zugesetzt hatten. Trotz der Hindernisse, die ein Sozialist wie er erdulden musste, hatte er es in den Kreistag geschafft. Ein fröhlicher Geselle, außer er hielt eine seiner Zornesreden gegen die gesellschaftlichen Ungerechtigkeiten. Dann achtete man besser auf ausreichenden Abstand, damit einen nicht sein Gehstock traf, mit dem er wie mit einem verlängerten Zeigefinger durch die Luft fuchtelte.

Er wohnte am anderen Ende des lang gezogenen Dorfs, ein Fußweg von einer halben Stunde für jemanden mit gesunden Beinen. Für Max stellte es eine ansehnliche Wanderung dar, zumal er nie mit leeren Händen kam. Auch heute stand sein Korb auf dem Tisch. Zwei Weinflaschen schauten heraus. Dunkel schimmerte der Rote darin.

Max fand das Gleichgewicht und umarmte Barbara zur Begrüßung. Allerdings konnte die Freundschaftlichkeit nicht über die Stimmung hinwegtäuschen, die in der Stube hing wie grauer Rauch aus einem schlecht belüfteten Ofen. Korbinian hockte vor dem Korb am Tisch und schenkte Barbara nur einen Schatten des Lächelns, mit dem er sie sonst empfing.

»Was ist passiert?«, fragte sie geradeheraus. Sie sah sich um. »Wo ist Adele?« Ein flaues Gefühl befiel sie, ihr Magen krampfte sich zusammen. War dies die erste schwere Prüfung, die Korbinian und sie als Paar bestehen mussten? Sie wusste, dass irgendwann der Tag kommen würde, da einer von ihnen Abschied von den Eltern nehmen musste. Aber so früh?

Erleichterung durchflutete sie, als Adele mit einem Arm voller Holzscheite die Stube betrat. »Grüß dich, Barbara.« Ihr Lächeln vermochte die düsteren Wolken nicht zu vertreiben. »Schön, dass du da bist.«

»Ich weiß nicht.« Das flaue Gefühl hielt an. Etwas stimmte hier nicht. Warum saß Korbinian da so still und in sich gekehrt? »Dein Sohn scheint sich heute nicht drüber zu freuen.«

Korbinian starrte weiter grüblerisch vor sich hin. Hatte er sie nicht gehört? Sie erschrak fast, als er sich bewegte. Er nahm eine der Weinflaschen aus dem Korb, befreite sie vom Stopfen und forderte winkend einen Becher. Max humpelte an Barbara vorbei, holte zwei, die er ihr in die Hand drückte, um noch zwei weitere zu holen und sie zum Tisch zu tragen. Er schob sich seinem Freund gegenüber auf die Bank und sah zu, wie er die Gefäße füllte.

»Dann Prost Mahlzeit!«, sagte Korbinian mit lauter Stimme, stieß mit Max an und nahm einen großen Schluck.

Barbara setzte sich dazu, stellte die Becher ab und legte ihre Hand auf Korbinians freie. Kurz durchzuckte sie das wohlige Gefühl, wie zärtlich er mit dieser Bärenpranke sein konnte. Noch hatten sie es nicht bis zum Ende gewagt, das wäre gegen Gottes Willen, aber viel hatte nicht gefehlt, und Barbara konnte es kaum erwarten herauszufinden, wie es sein würde. Ein Grund mehr zu klären, was los war. Vielleicht konnte sie helfen, damit Korbinians Kopf wieder frei war für andere Dinge. Einen Ring und eine Frage.

»Ist etwas zwischen die neue Fuhre gekommen?« Am folgenden Montag sollte Korbinian den Umzug eines Deggendorfer Kreistagsabgeordneten durchführen, an den Max ihn vermittelt hatte. Zwei, drei Tage würde er brauchen, um das gesamte Inventar der sechsköpfigen Familie vom alten ins neue Domizil zu karren. Barbara vermisste ihn schon jetzt, würde in der Zeit aber täglich nachsehen, ob sie Adele Arbeit abnehmen konnte. Korbinians Mutter schob sich zu Max, griff nach ihrem Becher und hob ihn an.

»Herzlichen Glückwunsch, Max«, sagte sie und nippte am Wein. »Und jetzt klärt das Mädchen endlich auf. Der Armen bleibt noch das Herz stehen, wenn ihr weiter so geheimnisvoll tut.«

»Die Ergebnisse der Wahlen vom Dienstag stehen fest«, kam Max der Aufforderung nach.

»Und?« Politik interessierte Barbara nicht viel. Aber Max wurde nicht müde zu erzählen, wie die Sozialen seit Jahren gegängelt wurden. Höhepunkt war die erneute Verlängerung der Sozialistengesetze gewesen. Eine Partei gab es genau genommen nicht, Max hatte sich wie viele andere als Einzelperson aufstellen lassen müssen. Ein *Reichsfeind*, wie Bismarck sagte.

»Und«, wiederholte Max, nickte Korbinian zu, damit der ihm den Becher noch einmal bis zum Rand einschenkte, trank einen Schluck und lächelte Barbara dann breit an. »Und ich gehe als gewählter Vertreter der niederbayerischen Arbeiterschaft in den Reichstag.«

»Du gehst nach Berlin?«

»Schon übermorgen reise ich ab, ja.«

Barbara schämte sich fast für die Erleichterung darüber, dass Korbinians Laune nichts mit ihr zu tun hatte. Sie wusste, dass Max' Weggang einen schweren Verlust für ihn bedeutete. Vorbei wären die Abende, in denen die beiden bis weit nach Mitternacht beisammensaßen und über Leute wie Leopold Wallendorf schimpften. Seine verdrießliche Miene war verständlich. Barbara streichelte ihm die Hand. Korbinian drehte seine Rechte so, dass sie ihre in seine legen konnte. Dann drückte er sie, und eine Woge der Zuneigung floss durch Barbara. War dies der Moment, auf den sie gewartet hatte? Nicht heute, das stand fest, aber sobald Max fort war? Sie griff nach dem Trinkgefäß. »Dann auf dich, Max!«

Auch Korbinian stieß mit an – und war plötzlich wie ausgewechselt. »So ist es richtig!« Er trank in einem Zug aus und knallte den Becher mit einer unmissverständlichen Aufforderung vor der Flasche auf den Tisch. Mit dem Handrücken wischte er sich über den Mund, während Max nachschenkte. Gedankenverloren betastete Korbinian die rot glänzende Narbe an der Wange. Gerade wie eine Naht verlief sie. Wie ein Blitz, der eingeschlagen hatte. Er trug die Wunde würdevoll als Teil seiner Geschichte. Sie war etwas, das ihn und Barbara auf alle Zeiten verband. Und Leopold Wallendorf.

»Zeig denen in Berlin nur, was das Volk von ihrer Politik hält«, fuhr er fort, und Barbara spürte die Flamme der Wut in ihm züngeln. Wie sein Freund Max stand Korbinian für die kleinen Leute ein. Zusammenhalt war für ihn kein hohles Wort. Erst neulich hatte er alles stehen und liegen lassen und war zu einem Nachbarn geeilt, als der über seinen Burschen um Hilfe gerufen hatte. Einer Kuh war das Kalb bei der Geburt falsch herum im Leib gelegen, allein hatte er es nicht drehen können. Dem Muttertier schwanden nach einer langen Nacht am Morgen die Kräfte. Der Verlust von Vieh gehörte für die Bauern dazu, doch man unternahm alles, um es zu verhindern. Erst gegen Mittag war Korbinian wieder auf den Schinderhof zurückgekehrt, wie Barbara erfahren hatte. Seinen Gesichtsausdruck nach den anstrengenden Stunden konnte sie sich bildhaft vorstellen. Ehrlich zufrieden musste er gewesen sein, weil Kuh und Kalb noch lebten. Und weil er einem der Seinen in der Not beigestanden hatte.

Umso vehementer begehrte er auf, wenn andere darüber bestimmten, wie sie zu leben hatten. Vor allem, wenn sie seiner Meinung nach keine Ahnung hatten. »Verbrecher«, murrte er. »Allesamt.«

Max wiegte den Kopf. Er suchte nach Worten, mit denen er den Freund nicht verärgerte, die dennoch seine Einschätzung ausdrückten. Etwas, das nur wenige sich gegenüber Korbinian erlaubten. »In der Zentrumspartei sind nicht alle so verkehrt, wie man meint. Es sind einige schlaue Köpfe darunter. Sie reden ja auch von der sozialen Sache wie wir, gehen es aber falsch an. Man muss mit ihnen sprechen. Ihnen ihre Irrtümer erklären. Bei den Nationalliberalen ist da natürlich Hopfen und Malz verloren! Von den Deutschkonservativen ganz zu schweigen. Wenn ich nur den Moltke dasitzen sehe, geht mir die Hutschnur hoch!« Seine Hand tastete nach dem Knauf seines Stocks, und Barbara befürchtete, gleich würde er wieder kreuz und quer durch die Luft sausen. Max ließ ihn jedoch an der Bank lehnen und griff zum Becher, um Korbinian zuzuprosten.

Auch Adele hob ihr Gefäß. Barbara setzte ihres ebenfalls an. Sie nippte. Ein Dornfelder. Max kannte einen kleinen Winzer nahe Deggendorf, von dem er die Flaschen bezog. Das Aroma breitete sich fruchtig in ihrem Mund aus. Das würde ein ordentliches Kopfweh geben, wenn Korbinian und Max in dem Tempo weitertranken! Aber Barbara gönnte es ihnen. Korbinian war keiner, dem das Bier am Mittag wichtiger war als das Brot oder die Suppe. Ein weiteres Merkmal, das sie an ihm schätzte. Er konnte feiern, das hatte sie inzwischen miterlebt, aber er übertrieb es nicht. Da war es ganz in Ordnung, dass er auf den Erfolg seines Freundes ausnahmsweise einen über den Durst trank. Und vielleicht trug der Wein dazu bei, dass seine Laune sich besserte.

»Mir brennt der Hut bei einem anderen«, hörte sie ihn da sagen. Lange raten musste sie nicht, wen er meinte. Sie betrachtete die Narbe auf seiner Wange, die sich unter den mahlenden Kiefern spannte. Auch damals auf der Brücke hatte er nicht für sich eingestanden, sondern für sie, Barbara. Er hatte ihre Ehre verteidigt, obwohl sie ihn nicht darum gebeten hatte. Dass er dabei über das Ziel hinausgeschossen war und den Industriellen bis aufs Blut gereizt hatte, war aus Zuneigung zu ihr geschehen. Aus Liebe. Aber auch Liebe war gefährlich, wenn sie sich eine falsche Bahn brach. Gewalt rief immer nur Gegengewalt hervor. Sie strich Korbinian mit den Fingerspitzen über die Handinnenfläche, um Leopold Wallendorf und die Wut aus seinen Gedanken zu vertreiben.

»Du hast schon recht«, gab Max auf seiner Bank gegenüber von sich. »Ich freue mich auf die Auseinandersetzungen mit den politischen Gegnern. Aber ich bin ja nicht allein. Hasenclever, von Vollmer. Auch wenn die Ideen des Letzteren sogar mir etwas zu radikal sind, aber er liegt nicht völlig daneben, was? Und bald kämpfe ich Seite an Seite mit ihm und anderen für eine gerechte Welt!«

»Hört, hört!« Korbinian klopfte zustimmend mit der Faust auf den Tisch, als wäre er bei einer der verbotenen Versammlungen der Sozialisten, von denen Max ihnen stets mit einem Leuchten in den Augen berichtete. Adele Schinder schien ebenfalls aufzufallen, wohin sich das Gespräch zusehends entwickelte. Geschickt lenkte sie die Männer in eine andere Richtung. »Wo wirst du denn in Leipzig wohnen? Hast du eine Pension?«

Verwirrt blickte Barbara auf. Wieso Leipzig? Max zog doch nach Berlin.

Korbinian schien die Frage in ihrem Gesicht zu lesen. »Der Gute wird nicht direkt in die Hauptstadt reisen. Er macht einen Umweg und besucht einen Onkel.« Ein Lächeln schlich sich auf seine Lippen, das Barbara weit besser gefiel als der mürrische Ausdruck zuvor.

Etwas daran schien auch Max zu erheitern. Er hob die Hände. »Schuldig im Sinne der Anklage. Der Sozialist und der Fabrikant, nicht wahr?« Er beugte sich vor. »Aber absagen? Nein. Dafür sind mir die Zusammenkünfte zu wertvoll. Diesmal gibt es einen runden Geburtstag zu feiern. Und glaube nicht, dass ich mich mit meinen Ansichten gegenüber Adolph List zurückhalte.« Er lachte wieder, als malte er sich den Spaß bereits aus, die eine Diskussion mit besagtem Onkel bedeuten würde.

Korbinians Zunge war schon etwas schwer, als er auf Max zeigte und Barbara weiter erklärte: »List hat als Techniker die erste Zuckerfabrik in Russland errichtet. Sein Bruder Gustav ist nach wie vor in Moskau, baut dort Feuerlöschpumpen. Eine umtriebige Familie, was?«

Barbara nickte und horchte genau hin. Hatte bei der Erwähnung der Zuckerfabrik Groll aus ihm gesprochen? Es war nicht leicht festzustellen, jetzt, da der Alkohol wirkte. Sie stand auf und schritt durch die Stube zur Anrichte beim Herd. Dort nahm sie das Brot aus dem tönernen Gefäß und schnitt einige Scheiben ab, damit die Männer außer dem Dornfelder noch etwas hatten, mit dem sie die Mägen füllen konnten.

»Ulk du nur«, ging Max in ihrem Rücken auf Korbinians Neckerei ein. »Ich freue mich dennoch darauf, meine Vettern und Basen zu sehen. Sogar aus Amerika ist ein *umtriebiger* Cousin angereist. Ein Studierter. Chemiker. Ein Mann von Format, sage ich dir. Hat ein eigenes Labor in New York und wird wohl sehr für seine Expertisen geschätzt. Ich hab läuten hören, dass er wieder zurück nach Deutschland will.«

»Wieso, wenn er im Ausland so erfolgreich ist?«

Max zuckte die Achseln, trank den Becher leer und schaute zum Fenster. Dort zeigte sich der frühe Abend in verblassendem Blau. Nicht mehr lange und es würde dunkel werden. Er betrachtete versonnen die zweite Flasche Dornfelder im Korb, schürzte die Lippen, stand dann aber wankend auf und tastete nach seinem Stock. »Zeit für den Heimweg.«

Barbara sah zu Adele. Korbinians Mutter nickte. Sie wusste ebenso gut wie Barbara, wie lange Max in diesem Zustand dafür brauchen würde. Außerdem hatte er noch gar nichts gegessen. Rasch war Barbara bei Max und drückte ihn zurück auf die Bank. »Du wirst schön hierbleiben. Ich beziehe dir nachher eine Decke. Morgen kann Korbinian dich mit dem Fuhrwerk nach Hause bringen und dir gleich beim Packen helfen.«

Aus den Augenwinkeln bemerkte sie Korbinians Verwirrung. Abwechselnd glitt sein Blick zu seiner Mutter und ihr. Dann begriff er. Adele mochte noch immer die Hausherrin sein, aber sie war bereit, diesen Posten abzugeben. Seine Hand fuhr vom Tisch in seine Tasche, unbewusst, wie es den Anschein hatte, und schloss sich darin um etwas. Barbaras Herz schlug schneller.

Nicht jetzt. Aber bald.

»Nun, dann bleibe ich gern. Und ich werde den Cousin fragen, was ihn zurück ins Deutsche Reich zieht«, antwortete Max auf Korbinians Frage. »Ich werde beim nächsten Besuch gern mehr familiären Tratsch berichten, wenn euch so danach dürstet.« Er entfernte den Stopfen der zweiten Flasche Wein im Korb mit einem Ploppen. »Mich dürstet aber nach anderem, wenn ich schon nicht mehr laufen muss. Prost, meine Lieben. Die Zukunft gehört uns!«

»Das kannst du laut sagen!« In Korbinians Stimme lag eine Überzeugung, die Barbaras Herz in Aufregung stürzte. Wie er sie dabei voller Zuneigung ansah. Und wie sehr sie ihn liebte. Sie konnte es kaum erwarten, dass diese Zukunft Wirklichkeit wurde.

10

Zwei Tage später in Leipzig

»… eine goldene Zukunft vor uns liegt!«

Die Worte verklangen, Constantin Fahlbergs Atem ging schnell. Die kleine Rede hatte ihn berauscht. Nun hoffte er, dass es dem Onkel, für die sie bestimmt war, gleich ebenso ergehen würde.

Er wandte den Blick von dem großen Spiegel in seinem Gastzimmer in der Stadtvilla der Familie List ab. Der Gehrock aus dunklem Tuch saß, die Pomade im Haar glänzte, der Stock mit dem aufwendig gestalteten Silberknauf, der ihn bei dieser Zusammenkunft als Mann von Welt auszeichnen sollte, stand bereit. Die Generalprobe war mit einem Hänger zu Beginn verlaufen, ein gutes Omen für die eigentliche Vorstellung, wenn man Theaterleuten glaubte. Er blickte auf die Notizen in seinen Händen. Was konnte er ändern, dass er kein weiteres Mal stolperte? Woran sollte er noch feilen?

»Lieber Onkel«, las er murmelnd. Er hatte den Briefkontakt in den letzten Jahren intensiviert, allzu oft gesehen hatten sie sich jedoch nicht. Nachdem Constantin sein von den Zuckerhändlern *Perot & Co* in Auftrag gegebenes Gutachten vor Gericht vorgestellt und die Johns-Hopkins-Universität verlassen hatte, hatte er eine Position in einer Zuckerfabrik in Philadelphia angenommen. In jeder freien Minute und an den Wochenenden hatte er in seinem New Yorker Laboratorium am Saccharin geforscht

185

und herauszufinden versucht, durch welche Verfahren man ein marktfähiges Produkt herstellte. Er hatte zahlreiche Erkenntnisse gewonnen, aber nun geriet seine Forschung ins Stocken. Seine Experimente erforderten größeren Aufwand, seine Mittel waren aufgebraucht.

Constantin wollte nicht den Eindruck erwecken, sich anzubiedern. Adolph List war ein Geschäftsmann, ein entsprechendes Arrangement schlug er ihm heute vor. Dafür musste er den richtigen Ton treffen. Er wandte sich erneut seinem Spiegelbild zu und räusperte sich. »Verehrter Onkel Adolph.« Besser! Außerdem veränderte diese Ansprache seine Haltung, er stand gerader, zudem lächelte er nicht mehr wie ein Knabe, der sich freute, mit am Erwachsenentisch sitzen zu dürfen.

Noch wusste kaum jemand von dem Süßstoff, der ihn in der ganzen Welt bekannt machen würde. Ira Remsen von der Hopkins-Universität ahnte vielleicht, dass er etwas Großem auf der Spur war. Aber dass Constantin nicht nur Begeisterung für die chemischen Formeln empfand, sondern den wirtschaftlichen Erfolg anvisierte, … nein, in diese Richtung dachte Remsen sicher nicht. Manchmal staunte Constantin selbst darüber, wie er sich in den vergangenen Jahren verändert hatte. Mrs Eleonore Lewis war Geschichte. Sie bekochte vermutlich den nächsten Wissenschaftler, der sich in seiner alten Werkswohnung eingenistet hatte. Dafür war ihm in Philadelphia das reizendste Geschöpf unter Gottes weitem Himmel begegnet. Fernanda war eine, die weder in Rätseln sprach noch zu dummen Scherzen neigte, obwohl sie wie Mrs Lewis entzückend lachte, wenn sie etwas erheiterte. Geradlinig, klug und herzensgut wartete sie auf ihn, aber wenn es ihm einfiele, zurück ins Deutsche Reich zu ziehen, würde sie treu an seiner Seite bleiben. Es war ein beruhigendes Gefühl, nicht mehr allein durchs Leben zu gehen. Fernanda war nicht so apart wie Eleonore Lewis mit ihrem blonden

Heiligenschein und ihren mehlbestäubten nackten Armen, dafür amüsierte sie sich nie über sein manchmal allzu akademisches Geschwafel. Sie hörte ihm zu, und sie verstand. Eine schönere Verbindung konnte Constantin sich nicht vorstellen.

Er überflog den Rest seiner Notizen, dann legte er sie beiseite. Er kannte seinen Vortrag in- und auswendig. Solange er sich an das Manuskript hielt, war alles gut, überdies rechnete er mit Fragen zu seiner Entdeckung und ihrer Vermarktbarkeit. Lediglich die Möglichkeit, improvisieren zu müssen, falls der Onkel etwas über das Vorbereitete hinaus wissen wollte, löste ein Magenflattern aus, das Constantin schon lange nicht mehr verspürt hatte. Es hing so vieles vom Ausgang der Unterhaltung ab! Aber selbst wenn sein Onkel seine Nervosität bemerkte – würde er es nicht auf das Feuer zurückführen, mit dem Constantin für seine Entdeckung brannte? Darüber hinaus würde Constantin die Freude in seine Rede einflechten, wieder einmal in deutschen Landen zu sein. Damit verbunden könnte er seine Dankbarkeit ausdrücken, dass er bereits am Vorabend der Feierlichkeiten unter dem Dach der Familie hatte einkehren dürfen. Seine Tante beging am nächsten Tag ihren fünfzigsten Geburtstag, und die vielköpfige Verwandtschaft, die überall verstreut im Deutschen Reich lebte, war eingeladen. Das Haus war weitläufig, dennoch hatten einige der von weit her angereisten Cousins und Basen nebst den angeheirateten Eheleuten und Kindern in den Leipziger Gasthöfen unterkommen müssen. Ihm war eine Sonderbehandlung zuteilgeworden. Etwas, das seine Zuversicht verstärkte, beim Onkel Gehör für sein Vorhaben zu finden.

Constantin nahm die Notizen wieder auf und sah sich suchend um. Wo war der Federhalter, um die Ergänzungen festzuhalten? Er würde die Karten nicht mit nach unten nehmen, aber wenn er nicht zumindest einmal notierte, was ihm in den Sinn gekommen war, vergaß er die Hälfte und …

Rumms! Auf seiner Etage wurde eine Tür zugeschlagen. Es folgte das Trampeln junger Füße, wahrscheinlich eins der Mädchen, das mit seinem Temperament die Gouvernante auf Trab hielt. Schon flog die Tür ein weiteres Mal auf, und das Rascheln eines voluminösen Kleids, das der Flüchtigen offenbar hinterhereilte, bestätigte seinen Verdacht.

Der Onkel hatte trotz des straffen Zeitplans offen auf seinen Wunsch reagiert, ihn noch vor den ersten Feierlichkeiten am Vorabend des Ehrentags seiner Frau unter vier Augen zu sprechen. Constantin wollte ungern, dass Wein und Bier sein Anliegen trübten – wenngleich es hieß, dass in solcher Stimmung schon die besten Geschäfte abgeschlossen worden waren.

Hätte er den Onkel später am Tag in einen Nebenraum bitten sollen, wenn alles etwas gelöster zuging? Doch es war nicht mehr zu ändern. Er durchquerte das Zimmer mit weit ausholenden Schritten, nahm sich den Gehstock, trat auf den Flur und lief zur Treppe.

Bis auf die Nachtstunden war es in einem Haushalt wie diesem nie still. Ständig begegnete man Angestellten oder einem der jüngeren der sechs Kinder. So auch jetzt. Die Gouvernante führte das Mädchen, dessen Name ihm entfallen war, die Treppe nach oben, kaum dass er an ihrem Fuß angekommen war. Selbst am heutigen Tag fand Unterricht statt. Hinter den beiden traf er auf Tante Flora, Adolphs Gattin. Eine schöne Frau, die Constantin immer als rundlich in Erinnerung hatte. Jetzt war sie schmal und mit ihren bald fünfzig Jahren noch immer ansehnlich.

»Hast du gut geschlafen, Constantin?«, erkundigte sie sich.

»Wie ein Stein, Tante Flora.« Das war gelogen. Tatsächlich hatte er sich hin und her gewälzt, war vor den ersten Sonnenstrahlen aufgestanden, um sich vorzubereiten. Er hoffte, dass man ihm den Mangel an Ruhe nicht ansah. »Onkel Adolph ist sicher in der Bibliothek? Ich hatte ihn um eine Unterredung gebeten. Die Uhrzeit haben wir festgelegt, nicht aber, wo ich ihn finden kann.«

»Ich bringe dich!«, rief ein junger Mann, der gerade die Treppe hinuntergeeilt kam.

Tante Flora lächelte den Neuankömmling über Constantins Schulter hinweg an und empfahl sich: »Dann lasse ich die Herren Chemiker mal allein.« Im Gehen legte sie Constantin die Hand auf den Unterarm. »Und später erzählst du mir von Amerika, ja? Ich würde mir dieses Land zu gern einmal selbst ansehen.« Damit verschwand sie.

Constantin drehte sich um. Er brauchte einen Moment, um den Mann mit den wachen dunklen Augen als einen seiner Cousins zu erkennen. »Moritz, wie schön, dich zu sehen!« Er mochte inzwischen Mitte zwanzig sein, ein stattlicher Bursche, der sich wie er der Chemie verschrieben hatte. Er hieß mit erstem Namen wie sein Vater, Adolph, aber der Zweitname Moritz hatte sich durchgesetzt. Seine Studien schienen ihn auch jetzt umzutreiben: Unter seinem Arm lugten dicke Bücher hervor.

Der junge Chemiker bemerkte seinen Blick. »Einige Titel, die ich für meine Promotion benötige. Ich beschäftige mich mit niederen Pilzen in und auf dem Körper gesunder Säugetiere.« Er lachte. »Schafe, um genau zu sein.«

Constantins Fachgebiet war nach wie vor der Zucker, aber als Wissenschaftler schätzte er den Blick über den Tellerrand hinaus. Pilze boten ein weites Feld an Forschungsmöglichkeiten. »Darüber musst du mir unbedingt mehr erzählen. Bestimmt haben wir nachher Zeit, uns auszutauschen. Aber jetzt …«

Sein Cousin nickte. »Zu meinem Vater, sicher. Komm!« Er legte die Bücher auf eine Kommode und geleitete Constantin quer durchs Haus zu einer weiteren Treppe, die nach unten führte. Überrascht blieb Constantin stehen. Dort sollte sein Onkel sein? Moritz lachte über seine Miene. »Vertrau mir, Cousin, ich weiß, wo er vor einem solchen Fest zu finden ist. Und das ist sicher nicht die Bibliothek.« Er stieg ihm voraus die Stufen hinab. Auf halber Höhe strömte ein Konglomerat an Gerüchen auf Constantin ein. Sie waren offenbar im Dienstbotenbereich auf dem Weg zur Küche, in der schon kräftig für das anstehende Essen gearbeitet wurde, klappernde Geräusche kamen hinzu. Dann lag das beißende Aroma des Treibstoffs in der Luft, mit dem Automobile angetrieben wurden, als ein mit Mütze und Schutzbrille ausgestatteter Chauffeur vorbeihastete.

»Den Herrn Reichstagsabgeordneten aus Niederbayern bitte zuerst vom Bahnhof abholen!«, rief eine Stimme ihm nach, die Constantin als die seines Onkels identifizierte.

Weitere Angestellte und Bedienstete wuselten auf dem Gang herum, den er nun hinter dem Cousin hinabschritt. Ein Junge drängte an ihm vorbei, der dem Gestank seiner schmutzigen Kleidung nach für die Pferdedroschke zuständig war, mit der man vermutlich die weniger prominenten Gäste abholte. Es scheppterte, weil ein Bündel Besteck in dem Moment zu Boden fiel, als Constantin die Küche betrat. Eine Magd bückte sich und hob Messer und Gabeln auf, beobachtet vom Herrn des Hauses, Adolph List, der sie weder zurechtwies noch ihr Ungeschick rügte. Er saß an einem Holztisch und krempelte sich die Ärmel seines Hemds wieder bis zu den Ellbogen hoch, die er soeben heruntergerollt hatte. »Dann wollen wir noch einmal polieren.« Er streckte die Hand nach einem Tuch aus, das eine ältere Magd ihm reichte, als wäre seine Hilfe bei dieser Aufgabe alltäglich.

»Constantin!«, rief Adolph List aus, als er aufsah. »Ich habe unseren Termin nicht vergessen. Gerade wollte ich nach oben gehen. Aber ich wurde aufgehalten, wie du siehst. Macht es dir etwas aus, wenn wir unser Gespräch gleich hier führen?«

»Ich … das …«, stotterte Constantin, straffte den Sitz des Gehrocks und setzte an: »Lieber Onkel.« Verdammt! Aber jetzt musste er fortfahren. Er durfte sich nur nicht davon ablenken lassen, wie Adolph mit dem Tuch das Messer rieb, es begutachtete und dann erneut über das Metall rubbelte, als müsse er die oberste Schicht abtragen. »Ich habe um ein Gespräch gebeten, weil ich dich über eine Entdeckung informieren will, die ich bei meinen Studien in Baltimore gemacht habe. Ich erhoffe mir Großes davon, nein, ich bin mir *sicher*, dass mein Saccharin gewaltige Veränderungen in der Welt auslösen wird, sobald ich es zur Marktreife gebracht habe.« Er unterstrich das *sicher* mit einem vehementen Aufsetzen des Stocks und registrierte zufrieden, dass der satte Klang der Spitze auf dem Steinboden die Aufmerksamkeit seines Onkels weckte. »Saccharin, wissenschaftlich Anhydroorthosulfaminbenzoesäure oder etwas schlichter Benzoesäure-Sulfimid entstand bei …«

Adolph hob die Gabel, die er bearbeitete, und wedelte damit in Constantins Richtung. »Erspare mir, was ich sowieso nicht verstehe. Was kann dieses …?«

»Saccharin.« Er schluckte. In Gedanken übersprang er die chemischen Hintergründe, die Anekdote, die er sich zurechtgelegt hatte, wollte er jedoch anbringen. »Der eigentlichen Entdeckung ging eine interessante Begebenheit voraus, die diese Frage beantwortet, Onkel.« Er fuhr schnell fort, damit Adolph ihn nicht wieder mit dem Besteck unterbrach. »Ich hatte, nachdem ich den ganzen Tag in Baltimore im Laboratorium der Johns-Hopkins-Universität gearbeitet hatte, meine Hände abends vor dem Heimweg gründlich gewaschen. Ich war sehr überrascht, dass meine Hände beim Essen, als ich das Brot zum Munde führte, süß schmeckten. Ich hatte die …«, ein Bild engelsblonder Locken tauchte vor seinem Geist auf, ein hübsches Gesicht mit Apfelwangen und einem Paar blauer Augen, die ihn zuerst interessiert musterten, dann abweisend ansahen. Er räusperte sich, um über das kurze Stocken hinwegzutäuschen. »… die Hausfrau im Verdacht, mir das Brot gesüßt zu haben, und stellte sie deshalb zur Rede. Es gab ein Wortgefecht, aus dem sie als Siegerin hervorging. Nicht das Brot schmeckte süß, sondern meine gewaschenen Hände! Du kannst dir vorstellen, wie erstaunt ich war, als ich feststellte, dass meine Arme ebenso süß schmeckten! Es gab nur eine Erklärung dafür …« An dieser Stelle machte Constantin eine bedeutsame Pause, in der Hoffnung, so die Spannung zu erhöhen. »Ich musste die Süße von meiner Arbeit aus dem Laboratorium mitgebracht haben, trotz des Waschens!«

Seine Rede hatte ganz und gar nicht den gewünschten Effekt. Der Onkel hatte sich wieder in die Politur vertieft. Constantin musste schleunigst auf den Punkt kommen, um ihn nicht zu verlieren. Auch Moritz sah ihn mit gerunzelter Stirn an. Die Frage, worauf Constantin hinauswollte, stand ihm deutlich ins Gesicht geschrieben. Die Bediensteten in der Küche interessierte sowieso nicht, was die feinen Herrschaften von sich gaben, wenngleich gerade sie seine Entdeckung betreffen würde! Sie aber liefen nur hektisch hin und her, stellten Töpfe auf, warfen Zwiebeln, Karotten, Knochen und Gewürze für die Brühe in den einen, erhitzten Wasser im anderen.

»Ich eilte also zurück ins Labor und unterzog sämtliche Becher, Gläser und Schalen einer eingehenden Untersuchung. Schlussendlich stieß ich auf einen Stoff, der von frappanter Süßkraft war und, in verdünnter Form, dem Geschmack von Rohrzucker nicht nur ähnelt, sondern identisch mit diesem ist.«

»Du willst also sagen, dass du künstlichen Zucker hergestellt hast?«

Constantin unterdrückte ein Aufjauchzen. Die Frage führte genau in die Richtung, die er ohnehin vorbereitet hatte. »Nein, viel besser. Saccharin! Seine Eigenschaften machen es dem Zucker in etlichen Anwendungsgebieten weit überlegen!«

»Diesen Stoff hast du allein entdeckt?«

Er zögerte einen Moment. Ira Remsen tauchte vor seinem inneren Auge auf. Die ersten Berichte in Fachzeitschriften hatte Constantin, wie von ihm vorgeschlagen, tatsächlich unter ihrer beider Namen verfasst. Aber wie sich die Angelegenheit weiterhin entwickelte, das war einzig auf ihn, Constantin Fahlberg, zurückzuführen. Er hob den Kopf. »Ja, ich bin allein dafür verantwortlich, und ich habe über viele Monate geforscht und Anwendungsgebiete herausgefunden. Beispielsweise vergären herkömmliche Zuckerarten. Saccharin könnte Bieren und Weinen ohne diese Wirkung zugesetzt werden! Wie schmackhaft damit auch von Natur aus herbere Getränke gemacht werden könnten! Oder die Versüßung des Stärkezuckers!« Constantin wurde wie immer von Begeisterung ergriffen, wenn er an all die Möglichkeiten dachte. »Der dem Rübenzucker geschmacklich unterlegene Stärkezucker kann mit meinem Stoff bekömmlicher gemacht werden. Wirtschaftlich gesehen wäre das eine Sensation, denn wie du sicher weißt, hat Stärkezucker bei gleicher Bodenfläche einen höheren Ertrag. Man könnte also bei gleichbleibendem Ertrag Bodenfläche einsparen und für andere Erzeugnisse nutzen! Damit würde man der Ernährung der Bevölkerung einen großen Dienst erweisen! Und denk an die Menschen, die aus gesundheitlichen Gründen auf Zucker verzichten müssen. Für sie wäre Saccharin ein Segen. Ach, im Grunde tauchen täglich neue Verwendungsweisen für Saccharin auf. Die nützliche Anwendung hat kaum Grenzen!« Nun hatte er sich doch vergaloppiert und davontragen lassen. Mühsam fand er zu seinen im Gedächtnis gespeicherten Notizen zurück und schloss etwas außer Atem: »Du bist Geschäftsmann und Techniker, lieber Onkel Adolph, und siehst deshalb beide Seiten eines solchen Unternehmens, Saccharin der Industrie und der breiten Bevölkerung zugänglich zu machen. Deshalb schlage ich dir eine Zusammenarbeit vor, und sicher erkennst du anhand meiner Ausführungen, dass eine goldene Zukunft vor uns liegen könnte!«

Adolph List legte ein Messer zur Seite, nahm sich ein neues und rieb es im Tuch, schenkte ihm aber weit weniger Aufmerksamkeit als den Stücken zuvor. Sein Blick war auf Constantin gerichtet, hinter seiner Stirn arbeitete es offensichtlich. »Es waren etliche *würde*, *wäre* und *könnte* in deiner Ansprache. Du kannst es noch nicht gewinnbringend produzieren, habe ich recht?«

Seine Achtung vor dem Onkel wuchs. Er hatte den einzigen Punkt gefunden, an dem es scheitern konnte. Er nickte vage. »Die ersten Verfahren im Laboratorium zur Herstellung von Saccharin waren nicht ausreichend, um die Ziele, die ich mir gesetzt habe, zu verwirklichen, das muss ich zugeben. Das ist nichts Außergewöhnliches bei derartigen Dingen. Ich arbeite daran.« Er sah dem Onkel so fest in die Augen, wie er es vermochte. »Dafür sind allerdings finanzielle Mittel nötig. Ich bin vom Erfolg meiner Entdeckung überzeugt und habe bereits hohe Summen in die Erforschung investiert.« Er suchte nach den Worten, die er sich für diesen Teil der Unterhaltung zurechtgelegt hatte. Etwas, das der Wahrheit entsprach, aber schöner klang. »Nun ist mein Spielraum recht überschaubar geworden. Ich befürchte, meine Studien ohne einen Mitstreiter nicht mehr fortführen zu können. Noch einmal, Onkel, wir reden hier von einem Stoff, der in seinem rohen Zustand rund dreihundertmal süßer ist als Zucker. Sollte ich ihn in naher Zukunft zur Raffination bringen, rechne ich mit einer fünfhundertfachen Süßkraft!«

Adolph List reichte das Tuch der älteren Magd und bedeutete ihr mit einem Nicken, das restliche Besteck zu polieren. »Du hängst dich da richtig rein, was?«

War das nicht offensichtlich? »Die Entdeckung ist sensationell, wenn ich das so sagen darf. Aber natürlich ist auch die kaufmännische Seite gründlich zu studieren, wenn man an die Verbreitung denkt.« Constantins Blick fiel auf Moritz, der es offenbar nicht so eilig hatte, zu seinen Pilzen zurückzukehren.

»Das nenne ich Unternehmergeist!« Adolph List hatte Constantins Seitenblick bemerkt und trat neben seinen Sohn. Aus der Art, wie er ihm die Hand auf die Schulter legte, sprach der Stolz, den er für ihn empfand. »Wie sieht es auf der anderen Seite aus?«

»In Amerika? Nun, ich sehe da einen großen Markt. Saccharin wird weltweit Abnehmer finden.«

»Ließe sich die Produktion nicht dort in Angriff nehmen?«

Constantin schüttelte den Kopf. »Ich habe die Möglichkeiten geprüft. Die Lohn- und Rohstoffkosten sind zu hoch.«

»Und das Private, Constantin? Wie sieht es an dieser Front aus? Irgendwelche Pläne? Gibt es da jemanden, den du uns bisher vorenthalten hast? Oder hat nur die Chemie Platz in deinem Leben?«

Er richtete sich auf, ein Lächeln im Gesicht. »Ich beabsichtige, mich in Kürze zu verheiraten. Ihr werdet Fernanda bald kennenlernen.«

»Teilt sie deine Überzeugungen?«

Jetzt strahlte er seinen Onkel an. »Alle«, sagte er.

»Wie schön, wenn Geschäft und Familie Hand in Hand gehen. Was meinst du, Moritz, hören sich Constantins Ausführungen über Saccharin für dich als Chemiker nach einer guten Sache an?«

Constantin musste an sich halten, um nicht zu protestieren. Er hatte sich über Jahre hinweg einen Ruf erarbeitet, war in der Fachwelt geachtet, sein Wort hatte Gewicht, was Zucker betraf. Und nun machte sein Onkel die Entscheidung vom Urteil eines Jünglings abhängig, der über den Pilzbefall von Schafen promovierte? Constantin atmete durch. Moritz konnte nichts dafür. Aber wenn er ein Mann der Wissenschaft war, musste er zugeben, dass er noch nicht so weit war, die Tragweite von Constantins Ausführungen zu über…

»Ich vertraue dem Cousin vollkommen«, antwortete Moritz

im Brustton der Überzeugung. »Wenn er sagt, dass mit diesem Saccharin Großes zu erreichen ist, dann hat das Hand und Fuß. Du solltest einsteigen, Vater. Ich an deiner Stelle täte es.«

Constantin nickte ihm dankend zu, was das Leuchten in seinen Augen verstärkte und ihn zu einer weiteren Äußerung ermutigte: »Wenn ich noch eine Idee anbringen dürfte?«

»Nur zu«, sagte sein Vater.

»Man könnte den Stoff auf der Weltausstellung in Antwerpen im nächsten Jahr präsentieren.«

Sein Vater runzelte die Stirn und wandte sich an Constantin. »Wäre denn das Saccharin bis dahin so weit? Deine Ausführungen klangen eher, als läge noch ein Stück Weg vor uns.«

Constantin sah, dass Moritz kaum an sich halten konnte. Mit einem Nicken gab er ihm das Wort.

»Die Reinform des Saccharins existiert ja bereits«, erklärte er. »Als Benzoesäure-Sulfimid. Das Saccharin des späteren Handels wird sich naturgemäß davon unterscheiden. Eine Fabrik ist schließlich kein Laboratorium! Constantin wird schlichtere Prozesse entwickeln, um Saccharin herzustellen. Das ändert aber nichts daran, dass man die besonderen Eigenschaften schon jetzt vorstellen und damit Kontakte zu späteren Abnehmern knüpfen kann.«

Adolph List schmunzelte. »Da habe ich ja zwei auf einem Haufen. Aber gut, wenn es ein Zusammenspiel von Wissenschaft und Profit gibt. Ich bin dabei, Constantin. Was brauchst du?«

Für einen Moment war er völlig überrumpelt. Er hatte sich den Verlauf des Gesprächs ausgemalt und natürlich auf dieses Ergebnis gehofft. Dass es mit drei schlichten Worten – *Was brauchst du?* – eintreten würde, damit hatte er nicht gerechnet. Es war beinahe profan und dem Anlass ungenügend. Constantin hatte den Drang, etwas Bedeutungsvolles hinzuzufügen. Schließlich waren sie gerade dabei, die Welt zu verändern. Den Onkel schienen jedoch eher die konkreten nächsten Schritte zu interessieren. Er krempelte sich die Ärmel nach unten, nahm seinen Frack vom Haken neben der Tür, legte ihn an und strebte auf den Flur, während die Antwort noch ausstand.

»Eine Versuchsfabrik.« Constantin eilte ihm hinterher. »Am besten in der Nähe meines Zuckerlabors in New York, wohin ich für die Entwicklungsforschung zunächst zurückkehren möchte. Ich habe schon die passenden Räumlichkeiten in Aussicht, 117. Straße und Harlem River.«

»Dann miete sie an.«

»Natürlich müsste es mit der nötigen Apparatur und den maschinellen Einrichtungen ausgestattet werden«, fuhr er fort. »Einiges kann ich aus meinem Zuckerlabor verwenden, aber anderes …«

»Erstelle eine Liste, ich kümmere mich darum.«

Constantin blieb stehen. Sein Onkel lief ein paar Meter und bemerkte erst dann, dass er ihm nicht mehr folgte. Er drehte sich um. »Was noch?«

»Firmengelände«, sagte Constantin, und es lag kein Zögern in seiner Stimme. »Wir sollten uns nach einem geeigneten Ort umsehen, um Saccharin in gewaltigen Mengen zu produzieren. Hier in Deutschland.«

Zwei Monate später nahm Constantin seine Versuchsfabrik am Harlem River in Betrieb. Er platzte vor Unternehmergeist. Die Bedingungen, sein Produkt zur Marktreife zu bringen, waren ideal! Mit nur einem Angestellten schaffte er es nach kurzer Zeit, täglich eine Menge von etwa fünf Kilo Saccharin herzustellen, die sie für Versuche an wissenschaftliche Institute weiterleiteten. Potenzielle Kunden in den USA und in Deutschland erhielten Muster per Post in einem Paket mit Beischreiben. Constantins Cousin Moritz erwies sich als weiterer Glücksfall. Er reiste im

Deutschen Reich von Stadt zu Stadt, um Saccharin auf zahlreichen Messen vorzustellen. Die Menschen überschlugen sich vor Begeisterung, ihr Stoff wurde mehrfach ausgezeichnet. Die Resonanz überwältigte Constantin, aber die neue Popularität führte auch zu Bedenken. In einem langen Brief an den Onkel gab er seiner Freude über die Entwicklung Ausdruck, und schloss: »*Wir müssen den Namen Saccharin schützen, es drohen Nachahmer, jetzt, wo wir an die Öffentlichkeit gegangen sind! Bitte denkt daran, beim Patentamt vorzusprechen!*«

Die Nachricht, die als Antwort darauf eintraf, veranlasste Constantin, mit seiner frisch angetrauten Gattin Fernanda in die Heimat zurückzukehren. Onkel und Vetter hatten eine Fabrikerrichtung in Leipzig wegen der Geruchsbelästigung ausgeschlossen, aber ein geeignetes Grundstück in Salbke bei Magdeburg an der Elbe gefunden. Er meinte, Moritz' Lachen zu hören, als er dessen Zeilen las: »*Dass wir diesen Ort für die erste Saccharin-Firma im Land gewählt haben, muss den Zuckerbaronen im Deutschen Reich wie eine Kriegserklärung vorkommen.*« Constantin schmunzelte und erklärte seiner Frau, die ihn in ihrer New Yorker Stadtwohnung beim Frühstück über den Tisch hinweg ansah: »Die Magdeburger Börde ist das bedeutendste Rübenzucker-Anbaugebiet bei uns. Mal abwarten, wie sie auf uns als Konkurrenten reagieren.«

»Können Sie uns gefährlich werden?«

Constantin wiegte den Kopf. Er mochte es, wie Fernanda sich selbst bei allen Überlegungen einschloss und Fragen stellte, die ihn zum Nachdenken brachten. »Die Zuckerindustrie hat eine starke Lobby im Deutschen Reich. Aber davon dürfen wir uns nicht den Schneid abkaufen lassen. Was sollen sie tun, außer sich zu ärgern? Niemand wird auf die Idee kommen, einen neuen Industriezweig zu verbieten.« Er lachte wegen der Absurdität dieses Gedankens.

»Wo werden wir da wohnen?« Fernanda füllte für sich und ihn die Tassen ein weiteres Mal mit duftendem Kaffee.

»Mein Onkel schreibt von einer Villa in der Schönebecker Straße. Sein eigenes Stadthaus in Leipzig ist paradiesisch. Wenn er für uns Ähnliches ausgesucht hat, werden wir uns nicht beklagen können. Ein paar Bedienstete gibt es dort bereits und genügend Platz für alle Kinder, die noch kommen sollen.« Er griff nach Fernandas Hand und drückte sie.

In der Woche vor ihrer Abreise erreichte Constantin die neueste Ausgabe des *American Chemical Journal*. Als er den Leitartikel sah, erhob er sich und tigerte beim Lesen im bereits halb ausgeräumten Wohnzimmer hin und her. Schließlich ließ er sich doch auf einen Sessel fallen, der mit einem Leinentuch abgedeckt war, um ihn bis zur Übernahme der Möbel durch den nächsten Mieter vor Staub zu schützen. Remsen. Persönlich meldete er sich in dem Magazin zu Wort, natürlich ging es um Saccharin. »*In Beschreibungen, selbst in wissenschaftlichen Zeitungen, wird ständig die Behauptung aufgestellt, dass diese Substanz von Fahlberg entdeckt wurde. Diese Behauptung muss korrigiert werden. In Wirklichkeit wurde diese Substanz im Zuge einer Untersuchung entdeckt, die Fahlberg auf meinen Vorschlag und unter meiner Anleitung durchführte.*« Er klang so verärgert wie missgünstig. »*Der Ausdruck ›Fahlbergs Saccharin‹ ist durchaus unberechtigt und wird hoffentlich in der Zukunft nicht wieder zum Vorschein kommen. Die einzige mögliche Berechtigung dazu ist vielleicht die Tatsache, dass Fahlberg den Körper hat patentieren lassen, ohne die Sache vorher mit mir zu besprechen.*«

Constantin ließ die Zeitung sinken. Die Reaktion war vorauszusehen gewesen. Die Frage war, wie sehr Remsen ihm schaden konnte? Die Produktion des Süßstoffes konnte er kaum noch aufhalten. Überdies schien er, ganz wie von Fahlberg angenommen, lediglich in seiner Ehre als Wissenschaftler gekränkt, weil er nirgends in Zusammenhang mit Saccharin erwähnt wurde. Gut, dann hatte er sich mit dem Bericht Luft verschafft und würde hoffentlich Ruhe geben. Dennoch trafen ihn Remsens Worte überraschend hart.

Fernanda steckte den Kopf zur Tür herein. »Machst du dich fertig? Wir wollten doch am Fluss spazieren gehen?«

Constantin schrak hoch. »Natürlich, ja. Bin gleich so weit.«

»Du bist blass. Ist etwas passiert?«

Er schaffte es zu lächeln. »Vielleicht ein bisschen viel Aufregung mit dem Umzug, sonst nichts. Ich freue mich darauf, dir meine Heimat zu zeigen.«

Doch die Sache mit Remsen sollte ein Nachspiel haben, denn am Tag ihrer Übersiedelung nach Deutschland brachte der Briefträger morgens einen Umschlag mit der Johns-Hopkins-Universität als Absender darauf. Schon im Anzug, mit Melone und Stock, öffnete Constantin ihn vor dem Hauseingang. Fernanda stand im dunkelroten Reisekostüm mit einem Hut, groß wie ein Wagenrad, neben ihm. Der Brief war in Remsens steiler Handschrift verfasst. Auf das »Verehrter« in der Anrede verzichtete er, und ging direkt darauf ein, dass Constantin seinen – Remsens – wissenschaftlichen Beitrag leugnete. »*Mir liegt nicht an dem Geld, das Sie mit der Produktion von Saccharin verdienen werden, Fahlberg.*« Gleich der erste Satz bestätigte Constantins Einschätzung des Kollegen. »*Aber ich habe das Gefühl, auch mir stünde ein wenig Anerkennung für die Entdeckung zu. Zu schade, dass Sie das anders sehen und den Erfolg nur auf Ihr eigenes Konto verbuchen. Sie kennen mich und hätten wissen müssen, dass ich nicht an einer Kommerzialisierung von Forschungsergebnissen interessiert bin. Ich bin Wissenschaftler mit Leib und Seele, kein Kaufmann. Ich hätte einer wirtschaftlichen Nutzung durch Sie vielleicht sogar zugestimmt – doch Sie haben es ja nicht mal für nötig gehalten, mich zu fragen. Allein das nehme ich Ihnen übel. Sie sind ein Gauner, Fahl-*

berg. Mir wird übel, wenn man meinen Namen mit Ihrem in einem Atemzug nennt.«

Constantins Augen brannten, er stützte sich an der Mauer ab. Fernanda hatte über seine Schulter mitgelesen und hielt ihn am Arm. »Ein mürrischer Mann, der dir den Erfolg neidet«, sagte sie.

Constantin schüttelte den Kopf. »Ihm geht es nur um seinen Ruf, nicht um den Profit. So war ich auch einmal, Fernanda.«

Sie streichelte seine Wange. »Du willst dir ein Leben aufbauen, Constantin. Dir und deiner zukünftigen Familie. Ich wüsste nichts Ehrwürdigeres.«

Ihre Worte rührten ihn, verdrängten aber nicht das ungute Gefühl, das Remsens Schreiben ausgelöst hatte. Er küsste die Innenfläche ihrer Hand, dann drückte er den Rücken durch, atmete ein. »Ich habe einen Weg eingeschlagen, auf dem es nun kein Zurück mehr gibt.« Er sah ihr in die Augen. »Remsen wird auch ohne Saccharin in die Geschichte der Chemie eingehen. Aber es wird andere geben, die nach der anstehenden Firmengründung gegen mich und Onkel Adolph ankämpfen werden.«

»Die Zuckerbarone?«

Er nickte. »Sie sehen ja jetzt schon ihre Gewinne schwinden.«

»Wir lassen uns nicht aufhalten, oder?«

»Niemals.«

11

Vier Jahre später, Februar 1888, Polderfeld

»Du läufst ja schon wieder! Du sollst dich doch schonen. So eine Geburt ist kein Schnupfen!« Milla Haas stellte ihre Ledertasche auf den Tisch und öffnete die Schnallen. Trotz der dünnen weißen Haare und der Altersflecken auf Wangen und Stirn war die Stimme der Hebamme kraftvoll. Sogar Korbinian hatte vor der resoluten Frau gekuscht, als sie ihm vor drei Tagen mit einer klaren Ansage aufgetragen hatte, Adele die Arbeit mit dem heißen Wasser und den Tüchern nicht allein machen zu lassen.

Andere junge Mütter mochten von ihr eingeschüchtert sein, Barbara lachte nur und wiegte das Kind, das fest gewickelt in ihrer Armbeuge schlief. Dabei lief sie durch die Stube des Schinderhofs und räumte mit der freien Hand Teller und Tassen vom Abendbrot in die Spülschüssel. Adele wieselte um sie herum und wollte ihr das Kleine abnehmen, um es der Hebamme recht zu machen, aber Barbara kehrte ihr den Rücken zu. »Lass sie doch, sie schläft so friedlich.«

Barbaras Schwiegermutter wechselte einen Blick mit Milla und zuckte die Achseln. Die beiden waren zusammen zur Schule gegangen, wie Adele erzählt hatte. Milla hatte sich danach zur Hebamme ausbilden lassen und seitdem die meisten jungen Einwohner von Polderfeld und den umliegenden Dörfern auf die Welt geholt. Vor der Geburt hatte sie gewarnt, dass Barbara das Bett unter Umständen auf längere Zeit nicht verlassen konnte –

das Kind war groß, Barbaras Becken schmal. Sie hatte erklärt, was zu tun war, wenn der Nachwuchs krähte und das Leben auf den Kopf stellte. Bei Barbara und ihrer Tochter Martha war es von Beginn an anders gewesen. Manchmal war es Barbara, als wäre die Nabelschnur zwar durchschnitten, bestehe aber als unsichtbares Band zwischen ihnen fort. So würde es mit allen anderen sein, die noch kommen sollten. Erstaunlich, wie wenig man sich das Muttersein vorstellen konnte, bevor man es zum ersten Mal erlebt hatte. Obwohl es zum Ende der Schwangerschaft strapaziös und die Niederkunft mit schier unerträglichen Schmerzen verbunden gewesen war, wünschte Barbara sich bereits jetzt viele weitere Kinder. Und jedes einzelne würde sie so lieben wie die kleine Martha. Sie wandte sich wieder an die Hebamme. »Hast du mir nicht auch gepredigt, eine Mutter solle sich auf ihr Bauchgefühl verlassen? Ich tue schon das Richtige, Milla. Für mich und das Kind.« Sie ließ sich auf die Bank nieder und öffnete die Knöpfe ihrer Bluse. Martha hatte angefangen, den Mund suchend zu öffnen.

»Habe ich das?« Die Hebamme klang versöhnlicher. »Dann hätte ich mal lieber gesagt, dass du auf mich hören sollst. Aber ja, du hast recht. Trotzdem solltest du dich nicht überanstrengen! Es ist keinem geholfen, wenn du mit Wochenbettfieber niederliegst.«

»Ich fühle mich glänzend«, beruhigte Barbara sie. Und Adele gleich mit. Korbinians Mutter schien schon in der Schwangerschaft ihr ganzes Tun auf das Wohl der Schwiegertochter und des in ihrem Leib heranwachsenden Enkelkinds ausgerichtet zu haben. Auch jetzt bemühte sie sich, dass es beiden gut ging. Korbinian musste zurückstecken, nahm es jedoch niemandem übel. Wie Adele waren ihm Tränen des Glücks über die Wangen gekullert, als er Martha das erste Mal im Arm gehalten hatte.

»Das Kind trinkt, meine Milch fließt, die Schmerzen sind erträglich.« Mit der freien Hand streichelte Barbara Adele über den Rücken. »Aber danke, dass ihr euch so um uns sorgt.« Liebevoll schaute sie auf das mit rötlich braunem Flaum bedeckte Köpfchen nieder.

Milla schloss den Koffer unverrichteter Dinge. Es gab hier nichts für sie zu tun. »Erstaunlich, wie du mit deiner zierlichen Statur die Geburt verkraftest. Aber umso besser. Lass nach mir rufen, wenn es dir oder der Kleinen schlechter gehen sollte. Oder auch nur, wenn du ein ungutes Gefühl hast. Ich komme so schnell wie möglich.« Milla besaß ein Haus in der Nähe der Apotheke. Über mangelnde Arbeit konnte sie sich nicht beklagen, wie sie Barbara erzählt hatte. Die Kinder in Polderfeld, Ornbach, Fellenau und Dietelfink drängten täglich ans Licht der Welt. Nicht alle Geburten endeten so glücklich wie bei ihnen. »Und bleib im Haus!« Milla fiel in ihren strengen Ton zurück. »Eine Wöchnerin soll nicht raus, das weißt du.«

»Keine Sorge, ich bleibe hier mit dem Kind«, erwiderte Barbara, obwohl es sie schon jetzt wieder nach draußen zog. Der Alltag auf dem Hof war ihr zur Natur geworden. Etwas fehlte, wenn sie nicht nach den Gänsen und Hühnern, den zwei Kühen, den Gäulen und dem Garten sehen konnte. Auch jetzt, im Winter, gab es genug Arbeit.

Kochen musste seit der Geburt niemand mehr. Die Frauen auf den umliegenden Höfen wechselten sich ab. Sie brachten den Schinders Eier oder Brot, Kuchen oder Suppe. So war es seit langer Zeit Tradition im Dorf, sicher auch, damit jeder einen Blick auf das Kind werfen und entzückte Laute über die kleinen Fäuste und die Besonderheiten des Neugeborenen abgeben konnte. Bei Martha war es die außergewöhnlich schöne Farbe der Haare, die alle zum Juchzen brachte.

Von draußen wurden Stimmen laut. Korbinian begrüßte Barbaras Eltern. Sie kamen täglich, um nach ihrer Tochter und dem Enkelkind zu sehen. Heute wollten sie darüber hinaus die Tauffeier besprechen, die in der kommenden Woche stattfinden sollte. Die drei begegneten Milla an der Tür zur Stube und verabschiedeten sie herzlich. Kurz darauf saßen die Heusings und die Schinders am großen Tisch zusammen. Barbara ertappte sich bei dem beglückenden Gefühl, dass sie nun drei Familien hatte. Die wichtigste waren Korbinian, Martha und sie. Barbara blinzelte gegen die Tränen an, die ihr bei dieser Erkenntnis direkt aus dem Herzen in die Augen traten.

Adele stellte unterdessen selbst gepressten Apfelsaft und Gläser auf den Tisch, dazu eine Schale voller Walnüsse, die sie im Herbst getrocknet hatten. Während Kuno, Mechthild und Adele zugriffen und Vorschläge austauschten, wo und wie sie die Tauffeier organisieren konnten, hatte Korbinian nur Blicke für Barbara und die Kleine. Ein Lächeln hellte seine Züge auf, während er Mutter und Kind betrachtete. Er beugte sich zu Barbara und flüsterte ihr ins Ohr: »Dann wird das nächste eben ein Junge.« Er küsste sie auf die Wange, Martha auf die Stirn. Das Mädchen schlief inzwischen satt und zufrieden.

Drei Jahre hatte es nach dem Kennenlernen gedauert, bis Korbinian die entscheidende Frage gestellt hatte. Und dies vermutlich nur, weil etwas unterwegs war. Barbara hatte nie an seiner Liebe gezweifelt, sie hatten längst wie Mann und Frau auf dem Hof gelebt, obwohl Barbara deshalb schlimme Kämpfe mit ihrem Glauben ausgefochten hatte. Aber was konnte Gott gegen eine Liebe wie ihre haben? Statt eines Rings hatte Korbinian ihr zum Einzug ein Medaillon mit dem Bild der heiligen Maria geschenkt, um sie mit seinen Neckereien über ihre Ähnlichkeit mit der Isa zu versöhnen. Wie sehr es Korbinian schmerzte, ihr den Wunsch nach einer Hochzeit nicht zu erfüllen, hatte stets in seinem Blick gelegen. »Solange ich Frau und Kinder nicht sicher ernähren kann, werde ich dich nicht an mich binden, Barbara.

Du sollst jederzeit gehen können, wenn ich dir als armer Schlucker nicht mehr ausreiche.«

Dass sie nicht mehr brauchte als ihn, hatte er nicht gelten lassen. Er kämpfte gegen die Steine, die man ihm beim Aufbau des Fuhrunternehmens in den Weg gelegt hatte. Dieser Verantwortungssinn hatte ihre Liebe zu ihm nur gestärkt.

Es war ihm an die Substanz gegangen, wie abweisend sich Wirts- und Geschäftsleute ihm gegenüber verhalten hatten. Stets hatten sie den alten Gramstätt vorgezogen. Am Preis konnte es nicht liegen, Korbinian unterbot ihn jedes Mal. Doch immer wieder folgte die herbe Enttäuschung. Es war wie eine unsichtbare Mauer, die sie bei aller Anstrengung nicht überwinden konnten. So blieben ihnen nur die Bewohner aus Polderfeld und den Nachbardörfern, die einen Umzug zu erledigen hatten, Bretter für eine Scheune bestellten, Stroh fürs Dach. Oft bezahlten sie nicht in harter Währung, sondern beglichen ihre Schuld in Naturalien und mit handwerklichen Gegenleistungen. Sie brachten ihnen ein Huhn oder eine Ziege, reparierten die Bohlen in der Stube, flickten den Zaun um die Weide. Ja, die kleinen Leute hielten zusammen, und immer öfter schwangen Töne in den Unterhaltungen mit, die direkt von Max Arenburg und seinen Sozialisten stammen konnten. Böse Wort fielen über die »Oberen« im Allgemeinen und die Wallendorfs auf der anderen Donauseite im Besonderen.

Von denen hieß es lange Zeit, dass der Haussegen schief hinge. Im Dorfkrug schimpften die Arbeiter auf den *Herrn Direktor*. Er ließe seine üble Laune an ihnen aus, sagten sie, feuerte rechtschaffene Leute ohne ersichtlichen Grund. Seine Frau hingegen schlich wie ein Gespenst umher, munkelte man. Das änderte sich im vergangenen Jahr, als sich bei den Wallendorfs Nachwuchs einstellte. Der kleine Alexander schien auf Gut Theresienberg Wunder zu wirken: Leopold bekam angeblich das Grinsen nicht mehr aus dem Gesicht, hatte zu aller Überraschung einen weihnachtlichen Bonus ausbezahlt und wurde vor lauter Freude nur noch fetter. Und Annegret? Sie blühte auf wie eine Petunie nach einem warmen Sommerregen.

»Hat er doch noch was hingekriegt«, hatte Korbinian gehässig gebrummt. »Wer weiß, wer da seine Finger im Spiel gehabt hat.«

Barbara hatte ihm nachdrücklich ans Herz gelegt, es gut sein zu lassen, aber er hatte sie nur in den Arm genommen und gelacht. Wenige Monate später war sie selbst schwanger gewesen, und Korbinian hatte am eigenen Leib erfahren, wie es einen Mann veränderte, wenn er Vater wurde. Nicht, dass es ihn mit Leopold Wallendorf versöhnt hätte – niemals. Aber auch Korbinian wurde milder. Die Hochzeit konnten sie nicht länger vor sich herschieben, das Kind sollte ehelich geboren werden. Auf der Feier überzeugten sich Verwandte, Freunde und Nachbarn davon, wie verliebt Barbara und er trotz aller Sorgen noch immer waren.

Mitunter hatte es zwei Monate keine Aufträge gegeben. Sie hatten mit dem gewirtschaftet, was der Hof hergab. Wenn es gar zu drängend wurde, hatte Adele Barbara einige Münzen für die Haushaltskasse zugesteckt, Geld, das aus dem Sparstrumpf unter ihrem Bett stammte und für ihr Begräbnis vorgesehen war. Auch Barbaras Eltern hatten mehr als einmal die angeschriebene Rechnung beim Krämer für sie übernommen. Angeblich, weil sie oft genug auf dem Schinderhof zu Gast waren. Korbinian hatte den Zuschuss mit gesenktem Kopf akzeptiert. Dass ihr stolzer Mann sich geschämt hatte, konnte Barbara sich ausmalen. Einzig ihre Beteuerungen, dass die Eltern es von Herzen gaben, hatten ihn beschwichtigt. Erst seit der Gramstätt kürzertreten musste, weil ihm bei einer Fuhre ein Teil der Ladung ins Kreuz gefallen war und gehörigen Schaden angerichtet hatte, kam man vermehrt auf Korbinian zu. Trotzdem konnten sie nicht viel auf die Seite legen. Und dennoch fühlte Barbara sich in diesem Moment inmitten ihrer Familien reicher als jede Königin.

»Martha braucht einen großen Empfang. Es geht nicht, dass wir nur ein paar Dörfler einladen. Alle sollen kommen.« Kuno sah sich in der Runde um. Auch der Schneider hatte sein Herz an die Kleine verloren. Als er bei seinem ersten Besuch dicht an das Kind herangegangen war, um etwas zu erkennen, hatte es ihm mit einer Miene, die an ein Lächeln erinnerte, die Brille von der Nase gefuchtelt.

»Das finde ich wundervoll!«, pflichtete Adele ihm bei. »Wir bitten die Nachbarinnen, Kuchen zu backen, und dann veranstalten wir ein großes Scheunenfest nach der Kirche.« Sie klatschte vor Begeisterung in die Hände.

Mechthild hingegen starrte ihren Mann erstaunt an, als wolle sie in der nächsten Sekunde seinen Puls fühlen. »Nicht, dass ich dagegen bin, aber bist du nicht immer derjenige, der alles klein halten und bloß keinen Aufwand betreiben will?«

Barbaras Vater zuckte die Achseln. »So ein Kind ist jede Mühe wert«, behauptete er.

»Das sehe ich genauso!«, erklang es von der Tür her. Alle fuhren herum. Max Arenburg stützte sich schwer auf seinen Stock, aber das Glück eines Mannes, der nach Hause kam, stand ihm ins Gesicht geschrieben.

Korbinian war sofort an seiner Seite und führte ihn zum Tisch. »Ich dachte, du kommst erst am Wochenende zur Taufe?«

»Und lasse mir die aufregenden Tage davor entgehen? Nichts da. Man erlebt es nicht oft, dass der beste Freund Vater wird. Jetzt lass mich das Kind betrachten.« Er beugte sich zu Martha in Barbaras Armen, lupfte ein wenig das Tuch, das ihr halb über das Gesicht hing, und schürzte prüfend die Lippen. Schließlich nickte er anerkennend. »Gut gemacht, mein Freund.« Er kam dem Protest der Frauen zuvor und lächelte Barbara liebevoll an.

»Aber dir gebührt der größere Dank für das wundervolle Geschenk da, das du der Welt gegeben hast.« Er senkte den Blick auf Martha. »Zweifelsohne wirst du einmal die Schönste im Dorf sein. Aber lass dir niemals einreden, dass das reicht. Denn neben deiner Schönheit wirst du auch die Klugheit deiner Mutter geerbt haben, anders kann es gar nicht sein.«

»Und meine dazu!«, polterte Korbinian hinter ihm mit einem Lachen.

»Über deine Klugheit mag ich nicht urteilen.« Max sah ihn mit verschmitztem Lächeln an. »Und was deine Schönheit angeht, na ja.«

Korbinian ließ es über sich ergehen und zwinkerte Barbara zu. »Schön, dass du da bist, Max«, sagte sie. »Und eine Aufgabe hätten wir auch für dich.«

»Alles, was du willst.«

»Dann wäre es uns eine große Ehre, wenn du Marthas Pate wirst.«

Bei all dem Spaß, der mit Max in die Stube geweht war, kämpfte Barbara erneut mit den Tränen. Wie sehr der Wunsch Max bewegte! Er legte die Hand aufs Herz, schluckte schwer, ein feuchtes Schimmern trat in seine Augen. Für Barbara und Korbinian war es von vornherein klar gewesen, dass kein anderer für diese wichtige Aufgabe im Leben ihres ersten Kindes infrage kam. Er würde diese Verantwortung mit Stolz annehmen und die Kleine in dem Taufkleid, das schon Barbara getragen hatte, auf dem spitzenbesetzten Kissen in der Kirche halten.

Sie stand auf, schloss Max auf der einen Seite in ihren Arm und achtete darauf, Martha auf der anderen nicht zu drücken. »Ich wechsele die Windel und lege Martha in die Wiege. Die Aufregung heute hat sie müde gemacht. Ich bin gleich zurück.«

Als sie eine halbe Stunde später wieder in die Küche trat, hatte sich das Gesprächsthema von der Taufe weg hin zur Politik entwickelt. Wie konnte es auch anders sein? Korbinian und Max schwenkten die Fahne des Sozialismus.

»Es spricht ja nichts dagegen, wenn die Wirtschaft wächst und Arbeitsplätze schafft«, sagte Max und griff nach einer der Schmalzstullen, die Adele inzwischen auf den Tisch gestellt hatte. Mit Daumen und Zeigefinger wischte er sich die Mundwinkel aus, bevor er weitersprach. »In Berlin reden sie gerade von nichts anderem als von der Firma meiner beiden Cousins. Dabei stand das alles vor wenigen Jahren beinahe vor dem Aus. Eigentlich hatte mein Onkel Adolph investieren wollen, aber er ist noch vor Gründung der Gesellschaft verstorben. Sein Sohn Moritz ist in die Bresche gesprungen und hat das Werk mit Constantin aufgebaut. Der Chemiker aus Amerika, ihr erinnert euch? Er ist da auf etwas gestoßen, das er nun im großen Stil vermarkten will. Einen Stoff, der eine weit höhere Süßkraft als Zucker hat. Kristalle, die man in Wasser löst, um sie dann löffelweise zum Süßen zu nutzen, und das alles zu einem Bruchteil des Preises, den Rübenzucker kostet! Er nennt es Saccharin. Und er ist davon überzeugt, dass es eine Revolution ist.«

Barbaras Mutter schaute skeptisch. »Und das sollen die Leute annehmen? Etwas, das nicht von sich und Gottes Willen aus gedeiht? Nichts für ungut, Max, aber für mich klingt das nach Hexenküche. Und da bin ich sicher nicht die Einzige. Am Ende hat es noch giftige Nebenwirkungen.«

Max grinste. »Im Deutschen Reich kommt nichts auf den Tisch, das nicht ausführlich auf seine Bedenkenlosigkeit hin geprüft wurde, das kann ich dir versichern. Constantin hat zuvor ein Versuchslabor in New York eingerichtet, in dem sie den Herstellungsprozess stetig verbessert haben. Natürlich haben sie dort auch die Verträglichkeit für Tier und Mensch untersucht. Hier im Reich haben sie dann auf Druck einiger Abgeordneter eine Legion von Sachverständigen, Medizinern, Physiologen und Hygienikern zurate gezogen. Die Fachleute haben einmütig die Unschädlichkeit bestätigt.« Er nahm einen Schluck Apfelsaft, bevor er weitersprach. »In Italien haben Forscher Versuche an Fröschen, Hunden und Meerschweinchen unternommen. Sie haben bewiesen, dass Saccharin unverändert den Körper verlässt, sich also nicht etwa durch die Magensäfte in schädliche Stoffe spaltet. Die anschließenden Proben bei Menschen haben dasselbe ergeben.« Er lachte auf den fragenden Blick Korbinians hin. »Was oben reinkommt, mein Freund, kommt unten genauso raus.« Barbaras Mutter hielt sich die Hand vor den Mund wegen Max' deutlicher Wortwahl, Adele kannte Max schon länger und schmunzelte nur. Max fuhr fort: »Das ist Wissenschaft, meine Lieben! Die Italiener haben das sogar in einer anerkannten Fachzeitschrift veröffentlicht. Und auch bei uns beschäftigen sich hochangesehene Personen mit Saccharin. Der Geheimrat Leyden von der Charité in Berlin, Professor Stadelmann von der Universität Heidelberg! Alle kommen zu dem Ergebnis, dass Saccharin eine großartige Sache ist.«

»Du sprichst ja selbst schon wie einer dieser Wissenschaftler«, sagte Barbara anerkennend.

Max genoss das Lob sichtlich. »Mir ist es wichtig, dass ich meine Entscheidungen bei Abstimmungen guten Gewissens abgebe. Deswegen informiere ich mich bestmöglich.«

»Das Zeug ist also komplett unschädlich?«, hakte Korbinian nach.

Max lachte. »Schau mich an.« Er schlug sich mit den flachen Händen auf Bauch und Brustkorb. »Ich bin dem Beispiel meines Cousins gefolgt und habe es selbst versucht. Es hat mir nicht geschadet, wie du siehst. Also würze ich weiterhin damit und schmecke keinen Unterschied zum herkömmlichen Zucker! Solange man sich an die exakte Dosierung hält, versteht sich. Zu viel überwältigt einen schier. Aber wenn ihr mir nicht glaubt«, er griff in seine Westentasche und zog ein Tütchen hervor, »probiert es selbst.«

»Diese Firma ist in Berlin?« Korbinian beugte sich vor.

Max schüttelte den Kopf. »In Salbke. Ideale Anbindung an die Bahn, dafür aber mitten in der Börde. Die Mächtigen der Zuckerindustrie toben. Sicher auch ein Punkt für die Gängelei, der mein Cousin ausgesetzt ist.«

Korbinian erwiderte sein Grinsen. »Das kann ich mir vorstellen.« Er leckte sich über die Lippen, dann nickte er entschlossen. »Nun denn, ich wage es.«

»Ich brauche einen Becher warmes Wasser«, sagte Max.

Barbara stand auf, erhitzte einen kleinen Topf auf dem Herd und brachte Max das verlangte Wasser zusammen mit einem Löffel. Max gab ein paar Kristalle in die Flüssigkeit, rührte um und schob das Gefäß über den Tisch. »Bitte schön, kostet.«

Korbinian und Barbara nahmen abwechselnd löffelweise davon und leckten sich die Lippen. Auch Adele probierte, und nachdem sie nicht tot von der Bank fiel, sprang sogar Barbaras Mutter über ihren Schatten und schmeckte am Löffel, gefolgt von Barbaras Vater. Kuno war ebenso interessiert wie die anderen, was da seinen Weg von Amerika ins Deutsche Reich und bis in die kleine Stube in Polderfeld gefunden hatte.

Fasziniert betrachtete Korbinian das Wasser, in dem sich die Kristalle rückstandslos aufgelöst hatten. »Unglaublich. Und dieses ...«

»... Saccharin ...«, half Max.

»... ist billiger herzustellen als der verdammte Rübenzucker?«

»Wesentlich!« Max klang so begeistert, als hätte er diesen Wunderstoff selbst entdeckt. »Constantin und Moritz hoffen, dass Saccharin sich zum Arme-Leute-Zucker entwickelt. Süßstoff für alle, die sich keinen Zucker mehr leisten können oder wollen.«

Mit geschlossenen Augen lehnte sich Korbinian auf der Bank zurück, auf seinen Zügen zeigte sich ein Lächeln, das immer stärker wurde, bis er aus vollem Hals lachte. »Was für eine geniale Erfindung! Stellt euch vor, was für ein dummes Gesicht der Schnösel Wallendorf machen wird, wenn er mitbekommt, dass sein ach so feiner Zucker Konkurrenz bekommen hat.« Er beugte sich vor und suchte den Blick seines Freundes. »Wenn deine Verwandtschaft in Magdeburg es geschickt anstellt, wird den Zuckerbossen die Puste ausgehen. Das hätten sie verdient! Wie schäbig der Wallendorf seine Arbeiter behandelt, wie frech der ohne Rücksicht auf die Landschaft seine verdammte Firma erweitert, wie der nach Belieben die Preise für Zucker heraufsetzt – ich hab das satt und wünsche ihm, dass er mal der Länge nach hinfällt mit seiner Arroganz und seiner menschenverachtenden Einstellung!« Er legte den Arm um Barbara und zog sie an sich. »Nicht wahr, meine Nixe, von nun an kommt uns nur noch Saccharin ins Haus. Wir werden dafür sorgen, dass jeder in Polderfeld davon erfährt.«

Barbara mochte es, wenn die Lebenslust aus seinen Augen funkelte. Aber seine Verachtung für die Wallendorfs führte zu weit. Es war nicht gesund, über eine so lange Zeit solchen Hass zu verspüren.

Sie saßen noch eine Weile beisammen, tauschten Neuigkeiten aus. Adele schob einen Laib Brot in den Backofen, der bei geringer Hitze bis zum Morgen backen würde, die Stube schon jetzt mit seinem Duft erfüllte, und zog sich in ihr Zimmer zurück. Auch Barbaras Eltern spazierten heim, nur Max blieb noch eine Weile, konnte das Gähnen aber bald nicht mehr zurückhalten. Die Fahrt mit der Bahn und der Kutsche setzte schon einem gesunden Mann zu, wie musste er sich dann erst fühlen? Schließlich stand er auf und verabschiedete sich bis zum nächsten Morgen.

Auch Barbara und Korbinian gingen zu Bett. Barbara warf noch einen Blick in die Wiege. Ihr wunderschönes Mädchen schlief wie ein Engel, die Wimpern zauberten im Schein der Kerze Schatten auf die Wangen. Sie schmatzte im Traum, ein Zeichen, dass sie bald wieder Hunger bekommen würde? Ein Rat Millas für die erste Zeit nach der Geburt ging Barbara durch den Kopf: *Steh nicht, wenn du sitzen kannst, sitz nicht, wenn du liegen kannst, und bleib nicht wach, wenn du schlafen kannst.* Barbara hatte ihn belächelt, doch nun spürte sie die Anstrengungen des Tages. Sie sollte ruhen, um wenigstens eine Stunde zu haben, bevor sie sich Martha wieder an die Brust legte.

Sie setzte sich auf die Bettkante, öffnete die Knöpfe ihrer Bluse und lächelte über Korbinians tiefen und regelmäßigen Atem hinter sich. Er hatte schon von einem Brüderchen für Martha gesprochen, aber zumindest heute würden sie sich nicht darum bemühen.

Ein anderes Geräusch ließ sie innehalten. Es kam durch das geöffnete Fenster vom Hof her. Wer oder was grunzte da derart, um Himmels willen? Sie lauschte, es erklang ein weiteres Mal, die Pferde im Stall wieherten und trappelten nervös. Barbaras Herzschlag beschleunigte sich. Sollte sie Korbinian wecken? Wenn Gefahr drohte, wäre er sofort hellwach. Da, wieder! Weder Wildschwein, wie anfangs befürchtet, noch Fuchs oder Wolf. Beide sah man häufig um Polderfeld herumschleichen, ab und zu gab es eine Gans oder ein Lamm zu beklagen, aber die vierbeinigen Räuber hörten sich anders an. Wenn sie sich überhaupt durch Laute verrieten. Vielleicht hatte sich eine Ziege verletzt, und das waren ihre Schmerzensrufe?

Barbara erhob sich, warf sich das wollene Tuch über, das an einem Haken an der Tür hing, schlüpfte in ihre Pantinen und verließ das Haus. Draußen empfingen sie die Winterluft und der Schnee. Die Wege hatte Korbinian freigeräumt, der Misthaufen dampfte vor sich hin und … Das merkwürdige Brummen kam aus dem Stall! Mit klopfendem Herzen öffnete Barbara die Tür einen Spalt und schielte hinein, jederzeit bereit, sie zuzuschlagen, sollte sich doch etwas auf sie stürzen.

Die beiden Pferde wackelten mit den Köpfen und trippelten, und jetzt erkannte sie das Geräusch, das aus einer der leeren Boxen kam. Eindeutig ein Schnarchen. Max, der sich in eine Ecke voller Stroh gedrückt hatte, ein Bein angewinkelt, den Klumpfuß von sich gestreckt, als gehöre er nicht zu ihm. Sie eilte zu ihm, ging in die Knie, ruckelte an seiner Schulter. »Max, du lieber Himmel, was machst du denn hier draußen?«

Er öffnete die Augen, erhob sich halb, wischte sich mit dem Handrücken übers Gesicht. »Ach, ich … also … der Fuß, Barbara. Es war eine lange Reise, ich war viel auf den Beinen, jetzt schmerzt er. Ich würde mir den Weg nach Hause gern ersparen, wenn es recht ist.« Er lachte, aber es klang nicht echt. »Dort erwartet mich sowieso niemand, und bei euch fühle ich mich wohl. Sogar im Stroh.«

Was für ein Unsinn! Barbara hatte ihm schon einige Male eine Schlafstatt im Haus gerichtet, wenn ihm der Wein oder das Bier mit Korbinian zu gut geschmeckt hatte. Heute hatten sie nichts getrunken, deshalb war sie gar nicht auf die Idee gekommen. Und Max hatte sich offenbar nicht zu fragen getraut.

»Komm, steh schon auf!«, sagte sie und klang so bestimmt wie die Hebamme. »Du brauchst nicht im Stall zu liegen. Ich gebe dir ein paar Decken, dann machst du es dir auf der Ofenbank gemütlich.«

Er erhob sich, humpelte hinter ihr her an den Pferden vorbei über den Hof. »Ich will euch nicht stören, ihr seid eine kleine Familie, ihr habt ein Recht auf euer Privates.«

Sie drehte sich um und sah ihm in die Augen. »Ich sage das nur einmal, Max Arenburg, und du behältst es im Kopf. Du bist bei uns immer willkommen. Du gehörst zur Familie. Und mein Lebtag lang werde ich niemanden aus der Familie frieren lassen.« Sie führte ihn ins Haus. Mit wenigen Handgriffen suchte sie das Bettzeug zusammen und legte es auf die Bank beim Ofen. Später, wenn sie das Dachgeschoss ausgebaut hatten, wie sie derzeit überlegten, könnten er und andere Gäste jederzeit dort übernachten. Zumindest so lange, bis die neuen Zimmer nicht von weiteren Kindern belegt wurden.

Max streckte sich aus und zog die Decke bis zum Kinn hoch. Sein Lächeln nahm er mit in den Schlaf. Barbara betrachtete ihn einen Moment und spürte ein Ziehen in der Brust, das sie mahnte, achtsamer zu sein den Menschen gegenüber, die sich einsam fühlten. Sie selbst hatte so viel Glück. Sie war bereit, es mit Freunden wie Max zu teilen.

12

Zehn Jahre später, August 1898

»Es brennt!« Korbinians Schrei gellte über den Schinderhof. In Polderfeld zog eine grauschwarze Wolke in den frühabendlichen Himmel, der Wind trieb den Gestank nach Rauch bis zu ihnen. »Barbara, hol Martha und Gwendolyn! Wir müssen helfen!«

Wie oft hatte er im Dorfrat dafür gekämpft, dass sie endlich eine Feuerwehr einrichteten wie die Leute in Dietelfink. Zu jeder Tages- und Nachtzeit standen die mit der Spritze bereit, wenn es darauf ankam. In Dörfern wie ihren brannte es häufig. Die Menschen kochten über offenem Feuer, manch einer vergaß nachts die Kerzen zu löschen, viele Häuser waren mit Stroh gedeckt, und das trockene Holz im Inneren loderte wie Zunder.

Mit an den Seiten gerafften Röcken eilte Barbara herbei, die Töchter ebenfalls: Martha mit ihren zehn Jahren vornweg, die zwei unordentlich geflochtenen Zöpfe flogen ihr über die Schultern. Die drei Jahre jüngere Gwendolyn folgte, hinter ihr mühte die gerade fünf gewordene Helena sich vergebens, auf den kurzen Beinen Schritt zu halten.

»Der Rauch steht mitten über dem Dorf«, rief Korbinian. »Das Pfarrhaus?«

»Oh nein!« Barbara schlug die Hände vors Gesicht. Dann ging sie vor den Mädchen in die Hocke: »Martha, du läufst mit Gwendolyn zum Kirchplatz. Ihr helft bei der Wasserkette.« Martha, inzwischen fast so groß wie ihre Mutter, nickte mit ernster Miene, packte Gwendolyn an der Hand und rannte mit ihr in Richtung der Siedlung davon. Barbara wandte sich an Helena: »Du gehst in dein Zimmer und legst dich ins Bett. Wenn wir zurück sind, bringe ich dir Hirsebrei. Süß, wie du ihn magst, mit viel Saccharin drin.« Sie richtete sich auf – und ehe sie oder Korbinian die Kleine zurückhalten konnten, flitzte sie den Schwestern schon hinterher. »Halt!«, rief Barbara mit Verzweiflung in der Stimme.

Korbinian war es ebenso wenig recht, dass seine Jüngste ins Dorf lief. Aber bei ihren Schwestern war sie in Sicherheit. Vor allem Gwendolyn kümmerte sich verantwortungsbewusst um sie. Jetzt gab es Wichtigeres. »Lass sie, wir haben keine Zeit. Alle müssen helfen.«

Sie eilten zum Feuer. Im Dorf hatten sich bereits sämtliche Bewohner versammelt und Menschenketten gebildet. Der Krämer pumpte schwitzend das Wasser aus dem Brunnen, die Ledereimer wurden von Hand zu Hand gereicht. Helena war zu klein, um einen zu halten, sie berührte jeden, der an ihr vorbeigereicht wurde, mit den Fingern. Barbara reihte sich mit ein, Korbinian lief bis zur Feuerstelle. Nicht das Pfarr-, sondern das Gemeindehaus! Erst vor zwei Jahren hatten sie es in Gemeinschaftsarbeit errichtet. Dort tagte der Dorfrat, dort trafen sich die Frauen vom Strickverein, dort wurden runde Geburtstage, eine Taufe oder die Heilige Kommunion gefeiert. Jetzt loderte das Feuer aus der untersten Etage, fraß sich mit wahnsinniger Geschwindigkeit und einem wütenden Fauchen nach oben zum Dachstuhl vor. Es knackte und prasselte, der Rauch biss selbst auf die Entfernung in Augen und Hals.

Eine Gruppe von Menschen lag auf der angrenzenden Wiese, die an schönen Tagen zusätzlich genutzt wurde, hielt sich feuchte Tücher vor Nase und Mund. Zum Teil waren es Polderfelder, zum Teil auswärtige Gäste. Die Gesichter waren schwarz, auch die Kleidung sah aus, als kämen die Leute direkt aus dem

Kohlenkeller. Einige Hemden wiesen Brandlöcher auf, Männer, Frauen und Kinder stöhnten über das allgemeine Husten und Röcheln hinweg und ließen sich die Wunden versorgen. Den Bäcker Huber schien es schlimm erwischt zu haben. Er streckte mit leichenblasser Miene beide Arme von sich, eine junge Frau tupfte sie mit nassen Tüchern ab.

»Was ist passiert?« Korbinian stellte sich neben den Bauern Schubert, griff den nächsten Eimer, der gereicht wurde, und leerte ihn mit Schwung durch ein geborstenes Fenster. Mit einem Zischen verdampfte das Wasser. So nah am Brandherd war die Hitze schier unerträglich, auf Korbinians Armen kräuselten sich die Haare. Wenn er nicht aufpasste, würde die Haut bald Blasen werfen. Aber was war das schon im Vergleich zu dem Leid, das die armen Menschen auf der Wiese erduldeten?

Auch Schubert schüttete einen Eimer aus. »Fünfzigster Geburtstag vom Krämer. Die komplette Familie aus Passau ist angereist. Es heißt, eine Schankmagd sei mit einem Tablett voller Schnapsgläser in einen Kandelaber gefallen. So schnell habe man gar nicht gucken können, wie sich das Feuer von der Tischdecke über die Gardinen und Wände ausgebreitet habe.«

»Haben sich alle retten können?«

Schubert kniff die Lippen zusammen. »Die Gäste sind wohl vollzählig. Aber von Harald und Ilse fehlt jede Spur. Sie haben in der Küche das Buffet vorbereitet.«

»Oh, mein Gott!« Korbinian kannte die beiden seit Kindheitstagen. Mit Harald Meininger hatte er in der Jugend das ein oder andere Bier gehoben. Mit aller Kraft stieß er den nächsten Schwall Wasser in die Flammen. Das Haus war nicht mehr zu retten, das wusste er selbst, und auch die Mienen der übrigen Helfer spiegelten das Entsetzen darüber, dass es bis auf die Grundmauern niederbrennen würde. Jetzt galt es zu verhindern, dass das Feuer aufs nahe Pfarrhaus oder gar die Kirche übergriff.

Prüfend sah Korbinian nach oben. Die Funken stieben senkrecht in den Himmel. Das war gut. Bei Wind hätten sie weit mehr zu kämpfen.

Die Meiningers. Harald hatte in den letzten Jahren bei der *Donau Zucker AG* gearbeitet. Aber Wallendorf, der Geizkragen, zahlte nie gut genug, dass damit eine Familie ernährt werden konnte. Entsprechend emsig war Ilse darin, für sie beide und die zwei Kinder etwas dazuzuverdienen. Sie besorgte den älteren Damen im Dorf die Wäsche, und wann immer Feiern im Gemeindehaus anstanden, bot sie sich gegen einen kleinen Obolus für den Küchendienst an. Hoffentlich hatten sie sich gerettet. Nicht auszudenken, wenn sie ihren Jungen und das Mädchen allein zurück… Die Kinder! Du liebe Zeit! Nahmen sie die beiden nicht hin und wieder mit?

»Wo sind Benno und Cilly?«, stieß Korbinian keuchend aus und fasste nach dem nächsten Eimer. Kalt schwappte das Brunnenwasser über die glühende Haut an Händen und Armen. »Waren sie auch dabei?« Cilly war etwa in Helenas Alter, Benno mochte inzwischen vierzehn sein, ein patenter Junge, der dem Postboten Clemens gern Wege abschwatzte, um sich ein Taschengeld zu verdienen.

Schubert schüttelte den Kopf. »Die Metzgersfrau ist gleich zu den Meiningers nach Hause gerannt und hat nachgesehen. Harald hat die beiden vor einer Stunde nach Hause geschickt. Sie sind wohlauf. Der Pfarrer ist bei ihnen.« Er schluckte. »Es steht das Schlimmste zu befürchten. Die beiden werden wohl als Waisen aufwachsen müssen.«

Noch zwei Tage später fühlte es sich an, als läge der Rauch wie ein Leichentuch über Polderfeld. Sogar die Kinder flüsterten nur miteinander, als spürten sie, dass nicht die Zeit für lautes Lachen war. Die halbe Nacht lang hatte man das Dorf abgesucht, ob die Meiningers der Flammenhölle nicht doch entkommen waren und irgendwo auf Hilfe hoffend lagen. Aber alle Gebete der Frauen, die sich noch vor dem Morgengrauen in der Kirche zusammengefunden und Gott um einen glücklichen Ausgang angefleht hatten, waren vergebens. Nachdem die letzten Glutnester erloschen waren, hatte man die bis zur Unkenntlichkeit verkohlten Leichen in den Überresten der Küche gefunden. Die Trauerfeier war für den Mittwoch angesetzt, am Sonntagnachmittag davor rief der Wirt des Dorfkrugs all jene, die geholfen hatten, zusammen. In der Schankstube gab es Butterkuchen, Limonade für die Kinder und Frauen, Bier für die Männer. Der Pfarrer hatte tief in die Tasche gegriffen, möglicherweise zahlte er die Zusammenkunft aus dem Klingelbeutel, aber das mochte keiner nachprüfen. Er wollte sich bei der Gemeinde für den Einsatz bedanken, das Ausbreiten des Feuers verhindert zu haben. Alle Gebäude rings um das Gemeindehaus waren unversehrt geblieben.

Es wurde untereinander gemurmelt, doch das Leben ging weiter. Die Tragödie blieb nicht das einzige Thema im Dorfkrug. So wurden die Gespräche lebhafter, und in der ein oder anderen Ecke fiel sogar ein einzelner Witz, vielleicht als Ausdruck der Erleichterung, dass die eigene Familie nicht vom Unglück betroffen war. Als Benno und Cilly gegen acht Uhr das Wirtshaus betraten, verstummten die Unterhaltungen. Das Mädchen löste sich von Benno und lief zu Helena, die auf dem Boden saß und einen hölzernen Spielzeugwagen mit Steinen belud. Helena bot ihrer Freundin sogleich den Kuchen an, den sie in der anderen Hand hielt, aber Cilly schüttelte mit rot geränderten Augen und schniefender Nase den Kopf. »Ich heb ihn dir für später auf«, sagte Helena nur und reichte Cilly stattdessen einen Bauklotz.

Barbara beobachtete die Szene mit Wohlwollen. Es war gut, dass die kleine Meininger in dieser traurigen Stunde jemanden hatte. Und Helena verhielt sich instinktiv richtig. Sie war für Cilly da, drängte sie nicht, sondern fuhr in ihrem Spiel fort und bezog sie mit ein. Aber wie würde es mit ihr und ihrem Bruder weitergehen? Barbara winkte Benno zu sich an den Tisch in der Nische, wo sie unter sich waren. Der Junge nickte Martha und Gwendolyn zu, die neben ihr saßen und an ihren mit Saccharin gesüßten Limonaden nippten. »Weißt du schon was?«

Benno schob sich die blonden Wirrhaare aus der Stirn, seine Augen mit einem Ernst erfüllt, den ein Vierzehnjähriger nicht haben sollte. »Das Haus gehört uns. Es sind keine Schulden drauf. Aber ich muss schauen, dass Cilly und ich über die Runden kommen.« Er straffte den Rücken, ein Junge, der entschlossen war, sich nicht mit dem Schicksal abzufinden. »Ich will zusehen, dass ich beim Postamt in die Lehre gehen kann.«

»Nicht zu Wallendorf?«, kam Korbinians brummende Stimme aus dem Halbschatten. Er beugte sich vor und musterte Benno mit zusammengekniffenen Augen. »Dein Vater war bei der Donau Zucker.«

Benno verzog das Gesicht, als würde er gleich auf den Tisch spucken. »Niemals geh ich zu dem Ausbeuter!«, stieß er so laut aus, dass die Männer und Frauen in der Nähe hersahen. »Wegen seinem schlechten Lohn mussten meine Eltern zusätzlich arbeiten.«

Der Junge war nicht dumm, und offenbar hatte Harald ihn ordentlich aufs Leben vorbereitet. Er schien die prekäre Lage der Familie nicht geheim gehalten zu haben.

»Er sollte dir und deiner Schwester eine Waisenrente zahlen«, kam prompt Korbinians Erwiderung, und Barbara hörte eine Spur von Max darin schwingen.

Bennos Gesicht verdüsterte sich. »Ich geh nicht betteln bei dem!« Trotzdem runzelte er die Stirn. »Gibt es so etwas überhaupt?«

Korbinian hob die Schultern. »Irgendwann vielleicht mal.« Er senkte die Stimme, sah sich verschwörerisch um, was einem Jungen wie Benno nur gefallen konnte. »Wir Sozialisten kämpfen dafür.« Er reichte ihm die Hand. Benno zögerte einen Moment, als sei er sich nicht sicher, ob ihm ein gestandener Mann wie Korbinian wirklich die Freundschaft anbot. Dann schlug er mit einem kaum merklichen Lächeln ein.

»Ich kann einen tüchtigen Helfer in meinem Fuhrunternehmen gebrauchen«, sagte Korbinian. »Wenn dir also das Brieftragen mit der Zeit zu langweilig wird, schau gern auf dem Hof vorbei.«

Benno nickte. Dann war er klug genug, sich an andere Tische zu setzen, zweifelsohne, um sich auch dort Unterstützung zusichern zu lassen.

Die Schankstube leerte sich schon, da trat Max Arenburg ein, das Gesicht dem Unglück angepasst, von dem er in Berlin irgendwie erfahren haben musste. Doch er lächelte, als die Schinder-Mädchen aufsprangen, zu ihm eilten und ihn stürmisch umarmten. Er genoss die Begrüßung sichtlich, dann kam er mit auf den Bohlen tockendem Stock herüber, drückte Barbara und rutschte zu seinem alten Freund auf die Bank. Mit einem Kopfrucken zeigte er auf Benno. »Wie schlägt er sich?«

»Er ist gefasst«, antwortete Barbara. »Korbinian hat ihm eine Stelle angeboten.«

Max betrachtete den Jungen. »Die Trauer wird noch kommen. Und die Verantwortung. Da sollte er nicht allein durch. Ihr steht ihm also bei? Das ist euch hoch anzurechnen.«

Die Aussicht, dass Benno die schweren Zeiten erst bevorstanden, schlug Barbara aufs Gemüt. Sie brauchte andere Gedanken, ehe sie das Mitgefühl überwältigte. »Erzähl uns von Berlin«, bat sie Max. »Was treibt das Reich um? Wir bekommen hier nur wenig mit.«

Cilly und Helena hatten angefangen, in der fast leeren Schankstube Verstecken zu spielen, Gwendolyn und Martha schlossen sich den beiden an. Zu verdenken war es ihnen nicht. Gespräche der Erwachsenen über Politik langweilten sie. Max lehnte sich auf seinem Stuhl zurück, wischte sich die Stirn und machte eine wegwerfende Handbewegung. »Es ist ein Trauerspiel. Diese Wirtschaftsbosse glauben, sich alles erlauben zu können. Die Zuckerbarone sind die Schlimmsten. Von der übelsten Sorte, sage ich euch!«

»Was ist passiert?« Korbinian lehnte sich vor, und Barbara bereute es, Max um einen Bericht gebeten zu haben. Andererseits hätte Korbinian das ohnehin getan. Er brannte immer auf Neuigkeiten. Doch ausgerechnet um Zucker drehte es sich. Wieder einmal. Korbinian verfolgte den durchschlagenden Erfolg von Max' Cousins in Salbke seit Jahren mit Wohlwollen. Aber natürlich auch die Schwierigkeiten, mit denen sie kämpften, drangen dank Max bis zu ihnen ins kleine Polderfeld vor. Weitere Fabriken waren entstanden, hatte Max jüngst erzählt, die es seinem Cousin Constantin Fahlberg nachmachten. Den Namen *Saccharin* hatte der jedoch schützen lassen, und so erfanden sie neue: Zuckerin, Crystallose, Sycose, Süßstoff Höchst und etliche andere, die Barbara gleich wieder vergessen hatte. Sie hielten sich an Saccharin, das Original. Da aber mehr und mehr Anbieter auf den Markt drangen, war der Preis durch die hohe Produktion gesunken. Der Ersatzstoff hatte überall Einzug gefunden. Zahlreiche Konserven wurden inzwischen mit Saccharin gesüßt, die Leute gaben es in den Tee und Kaffee, statt ihre Getränke wie früher bitter hinunterzuwürgen.

Max fuhr fort: »In den meisten Ländern Europas haben die Zuckerindustriellen Markteinschränkungen für Saccharin durchgesetzt. In Spanien, Belgien und Frankreich darf es nur für pharmazeutisch-medizinische Anwendungen abgegeben werden, also zum Beispiel an Diabetiker. Die Einfuhr von Saccharin nach Österreich einschließlich Böhmen ist inzwischen komplett verboten.«

»Und bei uns?«, warf Barbara erschrocken ein und dachte an Helenas Vorliebe für Süßes.

»Wir sind der weltweit größte Zuckerexporteur. Die Zuckersteuer ist die höchste Einzelsteuereinnahme im Reich.« Er seufzte. »Ich hätte gern bessere Nachrichten, aber auf Druck der Barone hin hat der Reichstag ein Süßstoffgesetz erlassen. Vieles, was gestern noch erlaubt war, ist heute nicht mehr möglich. Die meisten Fabriken werden schließen müssen und erhalten eine Abfindung. Wie es scheint, wird es nur der Fabrik meiner Cousins erlaubt sein, ihr Saccharin für den Bedarf derer, die medizinisch darauf angewiesen sind, herzustellen. Auch der Export in einige Länder wird wohl noch gehen, aber ob das die Verluste auffangen wird? Ich sehe schwere Zeiten auf die beiden zukommen. Letzten Endes werden die Schwergewichte der Zuckerindustrie ähnliche Gesetze in ganz Europa erlassen, da bin ich mir sicher.«

»Und alle Länder sind sich einig?«, hakte Korbinian nach. »Das sind sie doch sonst nicht.«

Max hob die Schultern. »Alle wollen ihre nationalen Zuckerrübenindustrien schützen. Also belegen sie Saccharin mit hohen Steuern und erlassen Einfuhrbeschränkungen. Nur die Schweiz hält sich bisher zurück. Man hört, dass sie dort die aufstrebende Chemieindustrie nicht verprellen wollen. Gut möglich, dass die Eidgenossen in dieser Angelegenheit einen eigenen Weg gehen. Man wird abwarten müssen. Mehr können wir nicht tun.«

»Sind wir Männer, die abwarten?«, polterte Korbinian.

Barbara zuckte zusammen. Zum Glück waren nur noch wenige Gäste im Dorfkrug, die Korbinians plötzliche Wut mitbekamen. Aber Benno war da und nahm sich auf ein Nicken Korbinians hin einen Stuhl.

»Politisch sind wir machtlos«, setzte Max an.

»Dann muss man die Sache nicht politisch betrachten, sondern selbst in die Hand nehmen! Es gibt immer Mittel und Wege, an die Waren zu kommen, die benötigt werden. Da braucht es nur ein bisschen Mut und Geschick.«

Barbara entging nicht, wie Benno an seinen Lippen hing. Ob der Junge verstand, was Korbinian sagte? Er hatte ja kaum die Hälfte des Gesprächs mitverfolgt. Max für seinen Teil wusste sofort, wohin das führte. »Lass dich nicht zu solchen Geschäften hinreißen, Korbinian! Dein Fuhrunternehmen steht inzwischen gut da. Bis auf das bisschen Federvieh und den Garten für euch braucht ihr nichts mehr zu bewirtschaften. Klar, ihr könnt keine großen Sprünge machen. Aber ein unnötiges Risiko eingehen? Ich weiß nicht.«

»Was für ein Risiko?« Martha, Gwendolyn, Helena und Cilly waren mit erhitzten Gesichtern wieder an den Tisch gelaufen, tranken durstig ihre Limonaden aus. Gwendolyn schaute Max mit großen Augen an. Er rang sich ein Lächeln ab und streichelte ihr über die aschblonden Haare.

»Immer neugierig, so ist's recht. Aus dir wird mal was werden.«

Gwendolyns Miene verriet, dass sie trotz ihres jungen Alters den Trick durchschaute, mit dem Max eine Antwort vermied. Neben ihr rieb Cilly sich die Augen und sah Benno bittend an. Der erhob sich sofort, auch wenn ihm anzusehen war, dass er gern noch geblieben wäre. »Wir müssen gehen.«

Abermals nickte Korbinian ihm zu. »Mein Angebot gilt. Und ist jetzt ernster, als du denkst. Sei morgen um elf auf dem Hof. Bring Cilly mit. Sie kann mit Helena spielen, dann unterhalten wir uns über die Zukunft.«

Mit diesen Worten stand er auf, der Wirt kam, um die Gläser und Teller wegzuräumen.

»Kommst du noch mit zu uns, Max?«, fragte Barbara. Bevor Helena auf die Welt gekommen war, hatten sie eine Zeit lang tatsächlich ein Gästezimmer eigens für ihn gehabt. Im ersten Winter nach Marthas Geburt hatte eine Grippe Adele schwer getroffen. Das Weihnachtsfest hatte sie noch erlebt, doch ein weiterer Infekt im Frühjahr hatte sie für mehrere Wochen ans Bett gefesselt, in dem dann auch ihr geschwächtes Herz in Korbinians und Barbaras Beisein zu schlagen aufgehört hatte. Ihren Anbau hatten sie fortan für Max' Besuche genutzt. Dort war nun Gwendolyns Zimmer, während Helena und Martha im ausgebauten Dachgeschoss schliefen. Aber im Kücheneck oder auf der Ofenbank war immer ein Platz für Max.

Heute lehnte er jedoch mit einem Lächeln ab. »Ich muss auf meinem eigenen Grundstück nach dem Rechten sehen. Aber morgen, zum Frühstück? Wenn ich darf?«

So verabschiedeten sie sich, als der Wirt hinter ihnen die Schankstube verriegelte. Max humpelte am Dorfplatz links zu seinem Gutshof, Familie Schinder spazierte nach rechts, beschienen von einem halb vollen Mond am sternenklaren Himmel. Korbinian packte Helena und setzte sie mit Schwung auf seine Schultern. Schläfrig legte sie ihre Wange auf seinen Scheitel und klammerte sich an seinem Kopf fest. Die anderen hielten sich an den Händen und schlenkerten die Arme beim Gehen.

»Was meinte Onkel Max mit diesen Geschäften?«, fragte Gwendolyn. Jede andere Siebenjährige hätte längst vergessen, dass Max ihr ausgewichen war. Aber ihr entging nichts, was um sie herum geredet wurde, ihre Merkfähigkeit hatte die Familie schon einige Male in Staunen versetzt. Mit zwei hatte sie nicht nur gesprochen wie eine Erstklässlerin, sie hatte sämtliche Gedichte auswendig gekannt, die Barbara ihr aufsagte. Drei Jahre später las sie allein Bücher, ohne dass es ihr jemand beigebracht hätte. Manche im Dorf hielten sie für ein Wunderkind, aber das war sie nicht. Sie besaß nur eine ungewöhnlich schnelle Auffassungsgabe und ein außergewöhnliches Gedächtnis. Was den Eltern das Leben manchmal schwermachte. Wie jetzt, da sie Antworten verlangte, anstatt den Dingen ihren Lauf zu lassen. Korbinian rollte mit den Augen und legte sich seine Worte sorgsam zurecht. Wie Barbara wusste er, dass Gwendolyn sie vielleicht für alle Zeit im Kopf behalten würde.

»Nun, die Politiker, die in den Reichstag gewählt werden, handeln nicht immer zum Wohl der kleinen Leute. Sie lassen sich beeinflussen von mächtigen Industriebossen. Wenn die nun beschließen, dass die Menschen statt Süßstoff nur noch Zucker kaufen sollen, damit sie selbst reicher und reicher werden, dann kann man überlegen, ob man sie nicht austricksen kann. Zum Beispiel, indem man den Süßstoff auf anderen Wegen besorgt und ihn dann selbst unters Volk bringt.«

Martha, die den Worten des Vaters ebenso gelauscht hatte wie Gwendolyn, sprang ihnen in den Weg. »Wie Robin Hood? Gwendolyn hat mir von ihm erzählt! Er hat von den Reichen gestohlen und es den Armen gegeben! Die haben ihn dafür geliebt.« Sie strahlte über das ganze Gesicht, die Lust auf ein Abenteuer war ihr anzusehen. Barbara erschauderte bei dem Gedanken, wohin sie solcher Übermut im späteren Leben führen konnte.

Korbinians Lachen vertrieb das ungute Gefühl. Ein Hund antwortete mit einem Bellen, eine Kuh muhte im Stall. In den Büschen zirpten die Grillen. »Ein Volksheld, so. Da hätte ich nichts dagegen, Martha. Aber nein, das ist zu romantisch. Und es geht auch nicht ums Stehlen. Man bezahlt die Ware und verkauft sie mit Gewinn weiter.«

»Es ist Schmuggelei, nicht wahr?« Gwendolyn sah mit ernster Miene zwischen ihren Eltern hin und her, in ihren Augen der Vorwurf, den sie ihnen mit der Frage machte. Schmuggelei. Der Herrgott mochte wissen, woher sie diesen Ausdruck kannte.

Vielleicht trieben sie auf dem Schulhof solcherart Spiele mit Gendarmen und Banditen. Oder er hatte, wie so vieles, in einem ihrer Bücher gestanden.

»Au prima!«, schrie Martha schon, bevor Barbara die Sache abwiegeln konnte. Das Kind sprang vor Freude in die Luft. Sie lief ein Stück voran, drehte sich um und trippelte rückwärts weiter, sodass ihr die Zöpfe um die Wangen flogen. »Ich will dabei sein. Darf ich? Zeigst du mir, wie man mit einer Flinte umgeht? Oder haben wir Pfeil und Bogen wie Robin Hood?«

»Schmuggeln ist gegen das Gesetz«, sagte Gwendolyn mit einem Ernst in der Stimme, der Barbara erneut schaudern ließ. »Wer dabei erwischt wird, kommt ins Gefängnis. Es ist sehr, sehr gefährlich.« Sie fasste ihren Vater bei der Hand, blickte ihn beschwörend an. Barbara erkannte an seinem schweren Schlucken, dass er den Fehler einsah, seine Gedanken so freimütig geteilt zu haben. Er hätte mit Gwendolyns Scharfsinn rechnen müssen. Und mit Marthas Übermut.

Sie bemerkte aber auch, dass es weiter in ihm arbeitete. Den restlichen Weg brütete er still vor sich hin, bis ihm auf einmal ein unheimliches Lachen entfuhr, als der Wald sich in einer Kurve öffnete und den Blick zur Donau und hinüber Richtung Ornbach frei machte.

TEIL 3

April bis Mai 1909, Bayerischer Wald und Englingen

Wachstum und Hoffnung

13

April 1909, Deggendorf

»Hörst du mir überhaupt zu?«

»Hm?« Alexander wandte den Kopf. Untergehakt an seiner Seite schritt Veronika Lanz, eine imponierende Gestalt mit ihrem federgeschmückten Hut und dem in verschiedenen Blautönen gehaltenen Kostüm. Sie hatte mehr Aufmerksamkeit verdient, aber seine Gedanken glitten immer wieder ab. »Entschuldige, ich bin ein schlechter Gesellschafter heute.«

Wie mit seinem Vater besprochen hatte er beim Telegrafenamt Anzeigen bei etlichen Zeitungen aufgegeben, in denen sie dafür warben, ab September nach Ornbach umzusiedeln, um für die *Donau Zucker* zu arbeiten. Wenn mit der Ernte im Herbst die nächste bis ins Detail geplante Kampagne startete, brauchten sie eine große Menge an Saisonarbeitern. Nicht alle der vergangenen Jahre kehrten zurück, nachdem sie einmal unter Leopold Wallendorf gearbeitet hatten.

Hoffentlich blieben sie diesmal nicht auf einem Großteil der Produktion sitzen. Sie kalkulierten inzwischen mit einem gewissen Risiko. Der illegale Vertrieb des verdammten Saccharins nahm ihnen und den anderen Zuckerbaronen einen erheblichen Teil der Kundschaft. Sein Vater wetterte bei den Sitzungen seiner Partei darüber, und er selbst hatte sogar einmal der Deggendorfer Polizeiwache einen Besuch abgestattet. Wutentbrannt, nachdem er gesehen hatte, wie die Eltern seines Freundes Vinzenz, auf der

Bank vor dem Bauernhof sitzend, ihren Kaffee mit dem Zeug süßten. Natürlich hatte er die alten Leutchen nicht gemaßregelt. Aber die Selbstverständlichkeit, mit der sie es benutzten! Ohne sich einer Schuld bewusst zu sein. Wen würde das nicht aufbringen? Auf der Wache hatte er sich erklären lassen, wie es sein könne, dass die Menschen in Bayern – Namen hatte er nicht genannt – Saccharin verwendeten, obwohl das Zeug nur auf Rezept in Apotheken ausgegeben werden durfte. Die Gendarmen hatten mit den Schultern gezuckt. »Die Schmuggler sind zu durchtrieben, wir haben keine Handhabe.« Es nagte an Alexander, dass diese Ganoven nicht zu fassen waren. Jetzt sollte er sich jedoch auf Veronika konzentrieren, wenn er sie nicht verärgern wollte.

Da er ohnehin etwas in Deggendorf erledigen musste, hatte es sich angeboten, sich mit ihr zu treffen. Sie waren an der Donau entlangspaziert, dann in Richtung der Pfarrkirche Mariä Himmelfahrt und weiter in die Innenstadt. Nun schlenderten sie im Schatten des alten Rathauses über die Hauptstraße. Die ersten grünen Blätter der Kastanien, die ihren Weg säumten, raschelten im Wind, ihre Absätze klapperten auf dem Kopfsteinpflaster. An diesem späten Mittwochnachmittag begegneten ihnen nur vereinzelt Passanten. Einige Cafés hatten Tische und Stühle auf die Straße gestellt, es war recht kühl, nur wenige Gäste nahmen draußen eine Erfrischung ein. Geschäftsleute präsentierten ihre Waren auf Ständern vor den Schaufenstern.

Als Veronika ihn von der Seite her musterte, erwiderte er ihr Lächeln. Es geriet ein bisschen schief. »Du hast dir mehr von uns versprochen, nicht wahr?«, sagte er.

»Keineswegs. Ich wusste schon beim ersten Essen bei deinen Eltern, dass wir kein Paar werden würden.«

Er stoppte abrupt. Schlagartig hatte seine Begleiterin seine volle Aufmerksamkeit. »Das sagst du mir erst jetzt?«

Sie zuckte mit den Schultern. »Es gab bisher keinen Grund.

Aber wir sollten allmählich aufhören, uns selbst etwas vorzumachen, wenn wir schon gezwungen sind, unseren Eltern Theater vorzuspielen.«

Alexander steuerte eine niedrige Grundstücksmauer an und ließ sich darauf nieder. Veronika tat es ihm mit einem Lachen gleich. Ein merkwürdiger Kontrast. Diese stilvolle Frau mit baumelnden Füßen auf einem Mäuerchen sitzend. Veronika schaffte es immer wieder, ihn zu überraschen. Ein Herr im Anzug, mit Zylinder und Stock, marschierte vorbei und warf ihnen einen empörten Blick zu. Veronika erwiderte diesen so strahlend, dass sich seine abweisende Miene in ein Schmunzeln verwandelte.

»Wie kommst du darauf, dass wir Theater spielen?«

»Ich bitte dich, Alexander. Dass dir eine den Kopf verdreht, steht dir quasi auf der Stirn geschrieben. Und dass nicht ich die Angebetete bin, brauchst du mir nicht zu erklären. Wie lange kennt ihr euch schon, du und Martha?«

Er schnappte nach Luft. Niemand hatte mitbekommen, dass sie sich seit einem halben Jahr regelmäßig in der Fischerhütte trafen. Und nun wusste Veronika ihren Namen? »Wo-woher …?«

Sie lachte über seine Verwirrung. »Du hast mich zweimal versehentlich mit Martha angesprochen. Ich kann eins und eins zusammenzählen, mein Lieber.«

»Du hättest mich darauf aufmerksam machen können.«

»Aber warum denn? Ich habe gehofft, du würdest von dir aus weitere Details preisgeben.«

Versuchte sie, ihn zu erpressen? Er blickte ihr in die Augen und sah darin nur ein amüsiertes Glitzern. Sie drückte seinen Arm, lehnte sich an ihn. »Entspann dich, ich will dir nichts Böses. Du brauchst mir nichts über deine Martha zu erzählen, wenn du nicht magst. Ich will nur, dass du aufhörst, so zu tun, als würdest du mir den Hof machen.«

Seit vergangenem Oktober hatten sie sich einige Male getroffen. Veronika hatte sich die Zuckerfirma und Gut Theresienberg angeschaut, Alexander hatte eine Führung durch die Textilfabrik mitgemacht und die dazugehörenden Verkaufsgeschäfte besichtigt. Einmal waren sie ins Schauspielhaus gegangen, einmal in die Oper, ein paarmal hatten sie Spaziergänge durch Deggendorf unternommen, so wie heute. Und mit einem Schlag war alles anders. Warum sollte er es leugnen? »Du hast recht. Es gibt da eine Frau. Es tut mir leid, dass ich dich im Ungewissen gelassen habe.«

»Warum machst du ein Geheimnis aus ihr?«

»Meine Eltern würden sie nicht akzeptieren. Nicht so, wie sie ist. Sie stammt aus … bescheidenen Verhältnissen.« Er stieß ein Lachen aus. »Ich weiß auch nicht, warum ich mich immer wieder zu Menschen hingezogen fühle, die nach Ansicht meiner Eltern unter unserem Stand sind. Trotz?« Er hob die Schultern. »Wenn nur die meisten, die meine Eltern für passend halten, nicht so langweilig wären. Von dir natürlich abgesehen«, fügte er hinzu, als sie eine Braue hob. »Irgendwann werde ich mich zu Martha bekennen, aber noch ist es zu früh. Ich muss mir sicher sein, bevor ich den Bruch mit meiner Familie riskiere.«

»Die Erwartungen unserer Eltern sind ein Gräuel«, bestätigte Veronika. »Versuchen sie nicht ständig, uns zu manipulieren?« Ein herber Zug lag um ihren Mund, den er noch nie an ihr gesehen hatte.

»Was ist mit dir? Warum hast du mitgespielt, wenn du es wusstest?«

Sie erhob sich, wischte sich mit der Hand den Staub vom wadenlangen schmalen Rock und schlug den Kragen der Jacke hoch, die wie ein Herrenjackett geschnitten war. Von der Donau her wehte ein frischer Wind, ihre Nasenspitze war gerötet. In ihrer Miene lag ein Ausdruck, den er nicht zu deuten wusste. »Vielleicht hatte ich meinen eigenen Vorteil im Sinn?«

Er erhob sich ebenfalls, bot ihr den Arm. Ein schönes Paar in der Geschäftsstraße, dem so mancher Blick folgte. Während er darauf wartete, dass sie weitersprach, überschlugen sich seine Gedanken. Sowohl die Eheleute Lanz als auch seine Eltern nahmen an, dass sich die Beziehung zwischen ihnen Monat um Monat intensivierte. Welch anderen Schluss sollten sie aus den Verabredungen ziehen? Seine Eltern ließen ihn in Ruhe, und selbst wenn sie eine gewisse Veränderung an ihm bemerkt hatten, führten sie die sicher auf Veronika zurück. Nur ihre Fragen, wann man es offiziell bekanntgeben durfte, bereiteten ihm Magenschmerzen – und natürlich, dass er eine liebenswerte Person wie Veronika für seine Zwecke einspannte. Sich mit ihr zu treffen war nicht unangenehm, er mochte ihre Gesellschaft, aber das hatte nichts damit zu tun, was er für Martha empfand. Er musterte ihr Profil im Schatten des Hutes. »Du weißt von Martha. Es wäre nur fair, wenn du mir auch deine Beweggründe nennst.«

»Die sind deinen ähnlich. Auch in meinem Leben gibt es jemanden. Rudolf Janson. Ich habe ihn im vergangenen Sommer getroffen. Ich … ich habe nicht gedacht, dass es so lange mit uns gehen würde. Zusammen können wir aber nicht sein.« Ein trostloses Lachen. »Obwohl er gesellschaftlich weit über uns steht. Mit seinem Vermögen könnte er Papas Fabrik zehnmal aufkaufen.«

Sie betraten ein Café mit Sofas und Sesseln unter Kronleuchtern, wählten einen Tisch am Fenster und bestellten zwei Tassen heiße Schokolade mit Sahne.

»Was hindert dich daran, ihn deinen Eltern vorzustellen?«

»Zum einen stammt er nicht aus Bayern. Er ist Hanseat durch und durch und besitzt eine Reederei in Hamburg. Ich habe ihn kennengelernt, als er in einem unserer Läden eingekauft hat. Er würde niemals mir zuliebe seine Heimat verlassen, und ich kann hier nicht weg. Meinen Eltern würde es das Herz brechen, wenn ich in den Norden übersiedele.«

Er nickte mitfühlend. »Irgendein Herz wird immer gebrochen, nicht wahr? Aber ist es richtig, dein eigenes Glück zurückzustellen?«

»Ich könnte mir schon vorstellen, an der Elbe zu leben. Die Entfernung ist allerdings nicht der einzige Grund.« Sie nippte an ihrer Schokolade. Alexander sah ihr an, wie unbehaglich sie sich bei dem Thema fühlte. Schließlich rückte sie mit der Sprache heraus: »Rudolf ist verheiratet, hat drei Töchter, die älteste ist in meinem Alter. Er hat mir versprochen, dass er die Scheidung einreichen und sich von seiner Familie lösen will. Aber bis jetzt ist nichts geschehen. Wir sehen uns einmal im Monat. Seiner Frau erzählt er dann, dass er aus geschäftlichen Gründen in Bayern unterwegs ist. Mehr ist im Moment nicht möglich.« Ihre Augen füllten sich mit Tränen.

Er nahm ihre Hände in seine und drückte sie. »Du liebst ihn?«

Sie nickte. »Ich bin nicht naiv, Alexander. Ich weiß, dass die Chancen für Rudolf und mich schlecht stehen. Aber im Moment weigere ich mich, die Zukunft zu planen, und genieße jede Stunde mit ihm. Weil meine Eltern annehmen, dass ich mit dir eine Perspektive habe, bedrängen sie mich nicht.«

Alexander dachte einen Moment lang darüber nach, dann lächelte er. »Wir sitzen im selben Boot, was?«

»Irgendwann müssen wir mit der Wahrheit herausrücken.«

»Das stimmt. Und dann würde ich meinen Eltern gern eine Martha präsentieren, die sie annehmen können.« Er senkte den Kopf und räusperte sich in die Faust. »Bis dahin … nun, sie muss noch ein bisschen an sich arbeiten, verstehst du? Sie ist eine wunderschöne Frau, aber … man sieht, dass sie vom Land kommt.«

Es kostete ihn Überwindung, dies so unumwunden zuzugeben, fast fühlte es sich wie ein Verrat an. Veronikas verständnisvolles Nicken ermutigte ihn, trotz glühender Stirn weiterzusprechen. »*Du* strahlst mit jeder Pore Stil aus.« Er wies mit der Hand auf ihre Ohrhänger und den mit Perlen besetzten Kamm, der ihre Haare seitlich unter dem Hutrand hielt. »Du weißt genau, welche Vorzüge du betonen musst und welche Kleidung, welcher Schmuck angemessen ist. Martha bindet sich einen Zopf, das ist hübsch, zweifellos, aber es ist eine Bauernfrisur. Sie trägt saubere Kleidung, ja, aber in verwaschenen Farben, und manchmal, wenn sie sich für mich besonders hübsch machen will, lässt sie einen Knopf zu viel an ihrer Bluse auf. Sie trägt flache Schuhe, in denen sie gut laufen und Fahrrad fahren kann, aber wie viel ansprechender wäre es, wenn sie Stiefeletten wie du tragen würde.« Er hatte immer schneller gesprochen, jetzt schloss er: »So kann ich sie meinen Eltern nicht vorstellen.«

Veronika nickte. »Wenn sie schon unter eurem Stand ist, soll sie wenigstens Anpassungsbereitschaft mitbringen.«

Das Lächeln gelang Alexander nicht recht. Hatte er bei seiner Rückkehr aus Leipzig nicht über seine Mutter gedacht, dass sie sich dem Vater und seinen Wünschen immer zu bereitwillig untergeordnet hatte? Das, was er sich für Martha wünschte, war jedoch weit davon entfernt. Oder? Der Gedanke, dass mehr als vermutet von seinem alten Herrn in ihm stecken könnte, erschreckte ihn.

»Deine Eltern sollten nicht vergessen, dass sie vor drei Jahrzehnten selbst keinen Pfennig zu viel hatten und kaum kreditwürdig waren«, warf Veronika ein. »Sie sollten ihre Nasen nicht zu hoch tragen, denke ich.«

Alexanders Vater erzählte nicht ohne Stolz bei jeder Gelegenheit, wie er die *Donau Zucker* aus dem Nichts heraus aufgebaut hatte. Ein wichtiger Hinweis, an den er sich erinnern würde, wenn es so weit war. »Bevor ich Martha nach Gut Theresienberg mitnehme, muss sie ihre Garderobe ändern. So viel steht fest. Aber es ist ein heikles Thema. Spreche ich sie direkt darauf an, geht sie gleich an die Decke.«

Veronika grinste. »Deine Liebste scheint Feuer zu haben. Wie wäre es, wenn du sie überraschst?«

»Die richtigen Kleider als Geschenk? Das wäre eine Möglichkeit. Aber als Mann … nun ja … ich …«

Veronikas Lachen kam von Herzen. »Bittest du mich um Hilfe? Mit dem größten Vergnügen!« Sie hatten ihren Kakao ausgetrunken, Alexander beglich die Rechnung. Beim Hinausgehen fragte Veronika: »Was hat sie für eine Haarfarbe? Wie sind ihre Augen?«

»Oh, ihre Haare? … Zimtfarben, denke ich, ihre Augen? … Ähnlich. Die Haut ist gebräunt, ein paar Sommersprossen um die Nase … Reicht das so?«

Erneut lachend nahm sie seine Hand und führte ihn auf die gegenüberliegende Seite zu einem Modehaus, in dessen Auslage die neuesten Kreationen lagen – Abendroben, Kleider, Röcke und Blusen, Kostüme. »Für deine Liebste nur das Beste. Dieses Geschäft wird von uns beliefert, wollen wir uns da gleich einmal etwas zeigen lassen? Ich denke, ihr stehen alle Brauntöne, Gold, etwas Grün und Dunkelrot gut zu Gesicht. Und wenn wir die Garderobe gefunden haben, gehen wir weiter zum Schmuckhaus Werther. Ein paar Goldkämme finden wir da sicher. Was meinst du?«

Alexander fühlte sich, als falle eine Steinlawine von seinem Herzen. Veronika war genau die richtige Frau, um ihn zu beraten. Er freute sich unbändig darauf, Martha am Abend in der Fischerhütte mit den Geschenken zu überraschen! Was für Augen sie machen würde! Für eine Fuhrmannstochter wie sie musste es wie im Märchen sein, komplett neu eingekleidet und herausgeputzt zu werden. Auf welche Art sie ihm wohl ihre Dankbarkeit zeigen würde? Hitze stieg in ihm auf. Diese ungestüme Wildheit, ihre Körperlichkeit und ihr Eigensinn, den er auf dem gesellschaftlichen Parkett für unangemessen hielt, ließen ihn, wenn sie allein miteinander waren, den Kopf verlieren. Er sehnte sich danach, sie wieder in die Arme zu nehmen.

Zwei Stunden später verabschiedete sich Veronika mit Küssen auf seine Wangen von ihm. Er zog sie an sich, erfüllt von Dankbarkeit für ihre Hilfe. »Ich hoffe, dass wir Freunde sein können, Veronika. Du bist ein wunderbarer Mensch. Dein Rudolf hat Glück, dass du ihn liebst.«

Ihr Lächeln wirkte hintergründig. »Danke, Alexander, ich wünsche mir auch, dass wir Freundschaft schließen. Gegen unsere Eltern können wir beide einen Verbündeten gut gebrauchen, nicht wahr?« Sie wollte sich nicht begleiten lassen, sondern allein nach Hause spazieren. Die Privatvilla der Familie Lanz thronte mitten in der Innenstadt von Deggendorf. Alexander gab ihrem Wunsch nach. Ihre Mutter stand vermutlich am Fenster und wartete darauf, dass sie bei ihnen einkehrten. Allerdings verspürten beide an diesem Tag keine Lust auf ein Zusammentreffen mit den Eltern.

Alexander packte die Kartons mit der Garderobe und dem Schmuck in seine Droschke, die er vor dem Ratskeller abgestellt hatte. Er würde den Wagen selbst nach Hause kutschieren. Ein Pferdeknecht der Gaststätte spannte die Gäule an, die er in der angrenzenden Scheune versorgt hatte.

»Guten Tag, Alexander.«

Als er die Stimme hinter sich vernahm, fuhr er herum. Er sprang vom Wagensteg auf die Straße und stand einer jungen Frau gegenüber. Taubenblauer taillierter Mantel mit Stehkragen und ein dazu passender kleiner Hut mit gebogenen Rändern. Unter der Kopfbedeckung quollen in Wellen gelegte Haare in der Farbe von dunklem Silber hervor. Etwas kam ihm bekannt vor in ihrem Gesicht. Die vollen Lippen, die ein Lächeln andeuteten. Die markante Nase, die sie nun ein Stück höher hob. Am auffälligsten waren die Augen. Wie Kieselsteine in der Isar. Er riss sich zusammen, um sie nicht ungebührlich lang anzustarren, dann aber erinnerte er sich an seine Manieren. Er legte die Hand auf die linke Brustseite und deutete eine Verbeugung an. Gleichzeitig zermarterte er sich das Hirn, wo er sie schon einmal getroffen hatte. Immerhin kannte sie seinen Namen und sprach ihn in der vertraulichen Form an. Verdammt, eine solche Frau hätte er doch niemals vergessen! Was war los mit ihm? »Guten Tag«, sagte er, »ich bitte um Verzeihung, ich …«

Beim Lächeln zeigte sie eine gerade Reihe weißer Zähne, um ihre Augen bildeten sich Lachfältchen. Dennoch spürte er, dass ihr Selbstbewusstsein gespielt war. Er sah es an dem Flackern in ihrem Blick und daran, wie sie den Griff ihrer Handtasche knetete, sie von einer in die andere Hand wechselte. »Du erinnerst dich nicht mehr, natürlich. Wir sind uns nur einmal begegnet, vor einem halben Jahr. In Polderfeld. Beim Erntedank.«

In Alexanders Verstand wirbelten die Bilder. Auf diesem Dorffest hatte er Martha zum ersten Mal geküsst. Dann fiel es ihm ein, und die Erleichterung ließ ihn strahlen. »Marthas Schwester! Wir haben miteinander getanzt.«

»Gezwungenermaßen. Ohne den Kapellmeister wäre es sicher nie passiert.« Sie lachte, doch es klang künstlich. »Ich bin Gwendolyn.«

»Gwendolyn, ja.« Er griff nach ihrer Hand und hauchte einen Kuss darauf. »Wie konnte ich das nur vergessen. Aber …« Er hielt ihre Rechte in seiner, trat einen Schritt zurück, betrachtete sie von Kopf bis Fuß und runzelte die Stirn. »Es liegt nicht nur an meinem Gedächtnis. Du hast dich verändert. Du siehst heute anders aus.« Tatsächlich war ihm im Oktober nicht aufgefallen, was für einzigartige Augen sie hatte. Vielleicht war es zu dunkel gewesen, vielleicht hatte sie damals nicht gewusst, wie sie ihre Vorzüge betonen sollte. Sie war kleiner als Martha, zierlicher, strahlte aber dennoch eine beeindruckende Kraft aus, abgesehen davon, dass sie nervös zu sein schien. Sie hörte nicht auf, die Griffe ihrer Tasche zu bearbeiten, verbarg sie hinter dem Rücken, während sie redeten. Sie trug winzige Ohrstecker, die exakt die Farbe ihrer Augen hatten, die Haare hielt sie seitlich mit einer silbernen Klammer, die das Taubenblau ihrer Garderobe zum Leuchten brachte. Was Martha an Wildheit und Natürlichkeit mitbrachte, machte ihre Schwester mit einer Anmut wett, die man sich nicht aneignen konnte. Man hatte sie oder nicht. Unter ihrem auf Taille geschnittenen Mantel und dem schmalen Rock zeichnete sich eine frauliche Figur ab. Zu seinem eigenen Erstaunen ertappte er sich bei der Überlegung, ob Gwendolyn mit ihrer zurückhaltenden Art und ihrer Ausstrahlung nicht Einfluss nehmen könnte auf Martha.

»Damals war Herbst, jetzt freue ich mich auf den Frühling«, unterbrach sie den Gedanken. »Alles verändert sich mit den Jahreszeiten.«

»Du machst Einkäufe in der Stadt?«

Sie schluckte, senkte rasch den Kopf. Als sie ihn wieder hob, waren ihre Wangen rot wie Radieschen. »Ich habe ein paar Bankgeschäfte zu tätigen. Ich bin im Betrieb meines Vaters für die Buchhaltung zuständig.«

Ungewöhnlich, dass ein schlichtes Fuhrunternehmen wie das der Schinders über ein Bankkonto verfügte. Normalerweise erledigten solche Leute ihre Geschäfte per Handschlag, in bar oder in Naturalien. Alexander ließ sich seine Überraschung nicht anmerken. »Eine verantwortungsvolle Aufgabe. Kann ich dich irgendwohin mitnehmen?«

Gwendolyn sah ihn an und für ein paar Herzschläge erkannte er, was in ihr vorging. Ein so herzenswarmer Ausdruck, eine solche Sehnsucht in den Augen. Erstaunt spürte er das Echo in seinem Inneren. Dann schüttelte sie den Kopf. »Der Krämer wartet unten am Hafen auf mich. Aber danke für das Angebot.«

Alexander stieg auf den Kutschbock, verwirrt von dem, was sich bei ihrem Blick in ihm geregt hatte, und nahm die Zügel in die Hand. Plötzlich hatte er es eilig fortzukommen. Und er war froh, dass Gwendolyn eine andere Mitfahrgelegenheit hatte. Noch einmal blickte er auf sie hinab. »Auf bald!«, rief er ihr zu und fragte sich im selben Moment, ob in den zwei Worten mehr lag als ein höflicher Abschied. Hoffnung?

Wie hatte sie diesen Moment herbeigesehnt! Seit jenem Tanz auf dem Erntedankfest war keine Nacht vergangen, in der Gwendolyn ihn nicht mit in ihre Träume genommen hatte. Sie hatte sich geschämt für ihre Empfindungen, ein Wallendorf, einer von denen da oben. Aber sie war nicht dagegen angekommen. Immer und immer wieder hatte sie sich daran erinnert, wie er sie gehalten und im Kreis gedreht hatte, an den Blick seiner Augen und sein Lächeln und die Stärke in seinen Armen. Wenn sie irgendwo den Hauch von Bergamotte wahrnahm, stieg sein Bild in ihr auf, als stünde er wahrhaftig vor ihr.

Erntedank war der Wendepunkt in ihrem Leben gewesen. Sie hatte die Liebe kennengelernt – auch wenn sie unerwidert war. Und bleiben würde. Auch das Verhältnis zu ihrem einstmals besten Freund hatte sich verändert. Es schien, als gehörte Quirin zur kindlichen Gwendolyn. Zu der jungen Frau, die herangereift war, passte er nicht mehr. Wie ein Schuh, aus dem man herausgewachsen war. Er hatte einige Wochen gebraucht, um sich bei ihr zu entschuldigen. Sie war hart geblieben, hatte bis dahin jeden Gang in die Bäckerei vermieden. Wenn sie ihm im Dorf begegnet war, hatte sie die Seite gewechselt. Irgendwann stand er auf dem Schinderhof mit einem kläglichen Strauß hängender Wiesenblumen in der Faust, die Augen voller Tränen. »Ich wünschte, ich könnte das alles ungeschehen machen, Gwendolyn. Ich vermisse dich!«

Noch einmal hatte sie einen Widerhall des Schmerzes gespürt, den er ihr zugefügt hatte. Doch es lohnte nicht, sich länger damit zu belasten. Also hatte sie müde gelächelt und genickt. »Schon recht, Quirin, ich verzeihe dir.«

Vor Freude hatte er den Wiesenblumenstrauß hinter sich geworfen, um beide Hände frei zu haben und sie umarmen zu können. »Ach, Gwendolyn, du bist mir doch die Liebste. Das weißt du, ja?«

Sie hatte sich gelöst. »Freunde, Quirin. Mehr wird nicht möglich sein.«

Ein Schatten fiel über sein Gesicht, aber dann ein Leuchten. »Hast du neue Bücher für mich? Wollen wir unseren Lesezirkel wieder aufnehmen?«

Sie schüttelte den Kopf. »Ich fürchte, ich lese keine Abenteuergeschichten mehr.« Sie hatte *Effie Briest* verschlungen, ein Roman, mit dem Quirin gewiss nichts anfangen konnte. Zurzeit war *Gefährliche Liebschaften* ihr Lieblingsbuch. Auch das würde sie Quirin nicht ausleihen. Nein, es schien, als sei das Band zwischen ihr und dem Freund aus Kindheitstagen gekappt. Sie wünschte ihm, dass er bei der nächsten Frau, die ihm gefiel, anders vorging als ihr gegenüber, und dass diese seine Vorstellungen von einer Ehe teilte. Wenigstens würde zwischen ihr, Gwendolyn, und ihm kein Unfrieden herrschen. Zum Abschied gab sie ihm einen flüchtigen Kuss auf die Wange und schloss die Tür.

Wie klein war das, was sie für Quirin empfand, im Vergleich zu ihren Gefühlen für Alexander. Das Lesen all der Bücher in ihrer Kindheit und Jugend hatte sie mit reichlich Vorstellungskraft ausgestattet. In ihren Tagträumen sah sie ihn und sich Hand in Hand über Blumenwiesen laufen, nachts meinte sie, seine Hände auf ihrem Körper zu spüren. Sie schwankte zwischen dem Hochgefühl der ersten Liebe und dem schmerzlichen Wissen darüber, dass es kein glückliches Ende geben konnte.

All die Wochen über war ihr nicht entgangen, dass zwischen Martha und Alexander seit dem Erntedankfest etwas lief. Sie sah es an Marthas Augen, wenn sie ihr nicht offen ins Gesicht schaute, sie erkannte es an dem kaum merklichen Zögern, wenn sie Martha fragte, wohin sie unterwegs war. Im Donaustüberl habe sie eine Anstellung in der Küche angenommen, hatte sie erzählt, aber Gwendolyn war dort gewesen und hatte sich nach ihr erkundigt. Keiner kannte eine Martha. Sie hatte sich selbst ermahnt, der Schwester nicht nachzuspionieren. Es ging sie nichts an, mit wem sie sich traf und warum sie es geheim hielt. Dennoch brannte der Gedanke, dass die beiden sich in verbotenen Stunden liebten, wie Feuer in ihrem Inneren.

Doch selbst wenn Alexander nicht in Martha verliebt wäre – ihr familiärer Hintergrund würde zwischen ihnen stehen. Wie jetzt, da sie ihm zufällig in Deggendorf über den Weg gelaufen war. Das Geld, das sie in der Handtasche mit sich trug, schien noch immer ein Loch in das Leder zu brennen. Einkünfte aus dem letzten Schmuggelgeschäft, schmutziges Geld, und ausgerechnet da begegnete er ihr! Es fühlte sich an, als läse er auf ihrer Stirn, dass sie die Einnahmen aus den kriminellen Geschäften ihrer Familie mit sich führte.

Ein Fuhrunternehmen, das die spärlichen Gewinne zur Bank gab, ha! Die Zweifel in seiner Miene waren nur zu deutlich gewesen. Wie recht er hatte. Sie wünschte sich, sie hätte mit alldem nichts zu tun! Manchmal hoffte sie, die Schweiz würde es den europäischen Nachbarn gleichtun und ein Gesetz gegen die Herstellung und den Vertrieb von Saccharin erlassen. Dann wäre die Familie gezwungen, auf redliche Weise ihr Geld zu verdienen.

Wie sehr der Schmuggel ihr das unverhoffte Wiedersehen vermieste. Sein »Auf bald!« hallte in ihr nach, während er die Gäule antrieb, als wolle er möglichst schnell weg von ihr. Sie trabten über das Kopfsteinpflaster des Marktplatzes. Noch einmal drehte sich Alexander um, sah mit gerunzelter Stirn zu ihr, und Gwendolyn fühlte sich ertappt, weil sie ihm nachgeschaut hatte. Aber hatte er sie heute nicht anders betrachtet? Beim Tanz zum Erntedank schien von seiner Seite aus alles ein großer Spaß gewesen zu sein. Alles war überschattet von seiner Begeisterung für Martha und der allgemeinen Ausgelassenheit eines Festes. Täuschte sie sich oder hatte sie nun eine Spur von Verwunderung in seiner Miene gesehen? Worüber? Dass sie sich verändert hatte? Sie wandte sich ab und schritt die Hauptstraße entlang auf die Deggendorfer Bank zu. Vor dem Schaufenster eines Lederwarengeschäfts blieb sie stehen, schaute ihr Ebenbild in dem spiegelnden Glas an, drehte sich zur Seite, betrachtete ihr Profil. Sie sah eine attraktive junge Frau, die Wert auf ihre Erscheinung legte und ihre Fraulichkeit dezent betonte. Eine Frau, der die Männer nicht hinterherpfiffen, sondern vor der sie den Hut lüpften und die sie verstohlen musterten, wenn sie glaubten, sie bemerkte es nicht. Sie war noch immer nicht wie Martha – aber es war auch nicht mehr ihr Ziel, ihr nachzueifern. Zu unterschiedlich waren sie in Charakter und Aussehen, und das sollte so bleiben. Jeder sollte erkennen, dass sie aus Marthas Schatten heraustrat. Martha mochte den Schrank voller bunter Kleider haben, sie, Gwendolyn, hatte sich das Geld, das ihr der Vater als Lohn für die Buchhaltung gab, zurückgelegt, bis sie sich eine andere Art von Garderobe leisten konnte: aus hochwertigen Stoffen und mit edlen Schnitten. Sie besaß nur drei feine Kleider, aber diese trug sie voller Stolz. Sie war sie selbst: Gwendolyn.

Sie senkte den Kopf. Ja, sie würde ihren Weg gehen. Obwohl der bedeutete, dass Alexander nicht von ihr fasziniert sein konnte, wenn er von einer wie Martha hingerissen war.

Die Alternativen sahen denkbar schlecht aus. Wahrscheinlich träumte der arme Tor Quirin trotz ihrer offenen Worte noch immer davon, dass sie sich mit ihm verloben würde. Dann wäre

Schluss mit dieser lästigen, unberechenbaren Suche. Dann war da der Lehrer Martin Tauber. Ein paarmal hatte er sie zu einem Spaziergang rund um Polderfeld eingeladen, aber Gwendolyn hatte stets abgelehnt. Obwohl sie sich blendend über Literatur unterhalten würden, ahnte sie, dass ihm der Sinn nach etwas anderem stand. Sie fürchtete, wenn er um sie warb, würde das diese wertvolle Beziehung zu ihm zerstören.

Mit einem Ruck wandte sie sich von ihrem Spiegelbild ab und spazierte zum Eingang der Bank. Ein Angestellter öffnete ihr die Tür. Er hob den Hut und verneigte sich. »Fräulein Schinder, wie immer eine Freude, Sie in unserem Haus willkommen zu heißen.«

Sie schenkte ihm ein Lächeln und trat ein. Sie sollte sich die dummen Gedanken von Liebe und Romantik aus dem Kopf schlagen. Vor allem, wenn die sie immer zu Alexander Wallendorf führten.

14

Am selben Abend an der Donau

Martha stellte das Rad auf der Hinterseite der Fischerhütte ab und griff auf den Sims über der Tür. Dort lag der Schlüssel. Alexander war noch nicht da, er hatte etwas Geschäftliches in Deggendorf zu erledigen und würde später kommen. Sie aber hatte es nicht mehr ausgehalten und war mit wehendem Kleid zu ihrem Liebesnest geradelt. Inzwischen strahlte die Behausung eine heimelige Atmosphäre aus. Zusätzliche Decken und Kissen, ein paar Flaschen Wasser und Wein in einer Ecke, Gläser, Kerzen, eine Tischdecke, Stoffstreifen vor den Fenstern und den größten Ritzen zwischen den Brettern, damit kein Licht nach draußen fiel und sie verriet. Was brauchten sie mehr? Manchmal dachte Martha an die Wolke zurück, die sie sich gewünscht hatte. Für Alexander und sie war es diese Hütte.

Mit der Dämmerung kroch die Kühle über das Land, aber im Inneren des Verschlags würde es schnell warm werden, sobald sie zusammen waren. Ihre Körper schienen füreinander geschaffen zu sein. Anders als ihre Ansichten. Wann immer sie über die Gesellschaft, soziale Ungerechtigkeiten und die Politik sprachen, lagen sie sich in den Haaren, und keiner rückte einen Deut von seiner Position ab. Meist retteten sie sich in ein neues Liebesspiel, und auch heute ließen sie am besten nur ihre Hände sprechen, ihre Münder und Zungen. Damit hätten sie die Gewähr, dass der Abend harmonisch verlief.

Martha streifte die Filzjacke ab und zog die Stiefel aus. Sie zündete die Kerzen an und setzte sich auf das Kissenbett. Gedankenverloren spielte sie mit dem silbernen Armband, das Alexander ihr bei einem der ersten Treffen geschenkt hatte. Gwendolyn hatte vor ein paar Monaten gefragt, woher sie es hätte. Martha hatte etwas von Mutters Schmuckkasten gemurmelt und sich schnell abgewandt, um nicht noch weiter lügen zu müssen. Gwendolyn wusste so gut wie sie, dass ihre Mutter außer einem Paar Ohrringen nichts besessen hatte, abgesehen von dem Medaillon, das der Vater seit ihrem Tod mit sich herumtrug. Seit Gwendolyns misstrauischer Nachfrage schien das Armband auf Marthas Haut zu brennen. Hätte er es ihr nur nie geschenkt. Es gehörte nicht in ihre Welt.

Die Tür knarrte, Martha sprang auf und flog so stürmisch auf Alexander zu, als könne sie damit die Kluft überwinden, die ihre Grübeleien wieder aufgerissen hatte. »Endlich!« Er hatte Kartons dabei, die er abstellte, bevor er Martha küsste, bis sie weich in seinen Armen wurde. »Ich habe dich gar nicht gehört«, sagte sie, als sie Luft holten und sich nebeneinander auf das Bett fallen ließen. »Wolltest du nicht mit der Kutsche gleich von Deggendorf hierher?«

»Ich habe die Pferde drüben am Donaustüberl abgestellt, um keine Aufmerksamkeit zu erregen.«

Martha reckte den Hals zu den Behältnissen, die an der Tür standen. »Was hast du da? Neues für unsere Hütte?«

Beim Lächeln glitt ein warmes Leuchten über seine Züge. »Überraschung! Schließ die Augen.«

Beklemmung setzte sich in ihrer Brust fest, aber sie senkte die Lider und drückte die Wirbelsäule durch, während sie wartete. Sie hörte das Knistern von Papier, das Rascheln von Stoff, dann seine Schritte und seine Worte: »Jetzt kannst du schauen.«

Sie öffnete die Augen und starrte auf einen Stofftraum in

verschiedenen Schattierungen von Goldbraun, abgesetzt mit einem goldfarbenen Saum, ein tailliertes Kleid mit Stehkragen, schmalen Ärmeln und langem Rock. Es schimmerte, als wäre ein Zauber mit hineingewirkt, die Perlenknöpfe verstärkten diesen Eindruck. Entlang des Kragens zogen sich Rüschen, unter den Säumen lugte feinste Spitze hervor. Für einen Moment stockte Martha der Atem. Sie erhob sich, befühlte den Stoff. Seide! Ein Kleid, wie es einer Adeligen bei einem Dinner würdig wäre.

»Willst du es gleich anprobieren?« Er freute sich wie ein Kind, öffnete die Knöpfe, damit sie hineinschlüpfen konnte.

»Alexander, ich … ich weiß nicht, was ich sagen soll.« Der Kloß in ihrem Hals löste sich nicht.

Er legte das Kleid aufs Bett, eilte zu den anderen Kartons und breitete einen Schildpatt-Schmuckkamm, Ohrstecker mit rauchbraunen Quarzedelsteinen und eine dazu passende Kette aus. »Ich hoffe, ich habe deinen Geschmack getroffen?« Der Glanz wollte nicht aus seinen Augen weichen. »Hut und Schuhe besorgen wir gemeinsam.«

Sie spürte seine Hoffnung. Sie sollte Freudentränen über diese Geschenke vergießen und ihm dafür danken, dass er sie behandelte wie eine Prinzessin. Aber andere Gefühle gewannen die Oberhand. Was dachte er sich! Wollte er sie demütigen? Mit dem Armband war sie bereits in Schwierigkeiten geraten. Unter welchem Vorwand sollte sie ihrer Familie eine solche Luxus-Garderobe präsentieren? Wenn sie Geld zu viel hatten, gaben sie es niemals für derartige Dinge aus. Dann wurden der Hühnerstall repariert, das Hausdach neu gedeckt oder eine hochwertigere Achse für den Fuhrwagen bestellt.

Er deutete ihr Zögern falsch, trat auf sie zu, ergriff ihre Hände. »Du musst dich nicht genieren. Ich weiß, bislang konntest du von solcher Garderobe nur träumen. Aber wenn ich dich irgendwann meinen Eltern vorstelle, dann sollen sie gleich sehen, wie perfekt du unsere Familie ergänzen würdest. Dass unser Lebensstil zu dir passt.«

Sie löste sich von ihm, trat einen Schritt zurück. »Wer sagt, dass ich den annehmen möchte? Ich finde meine Garderobe vollkommen ausreichend. Du etwa nicht?« Sie hatte stets ihre besten Kleider gewählt, wenn sie sich trafen. Die waren nicht aus Seide, und einen feinen Stehkragen besaßen sie auch nicht, eher umsäumte Rundhalsausschnitte, die ihr Dekolleté zur Geltung brachten. Aber hatte ihm das nicht gefallen? Mit einem Schaudern dachte sie daran, wie er ihren Hals hinab bis zu ihrem Brustansatz eine Spur mit seinen Lippen zog und dabei Liebesschwüre flüsterte. Nun wollte er sie verpacken wie eine piekfeine Dame?

Schrecken zeichnete sich in seinem Gesicht ab. »Ich habe mich so in dich verliebt, wie du bist. Aber was ist falsch an exquisiten Stoffen und Schnitten? An einem besseren Leben als dem einer Fuhrmannstochter?«

Ein dumpfer Zorn breitete sich in Martha aus. »Und wenn es genau das ist, was ich sein will? Eine Fuhrmannstochter?« *Und etwas mehr*, fügte sie in Gedanken hinzu.

Alexander stutzte und schwieg ein paar Sekunden. »Ich ... ich dachte, wir seien uns einig. Einen größeren Aufstieg wird dir keiner bieten können.«

»Und wenn mir euer Geld und euer Getue egal sind? Wenn ich selbst reich genug bin, um in den besten Modegeschäften der Stadt einzukaufen, es aber nie getan habe, weil ich andere Vorstellungen habe?« Sie erschrak selbst über die Lautstärke, mit der sie die Worte ausspie. Wie es sie anwiderte, dass ein reicher Mann glaubte, alles beherrschen zu können. Hatte er mit solchen Präsenten auch seine Geliebten in Leipzig um den Finger gewickelt?

Die Überraschung wich aus seiner Miene, machte einem herablassenden Ausdruck Platz. Und da war noch etwas in seinen

Augen, als zweifele er plötzlich an allem. Mit ruppigen Handbewegungen packte er seine Geschenke ein, stopfte sie zurück in die Kartons. »Ich wollte dich nicht beleidigen, verzeih.« Er presste die Worte hervor. Es klang nicht wie eine ernst gemeinte Entschuldigung. »Ich dachte, ich würde dir einen Traum erfüllen, aber allem Anschein nach bist du nicht die, die du zu sein vorgibst.«

»Du willst aus mir eine andere machen. Ich bin dir nicht gut genug. Verdreh nicht die Tatsachen.«

»Ich will dich, Martha, das weißt du. Aber wir müssen uns den gesellschaftlichen Regeln stellen.« In seine Augen trat ein Glanz wie von Frost. »Wenn du mein Geld nicht brauchst, um dich gesellschaftlich adäquat zu kleiden, dann nimm dein eigenes. Euer Fuhrunternehmen scheint ja profitabler zu arbeiten, als man erwarten könnte.«

Was für ein absurder, verletzender Streit. *Um dich gesellschaftlich adäquat zu kleiden.* Er kannte sie schlecht, wenn er annahm, sie würde sich nun seinen Wünschen beugen. Im Gegenteil würde sie bei ihrem nächsten Rendezvous das bunteste und frivolste Kleid wählen, das sie in ihrem Schrank fand. Sofern es denn ein weiteres Treffen gab.

In Martha tobte ein Orkan an widersprüchlichen Gefühlen. Sie kämpfte mit dem Schmerz, den er ihr zugefügt hatte, wollte ihm genauso wehtun, wie er sie verletzt hatte, und gleichzeitig wollte sie ihn küssen, bis sie all die dummen Worte vergaßen. Etwas geisterte am Rande ihres Bewusstseins. Was hatte er über das Unternehmen und den Profit gesagt?

»Was weißt du über unser Vermögen?«, stieß sie hervor. »Was gehen dich die Einnahmen meines Vaters an?«

»Ich habe deine Schwester in Deggendorf getroffen. Im Übrigen eine ausgesprochen aparte Erscheinung.«

Martha schwieg, starrte ihn nur an.

»Sie erzählte mir, dass sie auf dem Weg zur Bank ist, und da darf doch wohl die Frage erlaubt sein, warum ein Kleinunternehmer wie dein Vater glaubt, seine paar Kröten auf Konten anlegen zu müssen. Vermutlich übersteigen doch allein die Gebühren eure Verdienste.«

»Das geht dich nichts an, Alexander Wallendorf.« Martha trat auf ihn zu, sodass sie auf Augenhöhe standen. »Mein Vater ist vielleicht redlicher als deiner, der den Leuten das Geld aus der Tasche zieht.«

Sie sah die Skepsis in seiner Miene und fragte sich, ob sie in ihrer Wut nicht zu viel offenbarte. Aber sie konnte es nicht auf sich sitzen lassen, dass er sie behandelte wie eine Magd. Was hatte Gwendolyn ihm außerdem erzählt? Hatte sie ihr Gewissen erleichtert und dabei Alexander Wallendorf mehr verraten, als gut für die Familie war?

»Lass uns nicht über die Eltern streiten.« Er streckte ihr eine Hand entgegen. Ihm schien die Entwicklung dieses Abends ebenso zu missfallen wie ihr. »Ich bringe das Kleid und den Schmuck zurück, wenn sie nicht deinen Geschmack treffen.«

»Darum geht es nicht«, sagte sie, leiser als zuvor, aber heftig atmend. Die Hand ergriff sie nicht. »Sondern darum, dass du offenbar glaubst, mir überlegen zu sein mit deinem Geld. Das bist du nicht, Alexander, vergiss das niemals.« Bevor er etwas erwidern konnte, eilte sie an ihm vorbei und verließ die Hütte. Krachend flog die Tür hinter ihr ins Schloss. Mit schroffen Bewegungen schob sie ihr Fahrrad die Böschung hinauf. Ihre Augen brannten, doch es gab keinen Grund zu weinen. Einer wie Alexander Wallendorf hatte es nicht verdient, dass sie Tränen wegen ihm vergoss. Sie wischte sich mit dem Handrücken übers Gesicht. Auf der Uferstraße angekommen, schwang sie sich auf den Sattel, um das Gefährt mit den Füßen auf den Pedalen in Schwung zu bringen. Der Fahrtwind würde ihre Stirn hoffentlich kühlen. Und ihr Gemüt.

Zu den Routineaufgaben in Schinders Geschäft gehörte es, die Bestände an Saccharin in den umliegenden Gemeinden zu kontrollieren. Niemand sollte vor leeren Kisten stehen, wenn es ihm an Süßstoff mangelte. Benno mochte es, die Verkäufer abzuklappern und ihre Bestellungen aufzunehmen oder bei kleineren Mengen die Vorräte unter dem Ladentisch gleich aufzufüllen und abzukassieren. Man kannte ihn genau wie die anderen aus Korbinians Unternehmen in den Geschäften, gab ihm hier ein halbes Dutzend Eier dazu, dort einen Kohlkopf oder ein Bündel Möhren. Mit manchem trank er einen Selbstgebrannten, aber immer nur in solchen Mengen, dass ihm die Zahlen nicht vor den Augen verschwammen. Gwendolyn sollte später keine Patzer in seinen Abrechnungen finden.

Mit dem guten Gefühl, sein Tagwerk vollbracht zu haben, ließ Benno, hoch im Sattel sitzend, an diesem Mittwochabend seinen Gaul im Schritt am Donauufer entlanggehen. Er malte sich aus, dass er mit den Schinders das Abendbrot einnehmen würde. Nirgendwo war es gemütlicher als bei Korbinian und den seinen am Küchentisch. Wenn er daran dachte, dass Martha sich eng neben ihn setzen würde, wie sie es manchmal tat, und wie sich ihre Beine unter dem Tisch berührten, dann stieg seine Laune noch.

Martha. Immer nur Martha. Immer noch.

Sie spielte mit ihm, ließ ihn im Ungewissen, ob aus ihrer Freundschaft jemals mehr werden würde, obwohl sie zueinander passten wie kein zweites Paar. Aber ihr Zögern! Konnte es wirklich sein, dass sie sich noch immer mit Alexander Wallendorf traf? Er hatte gehofft, dass es ein Strohfeuer sein würde. Sein Instinkt sagte ihm, dass Martha Geheimnisse zurückhielt, und mit wem konnten sie sonst zu tun haben als mit diesem Schnösel?

Die Sonne versank im Westen und warf einen Schimmer aus Rot und Gold auf die Donauwellen. Es roch nach Schilfgras und den Fischen, die Angler entlang des Ufers aus den Fluten zogen.

Drüben auf der anderen Seite trieb ein Schäfer seine Tiere über die Flusswiesen.

Die Uferstraße war menschenleer um diese Zeit, aber ein paar Meter weiter vorn sah er eine Frau, die ein Fahrrad schob. War sie aus der Uferböschung gekommen? Er kniff die Augen zusammen, um besser sehen zu können. Die Haare, die große Gestalt … Martha! Es hieß, sie habe eine Anstellung im Donaustüberl, aber da war um diese Zeit Hochbetrieb, sie konnte noch nicht freihaben. Er drückte die Schenkel in die Flanken, das Tier fiel in den Trab. Kurz darauf hatte Benno sie eingeholt, als sie sich gerade aufs Rad schwang. »He, Martha.« Er glitt aus dem Sattel, hielt das Pferd an den Zügeln – und erschrak, als er ihr ins Gesicht sah. Sie schien in Gedanken von weit her zu kommen, ihre Züge waren wutverzerrt, sie brauchte einen Augenblick, um ihre Fassung zu finden.

»Benno. Was machst du denn hier?«

Sie standen voreinander, er mit den Zügeln in der Hand, sie die Lenkstange des Fahrrads umfassend. Das Pferd schnaubte und tänzelte. »Das wollte ich eigentlich dich fragen. Musst du heute nicht ins Donaustüberl?«

»Donaustüberl?« Sie ließ das Wort sacken, als höre sie es zum ersten Mal in ihrem Leben und versuchte, den Sinn zu begreifen. Dann überzog eine helle Röte ihr Gesicht. »Ach so, du meinst … meine Arbeit in dem Gasthaus.«

»Ja, was denn sonst?« Benno gab sich unbekümmert, obwohl er ihre Nervosität spürte.

Endlich fing sie sich. »Da komme ich gerade her.«

Sie log. »Verstehe.« Unauffällig warf er einen Blick über ihre Schulter, die Uferböschung hinab. In einiger Entfernung blitzten die Holzwände einer Hütte hinter dem mannshohen Gestrüpp hervor. War das der geheime Liebestreffpunkt von Martha und Wallendorf? Gab sie sich deswegen so verschlossen und geriet ins

Stottern? Unangenehmes Schweigen lag zwischen ihnen. Auf der gegenüberliegenden Seite blökten die Schafe lauthals.

»Ich komme von der Bevorratungstour. Ich konnte alles gut auffüllen, aber nun ist auch unser Lager bald leer.« Über die Geschäfte zu reden schien ein sicheres Terrain zu sein, obwohl ihm etwas anderes auf der Seele brannte.

Auch Martha fand ihre Haltung wieder, als er auf den Schleichhandel zu sprechen kam. »Ja, Papa hat angekündigt, dass er schon bald nach Englingen reisen wird, um für Nachschub zu sorgen. Diesmal brauchen wir wohl nicht über die Grenze, die Brunners schaffen das Zeug aus der Schweiz herüber. Mal sehen, was sie sich diesmal ausdenken, um ihren Onkel und den alten Rupert Vogel auszutricksen. Manchmal meine ich, die beiden machen das nicht des Geldes wegen, sondern weil es für sie ein einziger großer Spaß ist.«

Benno lachte, glücklich darüber, dass ihre Herzen wieder im gleichen Takt schlugen. »Das stimmt, sie sind verdammt einfallsreich. Und zuverlässig. Das ist für uns das Wichtigste. Sie liefern nur einwandfreie Ware und kassieren stets korrekt.« Er stockte. »Sag, wirst du mitkommen?« In seine Stimme schlich sich Unsicherheit. Merkte sie, wie viel es ihm bedeuten würde, wenn sie die nächste Fahrt zusammen unternahmen? Im Herbst hatte sie zwar versprochen, bald mit auf Tour zu gehen, aber dann hatte sie Ausreden gefunden. Er vermisste sie.

Martha biss sich auf die Unterlippe, schaute ihn an, als müsste sie lange über seine Frage nachdenken. Dann hellte sich ihr Gesicht auf. »Ja, ich muss wieder einmal unterwegs sein. Wie ich die Abwechslung genießen werde! Und die nächste Reise durch die Region machen wir beide dann gemeinsam, einverstanden?«

Ihr ungestümes Temperament, ihre Wildheit und Abenteuerlust ließen ihn fast taumeln vor Liebe. Eine Sekunde später fiel sie ihm, eine Hand am Lenkrad, um den Hals. Er umfasste ihre

Taille, genoss die Nähe, den Duft ihrer Haare und ihre Lippen auf seiner Wange, als sie ihm einen Kuss darauf drückte.

»Du weißt, dass wir immer Freunde sein werden, nicht wahr, Benno?«

Er zog sie an sich, barg für einen Moment das Gesicht in ihrer Halsbeuge, bevor er sie wieder freigab. Er wollte mehr, das wusste sie doch.

»Martha, ich …«

Sie legte ihm einen Zeigefinger auf die Lippen. »Nicht jetzt, Benno. Ich bin froh, dass du mich aufgemuntert hast. Verdirb es nicht wieder.«

»Es ist wichtig, Martha. Ich will nicht, dass es zwischen uns Unausgesprochenes gibt. Damals … auf dem Erntedankfest. Ich habe dich und Wallendorf gesehen. Alle haben dir und Wallendorf beim Tanzen zugeschaut. Aber ich … Ich habe euch auch auf der stillen Bank gesehen. Du hast alles um dich herum vergessen. Ich weiß, dass da mehr zwischen euch ist.« Beim Schlucken schmerzte es in seinem Hals.

»Das war …«

»Er ist nicht gut für dich! Einer wie er kann keine ernsten Absichten haben. Und selbst wenn, würde dich das glücklich machen? Ein Leben an der Seite eines Wallendorf?«

Sie nickte, während er sprach. »Ach, Benno, du ahnst nicht, wie recht du hast.«

Er umfasste ihren Oberarm. »Worauf wartest du? Beende es, bring es hinter dich. Finde in dein Leben, in unser Leben zurück.« Er zwang die Bilder nieder, die in ihm hochstiegen. Bilder von Martha und diesem arroganten Kerl, wie sie sich küssten und streichelten und die Welt um sich herum ausblendeten. Mit ihrer Antwort hatte sie ja bestätigt, dass sie sich noch mit ihm traf. »Weiß er, wovon deine Familie lebt?«

Sie löste sich von ihm. »Es ist meine Sache, und das geht nicht von heute auf morgen. Ich bin da allein hineingeschliddert, also schaffe ich es auch allein heraus. Sag bloß nichts meinem Vater!«

»Was denkst du von mir?« Er schüttelte den Kopf. Dass sie ihn ins Vertrauen gezogen hatte, ehrte ihn. Aber es schmerzte. Es bewies einmal mehr, dass sie in ihm nur den Kumpel sah. »Wenn Wallendorf erfährt, wer wir sind, wird er dich fallen lassen wie eine heiße Kartoffel.«

»Woher sollte er es wissen?« Es war dunkel geworden, Marthas Veränderung nahm er dennoch wahr. Gerade war sie noch niedergeschlagen, nun betrachtete sie ihn keck, als wären sie auf einem Dorffest, und sie würde ihn zum Tanz auffordern. Sie schwang sich aufs Fahrrad, stieg hoch auf die Pedale, trat kräftig hinein und lachte ihm über die Schulter zu. »Na los, hol mich ein mit deinem müden Gaul!«

So kannte er sie. So liebte er sie. Wenn sie diese unglückselige Geschichte bloß hinter sich lassen würde! Vielleicht wäre dann endlich ein Platz für ihn in ihrem Herzen. Kein Mann konnte Martha besitzen, sie würde immer auf ihre Freiheit bestehen. Er würde niemals verlangen, dass sie ihn so liebte, wie er für sie empfand. Aber ein bisschen wenigstens. Das würde ihm reichen. Fürs Erste. Alles andere würde sich im Lauf der Zeit ergeben.

Er steckte seinen Fuß in den Steigbügel und hob sich auf den Sattel. Da vernahm er hinter sich ein Rascheln und ein Tappen. Er drehte sich um, spähte in die Böschung, erkannte in der Dämmerung jedoch nichts. Wieder Schritte, hastig. Oder narrten ihn seine Sinne? Ein Hund, ein Fuchs? Eine Weile blieb er regungslos sitzen, aber es drang kein Geräusch mehr aus den Büschen. Vielleicht hatte er sich getäuscht. Dennoch. Was hatte er alles mit Martha besprochen, was nicht für fremde Ohren bestimmt war? Er würde in Zukunft wachsamer sein.

15

Mai 1909, Englingen nahe der Grenze zur Schweiz

»Ja, doch!«

Rupert Vogel eilte die Stiege nach oben. Wieso war Tante Agathe nicht längst auf sein Angebot eingegangen, die Zimmer zu tauschen? Würde sie unten wohnen, hätte sie mehr Bewegungsfreiheit – und er weniger Mühe, sich um sie zu kümmern. Aber wem machte er etwas vor? Sie wollte ihn auf Trab halten. Genau darum ging es. Und so hetzte er schon wieder die abgetretenen Stufen im schmalen Häuschen in der Seilmachergasse hinauf. Was war es diesmal? War es Agathe mit den nur halb geöffneten Vorhängen zu dunkel und sie fühlte sich wie in einem Sarg? Hätte er sie vorhin aber zu weit aufgezogen, würde sie sich jetzt über die Sonne beschweren und ihm vorwerfen, dass er sie im eigenen Saft schmoren ließ.

Nach all den Jahren nahm seine Tante es ihm noch immer übel, dass ihr Bruder Karl, sein Vater, den seit Generationen in der Familie befindlichen Seilmacherbetrieb verkauft hatte. Bereits der Urgroßvater hatte Stränge für die Gespanne der Englinger und weiterer Gemeinden aus der Nähe des Bodensees gefertigt. Auch von der nur wenige Gehminuten entfernten schweizerischen Seite waren Kunden zu ihnen gekommen, aus Buchel oder Ramsen etwa. Einmal war sogar ein Gutsherr von jenseits des Rheins angereist und hatte eine komplette Ausstattung für sein Gehöft geordert. Die Glocke im Kirchturm Englingens baumelte noch immer an einem von Ruperts Großvater gefertigten Seil. Pferdehalfter, Peitschen, Gurte. Die kleinen Arbeiten waren in der Werkstatt im hinteren Teil des Hauses verrichtet worden, für die größeren hatte es die Seilerbahn mit einer Länge von sechzig Metern in einer Halle am Ende der Gasse gegeben. Ruperts erste Kindheitserinnerungen waren mit diesem Schuppen verknüpft. Und mit dem Vater, der den Flachs ins Rad einhakte, sich rückwärts davon wegbewegte, stetig neue Fasern aus der Schürzentasche zog, die miteinander verdreht wurden, während er mit der anderen Hand den entstehenden Faden mit dem feuchten Spinnlappen glättete. Noch heute wurde Rupert schlecht beim Geruch von Leinöl.

Es war nie zum großen Streit gekommen. Sein Vater hatte sich wohl insgeheim gewünscht, dass Rupert in seine Fußstapfen treten würde. Verlangt hatte er es nie. Er hatte früh eingesehen, dass der Sohn ihm bei seinen Ausführungen über das Seilerhandwerk nur mit halbem Ohr zuhörte. Also hatte er, als er ins Alter kam, den Betrieb verkauft und mit dem Erlös noch einige Jahre sein Leben genossen, bevor er friedlich entschlafen war. Rupert hatte das Haus schuldenfrei geerbt, und keiner hatte ihn davon abgehalten, Zöllner zu werden. Er stand gern im Dienste seines Landes, hatte seine Ausbildung direkt an der Zollbehörde nicht weit entfernt von der Stadtgrenze erhalten und nahm heute selbst junge Männer in die Lehre. Leider hielt sich das Interesse für diesen schönen Beruf in Grenzen.

Einhergegangen mit der Übernahme des väterlichen Hauses war die Verpflichtung, sich um die Tante zu kümmern, die sonst niemanden hatte. Bis zuletzt hatte sie sich vehement gegen den Verkauf der Seilmacherei gestemmt. Sie war gemeinsam mit ihrem Bruder in Werkstatt und Seilerbahn aufgewachsen, hatte sich vermutlich erhofft, den Betrieb fortzuführen, wenn der Sohn ihres Bruders kein Interesse zeigte.

Schnaufend erreichte Rupert den oberen Treppenabsatz. Er blieb vor Agathes Tür stehen und drängte den frevelhaften Gedanken beiseite, wann Gott ein Erbarmen mit ihm hatte und das Seil kappte, das seine über achtzigjährige Tante in dieser Welt hielt. Aber war es ihm zu verdenken? Mit sechzig war auch er nicht mehr der Jüngste. Zwanzig Mal am Tag diese verdammte Stiege hoch und runter, das sollte mal einer nachmachen. Da würde jeder klingen wie eine rostige Dampflokomotive. Dabei hatte er sich in den mittleren Jahren, in denen andere hübsch ansetzten, nicht gehen lassen! Mit seinem geringen Wuchs war er schon genug gestraft. Das »Zwergerl«, wie sie ihn früher gerufen hatten, hatte er nicht vergessen, die Ausgrenzung hatte sich tief in seine Seele eingegraben. Jetzt wollte er nicht auch noch dick werden.

Ein Glucksen brach sich Bahn. Ein Gefühl der plötzlichen Erheiterung, gegen das er machtlos war. Früher hatte er versucht, es zu unterdrücken, aber das hatte es nur verschlimmert. Es kam so oder so. Vor allem, wenn ihm die Ironie des Schicksals bewusst wurde, stieg es ihm aus dem Brustkorb die Kehle nach oben. Sosehr er darunter litt, die Tante in seinem Haus zu pflegen, so dankbar musste er ihr für die Weigerung sein, es ihm bequemer zu machen. Ohne das ständige treppauf, treppab hätte er sicher etliche Pfunde mehr auf den Rippen. Bei allem Unmut musste er ihr nämlich eines zugutehalten: *Wenn* sie denn einmal aufgestanden und mit seiner Hilfe nach unten gewackelt war, kam sie der einzigen häuslichen Pflicht, der sie sich noch gewachsen fühlte, hingebungsvoll nach. Der Gedanke an den Sauerbraten mit Knödeln vom Sonntag ließ ihm das Wasser im Mund zusammenlaufen.

»Rupert!«

Er zuckte zusammen und drückte die Tür auf. Ein schwerer säuerlicher Duft empfing ihn, der Geruch nach Alter. Es schüttelte Rupert, und ihm graute bei dem Gedanken, dass er die dünne Frau im Bett bald würde waschen und ihr beim Gang zur Toilette helfen müssen. Oder das wegzumachen hatte, was sie unter sich gelassen hatte, wenn sie sich nicht mehr rechtzeitig die Pfanne unterschob.

Mit drei Schritten war er beim Fenster. Wahrscheinlich brauchte er dringender frische Luft als Agathe, obwohl ein Öffnen jetzt bedeutete, dass er nachher noch einmal heraufmusste, um es wieder zu schließen. Er streckte die Hand nach dem Griff aus.

»Lass zu!«, meldete sich Agathe aus dem Bett. »Sonst hole ich mir den Tod.«

Ein guter Grund, es bis zum Anschlag aufzureißen. Aber das war ebenso schändlich, wie an ein Seil zu denken, das hoffentlich dünner war als alle, die seine Familie je angefertigt hatte.

»Du musst heute Eier bei Irmgard holen«, sagte seine Tante.

Rupert rollte mit den Augen. Um die Regung zu kaschieren, rückte er sich die Drahtbrille auf der Nase zurecht und fuhr sich in einer schnellen Bewegung durch die dünnen grauen Haare. Wie ähnlich Agathe und er sich damit sahen. Fast durchscheinend waren ihre Flusen geworden, mit dem Licht von der Seite wirkten sie wie Flaum, um den etwas diffuses Graues schwebte. Das leichte Nachthemd verstärkte den Eindruck ihrer geisterhaften Erscheinung. Ein Frösteln kroch Rupert über den Rücken.

Er hatte genug Arbeit vor sich, bevor er zum Spätdienst an der Grenzstation aufbrach. Den Gang zu Irmgard, Agathes Freundin aus Kindheitstagen, würde er nicht schaffen.

Wie Agathe war Irmgard lange unverheiratet geblieben. Eine Zeit lang hatte Rupert den Verdacht gehegt, dass die beiden Frauen sich über die Maßen zugetan waren. Doch dann hatte Irmgard sich von Fidelius Knapp ehelichen lassen und ihm ein spätes Kind geschenkt, Rupert musste sich also getäuscht haben.

Fidelius war der Zimmerer der Region gewesen, jetzt deckte sein Sohn die Dächer in Englingen, Gottmadingen und Umgebung.

»Sie kommt doch übermorgen. Die Eier können bis dahin warten«, erwiderte Rupert. Die beiden Frauen hatten in jungen Jahren von der englischen Mode gelesen, sich nachmittags zum Tee zusammenzufinden, und zelebrierten dies nach wie vor regelmäßig. Dafür brachte Irmgard stets eine Schale Laugengebäck mit, bei dem Rupert im Vorbeigehen gerne zugriff, um es für später in seine Brotdose zu legen. An den Tisch baten sie ihn nie.

»Ich brauche die Eier heute«, beharrte seine Tante. Ihr faltiger Mund verzog sich zu einem ähnlichen Grinsen, wie wenn sie und ihre Freundin in der Küche saßen und ihre Getränke schlürften wie flüssigen Honig.

Rupert blieb hart. »Du wirst drauf verzichten müssen.«

Ihr Lächeln fiel in sich zusammen. Agathe musterte ihn von oben bis unten. »Also keine Eier. Na, das passt zum Herrn des Hauses.«

»Ganz recht, der bin ich. Nicht dein Diener. Du kannst betteln, wie du willst, ich gehe nicht.«

Agathe zuckte mit den knochigen Schultern. »Ich bettele nicht. Ich weise nur darauf hin, dass der Herr des Hauses ein spärliches Abendbrot zu erwarten hat, wenn er vom Zollamt zurückkehrt. Ohne Eier kein Rührei mit Speck, so ist das. Den Quark musst du so essen. Und ob ich heute dann noch ein Brot backe, wie gedacht, weiß ich nicht. Ich glaube, ich fühle mich nicht danach. Ich kränkele etwas.«

Rupert fluchte leise in sich hinein. Musste ihm schon wieder das Wasser im Mund zusammenlaufen? Agathe sah doch, wie er schluckte. »Das macht nichts. Ich wollte sowieso kürzertreten.«

Zu Agathes Runzeln auf der Stirn gesellten sich weitere. »Die Fastenzeit ist längst vorbei. Oder können wir uns nichts mehr leisten? Üppig war dein Einkommen ja nie. Haben Sie es weiter gekürzt? Hängt es jetzt davon ab, dass dir mal ein Fisch ins Netz geht? Dann gnade uns Gott.«

»Nichts haben sie gekürzt!«, fuhr Rupert auf. Wie schaffte sie es nur immer wieder, ihn derart zu reizen? »Ich will nur … ich …« Ach, warum suchte er überhaupt nach Worten? Es gab nichts, das sie als Rechtfertigung gelten lassen würde. Sie fand auf alles, was er sagte oder tat, einen spitzen Kommentar. Vor allem am Grenzdienst, den er seit über vierzig Jahren ausübte, ließ sie kein gutes Haar. Sie würde nie verstehen, dass er ihn mit Leib und Seele ausführte. Er liebte seine Arbeit.

Genau wie er sie auf verrückte Art und Weise trotz aller Wortgefechte liebte. Sie trieb ihn in den Wahnsinn, ja, aber ihm graute vor dem Tag, an dem das Haus leer sein würde, wenn er heimkam.

»Ich habe genug zu tun.« Er eilte aus dem Zimmer. Unten siedete das Wasser auf dem Herd. Er nahm den Topf, trug ihn in den Hinterhof, wo er die große Zinkschüssel mit kaltem Wasser schon bereitgestellt hatte. Er schüttete das heiße hinzu, prüfte, ob er sich beim Schrubben nicht die Hände verbrennen würde. Dann tauchte er sie ein, knetete das Bündel Wäsche auf dem Boden der Wanne durch, zog ein Teil heraus und klatschte es aufs Brett. Nacheinander walkte er alles durch, wrang es aus und hängte die tropfenden Hosen und Hemden auf die Leinen. Er hockte sich wieder an die Schüssel, griff nach dem zweiten Berg, den er vor sich hatte, und gab ihn ins Wasser.

Eine Papierkugel fiel auf den Boden. Sie musste in Agathes Schürze gesteckt haben. Was seine Tante auf einen Zettel schrieb, ging ihn nichts an, er würde ihn später im Herd verfeuern. Er kümmerte sich weiter um die Wäsche, knetete, schrubbte, wrang aus.

Sein Blick wanderte zu dem Kügelchen. Für einen zerknüllten Brief war die Kugel zu klein. Eine Notiz? Aber diese Farbe.

Seit wann hatten sie gelbes Papier im Haus? Egal. Rupert gab sich weiter der Arbeit hin.

Seine Unterarme brannten vor Anstrengung, als er fertig war. Leise tropfte die aufgehängte Wäsche rund um ihn herum. Rupert goss das schmutzig braune Wasser aus, wollte hineingehen, um sich für den Dienst herzurichten, da fiel sein Blick wieder auf die Kugel aus Papier. Dieses Gelb. Wo hatte er es schon einmal gesehen? Ohne länger darüber nachzudenken, hob er das Papier auf, zog es auseinander, glättete es. Eine Tüte. Aufgerissen. Leer.

Was sich darin befunden hatte, musste ihm die Schrift auf der Vorderseite nicht erst erklären. Er kannte diese Päckchen.

Schwer atmend stand Rupert zwischen den nun sauberen Kleidern. Er hingegen fühlte sich beschmutzt. Saccharin! In seinem Haus! Sich einzubilden, dass Agathe das Tütchen nur irgendwo gefunden und aufgesammelt hatte, kam nicht infrage. Wann hatte sie zuletzt einen Schritt vor die Tür gesetzt?

Rupert schluckte schwer. Hatte er von dem Teufelszeug gegessen? Er umschloss das verräterische Papier mit der Hand und sah sich um. Aber selbst wenn, er hatte es ja nicht gewusst, man konnte ihm nichts vorwerfen. Er war hintergangen worden.

Rupert ahnte schon länger, dass seine Grenze zwischen Englingen und Buchel auf der schweizerischen Seite ein Hauptumschlagplatz für den Handel mit dem Schmuggelgut war. Beweisen konnte er es bislang nicht. Die Verbrecher waren ihm immer einen Schritt voraus. Wie oft hatte er verdächtige Personen kontrolliert, um sie unverrichteter Dinge laufen zu lassen? Wie viele Taschen hatte er durchwühlt, ohne dass er je auf etwas gestoßen war? Dabei spürte er, wie hinter seinem Rücken über ihn getuschelt und gelacht wurde! Und er kam nicht drauf, wer ihn für dumm verkaufte. An fragwürdigen Gestalten mangelte es nicht. Aber keiner von ihnen hatte direkt mit Tante Agathe zu tun. Die einzige Person, die zu ihr ins Haus kam, war …

Ein Bild schälte sich aus seiner Erinnerung. Agathe in genau der Schürze, die er soeben gewaschen hatte. Sie saß mit Irmgard am Tisch, nippte am Tee und grinste ihn über den Rand der dampfenden Tasse hinweg an. War ihre Hand nicht schnell in die Tasche gefahren, als er die Küche betreten hatte? Hatten die beiden nicht gekichert wie Schulmädchen, als er wieder nach draußen gegangen war?

Das Papier knisterte, als er die Faust ballte. Er wirbelte herum, im Stechschritt auf die Hintertür zu – und stoppte. Er sah Agathes Grinsen vor sich. Nichts würde sie zugeben. Und verraten schon zehnmal nichts. Vermutlich würde sie die Angelegenheit ins Gegenteil verkehren und ihm vorwerfen, in ihren Sachen herumzuschnüffeln.

Irmgard war aus einem anderen Holz geschnitzt. Eine eher feine Person, von Herzen lieb, aber bis zum Verschwinden unauffällig. Sicher hatte seine Tante sie zu der Schandtat angestachelt, vielleicht hatte Irmgard sich anfangs geweigert, aber wie wollte sie gegen eine Agathe Vogel ankommen? Woher hatte sie das Zeug? Brachte ihr Sohn etwas davon mit, wenn er drüben in der Schweiz auf die Dächer kletterte? Möglich, doch unwahrscheinlich. Er war genauso ein Lamm wie seine Mutter.

Rupert schritt die wenigen Meter im Innenhof auf und ab. Irmgard verließ das Dorf selten. Sie musste das Saccharin von jemandem bekommen, der hier wohnte. Zumindest musste er öfter hier zu tun haben, sei es als Handwerker, Tagelöhner oder auf der Durchreise. Na, er würde es schon aus ihr herausbekommen. Man musste sie nur anpacken, dann würde sie reden. Die Frage war eher, ob Rupert die zwei Tage Warten aushielt, bevor Agathe ihr Teekränzchen veranstaltete und er Irmgard in die Mangel …

Ein Glucksen kitzelte ihn im Hals. Was für ein Idiot er war! Schnell huschte er ins Haus, stieg ein weiteres Mal die Treppe nach oben, bremste sich vor der Tür zu Agathes Zimmer. Sie durfte seine Aufregung nicht bemerken. Sacht klopfte er an, öffnete und streckte den Kopf hinein. »Ich war vorhin etwas ungehalten, entschuldige.« Leicht fielen ihm die Worte nicht, aber die Aussicht, endlich Beweise für seine Vermutung zu erhalten und dem Gesindel habhaft zu werden, das an seiner Grenze sein Unwesen trieb, halfen ihm. »Rührei mit Speck klingt verlockend. Weiß Irmgard, dass ich komme?«

»Sie weiß, was sie dir mitgeben soll, ja.«

Der Unterton ließ ihn hellhörig werden. Meinte seine Tante damit mehr als die Eier? Erdreisteten die beiden sich sogar, ihn als Boten zu missbrauchen? »Das wette ich«, knurrte er.

Agathe richtete sich ein Stück weit auf. »Geht es dir gut, Rupert?«

»Bestens!«, beeilte er sich zu sagen und biss sich auf die Zunge. Fast hätte er es versaut. Er musste sich zusammenreißen. »Dann gehe ich mal.«

Kurz darauf trat er aus dem Haus auf die Gasse. Dass er zu spät kommen würde und sein Dienstkollege Gottfried etwas länger in der Grenzhütte ausharren musste, war zu verkraften. Der Grund war ja ein wichtiger. Er schritt auf dem Kopfsteinpflaster aus. Bevor er die Hauptstraße erreichte, die sich in nordöstlicher Richtung nach Singen durchs Dorf wand, bog er in eine weitere Gasse und steuerte alsbald den kleinen Hühnerhof am Rand Englingens an, den die Knapps neben der Zimmerei bewirtschafteten.

Er klopfte. »Irmgard?«

Die Tür wurde aufgezogen. Die Freundin seiner Tante übte sich auch, was die Kleidung betraf, in Unscheinbarkeit. Eine schlichte Bluse aus Webstoff mit schwarzem Rock, darüber eine graue Schürze und ein Kopftuch in derselben Farbe. Nur das Lächeln, mit dem sie ihn begrüßte, verlieh ihr etwas Glanz. »Schön, dich zu sehen, Rupert. Komm rein, ich hole die Eier aus dem Stall.«

Er folgte ihr in die Küche, die erfüllt war vom Duft ihres frischen Laugengebäcks. Irmgard wollte zum Ofen, um ihm eine der dampfenden, kunstvoll gedrehten Brezeln zu holen, aber Rupert hielt sie mit erhobener Hand zurück. Wortlos griff er nach ihrer Rechten, drehte die Innenfläche nach oben und ließ das zerknüllte Tütchen Saccharin hineinfallen. »Die Eier kannst du lassen, wo sie sind, Irmgard. Ich bin dienstlich hier. Und wenn du noch zu Hause und nicht im Bau sein willst, wenn dein Junge heute Abend zurück ist, redest du jetzt.« Er ließ drei Sekunden verstreichen, damit die Worte ihre Wirkung entfalteten. »Also, von wem hast du das Zeug? Ich will Namen!«

Zur gleichen Zeit lenkte Andrin Brunner auf der Schweizer Seite den Fuhrwagen aus Buchel. Erst vorgestern waren sein Bruder Loris und er mit dem von einer Stute gezogenen Gefährt aus Zürich heimgekehrt, die Ladefläche wie immer voller Konserven und Mehlpakete, Limonadenkästen und Keksdosen, Gemüsekisten und Räucherwürsten, die Onkel Beat in seinem Gemischtwarenladen verkaufen würde. Dazwischen die gelben Päckchen Saccharin, gut versteckt. Die Lebensmittel hatten sie abgeladen und ins Geschäftslager geschleppt, stattdessen ein besonders Behältnis auf die Ladefläche gehievt, in dem sie das Saccharin verstauten. An diesem späten Nachmittag gedachten sie, die Schmuggelware über die schweizerisch-deutsche Grenze zu verschieben. Immer wieder drehte sich Andrin um und warf einen skeptischen Blick zurück.

Loris hatte ihn schon beim Aufladen wegen seines Gesichtsausdrucks geneckt. Sein um eineinhalb Jahre älterer Bruder lümmelte neben ihm auf dem Kutschbock, einen langen Halm im Mund, den er vor dem Aufsteigen am Wegrand abgerissen hatte. Er hielt sein Gesicht in die Sonne. In dieser Haltung trat der markante Adamsapfel aller männlichen Brunners deutlich hervor. Wie hatte ihr Lehrer einmal spöttisch bemerkt? So voller Ecken und Kanten, wie sie waren, sollten sie gut in Geometrie sein. Nichts Rundes und Schönes war an ihnen.

Äußerlich ähnelten sie sich, abgesehen davon, dass Andrin den ausgeprägten Vorbiss der mütterlichen Seite geerbt hatte, wodurch seine Unterlippe immer vorstand, als würde er schmollen. Charakterlich unterschied sie mehr. Andrin fehlten der Wagemut und die kriminelle Kreativität seines Bruders. Auf die Idee, wie sie das Saccharin diesmal über die Grenze brachten, hatte nur Loris kommen können. Andrin sah über die Schulter.

Loris lachte ihn aus. »Du fährst uns noch in den Graben.«

Andrin gab mit einem Brummen zu verstehen, dass er aufpassen würde. Die Felder rund um Buchel blieben zurück, sie fuhren in den Wald ein, der sich vor ihnen auftat. Ein Streifen aus Tannen und Kiefern, in ein paar Minuten würden sie einer schmalen Bahn zwischen dem Getreide folgen. Noch stand es flach, Andrin wäre es lieber gewesen, sie hätten diese besondere Tour später im Jahr durchgeführt, wenn Hafer und Gerste sie besser verbargen. Aber über die Grenze mussten sie sowieso, und ob man sie von dort aus früher sah oder nicht, machte keinen Unterschied.

Außerdem gab es ja einen Grund, weshalb sie genau jetzt unterwegs waren. Lange im Voraus hatten sie diesmal nichts planen können. Es war zu hoffen, dass ihr größter Abnehmer die Nachricht rechtzeitig erhalten hatte und kommen würde, sonst standen sie schön blöd da. Was er wohl zu dem da hinten …

Ohne Vorwarnung klatschte Loris' Hand gegen Andrins Hinterkopf. Es lag keine Wut im Hieb, also wandte Andrin sich wieder nach vorn, ohne sich zu revanchieren. Er ließ die Zügel schnalzen, damit das Pferd anzog und sie aus dem Wald führte. Die wohltuende Frische blieb zurück, voraus lagen Felder und in der Ferne die Straße Richtung Gottmadingen.

Loris hatte was in der Birne, keine Frage. Er war es gewesen, der in ihrer Kindheit die Idee gehabt hatte, sich nachts mit dem vom Brett neben der Haustür geangelten Schlüssel in den Laden zu schleichen und von der Schokolade zu naschen. Damit der Onkel es nicht bemerkte, hatten sie immer nur kleine Stücke genommen. Entgangen war es ihm trotzdem nicht. Im Grunde war die Waage auf der hölzernen Theke vollkommen überflüssig. Ein Blick genügte, ein kurzes Abwiegen in die Hand, und er wusste, wie viel Mehl, Salz oder Getreide er vor sich hatte. Dass er das Messgerät dennoch benutzte, lag daran, dass es einige Gramm zu seinen Gunsten eingestellt war. Dass Schokolade fehlte, musste ihm schnell ins Auge gesprungen sein. Den naiven Glauben, dass sie ihn so mühelos hinters Licht führen könnten, hatte er ihnen gründlich ausgetrieben.

Verstohlen betrachtete Andrin seinen Bruder von der Seite, während er den Wagen weiter auf die Straße zu lenkte. Die Schläge des Onkels von früher nahm er Loris nicht krumm. Onkel Beat hatte sie auch so verdroschen. Das schien für ihn eine Art Geschäft zu sein. Wenn er sie nach dem Tod beider Eltern – die Mutter war bei Andrins Geburt im Kindbett gestorben, der Vater später an Krebs im ganzen Leib – schon bei sich aufnahm und sie durchfütterte, musste er etwas davon haben. Die Arbeiten, die sie in Haus und Laden für ihn verrichteten, schienen seine Großzügigkeit nicht aufzuwiegen, also holte er die Restschuld mit Schlägen und Tritten ein. Beat Brunner, für jede Kundin ein nettes Wort, in der Gemeinde hochgeachtet. Aber passte ihm das Wetter nicht, zog er den Gürtel aus und ließ ihn knallen.

»Was schnaufst du denn so?«, holte Loris Andrin in die Gegenwart zurück. Die Zeiten, in denen der Onkel die Hand gegen sie erhoben hatte, waren lange her. Trotzdem wurde man es nicht los, nur weil es nicht mehr geschah.

»Nichts«, brummte Andrin. »Schon gut.« Und doch zog eine

weitere Erinnerung vorbei. Wie er, Andrin, einmal eine Schüssel an die Wand geworfen hatte. Die Wut war aus heiterem Himmel über ihn gekommen. Gerade hatte Andrin sie noch ins Spülwasser getaucht, dann lag sie schon in Scherben auf dem Boden in der Ecke der Stube. Keine drei Sekunden später war Onkel Beat hereingestürmt. Da war Loris zu den Überresten gelaufen und hatte mit vorgerecktem Kinn nach der Prügel verlangt, die der über sich selbst erschrockene Andrin hätte einstecken sollen.

Trotz allem – oder gerade deswegen? – waren Männer aus ihnen geworden, und auch wenn der Onkel sie gängelte, stand außer Frage, dass sie irgendwann den Laden fortführen würden. Andrin machte sich nichts vor. Ewig würde es nicht mehr nur sie beide geben. Loris traf sich mit Bernadette, der Müllertochter. Mit seinen einundzwanzig war es nur recht, dass er sich nach einer Frau umschaute. Bernadette war ein nettes Mädchen, das zu ihm passte. Andrin selbst hatte noch nichts Derartiges im Sinn. Gut, da gab es die achtzehnjährige Gunda, die ihm beim letzten Tanz schöne Augen gemacht hatte. Die gefiel ihm irgendwie.

»Aus dir soll mal einer schlau werden.« Wieder riss Loris ihn aus seinen Gedanken. »Erst guckst du wie sieben Tage Regenwetter, jetzt grinst du, als hättest du eine hübsche Frau nackt gesehen.« Andrin stieß ein Lachen aus. Sein Bruder ahnte ja nicht, wie nahe er der Wirklichkeit gekommen war. Loris nahm den Grashalm aus dem Mund, drehte ihn zwischen den Fingern und warf ihn dann weg. »Also, Andrin, was ist so lustig?«

»Der Onkel.« So nahe Loris und er sich standen, über etwas wie eine mögliche Liebelei zu reden wäre Andrin peinlich. »Dass er immer noch nicht begriffen hat, warum wir so gern nach Zürich fahren. Ist das nicht zum Schießen?«

Der Wagen ruckelte kurz, als das Pferd ihn vom Feldweg auf die Straße zog. Ein Stück geradeaus, dann waren sie an der

Grenze. Auf Loris' Zügen breitete sich freudige Anspannung aus. Andrin hingegen rumorte es im Magen.

»Onkel Beat kapiert ja nicht einmal, dass er viel mehr Saccharin bezieht, als je im Laden ausliegt«, erwiderte Loris. Ihr Mittelsmann bei der *Hermes AG* stellte ihnen die Belege so aus, dass kein großer Batzen fällig war, immer nur Kleinbeträge. Dass sie an den meisten Tagen, die darauf auftauchten, gar nicht in der Nähe von Zürich gewesen waren, war dem Onkel bisher entgangen.

Sie rollten auf die Grenze zu. Die Schweizer hatten den Schlagbaum oben. Was kümmerte es sie, wenn etwas aus dem Land geschafft wurde? Sie wussten selbst, dass drüben so manches Pfund Saccharin den Besitzer wechselte.

Anders sah es auf der deutschen Seite aus. Die massive Absperrung ruhte in ihrer Halterung, das Häuschen daneben, in dem die Grenzer ihren Dienst verrichteten, stand da wie ein wachsamer Soldat. Hatte es beim letzten Mal schon so weiß geleuchtet? Oder war es neu gestrichen worden?

»Hübsch.« Auch Loris war die Veränderung aufgefallen. »Dem Vogel wird wohl nie langweilig. Na, so hat er wenigstens was zu tun, wenn er schon keine Schleichhändler schnappt.« Er beugte sich zu Andrin und knuffte ihm in den Arm. »Moment mal, das sind ja wir.«

»Bist du wahnsinnig«, zischte Andrin. Die Räder rumpelten zwar laut auf dem Pflaster, aber man konnte nicht ausschließen, dass der Grenzer sie hörte. In frisch gebügelter Uniform trat er aus dem Häuschen vor der Schranke, die Daumen am Gürtel eingehakt, die rechte Hand in der Nähe des Knüppels, die Brust weit herausgestreckt, um die nötige Autorität auszustrahlen.

»Meinst du, er könnte unter dem Schlagbaum hindurch, ohne sich zu bücken?«, flachste Loris.

Das Lachen kitzelte in Andrins Hals. Größer als der Drang, es herauszulassen, war aber die Angst, dass der Deutsche an ihren Gesichtern las, dass sie sich über ihn amüsierten. Überhaupt war Frohmut nicht angebracht. Andrin wies mit dem Kinn nach hinten. »Dein Grinsen passt nicht zu dem da, Loris.«

Loris nickte und zwang seine Mundwinkel nach unten. »Da hast du recht, Brüderchen. Also, lass uns schön bedröppelt aus den Anzügen gucken. Es ist aber auch eine Tragödie, was?«

Loris mochte zwar die ausgefalleneren Ideen haben, was das Verschieben des Saccharins anging, das bessere Gespür für Menschen hatte Andrin. Und bei der Fracht, die sie heute augenscheinlich geladen hatten, würde sogar einer wie Rupert Vogel zwei lachende Brüder seltsam finden. Überhaupt wirkte der Grenzer anders als sonst. Loris konnte seine Scherze über ihn treiben, unterschätzen durften sie ihn aber nicht. Stand er nicht da, als erwartete er sie? Die Augen hinter der Drahtbrille sahen ihnen wach entgegen, der verkniffene Ausdruck fehlte. Eher war es … Vorfreude? Andrin lief ein Schauer das Rückgrat hinab.

»Loris und Andrin Brunner, und dann auch noch in den besten schwarzen Anzügen«, begrüßte Vogel sie und bedeutete ihnen mit erhobener Hand anzuhalten. Andrin zog die Zügel an und brachte Pferd und Wagen zum Stehen. Dass er sie beim Namen kannte, war nicht ungewöhnlich. Englingen und Buchel waren zwar durch die Grenze getrennt, lagen aber nur einen Fußmarsch von einer knappen Stunde auseinander. Auch Vogels Stimme drückte heute anderes aus als das Misstrauen, das sie kannten. Er nahm die Hände vom Gürtel und spazierte am Kutschbock vorbei, um die Ladefläche zu betrachten. Er stoppte überrascht, schaute verwirrt zu den Brunners und wieder zurück, und ein Teil seiner Selbstzufriedenheit verflog. Er wedelte mit einer Hand in ihre Richtung. »Absteigen, beide.«

Andrin blieb sitzen, Loris sprang vom Bock und wandte sich

Vogel zu. Eine Spur zu fröhlich, wie Andrin fand. »Was gibt es, Herr Zollamtsinspektor? Haben wir etwas falsch gemacht?«

»Das wird sich zeigen.«

Andrin brach der Schweiß aus allen Poren. Dieses Leuchten in den Augen. Wie konnte Loris das übersehen? Sie waren aufgeflogen, er war sich jetzt sicher, jeden Moment würde Vogel sie verhaften, und …

»Andrin!« Es sollte wie der Ruf nach dem Bruder klingen, endlich herunterzukommen, aber Andrin hörte mehr heraus. *Mach keinen Unsinn!* Erst jetzt bemerkte er, wie verkrampft er die Zügel hielt. Als wollte er sie jeden Moment schnalzen lassen. Vogel hätte keine Chance, wenn er das Pferd durchgehen ließ. Das Bild der auf dem Boden liegenden Scherben tauchte wieder in Andrins Geist auf. Und die Tatsache, dass er sich nicht erinnern konnte, die Schüssel geworfen zu haben.

Er legte die Zügel beiseite, vergewisserte sich, dass die Bremse angezogen war, und stieg vom Bock. Vogel nahm es mit einem Nicken zur Kenntnis und wies auf die Ladefläche. »Ein Sarg?«

Loris senkte den Kopf, Andrin hielt die Luft an.

»Ein entfernter Verwandter«, gab Loris an. »Thomas Weibel, stammte ursprünglich aus Gottmadingen und ist der Liebe und der Arbeit wegen nach Buchel gezogen. Hat dort die Schreinerei des Schwiegervaters übernommen. Sein Wunsch war es, in der Heimat beerdigt zu werden. Krank war er schon lange. Staublunge. Vor vier Tagen ist er von uns gegangen.«

Gelogen war es nicht, was Loris da von sich gab. Mit der Witwe Weibel waren sie über drei Ecken verwandt. In einem Dorf wie Buchel war der Großteil der Bewohner auf die ein oder andere Art miteinander verbunden. Was er nicht aussprach, war der wahre Grund, weshalb ausgerechnet sie sich bereiterklärt hatten, den Leichnam für die morgige Beerdigung zu seiner letzten Ruhestätte zu transportieren.

Vogel hatte schweigend zugehört. Überlegte er, die Angaben überprüfen zu lassen? Das konnte er gern tun, es würde nichts dabei herauskommen. Er betrachtete Loris, dann Andrin, hakte die Daumen wieder im Gürtel ein und machte einen Schritt auf ihn zu. »Sei so gut, Andrin, und breite mal die Arme aus.« Hinter ihm grinste Loris wie ein Frosch. Andrin wusste ja selbst, dass Vogel nichts an ihnen finden würde, trotzdem schlug ihm das Herz bis zum Hals. Der Grenzbeamte hatte sie im Visier, das war eindeutig.

Er tastete Andrin ab, ließ keinen Zentimeter aus, fuhr über Arme, Schultern, Brust und Rücken, klopfte den Bauch und die Beine ab, nahm jede Falte von Andrins Kleidung in die Hände, in der etwas eingenäht sein konnte. Am Ende langte er ihm sogar in den Schritt, ob er dort etwas versteckt hatte. Loris verfolgte die Prozedur mit unübersehbarer Belustigung, bis Vogel fertig war und sich ihm zuwandte. Schnell schaltete er auf Trauermiene um.

Während er ihn absuchte, fragte Vogel wie nebenbei: »Und Halt in Englingen macht ihr sicher auch, oder?«

»Genau, dort hat ein Cousin das Begräbnis vorbereitet. In Gottmadingen hat er keine Verwandten mehr.«

»Wen trefft ihr dort noch?«

»Och«, Loris zuckte mit den Schultern. »Diesen oder jenen. Wem man eben so über den Weg läuft. Wir haben nichts Bestimmtes vor. Aber sagen Sie, Herr Zollamtsinspektor, was suchen wir eigentlich?«

So viel Frechheit war nur Loris zuzutrauen. Allerdings entging auch Andrin nicht, dass Vogels Bewegungen fahriger geworden waren. Verzweifelter.

»Das weißt du genauso gut wie ich.« Vogel beendete die Leibesvisitation und rückte sich die verrutschte Brille zurecht.

Loris schien Vogels Verunsicherung zusätzlich anzustacheln.

Jovial stimmte er an: »Saccharin? Sie vermuten wohl nicht, dass wir etwas damit zu tun haben, Herr Zollamtsinspektor? Aber keine Sorge, wir nehmen es Ihnen nicht übel, was, Andrin? Immer die Augen offen halten, das sage ich meinem Bruder ständig. Gut, dass das Deutsche Reich Männer wie Sie hat, Herr Zollamtsinspektor! Jemand muss es vor dem Mist beschützen, dem alle hier drüben verfallen sind.« Er wandte sich Richtung Schweiz. »Pfui, Teufel, sage ich!«

Jeden Moment würde Andrin ohnmächtig werden. Oder er verlor die Kontrolle und tat doch etwas Unüberlegtes. Loris war wahnsinnig geworden. Wie konnte er nur so dick auftragen? Vogel betrachtete Loris noch einen Moment, bevor er an ihnen vorbeischritt. Er wies auf den Sarg. »Eine Leiche, sagt ihr? Na dann, aufmachen.«

»Ist kein schöner Anblick.« Diesmal war Andrin schneller mit einer Antwort als Loris. »Es war warm die letzten Tage. Die Angehörigen haben die Kiste schon vernageln lassen. Der Verstorbene soll in schöner Erinnerung bleiben und nicht so … na, so wie er jetzt eben aussieht.«

Vogel griff nach der Bordwand, stieg auf eine Speiche des Rads und kletterte auf die Ladefläche. »Habt ihr eine Zange dabei oder muss ich eine holen? Öffnen, sage ich!« Der Triumph kehrte in seine Augen zurück. Andrin sah seinen Bruder an.

Loris blieb ruhig. Er sprang zu Vogel, griff in einen Werkzeugkoffer an der Vorderwand des Wagens. »Auf Ihre Verantwortung, Herr Zollamts…«

»Los jetzt!«

Die Nägel quietschten im Holz, als Loris sie herauszog. Schnell hatte er einige beiseitegelegt und stemmte nach einem Blick zu Vogel die obere Hälfte des zweigeteilten Deckels auf. Vogel schoss nach vorn, kaum dass Loris ihn schräg öffnete – und prallte zurück. Der Geruch nach Fäulnis drang bis zu Andrin und ließ auf den Zustand des Leichnams schließen. Der Zöllner bedeckte sich Mund und Nase mit der Hand, atmete schwer. Angeekelt wandte er sich ab. Loris hielt den Deckel weiter auf.

»Mach zu!«, schnauzte Vogel, kraxelte von der Pritsche und taumelte vom Wagen und den Brüdern weg. Ob nur der Anblick der Leiche der Grund war, oder die Schmach, wieder einmal danebengelegen zu haben, war nicht eindeutig festzustellen. Es war Andrin auch einerlei. Sein Hemd war schweißnass, seine Schuhe konnte er ausschütten. Um Haaresbreite hätte er sie gehabt! Er hätte sich nur ein wenig vorbeugen müssen.

»Fahrt weiter!«, blaffte Vogel aus dem Schatten seiner Hütte, in die er sich zurückgezogen hatte. »Weg mit euch!«

Loris schloss den Sarg, nahm sich den Hammer aus der Kiste und trieb die Nägel ins Holz. Dann kletterte er von der Ladefläche direkt nach vorn, und auch Andrin beeilte sich, wieder auf den Bock zu steigen. Vogel wischte sich den Schweiß von der Stirn, die Dienstmütze hielt er in der anderen Hand.

»Herr Zollamtsinspektor«, rief Loris beinahe singend und deutete nach vorn. »Der Schlagbaum. Wenn Sie so freundlich wären? Und einen schönen Tag noch! Das nächste Mal erwischen Sie bestimmt jemanden.« Sie fuhren los.

Eine Stunde später bogen sie vom Steiner Weg in Englingen zum Friedhof ab und steuerten die Kapelle an, in der die Trauerzeremonie abgehalten werden würde. Hier schützten Hecken vor Blicken, und so warteten sie den Nachmittag gemütlich an den Wagenrädern lehnend, bis ein Rumpeln ihre Hauptabnehmer ankündigte. Sie standen auf, klopften sich den Dreck von den feinen Anzügen und schlenderten auf das Fuhrwerk zu. Zwei Männer saßen auf dem Kutschbock, in ihrer Mitte die junge Frau.

Andrin war froh, dass sie nicht länger mit Sarg und Leiche in der Gegend herumstanden. Er lief auf die Seite des jüngeren Mannes, der das Gefährt geschickt neben ihres lenkte. »Benno!

Schön, dass ihr da seid.« Er nickte Korbinian zu und streckte Martha die Hand entgegen, um ihr beim Absteigen zu helfen. Er grinste, als sie nur die Brauen hob und allein heruntersprang.

Was hatten die beiden sich da wieder ausgedacht! Martha lief ein Frösteln den Rücken hinab, während sich die Brunners am Sarg zu schaffen machten. Tief griff Loris in die untere Hälfte und beförderte die Pakete heraus, die um die Beine des Verstorbenen lagen. Er hielt sie Andrin hin, damit der sie über die Bordwand an Martha gab. Benno und Korbinian verstauten sie in den versteckten Fächern der Möbel auf ihrem Fuhrwerk. Der Geruch nach Verwesung waberte um sie und ließ Martha würgen. Sie beeilte sich, die Pakete weiterzureichen. Bloß keine Minute länger als nötig neben dem Sarg stehen!

Ein halber Hausstand türmte sich auf ihrem Wagen, von der Kommode und der Anrichte über Nachttische und ein Bett, bis hin zu zwei Kleiderschränken. Jeder, dem sie mit der aufgetürmten und mit Seilen und Stricken gesicherten Ladung begegneten, musste denken, dass sie einen Umzug durchführten. Damit keiner sich darüber wunderte, warum sie dieselben Sachen hin und wieder zurück transportierten, hatte Martha sich etwas einfallen lassen. Benno und ihr Vater waren sofort von der Idee begeistert gewesen. Sie hatte den Bauern Lohringer außerhalb von Gottmadingen überzeugt, ihnen in seiner Scheune Platz zur Verfügung zu stellen. Dort sollten entweder die Möbel oder die ausgehöhlten Baumstämme lagern. Karrten sie die Stämme her, würden sie die für den Heimweg gegen den Hausrat tauschen. Beim nächsten Mal ginge es umgekehrt. Zum Lohn erhielt Lohringer ein kleines Geld und ausreichend Saccharin, damit er den fünf Kindern das Leben versüßen konnte.

Es war herrlich, wieder auf Tour zu sein, und insgeheim dankte Martha Benno dafür, dass er zufällig zur rechten Zeit am rechten Ort gewesen war und sie gefragt hatte. Der Nervenkitzel, bevor sie ihre Zulieferer trafen, die bangen Fragen: Hatten sie es über die Grenze geschafft? Oder waren sie festgenommen worden und verrieten, wer auf der deutschen Seite auf sie wartete? Das Hochgefühl, wenn die kostbare Ware in ihren Besitz überging.

Sechs Tage hatten sie von Polderfeld hierher gebraucht. Das Schaukeln auf dem Kutschbock war mitunter unerträglich, und ihre Rückseite brannte vom ersten Tag an. Sie lenkten sich von der Unbequemlichkeit ab, indem sie Wanderlieder sangen, schief und krumm, aber mit Inbrunst, und auf dem Hinweg gab es ja auch keinen Grund, sich unauffällig zu benehmen. Sie hatten nichts zu verbergen. Wenn sie nicht gerade trällerte, lachte und scherzte sie mit Benno, und wenn Korbinian manchmal brummelnd den Ansatz eines Lächelns zeigte, fühlte sich Martha fast glücklich. Dann vergaß sie den hässlichen Streit mit Alexander und den weiterhin in ihr schwelenden Zorn auf ihn.

Endlich waren sie fertig. Sie hatten die Pakete in den Möbeln verstaut, einen kleinen Teil steckten die Brunners in die eigenen Hosentaschen.

»Ihr habt selbst Abnehmer in Englingen?«, fragte Korbinian.

Loris winkte ab. »Ach, die meisten Leute aus den Grenzstädten holen sich die Ware selbst, wenn sie sie brauchen. Oder sie bekommen süße Post aus der Schweiz.« Sein Grinsen reichte bis zu den Ohren. »Aber einer alten Cousine unserer verstorbenen Mutter bringen wir immer ein paar Pakete im Tausch gegen das leckerste Laugengebäck, das man hier bekommen kann.«

Martha atmete tief durch, als der Sargdeckel den widerlichen Geruch wieder zurückhielt. Loris trieb die Bolzen ins Holz, als hätte er sein Lebtag nichts anderes getan. Benno schluckte. »Pack die Nägel bloß nicht an«, sagte er zu Martha. »Die bringen Unglück.«

»Keine Sorge, mir ist sowieso nicht danach«, gab sie zurück und sehnte sich nach einem Schluck Wasser für ihre trockene Kehle. Aber die Vorräte waren aufgebraucht, sie würden später irgendwo einkehren.

»Wenn der Pfarrer das wüsste«, fuhr Benno fort. Er war blass um die Nase. »Ein Sarg als Versteck für das Saccharin. Dumm ist das nicht. Aber es ist bestimmt nicht recht.« Zur Beichte in der Polderfelder Kirche musste er sich dafür eine besondere Sünde ausdenken. Ein christliches Begräbnis so zu missbrauchen war vermutlich aus katholischer Sicht keine Kleinigkeit.

»Wenigstens haben die Brunners Respekt vor dem Tod und dem Verstorbenen.« Sie wies auf die schwarzen Anzüge. »Ich wette, die haben jeder nur den einen, den sie gerade am Leib tragen.«

Benno warf ihr von der Seite einen erstaunten Blick zu. »Braucht man denn mehr?«

Martha lachte, und die Beklemmung wich von ihr. Die Männer hoben nun den Sarg von der Ladefläche. Martha sah ihnen mit vor der Brust verschränkten Armen zu. Es gab Aufgaben, da warf sie gern in die Waagschale, dass sie für eine Frau eher unpassend waren, obwohl sie sich in ihrer Tatkraft nicht von den Männern unterschied. Sie folgte ihnen in die mit Rosen, Callas, Nelken, einem hübschen Kranz aus Lilien und mehreren Kandelabern vorbereitete Kapelle. Vor dem Altar neigten sie die Häupter, murmelten ein stilles Gebet und bekreuzigten sich.

»Ihr kanntet den Verstorbenen?«, wandte sich Martha beim Herausgehen an Andrin. Bei den beiden Wagen blieben sie stehen. Loris' jüngerem Bruder schien ständig die Angst im Nacken zu sitzen, und in seinen Augen lag der Ausdruck eines Fuchses, der Witterung aufgenommen hatte. Aber diese wachsame Haltung fand sie weniger anstrengend als Loris' Maulheldentum.

Andrin nickte vage. »Ein wenig, ja.«

Loris unterbrach ihn. »Wir sind ihm dankbar für die Möglichkeit, die er uns eröffnet hat. Was des einen Leid, ist des anderen Freud, oder? Blöd, dass man nicht vorher weiß, wann es wieder so weit sein wird. Und nicht alle Schweizer wollen sich im Deutschen Reich beerdigen lassen. Schade eigentlich.« Er blieb stehen und rieb sich abwesend das Ohrläppchen. Er wandte sich seinem jüngeren Bruder zu, sein Adamsapfel hüpfte. »Sag, Andrin, der Vogel hat noch nicht einmal die Papiere verlangt, die wir dabeihatten, oder?« Ein Grinsen zog sich wie ein Strich über sein Gesicht. »Meinst du, er würde noch einmal wollen, dass wir einen Sarg öffnen, wenn wir wieder mit einem ankommen?«

»Wer ist denn noch gestorben?«

»Keiner. Aber das muss der Vogel ja nicht wissen.«

Andrin machte große Augen. Martha las darin gleichermaßen Bewunderung und Furcht. Die Idee war wahnwitzig und genial. »Was für Mengen ihr ohne Leiche im Sarg transportieren könntet«, bemerkte sie und lachte auf. »Die Frage ist, ob wir die auch verstauen können.«

Loris zuckte mit den Schultern. »Dann bringt ihr eben weitere Abnehmer mit.«

Martha wechselte einen Blick mit Benno. Sie verstanden sich ohne Worte. »Keine weiteren Abnehmer«, brummte er. Im Schmuggelgeschäft war sich jeder selbst der Nächste. Nie wusste man, wem man vertrauen konnte und wem nicht. Sie waren ein eingespieltes Gespann und würden keine Unruhe durch Mitnutzer in ihre Gemeinschaft bringen.

»Und wenn der Vogel später kontrolliert, ob wirklich jemand beigesetzt wurde?«, warf Andrin ein.

»Der bleibt an seiner heiligen Grenze«, erwiderte Loris. »Es könnte ja sein, dass Schmuggler sie zu überqueren versuchen.« Er lachte. »Andrin, das ist doch wirklich eine großartige Idee. Lass uns nachher gleich mit dem Schreiner reden, ob er uns gegen einen kleinen Anteil einen Sarg baut.«

Korbinian fuhr sich über die Narbe und den dichten, struppigen Bart. »Wir müssten uns erst Gedanken machen, wie wir die Menge transportieren könnten. Wenn wir es wie ihr machen würden und einen Sarg quer durchs Land kutschieren, würde das Aufmerksamkeit erregen. Also käme das für uns nicht infrage. Wir müssten uns etwas anderes einfallen lassen. Was meint ihr, wie viel könntet ihr uns beim nächsten Mal bringen?«

Loris mochte der mit den Ideen sein, aber in solchen Dingen war Andrin schneller. Er blickte zur Kapelle, um sich den dortigen Sarg ins Gedächtnis zu rufen. »Zweihundert Pfund passen locker hinein. Randvoll vielleicht zweihundertdreißig.«

»Wenn ihr stopft, zweihundertfünfzig? Abgemacht?«

Martha und Benno sahen sich an. Was ging in Korbinian vor? Hatte er wirklich weitere Abnehmer, von denen sie nichts wussten?

Loris lachte laut auf. »Herrje, der Bayerische Wald muss eine süße Region sein. Wie wollt ihr diese Mengen an den Mann bringen?« Er rieb sich wieder das Ohrläppchen, war aber offensichtlich angetan von einer solchen Fuhre. »Aber unser Problem ist das nicht. Für das Verteilen seid ihr zuständig. Uns stellt sich eher die Frage, wie wir so viel aus Zürich herschaffen, ohne dass es unserem Onkel auffällt.«

Sein Blick ging zu Andrin. Der schien im Kopf schon wieder Zahlen und Gewichte hin und her zu schieben. »Ein wenig mehr als sonst können wir schon holen. Trotzdem brauchen wir vier, fünf Fahrten. In drei Monaten sollten wir alles beisammenhaben. Rund um Mariä Himmelfahrt?«

»Im August ist die Strecke von Polderfeld hierher und zurück wirklich kein Vergnügen«, erwiderte Martha. Der Weg führte durch dichte Wälder, ihr Vater achtete ohnehin darauf, größere

Städte zu umfahren, in denen man häufig der Obrigkeit begegnete. Aber oft ratterten sie über Felder und Wiesen, wo sie der prallen Sonne ausgesetzt sein würden. Sowohl ihnen als auch den Pferden würde das viel abverlangen. Sie wandte sich an Benno und ihren Vater. »Dafür müssten wir auf jeden Fall ein, zwei Tage mehr einkalkulieren.«

»Aber es würde sich doppelt und dreifach lohnen«, sagte Benno, »und wir hätten danach lange Zeit, uns von den Strapazen der Reise zu erholen. Ich wäre dafür. Du, Martha?«

Sie erkannte die Sorge in Bennos Augen, sie könnte ablehnen, und dass er dieser Frage einen tieferen Sinn gab. Als würde er sie damit vor eine Wahl stellen und ihre Entscheidung stünde für mehr als nur für das Abenteuer, das sie lockte. Sie blieb ihm die Antwort schuldig und wandte sich ab. Mit einem Mal sehnte sie sich nach der Fischerhütte an der Donau.

Ihr Vater drückte dem Älteren der Brunners ein Bündel Geldscheine in die Hand. »Hier. Zähl ruhig nach.«

Loris stopfte das Geld in die Hosentasche. »Bei anderen vielleicht, bei euch nicht. Also, wir sehen uns im Sommer. Wir schicken rechtzeitig eine Nachricht, damit ihr Genaueres wisst. Lasst es euch gut gehen bis dahin.« Er deutete eine Verneigung in Richtung Martha an. »Immer eine Freude, wenn du dabei bist. So tüchtige Frauen findet man selbst in der Schweiz selten.«

Sie neigte gespielt hoheitsvoll den Kopf. »Jederzeit wieder.« Sie schenkte den Brüdern ein Lächeln, dann verabschiedeten sie sich und stiegen auf. Sie nahm Benno die Zügel aus der Hand. Sie mochte es, den Wagen zu lenken. Das Fuhrwerk rollte an, die Seile um die Möbel knarzten.

Am Stadtrand hielt sie vor einem Laden, um Wasser und Brot, Äpfel und Käse zu besorgen. Sie füllte den Proviant in eine Kiste unter dem Kutschbock. Eine Weile fuhren sie schweigend die Straße entlang, die hinaus aus der Siedlung führte. »Hast du neue Abnehmer, von denen wir nichts wissen?«, fragte sie ihren Vater. Die Menge an Süßstoff, die er für das nächste Mal bestellt hatte, war selbst für sie ungewöhnlich.

Korbinians Miene war schon immer schwer zu deuten. Jetzt huschte eine Spur von Überraschung darüber, wich aber einer wilden Entschlossenheit, die Martha beinahe ein ebensolches Frösteln über den Rücken jagte wie der Anblick der Leiche nach dem Öffnen des Sargs.

»Wir waren schon lange nicht mehr in Böhmen«, sagte Korbinian.

Martha trieb die Pferde an, als die Straße jetzt schnurgerade verlief. Benno runzelte die Stirn. »Hältst du das für eine gute Idee?«

Ihr Vater war regelmäßig in Waidreut, das war kein Geheimnis. Vielleicht brauchte er das, um endlich mit dem Tod der Mutter abzuschließen, obwohl nichts darauf hindeutete, dass es ihm gelang. Ein Mann, der viel mit sich selbst ausmachte. Die Erinnerung an das damalige Geschehen legte sich wie eine dunkle Wolke auf Marthas Gemüt. Ihr Frohsinn versickerte, machte einem Gefühl der Schwermut Platz. »Ein Schmuggel an diesem Ort?«, stimmte sie in Bennos Skepsis ein.

»Ja«, sagte Korbinian bloß, wortkarg wie so oft, und warf Martha einen Blick zu. Sie wandte sich kurz ab, damit er nicht sah, dass die Erinnerung sie überwältigte. Er klopfte Benno auf die Schulter. »Die armen Leute in Böhmen haben sich etwas Süßes verdient, meinst du nicht auch? Und wenn wir sie nicht beliefern, tun es andere.« Er verfiel wieder in Schweigen, sodass Martha nicht herausfinden konnte, ob sie sich die Spur Verbitterung, die sie zu hören glaubte, nur eingebildet hatte.

Die Rückfahrt verlief in gedrückterer Stimmung als die Hinfahrt. Zum einen hatte der Tote im Sarg sie alle aufgewühlt, trotz der Bewunderung, die sie für den Einfallsreichtum der Brunners aufbrachten. Zum anderen sollten sie nun tunlichst nicht mehr auffallen und Aufmerksamkeit auf sich ziehen.

Sie steuerten die Scheune mit den Stämmen an, wechselten in stillem Einvernehmen die Ladung, verstauten das Saccharin erneut. Martha erledigte jeden Handgriff, ohne darüber nachzudenken. Das alles lenkte sie von den Gedanken an Alexander ab.

»Kein Liedchen mehr auf den Lippen?«, erkundigte sich Benno, als sie wieder auf dem Kutschbock saßen. Er knuffte sie spielerisch in die Seite, wollte offenbar die Stimmung der Herfahrt aufleben lassen. Aber Martha war nicht nach Singen zumute. In vier, fünf Tagen würden sie wieder zu Hause sein. Sie nahm sich vor, ein Treffen in der Fischerhütte zu arrangieren. Sie hatte längst nicht genug von Alexanders manchmal zärtlichen, manchmal fordernden Händen und seinen Küssen. Ihr wurde schwindelig, wenn sie sich die Erinnerung an die gute Zeit ins Gedächtnis rief. Das konnte doch nicht vorbei sein! Ihnen musste es gelingen, den Abgrund zwischen ihnen zu überwinden.

Benno gab es auf, sie aufzumuntern. Sie spürte seine Enttäuschung fast körperlich, aber sie konnte nicht anders. Der Tag ging auf Mittag zu, sie rasteten auf freiem Feld, packten den Proviant aus, den Martha besorgt hatte. Als sie weiterfuhren, schlich sich der Abend an und schob den Nachmittag mit seinem dunkleren Blau vom Himmel hinter die Hügel.

Noch liefen die Pferde rund, doch sie kannte die treuen Tiere und nickte auf die Ansammlung von Häusern voraus. »Da kommt Hohenwald. Wir können im Gasthof Schneider einkehren und nach Zimmern fragen. Dort waren wir schon ewig nicht mehr.« Genau konnte man nie sagen, wie lange ihre Tour dauerte, wann und wo sie eine Pause einlegten. Zu viele Unwägbarkeiten erwarteten einen entlang der Route. Das Wetter konnte ihnen einen Strich durch die Rechnung machen. Einmal hatten sie einen Umweg von mehreren Kilometern in Kauf nehmen müssen, eine Irrfahrt, weil nach einem Sturm eine Straße von umgefallenen Bäumen versperrt gewesen war. Ein andermal war ein Bach nach heftigen Regenfällen derart angeschwollen, dass er einen Pfad unterhöhlt hatte und die Überquerung mit dem schweren Fuhrwerk gefährlich gewesen wäre. Auch ohne solche Naturereignisse konnte einem ein Rad brechen oder man wurde anderweitig aufgehalten. Entsprechend waren Benno, Korbinian und Martha unterwegs schon in etlichen Gasthöfen eingekehrt.

Korbinian sah prüfend nach oben. »Eine gute Stunde bleibt es noch hell. Wir fahren weiter.«

Wie der schnelle Entschluss, mehr Saccharin von den Brunners zu verlangen, war auch die Eile ungewöhnlich für ihn. Und war er nicht noch schweigsamer als sonst? Grübelte er über die Schmuggelei nach Böhmen? Sie würden mit dem Mesner reden müssen, dass er ihnen den Nepomuk reservierte. Bereit erklären würde er sich sicher, immerhin hatte er an der ersten Tour mehr verdient als ausgemacht. Martha wusste, dass Benno damals auf Korbinians Geheiß wenige Wochen nach dem Unglück noch einmal zu ihm gefahren war, um das Geld für den Verkauf zu holen. Er hatte Böch eine außerordentliche Zuwendung überlassen müssen für all die Aufregung.

Schweigend fuhren sie weiter. Erst in Saulberg bei Pfullendorf hatte Korbinian ein Einsehen mit den Pferden. Er bedeutete Martha mit einem Nicken, in die Gasse zu fahren, die sich am Bach entlang auf das hiesige Gasthaus zuschlängelte. »Du bist auch müde, mein Mädchen, oder?«

Sie unterdrückte ein Gähnen. »Mir tun alle Knochen weh.«

Mit ratternden Rädern rollten sie auf den Hof. Martha hielt den Wagen wenige Meter vor dem Stall. Die Pferde schüttelten sich, stießen schnaubend aus und blähten die Nüstern. Ein nahrhaftes Futter und Ruhe warteten auf sie.

»Melde uns an, Benno«, sagte Korbinian. »Sag, dass wir Hunger haben und zwei Zimmer für Martha und dich brauchen. Ich bleibe bei den Pferden.«

Dass er damit auch in der Nähe der Möbel sein wollte, musste er nicht aussprechen. Trotzdem war Benno nicht einverstanden, und Martha stimmte ihm im Stillen zu. Er war jünger, seine Knochen belastete eine Nacht im Stroh nicht. »Du nimmst das Zimmer, Korbinian. Ich schlafe draußen.«

Bis Benno alles erledigt hatte, hatte Korbinian die Pferde schon abgeschirrt und zum Abreiben in den Stall geführt. Martha fuhr mit Stroh in der Hand über die dampfenden Flanken.

Wenig später saßen sie bei einem kräftigen Rindfleischeintopf und Krügen Bier in der Gaststube und füllten sich die Mägen. Martha war so erschöpft, dass sie kaum noch den Löffel halten konnte. Die Gespräche der beiden Männer, die sich um die Lieferung nach Böhmen drehten, rauschten an ihr vorbei. Sie nahm einen letzten Schluck Bier, schob den halb vollen Krug Benno zu und erhob sich. »Ich muss ins Bett. Morgen geht es früh wieder los, ja?«

Korbinian nickte. »Schlaf dich aus, Martha.«

Benno nahm ihre Hand und zog sie zu sich heran, sodass sie sich zu ihm beugte. Ehe sie reagieren konnte, drückte er ihr einen Gute-Nacht-Kuss auf die Wange. »Schlaf gut, ich bleibe noch ein Weilchen bei deinem Vater sitzen.«

Benno betrachtete Korbinian, als der in den Brotkorb griff und mit einem Stück Rinde den letzten Rest Brühe in seinem Teller aufwischte. Sein Herz war voll von dem Moment mit Martha, als sie ihm erlaubt hatte, ihr einen Kuss zu geben. Aber nun war sie im Bett, und Korbinian hüllte sich in Schweigen wie so häufig während dieser Tour. Nicht ungewöhnlich für Bennos Freund und Meister, doch gar so still war er selten. Zudem schien es, als zermürbten ihn seine Grübeleien. Benno war nie fordernd oder aufdringlich, er ging davon aus, dass sich die Menschen meldeten, wenn sie etwas zu erzählen hatten. Aber diesmal war es anders.

»Was ist mit dir?«, fasste er sich ein Herz. »Was lässt dir keine Ruhe? Magst du mich nicht einweihen?«

Korbinian schob den Teller von sich, lehnte sich zurück und hielt sich den Bauch. »Martha macht mir Sorgen.«

Die Offenheit überraschte Benno. Er hatte die Sache mit Waidreut als Grund vermutet. Er besprach sich gern mit Korbinian über die Details ihrer Touren, daher hatte er angenommen, auch diesmal helfen zu können. Das hier war jedoch schwieriger.

Bennos Zögern brachte Korbinian zum Weiterreden. »Sie hat sich in den letzten Monaten verändert, findest du nicht auch? Manchmal erkenne ich sie gar nicht wieder. Springt singend durchs Haus, ist aber im nächsten Moment still und verschlossen, wenn Helena sie fragt, woher die gute Laune kommt. Und dann brütet sie vor sich hin, wie ich es gar nicht von ihr gewohnt bin. Wie jetzt, auf der Rückfahrt. Auf der Hinfahrt hat sie gesungen wie eine Lerche.« Er senkte den Kopf. »Dumm bin ich nicht, Benno. Sag mir ehrlich, trifft sie sich noch mit diesem Wallendorf?« Den Namen spie er aus wie etwas Giftiges.

Bennos Herz pochte ihm bis zum Hals. Spielte ihm das Schicksal heute in die Hände? Er musste nicht einmal von sich aus auf Marthas Liebelei kommen, nur andeuten, dass da etwas sein könnte. Martha mochte erwachsen sein, doch solange sie auf dem Schinderhof wohnte, hatte das Wort des Vaters Gewicht. Korbinian hatte sie gewarnt, sich nicht auf die Wallendorfs einzulassen. Beim zweiten Mal würde er das Verbot vielleicht durchsetzen. Aber was wäre gewonnen, wenn Martha nicht aus freien Stücken diese unselige Verbindung beendete? Zumal er ohnehin bezweifelte, dass sie sich Fesseln anlegen ließ. Sie hatte schon immer mit allen Mitteln um ihre Freiheit und ihr Recht auf Selbstbestimmung gekämpft.

Benno liebte Martha und wollte sie für sich gewinnen, aber so verlockend die Aussicht war, sich alles von der Seele zu reden, war es doch der falsche Weg. Martha würde erfahren, von wem der Vater es wusste. Welche Chance blieb Benno dann? Er schüttelte den Kopf, obwohl es ihm schwerfiel. »Ich … ich weiß es nicht.«

Korbinian brummte. »Ich finde keinen Zugang mehr zu ihr.« Er lachte rau. »Das Reden war nie meins. Das war Barbaras Sache. Wenn sie noch hier wäre, würde sie … sie …« Er schnaufte durch – und sah Benno plötzlich so flehend an, dass dieser erschrak. »Kannst du nicht mit ihr sprechen? Ihr seid praktisch miteinander aufgewachsen, ich habe immer noch die Hoffnung, dass aus euch etwas wird.«

Die Hoffnung hatte Benno auch, nur die Idee, wie er Martha für sich gewinnen konnte, fehlte.

»Benno?«

»Sie wird sich einkriegen, Korbinian. Bei den jungen Frauen geht es schon mal drunter und drüber, ohne dass wir Männer es verstehen. Ich an deiner Stelle würde mir keine großen Sorgen machen.«

»Aber du redest mit ihr?«

»Wenn du es möchtest«, hörte Benno sich antworten, obwohl er keine Ahnung hatte, was er ihr sagen sollte, das sie nicht wieder gegen ihn aufbrachte. Er würde die Nacht im Stroh wohl eher mit Nachdenken verbringen als mit Schlafen, und auch den weiteren Rückweg nach Polderfeld würde er nutzen, sich etwas einfallen zu lassen.

16

Ein paar Tage später in Ornbach und Polderfeld

Alexander erklomm mit lässig in den Hosentaschen steckenden Händen und langen Schritten die Anhöhe hinter der Fabrik, sein Vater folgte schnaufend. Wer derart aus der Übung war wie er, stieß schon auf den wenigen hundert Metern bergan an seine Grenzen. Alexander hingegen hatte erst am vergangenen Sonntag mit seinen Freunden den Großen Arber bestiegen, eine Wanderung, auf der Vinzenz und er sich bestens über Florian amüsiert hatten. Der war ein ums andere Mal mit hochrotem Kopf und nach Atem ringend zurückgeblieben.

Seinen Vater nun auszulachen wie den Schreinersohn fiel Alexander nicht ein. Eine Genugtuung war es aber schon, ihn ein wenig leiden zu sehen, schließlich war diese Besichtigungstour seine Idee gewesen.

Alexander erreichte die auf der Kuppe unter einer ausladenden Buche stehende Bank. Er wartete, bis sich sein Vater erschöpft niedergelassen hatte und die Beine von sich streckte, bevor er sich selbst setzte und den Blick über das Ornbachtal schweifen ließ. Als blaues Band schlängelte sich der Strom durch die Landschaft. Auf dem Hügelkamm, der sich auf der anderen Seite des Flusses erhob, zeichnete sich eine Siedlung wie mit dem Lineal gezogen ab, kein gewachsener Ort, sondern das am Reißbrett entstandene Arbeiterquartier. Sein Vater hatte ihn gebeten, aus der Ferne mit ihm zu überprüfen, welche Arbeiten noch anstanden. Alexander hatte notgedrungen zugestimmt, obwohl es Samstag war und er früh zu Vinzenz reiten und später mit ihm das Mittagessen einnehmen wollte. Kathi war schwanger, für Vinzenz waren ihre berüchtigten Sauftouren vorerst auf Eis gelegt. Aber Alexander sehnte sich nach einem Gedankenaustausch. Seit Martha mit ihrem Vater und dessen Gehilfen auf Reisen war, zermarterte er sich das Hirn darüber, wie es mit ihnen weitergehen sollte. Nach dem Streit in der Fischerhütte hatte er mitbekommen, dass Martha auf dem Uferweg Benno Meininger getroffen hatte, hoch zu Ross. Von ihrem Gespräch hatte er aus der Entfernung nur Bruchstücke belauscht. Zu leise hatten sie gesprochen, das Gebüsch hatte die Hälfte der Sätze verschluckt. Näher heranzutreten hatte er nicht gewagt, nichts wäre ihm peinlicher gewesen, als mit gespitzten Ohren erwischt zu werden. Was er hörte, war, dass Martha einige Tage unterwegs sein würde, erwähnt hatte sie das ihm gegenüber mit keinem Wort. Als ginge es ihn nichts an, wenn sie wer weiß wie lange getrennt waren! Einmal fiel sein Name, aber bestimmt nicht, weil Meininger so große Stücke auf ihn hielt. Wie vertraut die beiden miteinander umgegangen waren, dann die Umarmung. Ob sie in ihrer Jugend ein Paar gewesen waren? Für einen Außenstehenden schienen sie perfekt zueinander zu passen.

Seit zwei Tagen schickte Alexander den Burschen Micha nach Polderfeld, um nachzusehen, ob die Schinders heimgekehrt waren. Spätestens morgen oder übermorgen erwartete er sie zurück. Dann würde er auf der Stelle mit Martha reden, sich im besten Fall mit ihr versöhnen. Vielleicht konnte Vinzenz ihm helfen, die richtigen Worte dafür zu finden. Er musste ihr sagen, dass er sie nicht verlieren wollte, sie andererseits aber nicht so herrisch und widerspenstig sein durfte und auch einmal einen Schritt auf ihn zumachen sollte. Ein schwieriger Balanceakt.

Mit dem Vater den Hausberg zu erklimmen entsprach nicht

seinem Bild von Entspannung am Wochenende. Einen diesbezüglichen Kommentar hatte er sich verkniffen. Als ob es für Menschen wie sie freie Tage gäbe!, würde sein Vater poltern. Muße hatte nur verdient, wer dafür gesorgt hatte, dass alles nach seinen Vorstellungen lief. Also hieß es, die Sache schnell hinter sich zu bringen.

Die Häuser mit ihren Spitzdächern und zwei Stockwerken glichen sich wie ein Ei dem anderen. In ein paar größeren Gebäuden befanden sich Bade- und Waschhäuser, ein Arzthaus mit Krankenbetten, eine Säuglingsstation, ein Speisehaus. Dass noch vieles getan werden musste, konnte man aus der Vogelperspektive deutlich erkennen. Manchen Häusern fehlte der Putz, den Straßen das Pflaster. Rings um die Siedlung könnte man Bäume pflanzen, die das Quartier flankierten. Aber insgesamt sah es bereits einladend aus. Aus der Entfernung wirkte das Zuckerquartier, wie es von den Einheimischen genannt wurde, wie eine Spielzeugstadt.

Über mehrere Monate hatte der Bau der Kolonie vielen Handwerkern aus der Region ein Auskommen verschafft. Das Fuhrunternehmen Schinder war nicht dabei gewesen. Alexander hatte sich dafür gewappnet, seinem Vater Korbinian Schinder mit seinem Geschäft auszureden, falls er ihn auf die Liste setzen wollte. Martha sollte nicht denken, er hätte ihnen gegen ihren ausdrücklichen Willen die Anstellung untergejubelt. Aber Leopold Wallendorf hatte den Betrieb ohnehin mit keiner Silbe erwähnt und sich für andere entschieden.

Auf den Wegen und Plätzen waren nur wenige Menschen unterwegs. Die knapp vierzig Häuser und zweihundert Appartements waren zu etwa einem Viertel von den Angestellten bewohnt, die auch außerhalb der Saison ihren Dienst in der Zuckerfabrik verrichteten. Sie putzten die Extraktionstürme, Kalköfen und Silos, reparierten die Verdampfungsstationen und Zentrifugen, nahmen neue Geräte in Betrieb, organisierten den Verkauf des Zuckers an Großhändler und private Abnehmer.

293

»Nach all den Jahren freue ich mich immer noch auf den Tag, wenn die erste Lieferung mit den Knollen kommt«, sagte Alexanders Vater neben ihm. »Ist mein Eindruck richtig, dass ich dich mit dem Produktionsfieber ein wenig angesteckt habe?«

»Ja, natürlich, ich liebe, was wir machen«, behauptete Alexander.

»Hast du die Post mit den Bewerbungen schon durchgearbeitet?«

Seit er die Anzeige in Deggendorf aufgegeben hatte, waren Dutzende von Briefen eingegangen. Er hatte sie überflogen, jedem Absender eine Einladung geschrieben und die Umschläge dem Burschen mitgegeben, der sie zur Post trug. Wirklich abzuwägen und zu bewerten, wer zu ihnen passte, erschien ihm übertrieben. Jeder Depp konnte, wenn er angelernt wurde, in der Zuckerfabrik arbeiten. »Da sind vielversprechende Leute dabei«, sagte er trotzdem. »Die besten werden sich vorstellen.«

Leopold lächelte zufrieden. »Ausgezeichnet, mein Sohn. Ich überlege, die Löhne etwas zu senken, wenn die Nachfrage nach offenen Stellen so groß ist. Wieso teuer bezahlen, wenn die Leute froh sind, überhaupt was zu bekommen? Was meinst du, wie viel wir runtergehen können?«

In Alexanders Büro stapelte sich die Buchführung der *Donau Zucker* seit 1898. Sein Vater hatte ihm aufgetragen, alles durchzugehen, damit er für künftige Entscheidungen einen angemessenen Hintergrund hatte. Wann diese Zukunft eintreten sollte, in der er von Alexander mehr als ein Nicken und seine Zustimmung zu seinen eigenen Entscheidungen erwartete, ließ er offen. Daher hatte Alexander sich nur einzelne Posten herausgepickt, die er bei Gelegenheit anbringen konnte. Allein das war ihm schwer genug gefallen. Bilanzen – gab es Langweiligeres? Jetzt kam ihm der Zufall zupass, denn die Löhne hatte er sich angesehen.

»Neunzehnhundertsechs gab es einen historischen Tiefpunkt.

In dem Jahr herrschte großer Unwillen«, erinnerte er sich. Er war schon in Leipzig gewesen, hatte seinen Vater aber bei einem seiner wenigen Besuche über die Arbeiterschaft schimpfen hören. Wie die ihre Verärgerung gezeigt hatte, hatte er nicht erwähnt. Einen Bummelstreik hielt Alexander für unwahrscheinlich, jeder wusste, dass Leopold Wallendorf nicht lange fackelte, wenn ein Arbeiter zu wenig Einsatz für den Betrieb zeigte. Dennoch … Er schüttelte den Kopf. »Ich würde das kein zweites Mal riskieren. Die Zeiten haben sich geändert.«

»Wie wahr«, sagte sein Vater und wies auf das Zuckerquartier. »Das gab es damals noch nicht. Bring es bei den Gehaltsverhandlungen mit ein. Ein schönes Zuhause für die Arbeiter und ihre Familien. Wer kann das außer uns schon bieten? Nicht einmal der Thurn und Taxis hat das! Da wird sich doch sicher die ein oder andere Mark am Lohn sparen lassen, ohne dass Entrüstung aufkommt.« Er erhob sich ächzend. »Und setz dich mit dem Elektriker auseinander. Dieser vermaledeite Strom soll endlich funktionieren. In allen Häusern!«

Alexander stand ebenfalls auf. »Ja, das habe ich auf meinem Plan.«

»Bei den neuen Zentrifugen fehlen noch ein paar Leitungen. Darum soll er sich dann auch gleich kümmern. Hast du dich übrigens auf den aktuellen Stand gebracht?«

Tatsächlich lag ein Berg von Ausgaben der »Zeitschrift des Vereins der Deutschen Zuckerindustrie« neben vielen anderen Fachblättern auf Alexanders Schreibtisch. Diese Magazine hatten von jeher die technischen Fortschritte enorm angetrieben. Namhafte Chemiker, Techniker und Unternehmer kamen darin zu Wort. Natürlich prangte auch der Name seines Vaters unter einem dieser Artikel, obwohl Annegret den Bericht über die Gründung der Firma verfasst hatte, wie Alexander wusste. Das war der einzige Text, den er sich angeschaut hatte. Die anderen interessierten ihn nicht. Vielleicht musste er sich irgendwann einlesen. Aber es war wie bei allen Entscheidungen – wieso schon jetzt, wenn es in weiter Ferne lag, dass er die *Donau Zucker* übernehmen würde? Außerdem überlegte er, ob er als zukünftiger Besitzer wirklich über alles Bescheid wissen musste. War es nicht sinnvoller, eine Arbeitsgruppe aus Fachleuten einzustellen, an die er die Aufgaben verteilte? Er selbst brauchte nur den Überblick behalten, aber nicht jedes Detail kennen. Sein Arbeitsstil würde sich erheblich von dem seines Vaters unterscheiden, und vielleicht war gerade die passende Gelegenheit, einen ersten Impuls in diese Richtung zu geben.

»Natürlich«, sagte er. »Ich habe einen Experten bestellt, der unseren Arbeitern alles erläutern wird.« Das hatte er nicht, würde er aber schnellstmöglich nachholen. Eine Begründung lieferte er gleich nach, bevor sein Vater die zusätzlichen Kosten infrage stellen konnte. »Eine kleine Investition im Vergleich zum Nutzen, den wir daraus ziehen. Wir sind zu beschäftigt, um diese wichtige, aber zeitraubende Aufgabe ständig selbst zu übernehmen.«

Sein Vater kniff skeptisch die Augen zusammen, die linke Braue senkte sich halb über das Monokel. Dann nickte er. Ein hintergründiges Lächeln breitete sich auf seinem Gesicht aus, als er den Rückweg antrat. »Ja, die Arbeit reißt nicht ab. Und da wäre ja noch das Fräulein Lanz, das dich in Beschlag nimmt. Die letzten Tage etwas weniger, wenn ich das richtig mitbekommen habe. Wann seht ihr euch das nächste Mal?«

Alexander spürte seinen Puls hinter den Schläfen pochen. Weil Martha und er sich nicht getroffen hatten, hatte er auch keine Verabredungen mit Veronika vortäuschen müssen. Er hätte wissen müssen, dass das dem alten Herrn auffallen würde!

»Nächste Woche«, sagte er eilig. »Sie war wie ich recht eingespannt im Betrieb ihrer Eltern.«

»Schade für das junge Glück«, erwiderte sein Vater so lapidar, dass man hörte, wie wenig ihn Alexanders und Veronikas Gefühlslage kümmerte. Für ihn war anderes wichtig: »Aber ideale Voraussetzungen dafür, dass sie an deiner Seite die perfekte Industriellengattin sein wird. Wann wollt ihr eure Verlobung bekanntgeben? Wir wollten die Familie Lanz für Anfang Juni erneut zu uns einladen. Das wäre eine schöne Gelegenheit. Ein Dinner im Garten. Annegret schwebt ein Geiger vor, um dem Ereignis den passenden Rahmen zu geben.« Er lachte, Alexander blieb ernst. Mit jedem Tag, an dem sie ihren Eltern etwas vorspielten, wurde es schwieriger, mit der Wahrheit herauszurücken.

»Uns liegt viel an dieser Verbindung«, fuhr sein Vater fort. »Und damit du das auch erkennst …« Sie waren inzwischen den Hügel hinabgestiegen und zurück auf Gut Theresienberg. Sein Vater steuerte nicht das Hauptportal an, sondern wandte sich einer der Scheunen zu, in der sie im Winter das Stroh für die Pferde lagerten. Vor dem Tor blieb er stehen, auf dem Gesicht ein sattes Grinsen. »Öffnen bitte.«

Alexander zögerte. Er hasste Überraschungen nicht erst seit dem Tag seiner Rückkehr nach Ornbach. Aber was blieb ihm anderes übrig, als dem Wunsch nachzukommen? Die Angeln quietschten, als er beide Flügel gleichzeitig aufzog. Die Vormittagssonne schien durch die schmutzigen Fenster, Chrom und Metall blitzten auf. Ein Ford Model T Touring, schwarze Karosserie und Ledersitze, rote Speichenräder, goldfarben verzierte Windschutzscheibe, Scheinwerfer. Ein Traum von einem Automobil – obwohl Alexander, nach seiner Meinung befragt, sich eher für einen Mercedes entschieden hätte. Aber dennoch. Einen Moment lang brachte er keinen Ton heraus, ging auf das Fahrzeug zu, streichelte über das Metall und das lederne Verdeck. Was für ein Schmuckstück! »Hast du also doch beschlossen, dir ein …«

Sein Vater schüttelte den Kopf und wirkte sehr zufrieden. »Für mich ist es nicht. Es gehört dir.«

»Ich ... ich«, stammelte Alexander. »Ich weiß nicht, was ich sagen soll.«

»Danke wäre ein Anfang.«

»Selbstverständlich«, sagte Alexander, konnte den Blick aber nicht von dem Ford nehmen. Er stieg auf den Fahrersitz, ruckelte auf dem Ledersitz hin und her, bis er eine bequeme Position fand, umschloss das Lenkrad und machte sich mit Zündung, Gas und Bremse vertraut. »Vielen Dank!«

»Wie schön, dass du dich freust«, hörte er seine Mutter vom Tor her. Sie musste ihn und seinen Vater vom Haupthaus aus gesehen haben, nun trat sie an Leopolds Seite. »Wir sind so stolz auf dich. Ich verstehe zwar nicht, wie man damit umherfahren kann, ich setze mich bestimmt nie in so einen Stinkkarren, aber wenn es euch jungen Leute glücklich macht?«

»Das macht es! Ich werde gleich eine Probefahrt unternehmen!«

Leopold lachte. »Ja, fahr nur nach Deggendorf und führe deinen neuen Besitz dem Fräulein Veronika vor. Es kann nichts schaden, ein weiteres Argument für eine Vermählung mit dir in die Waagschale zu werfen.«

Erwartungen. Wieder einmal. Handelte sein Vater jemals ohne Hintergedanken? Von wegen Stolz. Bei seiner Mutter mochte das stimmen, bei seinem alten Herrn steckte kalte Berechnung dahinter. Alexander sollte aus dem Auto steigen und dankend ablehnen, wenn er ihn offenbar nur dafür erhielt, dass er die richtigen Schritte in die gewünschte Richtung unternahm.

Aber dieser Wagen ...

Alexander betätigte den Anlasser, und das satte Brummen des Motors erfüllte die Scheune.

Schon nach wenigen hundert Metern Fahrt waren die Bedenken vergessen. Der Ford schnurrte wie ein Kätzchen, das komplizierte Zusammenspiel aus Gangschaltung, Gas und Bremse funktionierte reibungslos. Bis zur Hauptstraße fuhr er über holperige Pfade voller Spurrillen von Kutschenreifen. Dann rollte der Wagen auf Asphalt, und Alexander testete die Geschwindigkeit aus. Was für ein Gefühl, sich die Haare ums Gesicht wehen zu lassen und dabei weitaus komfortabler unterwegs zu sein als in einer wackelnden Kutsche!

Nach Deggendorf würde er nicht fahren. Stattdessen fuhr er zehn Minuten später auf den Winklerhof, wo sich Vinzenz mit nacktem Oberkörper am Brunnen wusch. Vermutlich hatte er die Tiere versorgt und schrubbte sich den Geruch nach Stall ab. Alexander ließ die melodische Hupe des Automobils dreimal erklingen. Vinzenz rutschte die Kernseife aus der Hand, als er ihm mit offenem Mund entgegenblickte. Das Tröten rief auch die anderen Bewohner der Hofanlage herbei. Aus dem Altenteil kamen die Eltern, aus der Waschküche die Magd und vom Feld her lief der Knecht heran. Kathi eilte aus dem Wohnhaus, band sich im Laufen die Schürze ab und warf sie über das Treppengeländer. Die Haare hielt sie sich mit einem rot getupften Tuch aus dem Gesicht.

Alexander drehte eine Extrarunde im Hof, damit alle den blitzenden Ford bewundern konnten. Dann brachte er den Wagen zum Stehen und rief Vinzenz zu, der sich inzwischen abgetrocknet und das Schnürhemd über den Kopf gezogen hatte: »Wie wär's mit einer Spritztour?«

»Bist du sicher, dass man dich auf die Straße lassen sollte?«, gab sein Freund lachend zurück und zog sich seine graue Kappe in die Stirn. Er streichelte das Auto so ehrfürchtig, wie Alexander es kurz zuvor selbst getan hatte. Kathi stellte sich neben Vinzenz, umarmte seine Taille. Die andere Hand hielt sie auf ihrem gerundeten Bauch.

»Probier es aus, sonst erfährst du es nie!«, gab Alexander zurück.

Die anderen Hofbewohner schlichen um das Fahrzeug herum wie um etwas, das vom Himmel gefallen war. Vinzenz blickte Kathi fragend an. »Du hast das Essen fertig, nicht wahr?«

»Ich hebe euch was vom Fleisch zum Aufwärmen auf und mache später Bratkartoffeln dazu. Ich sehe doch, wie du auf diese Verrücktheit brennst.«

Vinzenz küsste seine Frau, kurz darauf brauste Alexander mit ihm auf der Hauptstraße über Eging am See, Windorf und Tiefenbach Richtung Passau. Schon auf den ersten Metern mussten sie eine Kutsche überholen, aber dann hatten sie freie Fahrt. Vinzenz ließ sich die Armaturen und Schalter erklären. »Es ist wirklich kinderleicht«, sagte Alexander. »Und diese Geschwindigkeit ist wie ein Rausch, findest du nicht?« Mit der Droschke brauchte man mehr als zwei Stunden nach Passau, der Ford schaffte die Strecke locker in dreißig Minuten.

»Bezahlt dich dein Vater so gut, dass du dir ein solches Luxusgefährt leisten kannst?«, erkundigte sich Vinzenz.

»Er bezahlt mich gar nicht, um genau zu sein. Er gibt mir, was ich brauche, und dieses Auto ist ein Geschenk.«

»Was musst du dafür tun?«

So lange befreundet zu sein war Segen und Fluch. Vinzenz wusste, was für eine Sorte Mensch Leopold Wallendorf war. Alexander brauchte ihm nichts vorzuspielen. »Er hofft, dass das Automobil meine offizielle Verlobung mit Veronika Lanz beschleunigen wird.«

»Was nicht der Fall ist, vermute ich.«

»Du weißt, dass sie genauso wenig wie ich an einer Vermählung interessiert ist. Wir werden den Eltern bald die Wahrheit sagen.«

»Dann bist du frei für deine Martha.«

Alexander stutzte über den Ton. »Du weißt, dass es nicht so einfach ist.«

Neben ihm presste Vinzenz die Lippen aufeinander und starrte durch die Windschutzscheibe. Alexander schaute abwechselnd von ihm zur Straße. Ein Fuhrwagen zockelte vor ihm und zwang ihn zum Überholen. Erneut sah er zu Vinzenz. Warum schwieg er? Was hielt er zurück? »Raus mit der Sprache, Vinz! Was hast du auf dem Herzen?«

Sein alter Freund räusperte sich unbehaglich und rutschte auf dem Beifahrersitz herum. »Du weißt, ich gebe nichts auf Klatsch und Tratsch.«

»Wer tut das schon. Also, was erzählt man sich?« Alexanders Stimme klang schärfer als beabsichtigt. Es musste an der Angst liegen, die ihm in die Knochen fuhr. Wusste man von Martha und ihm? Waren sie nicht vorsichtig genug gewesen, machte es die Runde? Wie lange würde es dauern, bis es seine Eltern erfuhren?

»Kathi kennt durch den Eier- und Milchverkauf viele Leute in den Ortschaften«, sagte Vinzenz. »Ich hatte ihr erzählt, dass du dich in die Martha aus Polderfeld verguckt hast, sie hat die Ohren aufgehalten. Wie Frauen so sind, du weißt schon.«

Alexander spürte die Ungeduld wie eine sirrende Sirene in seinem Inneren. »Weiter!«

»Es heißt, die Schinders hätten zu ihrem Fuhrunternehmen eine kleine Nebeneinkunft. Einige sprachen von … Saccharin.«

Der Ford geriet ins Schlingern, Vinzenz griff herüber zum Lenkrad, aber Alexander hatte das Gefährt bereits wieder unter Kontrolle. Seinen Magen weniger. Sauer stieg es ihm die Speiseröhre nach oben. Saccharin! Der verhasste Süßstoff, den Männer, die sich für die Retter der Armen hielten, unters Volk brachten. Ausgerechnet damit sollte Martha zu tun haben? Alexander kramte die Erinnerung an ihr Gespräch mit Benno Meininger hervor. Konnte diese Reise ein Hinweis sein? Es würde passen. Alexanders Hände schlossen sich fester um das Steuer.

»Nicht so schnell!« Vinzenz stützte sich am Armaturenbrett ab.

Alexander nahm den Fuß vom Gaspedal. »Natürlich, entschuldige.« An der nächsten Kreuzung bog er ab, um den Rückweg über Tittling, Schönberg und Kirchberg im Wald nach Ornbach zu nehmen. Passau würden sie ein andermal ansteuern. Die Freude an der Fahrt war ihm gründlich vergangen.

»Es tut mir leid«, murmelte Vinzenz zerknirscht. »Ich fand, du solltest das wissen, bevor du Zukunftspläne schmiedest.«

»Ja, ja, es war richtig, dass du es mir erzählt hast.«

»Was wirst du tun?«

»Ich werde herausfinden, was an dem Tratsch wahr ist und was nicht.«

Zwanzig Minuten später setzte er seinen Freund auf dem Hof ab.

»Du bist sicher, dass du nichts vom Nackenbraten möchtest? Er zergeht dir auf der Zunge, das verspreche ich dir«, versuchte Vinzenz ihn aufzuheitern, sah aber schnell ein, dass er keinen Erfolg haben würde. Er pochte mit den Fingerknöcheln vorsichtig auf die Motorhaube, als verabschiede er sich aus einem der Gasthäuser, die sie früher unsicher gemacht hatten. »Fahr langsam, Alexander. Und tue nichts Unüberlegtes, hörst du?«

Er nickte wortlos und fuhr vom Hof. Wenig später war er zurück auf Gut Theresienberg. Er drehte eine Runde über den Kies, um den Wagen direkt vor dem Haupteingang zu parken. Im selben Moment kam Micha auf der Stute Eule angeritten. Alexanders Hengst Zeus durfte er nur füttern und pflegen, Ausritte mit ihm unternahm ausschließlich Alexander.

Der Junge glitt aus dem Sattel, eilte herbei und riss sich die Mütze vom Kopf. Er knetete sie in den Händen, seine Haare standen stachelig vor Schweiß ab. Er pustete die Wangen auf, als er das Automobil sah, aber er hielt sich nicht lange mit Begeisterungsrufen auf. »Gnädiger Herr, gnädiger Herr, die Schinders sind in zwei Stunden auf dem Hof zurück! Sie haben wohl Baumstämme von weither geholt. Ich habe sie in Landau an der Isar gesehen und bin dann gleich zurück, um Ihnen Bescheid zu geben.«

»So weit bist du geritten …«

»Sie haben gesagt, ich soll die Augen aufhalten! Das habe ich getan«, sagte er schnell, wohl um darüber hinwegzutäuschen, dass ihm das Ausschauhalten einige schöne Stunden fern seiner anderen Aufgaben auf dem Gut gebracht hatte.

Alexander hatte nicht vor, ihn deshalb zu rügen. Er griff sogar in die Hosentasche und holte ein paar Münzen hervor, die er dem Jungen in die Hand drückte. »Du wirst es noch weit bringen. Wenn nicht mit Tüchtigkeit, dann mit deiner Schläue.«

Michas Ohren erglühten. Er verneigte sich mehrmals und sprang zur Seite, als Alexander den Wagen wieder startete und vom Hof lenkte. Er würde ihn in Polderfeld stehen lassen, vielleicht vor dem Dorfkrug. Den Schinders musste nicht direkt ins Auge fallen, dass sie Besuch bekamen.

Auf dem Schinderhof eilte Helena hüpfend vom kleinen Teich herbei, als Martha den schwer beladenen Fuhrwagen vor der Scheune zum Stehen brachte. Die jüngste Schwester strahlte wie die Sonne, der inzwischen ausgewachsene Wastl watschelte, angesteckt von ihrer Aufregung, schnatternd um sie herum. »Da seid ihr ja endlich! Ich habe euch vermisst!«

Martha hüpfte vom Kutschbock und umarmte Helena. Suchend sah sie sich um. »Bist du etwa allein? Wo ist …?«

Von der Straße erklang ein Rufen. Wie schon Helena rannte auch Gwendolyn mit fliegendem Rock herbei, unter der Achsel einen mit einem Lederband zusammengehaltenen Stapel Bücher. »Huhu!« Die Schwestern fielen sich in die Arme. Obwohl so unterschiedlich in ihren Wesenszügen, vermissten sie sich gleichermaßen, wenn sie sich ein paar Tage nicht sahen.

»Warst du bei Quirin?«, erkundigte sich Martha mit Blick auf die Romane.

»Der ist nur noch selten in unserem Lesezirkel dabei. Martin … ich meine, Herr Tauber hat mir die Bücher aus der Bibliothek herausgesucht.«

»Der Martin, soso.« Martha verschränkte die Arme vor der Brust und musterte ihre Schwester. Sie hatte sich verändert im letzten halben Jahr, schneller und deutlicher, als Martha es vermutet hätte. Sie war fraulicher und selbstbewusster geworden, ihre Klugheit setzte sie zu Marthas Verdruss inzwischen immer häufiger bei Familienstreitigkeiten ein. Ihre Meinung hatte sie schon früher vertreten, nun hatte sie gelernt, sich damit auch durchzusetzen. Ob das mit dem Einfluss des Lehrers zusammenhing? »Das heißt also, du und …«

»He, Mädels, habt ihr nichts zu tun?«, rief Korbinian, nachdem er vom Kutschbock gestiegen war und seine Töchter begrüßt hatte.

»Ich helfe dir und Benno!«, rief Martha.

»Ich decke den Tisch fürs Abendbrot!«, meldete sich Helena.

»Ich übernehme die Pferde«, sagte Gwendolyn.

Zehn Minuten später erklang aus der Küche das Klappern von Tellern und Besteck, während Martha in der Scheune eine Plane aus einem Regal nahm, um sie über die Baumstämme zu legen. Gwendolyn hatte nebenan die Gäule mit Futter versorgt und steckte den Kopf in die Scheune. »Kommst du?«

Martha winkte sie zu sich heran. »Schau dir das mal an, Gwendolyn.« Ihre Schwester kam näher. Ein paar Stämme dienten nur dem Verdecken und waren so schmal, dass Martha sie fortbewegen konnte. Darunter traten die ausgehöhlten hervor, randvoll gefüllt mit den gelben Päckchen. »So viel Saccharin haben wir noch nie in einer Tour geholt.« Martha platzte fast vor Stolz.

Gwendolyn hingegen fühlte sich in Gegenwart von so viel Schmuggelware sichtlich unwohl. »Wie haben die Brunners das über die Grenze gebracht?«

»Die sind wirklich nicht auf den Kopf gefallen!«, sagte Martha begeistert und freute sich, als Erste von der tollkühnen Aktion der Schweizer berichten zu können. »Sie haben es rund um einen Leichnam in einem Sarg platziert! Das hättest du sehen sollen!«

Gwendolyn blieb ernst. »Ihr kennt bald kein Tabu mehr, oder?«, stieß sie hervor.

»Natürlich nicht!« Gwendolyn und ihre Prinzipien. Warum freute sie sich nicht mit ihnen? Immerhin verhalfen die Päckchen auch ihr zu einem angenehmen Leben. »Der Grenzer hat nicht mal die Papiere kontrolliert. Die Brunners werden sich einen Sarg eigens für den Saccharin-Transport anfertigen lassen. Ohne Leichnam passt da doppelt so viel rein bei der nächsten Tour.«

»Der nächsten Tour«, wiederholte Gwendolyn murmelnd. »Kriegt ihr denn nie genug? All das Saccharin unter unserem Dach.«

»Wir haben einen Ruf zu verlieren. Papa ist nicht umsonst der Schmugglerkönig vom Bayerischen Wald, die Leute lieben ihn. Uns! Komm mit, wenn wir die Ware verteilen, dann wirst du es sehen.«

Gwendolyn schüttelte den Kopf. »Schlimm genug, dass ich mich um das Geld kümmern muss. Ich fühle mich jedes Mal beschmutzt, wenn ich die Banknoten zähle und nach Deggendorf bringe. Es macht mich krank.«

Martha hatte sich über das Wiedersehen gefreut, nun zerrte Gwendolyns moralinsaures Gerede an ihren Nerven. »Wir tun nichts Verwerfliches. Was meinst du, wie glücklich die Leute in

Böhmen sein werden, wenn wir im Sommer wieder die Prozession mit dem Nepomuk mitmachen?«

»Ihr wollt nach Waidreut? Nach dem, was dort passiert …?« Gwendolyn wurde leichenblass. Ihr Blick ging starr an Martha vorbei.

Martha drehte sich um – und stand einem ebenso blassen Alexander gegenüber, der aus dem Schatten hinter den Wandregalen getreten sein musste. Sein Mund war verkniffen, seine Kiefer arbeiteten. Er beugte sich vor, als wolle er sich in der nächsten Sekunde auf sie stürzen. Seine Hände waren zu Fäusten geballt. »Der Schmugglerkönig vom Bayerischen Wald. Und du, Martha, bist dann wohl seine rechte Hand.«

Gwendolyn fand vor ihr die Sprache wieder. »Irgendwann musste es ja herauskommen«, rief sie atemlos. »Es tut mir leid, Alexander, dass du es so erfahren hast. Ich habe Schuld auf mich geladen, verzeih.« Die Tränen glitzerten in ihren Augen, sie wandte sich auf dem Absatz um und eilte hinaus.

Martha sah ihr nach, in sich mit den widersprüchlichsten Gefühlen kämpfend. Gwendolyns letzter Satz hatte es auf die Spitze getrieben. Als wären sie dafür verantwortlich, dass den Zuckerbaronen die Abnehmer absprangen. Wenn sie überhaupt an etwas Schuld trugen, dann daran, bisher nicht noch mehr von dem Süßstoff unter dem Volk verteilt zu haben! Gleichzeitig fühlte sich Martha von ihr im Stich gelassen. Ausgerechnet jetzt verschwand ihre Schwester! Aber es ging nicht nur um den Schleichhandel, es ging um mehr. Es ging um sie, Martha und Alexander, das Paar aus verschiedenen Welten. Und die Frage, ob sie die Kluft, die weit offen vor ihnen lag, überwinden konnten.

Alexander fixierte sie. Wie verletzt er war, stand neben all der Wut klar in seinen Augen.

»Jetzt weißt du es. Was wirst du tun?« Martha war bereit, sich ihrem Schicksal zu stellen – wie auch immer es aussah.

»Du hast mich hintergangen! Mich mit einer Lüge leben lassen!«

»Ich habe nie gelogen. Ich habe dir nur das nicht erzählt, was du sowieso nicht gern gehört hättest. Das ist mein gutes Recht.«

»Du hättest dich nie mit mir einlassen dürfen!«

Sie schüttelte den Kopf. »Ich wusste nicht, dass du ein Wallendorf bist. Als ich es erfahren habe, war es zu spät.« *Weil ich mich in dich verliebt habe.* Sie sprach es nicht aus. Wenn er es nicht von selbst wusste, war es bedeutungslos.

Er senkte den Kopf. Einen Moment lang funkelte ein Abglanz der Vertrautheit auf, mit der sie in der Fischerhütte im Stroh gelegen, sich auf eine Wolke geträumt hatten. Dann zerstörte Alexander den Augenblick mit den nächsten Worten: »Ich hätte in Kauf genommen, dass du aus ärmsten Verhältnissen stammst. Aber niemals kann ich akzeptieren, dass du in die kriminellen Machenschaften gegen die Zuckerindustrie verwickelt bist! Und das nicht als kleine Gaunerin, sondern in einer professionellen Schmugglerbande!«

»Wir haben nur die logischen Konsequenzen gezogen.« Marthas rebellische Art meldete sich ohne Vorwarnung. Alexander warf ihr etwas vor, für das er und seinesgleichen die Verantwortung trugen! »Saccharin ist eine günstige Alternative zu eurem Zucker. Das passt euch nicht, und so spannt ihr die Politik vor euren Karren, um die Konkurrenz auszuschalten. Kein Wunder, dass wir Schmuggler höher angesehen sind als die gesamte Zuckerindustrie.«

Alexanders Lachen klang bitter. »Ja, ja, das sagtest du schon. Die Leute *lieben* euch. Hör doch auf, dir dein Handeln schönzureden! Saccharin wurde von einem Betrüger entwickelt, der seinen Kollegen am Geschäft nicht teilhaben ließ und die Patentrechte für sich allein beanspruchte. Ist das etwa anständig?«

»Mir euren Gesetzen versucht ihr, euer Monopol zu halten!

307

Ein Gesetz, das eine blühende Industrie vernichtet hat! Es war doch zu erwarten, dass die kleinen Leute eigene Wege suchen würden.«

»Dabei wisst ihr nicht einmal, ob dieses chemische Teufelszeug ohne jeden Nährwert schädlich ist.«

»Es ist längst bewiesen! Jeder, der sagt, Saccharin schade der Gesundheit, ist ein Idiot!«

»Du bist dermaßen verblendet und verbissen … Ich wünschte, ich hätte dich niemals getroffen, Martha Schinder!« Seine Stimme hallte durch die Scheune. In sein Gesicht war die Farbe zurückgekehrt, ein ungesundes, feuriges Rot, sein Blick brannte.

Martha warf den Zopf mit einem Ruck zurück. »Du hattest gehofft, dir eine kleine Fuhrmannstochter mit deinen Geschenken gefügig zu machen und herauszuputzen, bis sie nicht mehr zu erkennen ist. Da hast du dir die Falsche ausgesucht. Kein Mann wird mich jemals beherrschen, niemals würde ich mein Leben ändern, nur weil es dir nicht passt. Ich hasse dich, Alexander, ich will dich niemals wiedersehen.«

»Ihr werdet weggesperrt, wenn man euch erwischt.«

»Geh zur Gendarmerie, und verpfeife uns! Wenn mein Vater und ich im Gefängnis sitzen, werden wir immer noch beliebter bei den Menschen sein als du mit deiner überheblichen Sippschaft!«

Alexander öffnete den Mund zu einer Erwiderung, schloss ihn aber wieder, ohne etwas zu sagen. Noch einmal brannte sich sein Blick in ihren, dann drehte er sich um und verließ die Scheune. Als er das Tor hinter sich zuschmiss, wackelten die Holzwände.

Martha ließ sich auf den nächststehenden Strohballen fallen, senkte den Kopf und schlug die Hände vors Gesicht. Sie spürte die Tränen aufsteigen, aber sie würde sie niederringen. Er hatte reagiert, wie man es von den mächtigen Zuckerbossen erwartete. Auf den eigenen Vorteil bedacht, von oben herab und in seiner

Meinung unumstößlich. Wie recht Benno gehabt hatte, als er ihr vorhielt, sie und Alexander stammten aus verschiedenen Welten und würden die Unterschiede niemals überwinden. Sie war blind vor Verliebtheit gewesen, nun bekam sie die Quittung dafür. Sie rief sich Alexanders Worte, seinen Ton und seinen Gesichtsausdruck ein weiteres Mal ins Gedächtnis. Nach alldem Schmerz, der Wut über sich selbst und der grenzenlosen Enttäuschung tauchte die bange Frage auf: Würde Alexander sie tatsächlich bei der Obrigkeit anschwärzen? Unzählige Schleichhändler waren in Gefängnissen gelandet, wenn man sie erwischt hatte, und ja, sie galten als Märtyrer, die für die Rechte und das Wohl des Volkes kämpften. Dennoch glaubte Martha bei der Vorstellung, gemeinsam mit ihrem Vater und Benno in Handschellen abgeführt und hinter Schloss und Riegel gebracht zu werden, den Boden unter den Füßen zu verlieren.

TEIL 4

Oktober 1909 bis April 1910, Waidreut, Bayerischer Wald

Wandel und Kraft

17

Oktober 1909, Waidreut

Der Sommer hielt sich in diesem Jahr ungewöhnlich lang, doch der Herbst schickte die ersten Boten, die sich vereinzelt im Wald zeigten. Die im leichten Wind wispernden Blätter der Birken wechselten von Grün zu Gelb, das Aroma von Steinpilzen und Pfifferlingen wehte zu Benno auf den Kutschbock. Sicher würde er unter der Gruppe Kiefern am Wegrand fündig werden. Die Natur schien sie in diesem Jahr reichlich zu beschenken. Er nahm sich vor, nach dieser Tour die ihm bekannten Stellen rund um Polderfeld abzugehen. Cilly würde sich über seine Semmelknödel mit Rahmpilzen freuen, wenn sie am Wochenende heimkehrte.

Zwei Gründe sprachen dagegen, die Kaltblüter hier zum Stehen zu bringen und in die Pilze zu gehen: Anders als daheim hatte es so nahe an der böhmischen Grenze vor nicht allzu langer Zeit geregnet. Die breiten Räder des Wagens zogen sich schmatzend durch die ausgefahrenen Rinnen, die Pferde hätten Mühe, an der Steigung wieder anzuziehen. Außerdem herrschte an diesem späten Samstagnachmittag selbst im Schatten eine drückende Schwere. Nicht nur, was das Wetter betraf. Benno kam es vor, als wären sie drei – Korbinian, Martha und er – jeder für sich unterwegs. Daran änderte auch Marthas Gesprächigkeit nichts. Seit sie aufgebrochen waren, redete sie ohne Unterlass, aber ihre sonst so schöne Stimme klang wie eine zu straff gespannte Gi-

tarrensaite kurz vor dem Reißen. Ihr Vater war schon vor einer
Woche verdrießlich gewesen, als sie das Saccharin im Sarg von
den Brunners an der Schweizer Grenze übernommen und in aus-
gedienten Weinfässern verstaut hatten. Viel zu spät, sie hatten
den August vereinbart. Benno hatte geglaubt, dass er wegen der
Verzögerung verärgert war, mit der Loris und Andrin zu kämpfen
gehabt hatten. Die zahlreichen Besorgungsfahrten nach Zürich
hatten das Misstrauen ihres Onkels erregt, sie hatten sich für den
Rest der zweihundertfünfzig Pfund mehr Zeit nehmen müssen.
Die erlösende Nachricht, als alles beisammen war, hatte Korbinians Stimmung jedoch nicht gehoben. Und heute hatte er sich bei
der Abfahrt vom Schinderhof kurzerhand zu den mit einer Plane
bedeckten, festgezurrten Fässern auf die Ladefläche gelegt und
Martha den Platz vorn überlassen.

»... Gwendolyn dabei wäre, könnte sie es uns auf die Schnelle
ausrechnen«, führte diese einen Satz zu Ende, dessen Anfang
Benno entgangen war. Er sollte weniger seinen Gedanken nachhängen. Zum Glück war Martha seine Abwesenheit nicht aufgefallen: »Auf jeden Fall steht ein hübsches Sümmchen ins Haus.
Geschieht denen da oben recht, wenn wir unseren Anteil ein-
streichen. Geld, das wir uns redlich verdient haben, im Gegensatz zu ...«

Benno unterbrach ihren Redefluss mit einem *Brrr*. Das Geschirr der Pferde klapperte, er wies auf den Rastplatz, von dem
aus man einen Blick hinab ins Tal hatte.

»Wollen wir hier Pause machen wie ...« Er brach den Satz ab,
bevor ihm das *damals* über die Lippen kam.

Die Pferde schnaubten, dann raschelte Marthas schweres
Kleid mit den eingenähten, aber noch leeren Taschen, als sie neben ihm den Kopf schüttelte. »Weiter.«

Benno schalt sich für die dumme Idee und ließ das Fuhrwerk
anrollen. Im Vorbeirumpeln sah er die Tischplatte mit den ein-

geritzten Liebesschwüren, denen er schon vor drei Jahren gern seinen zugefügt hätte.

Er wagte einen Seitenblick auf Martha, nachdem sie es nun ihrem Vater gleichtat und schwieg. Das hatte er ja wunderbar hingekriegt! Er musste sich etwas einfallen lassen, bevor sie den ganzen restlichen Weg über vor sich hin brütete. »Schön, dass du seit dem Frühjahr wieder öfter mit auf Tour bist. Die Fahrt nach Englingen hat wohl den Ausschlag gegeben, was? Auch wenn die Leiche sicher nicht jedermanns Sache war. Diese Brunners! Dass sie sich wirklich einen Sarg haben zimmern lassen, um das Saccharin über die Grenze zu bringen, hätte ich nicht gedacht.«

Martha zuckte die Achseln. »Wenn die Leute nicht zum passenden Moment sterben, muss man sich anders zu helfen wissen.«

Sie war schön wie immer, doch um ihren Mund hatte sich ein harter Zug gelegt. Dann entspannten sich ihre Wangen, und sie stieß ein herzhaftes Lachen aus und knuffte mit ihrer Schulter gegen seine. In letzter Zeit hatte es öfter derartige Berührungen gegeben. Bennos Herz klopfte freudig.

»Unseren Besuch im Badischen fand ich gruselig mit der halb verwesten Leiche.« Sie schüttelte sich. »Aber der Tod gehört zum Leben, und dem Verstorbenen hat es bestimmt nichts ausgemacht, der Allgemeinheit noch einen Dienst zu erweisen und denen da oben eins auszuwischen.«

Denen da oben. Wieder. »Die Zuckerbarone meinst du?« Martha nickte. Die Züge um ihren Mund nahmen erneut einen harten Ausdruck an. Als kaue sie auf einem alten Kanten Brot, damit er ihr nicht quer im Hals stecken blieb. Er lugte über die Schulter, aber von Korbinian waren nur die auf die Bordwand gelegten Beine und Füße zu sehen. Ob er schlief oder nicht, konnte er nicht erkennen. Zur Sicherheit senkte Benno die Stimme. »Wie die Wallendorfs.«

Martha starrte stur geradeaus, als gäbe es da mehr zu sehen als die wackelnden Hintern der Gäule und den matschigen Weg.

»Ich kenne dich mein ganzes Leben, Martha Schinder. Du musst mir nichts vormachen. Alexander?«

Die Wut loderte in ihren Augen auf. Sie schien ihn wie beim ersten Mal nach dieser unsäglichen Nacht des Erntedankfests anfahren zu wollen. Was war er nur für ein Trottel! Er hätte sie in ihrem Zorn auf die Mächtigen bestärken können, jetzt zog er ihn stattdessen auf sich, nur weil er endlich eine Gelegenheit gewittert hatte, sein Versprechen Korbinian gegenüber zu erfüllen. Mit Martha über Alexander Wallendorf reden. Hervorragend. Er wappnete sich für die scharfen Worte, um die eine wie Martha nie verlegen war. Zu seiner Überraschung sackte sie in sich zusammen. »Genau der«, sagte sie leise.

»Ihr habt euch gestritten?« Die Vermutung lag nahe.

»Ist schon eine Weile her.«

»Umso schlimmer muss es gewesen sein, wenn es dich noch beschäftigt. Was ist passiert?«

Martha stieß ein Schnauben aus. Auch sie warf einen Blick nach hinten zu ihrem Vater, der sich unter der Plane nicht rührte. »Er hat Gwendolyn und mich in der Scheune überrascht, als wir im Frühjahr von den Brunners zurückgekommen sind. Er weiß von unseren Geschäften.«

»Was?« Benno schluckte schwer. Wie konnte sie etwas derart Wichtiges verschweigen? Und auch Gwendolyn hatte den Vorfall mit keinem Wort erwähnt. »Das war im Mai. Wieso hast du nichts davon erzählt?«

Sie hielt den Blick auf die Landschaft gerichtet. »Das ist nichts, worüber ich mit anderen sprechen wollte. Und auch Gwendolyn hätte diese entsetzliche Begegnung vermutlich am liebsten aus ihrem Gedächtnis gestrichen. Ich habe sie gebeten, die Sache für sich zu behalten. Ich wollte das alles möglichst schnell hinter mir lassen, verstehst du? Nicht wieder und wieder durchgehen, was ich hätte sagen können, wie ich mich hätte klüger verhalten sollen und womit wir nun rechnen müssen.«

»Offenbar hat er uns nicht verraten.« Bei der Erkenntnis fühlte Benno, wie ihm leichter um die Brust wurde. »Wieso nicht?«

Martha hob die Schultern. »Ich weiß es nicht. Es ist mir auch gleich. Ich bin froh, dass es vorbei ist.«

»Vorbei«, wiederholte Benno. Dass Alexander Wallendorf über den Schmuggel Bescheid wusste, war die eine Sache, die ihn aufbrachte. Aber wie stand es nach dem Streit um Wallendorfs ach so große Liebe zu Martha? Er gab vor, mit dem Lenken des Fuhrwerks beschäftigt zu sein, um den Aufruhr in seinem Herzen zu verbergen. »Endgültig?«

Kein Zögern, Martha nickte, und Benno spürte Zuversicht in sich aufsteigen. Am liebsten hätte er ihr gestanden, dass sich seine Gefühle ihr gegenüber nie geändert hatten. Aber er durfte es nicht überstürzen. »Wir sollten trotzdem bis auf Weiteres keine Ware mehr in der Scheune lagern. Ich lasse mir etwas einfallen. Sollte es zu einer Hofdurchsuchung kommen, werden sie nichts finden. Dann steht Wort gegen Wort, und wenn es um Dorfbewohner geht, die unseren guten Leumund bezeugen können, stehen wir auf jeden Fall besser da als einer wie er.«

Martha senkte den Blick. »Ich bin so dumm. Darauf hätte ich selbst kommen müssen.«

»Es ist ja nichts passiert.«

Seit Langem sah sie ihn mit einem Ausdruck in den Augen an, der Dankbarkeit sein konnte. Dafür, dass er nicht auf ihrem Fehler herumritt? Einfach nur, dass es ihn gab? Der Moment verflog, Martha deutete mit dem Kinn nach vorn. »Waidreut.«

Sie hatten die Kuppel erreicht, von der aus man auf die von der Pfarrkirche dominierte Ortschaft blickte. Auf der Anhöhe gegenüber zeichneten sich die vereinzelten Häuser und Höfe ab, die schon zu Kahlmühlen gehörten. Von dort führten die Wege in den Wald. Zur Grenze. Zur Schlucht. Benno lief es kalt den Rücken hinunter. Er mochte sich nicht ausmalen, wie es Martha und ihrem Vater erging, der sich jetzt hinten auf der Ladefläche regte. Ob er etwas von ihrem Gespräch mitbekommen hatte?

Benno ließ die Zügel knallen und lenkte den Wagen hinab ins Dorf. Nichts hatte sich verändert, und als sie die Kirche und das danebenliegende Pfarrhaus mit dem umlaufenden Balkon erreichten, schaute auch die Figur des heiligen Nepomuk von der Empore selig in den Himmel hinauf. Als frage sie sich verwundert, was Benno und die Schinders dazu brachte, noch einmal hier aufzutauchen. Benno bekreuzigte sich und trieb die Pferde mit einem weiteren Schnalzen an. Sie würden die Ware wie damals direkt vor der Prozession in die Holzfigur stopfen, den Rest würde Martha in ihrem Faltenrock, Benno und Korbinian in ihren Schmugglerwesten verbergen. Was übrig blieb, würde Böch für sie unter den Einwohnern Waidreuts verteilen, denen Korbinian einen anständigen Preis zugesagt hatte, damit sie drüben im Böhmischen selbst etwas verdienten.

Die Prozession fand erst am morgigen Sonntag statt, für die Nacht hatte Böch ihnen eine Unterkunft im Goldenen Fass reserviert, dem hiesigen Gasthaus.

»Nach der Schule rechts«, zitierte Martha aus seinem letzten Schreiben und wies die Straße hinab.

Zur Schenke gehörte eine Stallung, in der neben den Pferden auch das Fuhrwerk hinter verschlossenen Türen unterkommen konnte. Es war dennoch ausgemachte Sache, dass nur Martha ein Zimmer beziehen würde. Benno und Korbinian würden bei der Ware schlafen. Es häuften sich die Berichte von Schmugglern, die mit der Aussicht auf ein hübsches Sümmchen eingeschlafen waren und am nächsten Morgen mit leeren Händen dagestanden hatten. Wenn sie überhaupt aufgewacht waren. Man konnte sich ausrechnen, mit wie viel Saccharin die Schinders und er diesmal unterwegs waren, wenn sie weitere Helfer aus Waidreut brauchten. Weder Benno noch Korbinian hatten Lust herauszufinden, ob man ausreichend Respekt vor dem Schmugglerkönig hatte, um die Finger von seinen Sachen zu lassen.

Die Ankunft im Ort und die damit verbundenen Erinnerungen lasteten wie eine schwere Glocke über ihnen. Schweigend versorgten sie die Pferde, dann eilten Martha und Korbinian voraus, während Benno noch einmal Fuhrwerk und Scheune kontrollierte. Eine gemauerte Rückwand, keine losen Bretter, durch die jemand hereinschleichen konnte, während sie sich stärkten. Zufrieden schloss er das Tor, das man von der Gaststube gut im Blick hatte.

Benno war nicht der Einzige, der so dachte. In einem Fenster erkannte er im Licht der Lampen Martha, die ihnen einen entsprechenden Platz sicherte. Sie hob die Hand, das Lächeln geriet ihr etwas gequält, aber immerhin. Schnellen Schrittes eilte Benno hinüber. Das Goldene Fass entpuppte sich als schlichtes Gasthaus mit Möbeln aus dunklem Holz. Am größten Tisch tagte, dem Wimpel in der Mitte nach zu urteilen, der Schützenverein Waidreuts, der Duft nach Klößen und Hirschgulasch von den Tellern ließ Bennos Magen knurren. Einige der Männer sahen auf, hier und da blitzte ein Erkennen in den Augen. Man nickte sich zu, dann kümmerte man sich weiter um das Bier, Gulasch und die Unterhaltung. Benno rutschte Martha gegenüber auf die Bank. »Wo ist dein Vater?«

Sie wies mit dem Kopf zur Tür. »Er wollte nach jemandem sehen. Wir sollen schon essen, es kann dauern.«

Benno runzelte die Stirn. Infrage kam nur Mesner Böch. Mit dem war aber alles besprochen. Oder hatte Korbinian weitere Kontaktpersonen hier? Der Erfolg der Schinders kam nicht von ungefähr. Der Instinkt beim Schmuggel, den manche Korbinian nachsagten, hatte auch damit zu tun, dass er sich stets um Informationen bemühte. Welche Wege wurden überwacht, welche neuen Schleichpfade gab es? Welchem Grenzer konnte man etwas zustecken, wer war unbestechlich? Kurz tauchte die hagere Gestalt des Gendarmen aus Bennos Erinnerungen auf, der sie bei ihrem ersten Besuch in Waidreut gestellt hatte. Ein anderer als der versprochene Fallgruber. Ob er noch seinen Dienst versah? Korbinian würde es wissen. Ungewöhnlich nur, dass er Benno nicht einweihte. Aber er würde seine Gründe haben, und wie sie auch aussahen, Benno kamen sie gerade recht. Martha und er waren lange nicht mehr allein miteinander gewesen. Noch fehlte die alte Vertrautheit zwischen ihnen, doch er würde die Hoffnung nicht aufgeben, jetzt, da der verdammte Wallendorf Geschichte war.

Korbinian hob den Zeigefinger vom Tisch, mehr brauchte er nicht. Constanze wusste, dass sie noch mal dasselbe bringen sollte wie vor wenigen Minuten. Ein Bier für ihn, eins für den Gendarmen Alfons Hartler, plus einen Zwetschgengeist, den Hartler mit einem Lecken über die Lippen entgegennahm und ohne Zögern hinunterkippte.

»Sei so gut, stell meinem Freund noch einen hin«, sagte Korbinian zur Bedienung im Gasthaus Lochner in Kahlmühlen, das nur zwanzig Gehminuten vom Goldenen Fass in Waidreut entfernt lag. Ihm gegenüber winkte Hartler ab, aber Korbinian steckte schon die Hand in die Hosentasche und ließ die Münzen klimpern. Das Geräusch überzeugte die stämmige Frau mehr als Hartlers halbherzige Gegenwehr. Sie wusste, dass es noch immer ein nächstes gegeben hatte. Geschäftstüchtig eilte sie um die Theke und füllte ein weiteres Glas.

Hartler schien sogar im Sitzen zu schwanken. Sein Zustand

hatte sich seit Korbinians letztem Besuch sichtlich verschlechtert. Die Äderchen auf seiner Nase waren aufgeplatzt, die Spitze leuchtete violett, genau wie die Tränensäcke. Die Haare waren nicht mehr sauber gestutzt, sondern wuchsen als flammend rotes Wirrwarr nach allen Seiten. Der Gendarm hockte schon eine Weile in der Wirtsstube, so viel stand fest.

»Einer geht noch vor dem morgigen Dienst.« Korbinian nahm den Schnaps entgegen und schob ihn über den Tisch, bedeutete Constanze nebenbei mit einem Fingerzeig auf Hartlers Krug, dass sie noch ein Helles zapfen sollte.

Alfons Hartler schüttelte den Kopf. »Keiinnn ...« Die Worte blieben an den Lippen hängen. Seine Zunge gab ihnen den letzten Schubs, und sie purzelten heraus. »Kein Dienst, mein lieber Heusing.«

Heusing, Barbaras Mädchenname. So hatte er sich ihm vorgestellt, als es ihn das erste Mal seit dem Schicksalstag wieder nach Waidreut und Kahlmühlen verschlagen hatte. Er hatte die Schlucht aufgesucht. Als könne er dort eine Antwort darauf finden, wie es wirklich dazu gekommen war. Aber der Bach plätscherte nur gurgelnd vor sich hin, und ehe Korbinian sichs versah, kehrte er um und stand wenig später mit geballten Fäusten vor der Gendarmerie. Er war bereit, jede Gefängnisstrafe für den Schmuggel auf sich zu nehmen, wenn er nur dem Irrsinnigen in die Augen sehen konnte, der seine liebste Barbara verfolgt hatte. Statt Hartler trat ein junger Kerl namens Borchert aus der Wache, behauptete, der diensthabende Gendarm sei auswärtig beschäftigt. Borcherts nervöse Blicke hinter sich und das laute Schnarchen aus einem vergitterten Fenster verhießen etwas anderes.

Korbinian verbarg sich im Wald, wartete ab, ob am Abend das Licht in der Wohnung über der Wache anging. Stattdessen trat Hartler irgendwann vor die Tür und ließ sich schwer auf die Bank davor fallen. Er beugte sich nach vorn. Korbinians

Beine trugen ihn ohne Zutun aus dem Versteck, ein Ast lag wie vom Schicksal hingelegt da. Er hob ihn auf, aber als er wieder hinüberschaute, zuckten Hartlers Schultern, und das Schluchzen drang bis zu Korbinian. Der Mann litt. Ihm dabei zuzusehen befriedigte Korbinian weit mehr als jeder Schlag über seinen Schädel. Er zog sich zurück, wartete, bis Hartler sich ausgeheult hatte, und folgte ihm, als er sich den Rotz von der Nase wischte, aufstand und zielstrebig zum Gasthaus Lochner marschierte. Er nahm an einem Tisch Platz und beobachtete, wie der Gendarm von allen Dorfbewohnern geschnitten wurde. Erst als er sicher war, dass Hartler nicht einmal mehr seine eigene Mutter erkennen würde, setzte er sich zu ihm. Er gab sich als Wanderarbeiter auf der Durchreise aus, einer, der von nun an immer mal wieder im Ort sein und gelegentlich sogar an der Prozession teilnehmen würde. Er hatte sich darum gekümmert, dass es seinem neuen Freund an diesem Abend an nichts mangelte, und so hielt er es seitdem. Einer, der es allem Anschein nach gut mit dem Hartler meinte, ein Saufkumpan, einer, mit dem man sein eigenes Leid und den Weltschmerz teilen konnte. Niemand sah hinter die Fassade und erkannte, wie sehr Korbinian sich daran weidete, dass Hartler sich langsam, aber sicher zu Tode soff.

»Ein freier Tag?«, griff er Hartlers Antwort auf. Damit hätte er die Information, auf die er aus war: Würde Hartler morgen die Gläubigen im Blick behalten oder sein nicht sonderlich heller Gehilfe? In beiden Fällen würden Martha, Benno und er nicht zusammen auftauchen, sondern vorgeben, sich nicht zu kennen.

»Auch.«

Korbinian beugte sich vor und senkte die Stimme. »Was ist los? Mir kannst du es sagen.«

Der Gendarm sah auf, seine Augen brauchten einen Moment, um Korbinian zu fixieren. »Keinen Dienst morgen und auch danach nie wieder, Heusing. Ich habe genug. Ich bin die längste Zeit bei der Gendarmerie gewesen. Ich werde kündigen, jawohl!«

»So was will gut überlegt sein.«

»Hab ich! Aber weißt du, ich hätte nie herkommen dürfen. Seit ich hier bin, läuft alles schief. Vom ersten Tag an.« Er senkte die Stimme wie Korbinian zuvor und lag nun fast mit dem aufgedunsenen Gesicht auf der Tischplatte. »Gute Christenmenschen? Von wegen. Alle stecken sie mit drin, sage ich dir. Alle!«

»Wo stecken sie drin?«

Hartler lachte. »Mein Vorgänger, der hat Geld genommen. Damit er nicht so genau hinschaut. Und genau das hat er mir auch empfohlen. Sich ein hübsches Nebeneinkommen sichern. Für später. Natürlich hat er das unter vier Augen gesagt, sodass ich ihm nichts nachweisen konnte! Ich habe abgelehnt. Ich habe es meiner Frau erzählt, damit sie stolz auf mich ist, aber sie hat gemeckert, wie dumm ich doch bin.« Er hob den Krug, stellte fest, dass er leer war, und sah sich nach Constanze um. Die bediente an einem anderen Tisch, Hartler senkte getroffen den Kopf. Ob deshalb, weil er auf ein neues Bier warten musste, oder wegen dem, was in ihm vorging, erkannte Korbinian nicht. Er hoffte auf Letzteres.

»Wie geht es deiner Frau?«, fragte er. »Anna, oder?«

Hartler nickte schwerfällig. »Meine Frau ist sie nur noch auf dem Papier. Sitzengelassen hat sie mich. Ist zurück nach Passau und lebt jetzt mit einem Geheimrat zusammen.«

»Das klingt scheußlich, mein Freund.« Korbinian unterdrückte nur mit Mühe die Genugtuung in seiner Stimme. »Hier«, sagte er und schob ihm seinen halb vollen Krug hin. »Den hast du nötiger als ich.« Hartler zögerte nicht. Während er gierig trank, fuhr Korbinian fort: »Aber deswegen gleich den Dienst aufgeben? Bei unserer ersten Begegnung hier im Wirtshaus hast du noch voller Begeisterung davon gesprochen.«

Hartler lachte laut auf. »Warum soll ich Leute beschützen, die nicht beschützt werden wollen?« Er schaute sich um, und in die müden Augen trat ein Vorwurf. »Manchmal fühle ich mich wie ein Aussätziger. Keiner spricht mit mir. Ich … ich komme mir vor, als wäre ich blind, während alle um mich herum sehen, was geschieht.«

»Du meinst was Bestimmtes?«

Wieder beugte Hartler sich vor. »Saccharin«, flüsterte er. »Ständig höre ich, dass es aus Bayern hinüber nach Böhmen gebracht wird. Aber ich erfahre nichts.« Er stöhnte auf. »Es ist vorbei, Heusing. Ich sehe keinen Sinn mehr darin. Mein Entschluss steht. Ich werde den Dienst aufgeben, vielleicht finde ich woanders mein Glück.«

Das würde Korbinian zu verhindern wissen. Einer wie Hartler hatte keinen Neuanfang verdient. Was er sich hatte zuschulden kommen lassen, sollte ihn zugrunde richten! Wenn er etwas dazu beitragen konnte – Korbinian würde es tun. »Ich könnte mich ein bisschen umhören. Als Wanderarbeiter komme ich herum, hab mal diesseits, mal jenseits der Grenze zu tun. Bestimmt habe ich mal was aufgeschnappt. Ja, wenn ich länger darüber nachdenke … Saccharin, Waidreut, Kahlmühlen … da klingelt was.«

»Wusste ich es doch!«, fuhr der Gendarm auf.

»Beim nächsten Mal könnte ich genauer nachfragen. Unauffällig. Und dich dann in Kenntnis setzen. Was meinst du? Und wegen der Prozession morgen mach dir keine Sorgen. Ich bin ja dabei.«

In Hartlers Augen kam Leben. Der trübe Teich klärte sich, der Schimmer einer Zuversicht leuchtete. »Und wenn mir der große Schlag gelingt«, nuschelte er, »wenn ich geehrt werde oder so … vielleicht kommt … Anna.« Er brach wieder ab, nickte, stürzte den Rest von Korbinians Bier hinunter. Er beugte sich vor. »Ich halte die Stellung, Heusing.«

»Nimm dir morgen deinen wohlverdienten freien Tag, und danach stehst du wieder parat. Ich versorge dich mit den wichtigsten Nachrichten, die mir zu Ohren kommen.«

»Abgemacht. Denen zeigen wir es, was?«

Korbinian nickte, seine Hand knetete Hartlers, und er hielt sich zurück, nicht so kräftig zuzudrücken, bis die Knochen knackten. »So machen wir es. Die Rechnung kommt zum Schluss, Hartler, verlass dich drauf. Die Rechnung kommt zum Schluss.«

18

Zur selben Zeit in Polderfeld

Gwendolyn hatte den Vormittag über in der Küche gearbeitet, Äpfel und Pflaumen zu Marmelade und Säften eingekocht, eine Tätigkeit, die keine Aufmerksamkeit verlangte und ihre Gedanken im Kreis herumlaufen ließ. Der Vater, Martha und Benno waren nach Böhmen unterwegs, Helena säuberte den Hühnerstall. Gwendolyn meinte, das Hausdach käme näher und näher, als wollte es sie gleich zerdrücken. Der Hals wurde ihr eng, die Luft zum Atmen knapp, während sie im Grübeln gefangen war, den Verstand wie so oft seit dem Frühjahr von grauen Wolken verhangen. Diesmal war es so schlimm, dass kein Buch ihr Trost spenden würde. Sie brauchte den sattblauen Himmel über sich, den Geruch nach den Kräutern und Wildblumen des ausklingenden Sommers, Bewegung. Etwas, das die Hoffnung nährte, dass nicht doch noch die Gendarmerie auf den Hof kam.

Alexanders Besuch war ein Geheimnis zwischen ihr und Martha geblieben. Darum hatte Martha gebeten, als sie nach dem Vorfall in Gwendolyns Zimmer geschlichen war. Wenn Alexander sie noch am selben Abend der Obrigkeit meldete, konnten sie ohnehin nichts mehr ändern. Wenn er einen Tag zögerte, wartete er vielleicht einen zweiten. Aus dem konnte ein dritter werden, ein vierter. Fünf Monate waren seitdem vergangen, in denen Gwendolyn sich wie in der Schwebe gefühlt hatte. Ständig hatte Alexanders Blick sie heimgesucht. Wütend und enttäuscht zugleich.

Wieder sackte die Decke ein Stück tiefer, wie es ihr schien, die Wände strebten auf sie zu. Die Arbeit des heutigen Tages war längst nicht erledigt. Die Küche musste geputzt, die Einweckgläser mussten beschriftet und im Keller verstaut werden. Außerdem sollte sie kontrollieren, ob Helena den Hühnerstall ordentlich ausgemistet hatte. Für das morgige Frühstück wollte sie ein Brot im tönernen Topf backen. Aber die Arbeit lief nicht weg, und sie musste raus.

Sie deckte ein Tuch über die Gläser mit dem eingekochten Obst, band sich die Schürze ab und hängte sie an den Haken an der Tür. Eine Jacke brauchte sie nicht, sie würde rechtzeitig zurück sein, bevor es abkühlte. Sie warf einen Blick in den Flurspiegel, zupfte ihr sonnengelbes Kleid zurecht, strich mit beiden Händen über ihre Haare, die sie im Nacken zusammengefasst hatte, und setzte sich den kleinen Strohhut auf. Sie ging näher mit der Nase an den Spiegel, sah sich selbst in die Augen und erkannte, dass in ihrem Blick eine Art Schrecken lag, obwohl sie sich nicht ängstlich fühlte, nur aufgewühlt und verstört.

Wenig später marschierte sie energisch Richtung Dorf, versuchte, Atemrhythmus und Gang in Einklang zu bringen. Vier Schritte ein, vier Schritte aus. Das brachte die innere Ruhe zurück. Sie lief zügig an der alten Linde und dem Pfarrhaus vorbei. Der Marktplatz war an diesem frühen Nachmittag menschenleer. Die Bauern arbeiteten auf ihren Höfen und Feldern, Schuster, Krämer, Schmied und Metzger gingen ihrem Gewerbe nach. Keiner nahm sich für gewöhnlich die Zeit, am helllichten Tag einen Spaziergang zu machen, und Gwendolyn war es nur recht. Sie achtete nicht auf den Weg, spazierte weiter, an Onkel Max' leer stehendem Haus vorbei zum Ortsausgang. Hier ging es wenige hundert Meter durch ein Wäldchen, Baumkronen beschatteten den Pfad. Der Wind raschelte in den Kronen über ihr, aus dem Unterholz schienen Augen von Füchsen und Wildschweinen, Eulen und Rehen sie zu beobachten. Ein paar Elstern riefen ihr Kra-Kra und warnten vor dem menschlichen Eindringen. Eine Weile hielt Gwendolyn den Kopf gesenkt, starrte auf ihre unermüdlich voranschreitenden Füße in den Halbschuhen, auf die Steine und kleinen Schlaglöcher vor sich. Als sie wieder aufsah, zuckte sie zusammen. Ein Kerl mit einem mannshohen Bündel von Reisig auf den Schultern kam ihr entgegen.

Der alte Xaver! Das rechte Auge hatte er wie immer mit einer schwarzen Klappe verbunden, beim Grinsen zeigte er ein schadhaftes gelbes Gebiss. Sie hielt sich weit rechts, um ihn passieren zu lassen. Vielleicht reichte ihm ein kurzes Nicken und …

»Grüß Gott, Gwendolyn!« Er klang rau wie ein Reibeisen. Beim Sprechen zuckten sein Mundwinkel und seine rechte Schulter. »So allein unterwegs?«

»Grüß Gott, Xaver.« Sie schaffte es, das Zittern aus ihrer Stimme herauszuhalten. Bloß keine Angst zeigen, wie bei bissigen Hunden. »Ich erledige etwas für den Vater.«

Sein Lachen war ein röchelndes Husten. »Natürlich. Oder bist du zum Liebsten unterwegs? So wie du jetzt ausschaust, hast du doch bestimmt einen. Oder zwei. Früher warst du so ein knochiges Hühnchen, aber jetzt ist alles dran, was einem Mann gefällt.« Er leckte sich über die Lippen.

Gwendolyn spürte Übelkeit aufsteigen. Sie schritt schneller aus. Zu ihrem Entsetzen änderte Xaver die Richtung, blieb an ihrer Seite. Sie nahm seinen Gestank nach Schweiß und ungewaschener Wäsche wahr und roch Zwiebeln in seinem Atem.

»Früher immer nur deine komischen Zahlen und Bücher, aber jetzt weißt du, worauf es ankommt, wie, kleine Gwendolyn?«

Dass er sie so gut kannte, schockierte sie mehr als seine aufdringliche Gegenwart. Vor dem Schinderhaus hatte zwar nie ein

Apfel gelegen, doch das hieß nicht, dass er sie nicht beobachtet hatte. Vielleicht hatte er zu viel Respekt vor ihrem Vater und seiner Schlagkraft gehabt. Jetzt war sie allein unterwegs.

Weiter vorn, wo der Wald endete, schien helles Sonnenlicht. Aber konnte sie darauf hoffen, auf einem der Felder einen Bauern zu sehen, der ihr beistehen würde? Und was hatte ihr Vater ihnen immer wieder gesagt? Niemals Schwäche zeigen, wenn ihr bedrängt werdet! Für Martha war das nie ein Problem, und auch Helena konnte sich ihrer Haut erwehren. Gwendolyn war jedoch nie zuvor in der Situation gewesen, dass sie sich derart beweisen musste.

Mit einem Ruck blieb sie stehen, richtete sich zu voller Größe auf. Obwohl selbst nicht hochgewachsen, überragte sie den schmächtigen Xaver um etliche Zentimeter. Sie starrte ihn an, wich nicht zurück, als er grinste. Dann schien er etwas in ihren Augen zu sehen, das vorher nicht da gewesen war. Instinktiv trat er einen Schritt rückwärts, und Gwendolyn fasste weiteren Mut. Er pulste ihr wie ihr Blut durch die Adern, sie hob den Arm und wies in die Richtung, aus der sie gekommen waren. »Du wirst jetzt deinen Weg fortsetzen und mich in Ruhe lassen.« Ihre Stimme klang kraftvoll und sicher in ihren Ohren. »Oder soll ich meinem Vater berichten, dass er dir einen Besuch abstatten soll? Wenn ich ihm sage, dass du mich belästigt hast, bricht er dir jeden Knochen im Leib!«

Xaver pustete die Wangen auf und hob beide Hände. »Wollte doch nur plaudern, ich …«

»Verschwinde!« Sie wollte sich abwenden, überlegte es sich anders und hielt ihm den Zeigefinger direkt unter die Nase. »Und was für mich gilt, gilt auch für meine jüngere Schwester. Komm Helena nur ein einziges Mal zu nahe, und ich werde …«

»Schon gut, hab's verstanden.« Xaver eilte davon, wie man es nicht von ihm kannte.

Gwendolyn stieß die Luft aus. Hatte sie in den letzten Minuten überhaupt geatmet? Ihr Herz schlug ihr bis zum Hals. Sie verspürte Überraschung darüber, wozu sie fähig war, und Erleichterung zugleich. Sie verließ den Tunnel aus Blättern und Ästen, folgte dem Feldweg bis hinab zur Donau und steuerte die Brücke über den träge dahinfließenden Strom an. Drüben tauchte sie erneut in einen Wald ein, der Pfad führte bergauf, dann breiteten sich aufgewühlte Äcker aus. Die Ernte lag drei Wochen zurück, die Berge von Rüben waren längst zur *Donau Zucker* abtransportiert und wurden dort verarbeitet.

Sie stockte. Wo führte sie ihr Spaziergang hin? Hatte sie den Weg mit Absicht gewählt? Sie hatte nicht darüber nachgedacht, doch etwas schien sie zu Alexander zu ziehen. Sie könnte umkehren, jetzt, da sie es bemerkt hatte. Aber wollte sie das noch? Viel stärker als die Angst, ihm gegenüberzutreten, war das Gefühl, ihres Lebens nicht mehr glücklich zu werden, wenn sie nicht mit ihm über die Begegnung in der Scheune sprach.

Einen Moment zögerte sie, dann schritt sie auf Ornbach zu, durchquerte den kleinen Ort, der ebenso verlassen dalag wie Polderfeld. Der Weg stieg erneut an, oben ragte das Steintor auf, dahinter das Anwesen und weiter entfernt die rauchenden Türme der Fabrik. Gwendolyn schlug einen Trampelpfad um das Gut ein. Mit Alexander reden war das eine, den Türklopfer betätigen das andere. Sie sollte sich erst einen Überblick verschaffen.

Das Haupthaus erhob sich majestätisch, daneben duckten sich kleinere Unterkünfte. Voraus lagen die Scheunen, weiter vorn glitzerte ein Teich. Linker Hand breitete sich ein Rosengarten mit Blüten in Weiß und Rosé aus. Bienen summten über die Wildwiese, an der Gwendolyn nun vorbeikam, bis sie auf ein an die Ställe grenzendes Stück Weideland stieß. Ein halbes Dutzend edler Pferde zupfte Gras, ein Bursche in Lederhosen trug einen Eimer mit Hafer in eine der zur Weide hin geöffneten Boxen, eine Magd mühte sich an einer quietschenden Pumpe, bis das Wasser im Schwall kam. Ein alter Diener polierte mit einem Tuch die Fenster und Türen einer Kutsche, die schräg hinter den Ställen auf dem gepflasterten Hof stand.

Ihr Herzschlag setzte aus, als Alexander aus dem Nebeneingang der Stallungen trat und auf die Pferde zuging. Er trug graue Filzhosen mit Trägern, ein weißes Leinenhemd mit hochgekrempelten Ärmeln, eine Schieberkappe. Unwillkürlich musste Gwendolyn lächeln. Wie attraktiv er war, wenn er nicht zu seiner eleganten Garderobe griff. Die Haare fielen ihm in die Stirn, auf seinen Unterarmen zeichneten sich Muskeln ab. Mit angehaltenem Atem, um sich nicht zu verraten, beobachtete sie, wie er an das Gatter trat, einen über den Zaun gelegten Sattel kontrollierte und dann einen Pfiff ausstieß. Sofort trabte der schönste Hengst der kleinen Herde – ein schlanker schwarzer Araber – auf ihn zu. Alexander hielt ihm die offene Hand hin, vermutlich hatte er ihm Zuckerstücke mitgebracht. Er umarmte den Hals des Tieres, legte seine Wange in die Mähne und streichelte über die Nüstern. Sein Mund bewegte sich, als er leise auf das Pferd einsprach. Wie einfühlsam er mit dem Hengst umging! Welche Geheimnisse er wohl von ihm kannte, die er nur ihm anvertraut hatte? Wie sehr sich Gwendolyn danach sehnte, sie zu erfahren, sie mit ihm zu teilen, sich auch ihm anzuvertrauen! Sie musste ihm erzählen, was sie von dem verbrecherischen Handeln ihrer Familie hielt. Jetzt!

Wie hatte er nur monatelang so blind sein können? Martha war mehr als die Tochter eines armen Fuhrunternehmers, sie war eine Rebellin, und ihr Widerstand richtete sich gegen alle Industriellen. Männer wie ihn. Dass sie mit Leib und Seele an der Schmuggelei hing, sogar glaubte, richtig zu handeln, und für Menschen wie ihn nur Verachtung übrighatte, war nicht zu übersehen gewesen. Was er für sie empfand, konnte er hingegen nur schwer fassen. Er war zornig gewesen, war es immer noch. Es wäre seine verdammte Pflicht, sie und ihre Sippschaft zu melden. Aber was hätte er damit gewonnen, außer die Achtung seines Vaters? Die wollte er auf andere Art erhalten, als dadurch, dass er das Leben der Schinders zerstörte. Obwohl sie es verdient hätten mit ihren kriminellen Machenschaften. Er hatte sich den Sommer über in die Arbeit gestürzt, mit auf die Kampagne hingearbeitet, den Bewerbern doch mehr auf den Zahn gefühlt als anfangs für nötig gehalten. Sein Vater sah das mit großer Freude, aber Alexander gelang es nicht, Befriedigung aus diesen Tätigkeiten zu ziehen. Auch Veronika, mit der er sich einige Male getroffen hatte, um den Schein zu wahren, war seine Stimmung aufgefallen. Ihr gegenüber hatte er sich öffnen können, wenigstens zum Teil.

»Dein Zerwürfnis mit Martha tut mir leid«, hatte sie im selben Deggendorfer Café gesagt, in dem sie schon einmal gesessen hatten. »Vielleicht besteht noch eine Chance auf eine …?«

Er hatte sie unterbrochen, bevor sie eine mögliche Versöhnung ins Spiel gebracht hatte. Die würde es nicht geben. Denn in alldem Chaos hatte er eines klar erkannt: Nur die Leidenschaft hatte sie miteinander verbunden. Und die allein hatte nicht gereicht.

Wie gut es nun tat, Zeus zu umarmen. Das Pferd schnaubte leise und wackelte mit dem Kopf, begierig auf den Ausritt. Wenn alles um Alexander herum zusammenzubrechen drohte, waren es schon immer die Tiere gewesen, die ihn zu beruhigen vermochten. Der Kontakt mit ihnen ließ ihn das Wesentliche wieder erkennen, durch sie fühlte er sich gestärkt, allen Widrigkeiten zu trotzen.

Im Augenwinkel nahm er eine Bewegung wahr. Er wandte den Kopf – und zuckte zusammen.

»Gwendolyn!«

Aufrecht stand sie da in ihrem sonnengelben Kleid, eine Frau mit Stil und Klasse und voller Anmut. Gegen seinen Willen brandeten die Erinnerungen auf, wie er sie im Arm gehalten hatte. Nur einmal, damals auf dem Erntedankfest. Seit ihrer Begegnung in Deggendorf hatte er sich im Zwiespalt gefühlt: Da war das Temperament einer Martha, die ihn aufs Äußerste reizen konnte, auf angenehme und auf schreckliche Weise. Und da war diese fast vornehme Erscheinung mit einer Schönheit, die auch von innen heraus zu strahlen schien. Er hielt ihren Blick fest, während sie auf ihn zukam, bis sie etwa drei Meter vor ihm stehen blieb.

»Schickt Martha dich?«, fragte er statt einer Begrüßung, betont schroff, um über seine unangebrachte Freude hinwegzutäuschen, sie nach allem wiederzusehen.

Ein Hauch von Rosa überzog ihr Gesicht. »Martha hat nicht das Recht, mich irgendwo hinzuschicken. Ich komme aus eigenem Antrieb, weil ich nicht mehr schlafen kann, seit du erfahren hast, wie es um unsere Familie steht.« Sie sah sich um, offenbar befürchtete sie, Micha, Josef oder die Magd könnten sie hören. Die drei kümmerten sich jedoch um ihre Arbeit, hatten Gwendolyn nicht einmal bemerkt.

»Habt ihr euch prächtig über mich amüsiert?« Alexander hatte es gehässig klingen lassen wollen, vernahm aber die Verletzung in seiner Stimme nur allzu deutlich. »Der Sohn des Zuckerbarons, den die Schmugglerin an der Nase herumführt. Ihr müsst euch schlapp gelacht haben.«

Ihr Blick blieb hart. »Wir kennen uns nicht allzu gut, aber so darfst du nicht von mir denken, Alexander. Mehrere Menschen haben versucht, Martha die Liebe zu dir auszureden, weil sie zu keinem guten Ende führen konnte. Niemand hat je ein böses Spiel getrieben.«

»Welche Rolle spielst du darin?« Es erstaunte ihn selbst, dass ihn auf einmal Gwendolyns Gedanken mehr interessierten als Marthas. Sie senkte den Kopf, rang mit sich. Dabei war es offensichtlich, dass sie ihn an dem teilhaben lassen wollte, was in ihr vorging. »Sag, Gwendolyn, wer bist du bei den Schinders?«

Sie sah ihm fest in die Augen. »Ich liebe meine Familie. Mein Vater ist zuverlässig, Helena kann ein Goldstück sein, ich fühle mich sehr für ihr Wohlergehen verantwortlich, und Martha war lange Zeit ein Vorbild für mich mit ihrer Art, das Leben zu nehmen, wie es kommt. Mir fällt das schwerer. Wir alle vier vermissen die Mutter. Sie ist vor drei Jahren ums Leben gekommen und fehlt uns jede Stunde jedes einzelnen Tages.«

Als sie schluckte, um sich zu sammeln, nickte Alexander ihr zu. Es berührte ihn, wie sie über die anderen sprach. »Ich weiß, sie ist beim Pilzesuchen in eine Schlucht gestürzt.« Gwendolyn zuckte zusammen, starrte ihn einen Moment lang an, und in dieser Sekunde begriff er, dass Martha ihn mehr als einmal belogen haben musste. »Sie ist bei einer eurer Touren ums Leben gekommen?«

Das Rot ihrer Wangen verdunkelte sich. »Ja«, sagte sie leise. »Meine Mutter und ich waren von Beginn an gegen den Schleichhandel. Mein Vater verdiente weder zu gut noch zu schlecht mit dem Fuhrunternehmen. Es hätte gereicht. Aber in ihm war dieser Drang, den Leuten zu ihren süßen Mahlzeiten zu verhelfen, wenn die Mächtigen der Zuckerindustrie ihnen dieses kleine Glück verwehren.« Sie trat näher an das Gatter der Pferdeweide, als eine Stute herantrabte, Mondschein, wie Alexander an der leicht gebogenen Blesse in Form einer Sichel erkannte. Gwendolyn streichelte über den Nasenrücken und durch die weiche Mähne. Einen Moment lang lächelte sie versonnen. Das Pferd gab ihr die verlorene Sicherheit wieder. Mit fester Stimme fuhr sie fort, betrachtete ihn nicht mehr wie eine Angeklagte den Richter, sondern als stünden sie auf gleicher Höhe. »Mein Vater hat nie etwas Böses gewollt oder getan, und dennoch … Meine Mutter fand es oft unerträglich, mit diesem Geheimnis zu leben. Nach ihrem Tod habe ich als Einzige die Schmuggelei infrage gestellt, immer wieder, während mein Vater und Martha … sie …«, sie schüttelte den Kopf, »sie sind sich so ähnlich, weißt du? Starrköpfig und fanatisch. Sie wollten weitermachen, ich bin zu Hause geblieben, wenn sie losgefahren sind. Aber es ist nicht leicht, sich in der eigenen Familie zur Außenseiterin zu machen.«

Wie lange hatte sie schon nach einer Gelegenheit gesucht, ihr Gewissen zu erleichtern und sich all das von der Seele zu reden? Alexander unterdrückte den Impuls, näher an sie heranzugehen und sie an sich zu ziehen, damit sie bei ihrem Geständnis Halt fand. Er wollte nicht, dass sie ging. Er wollte, dass sie blieb.

»Du kannst gut mit Pferden umgehen.«

»Ich liebe sie. Bei uns auf dem Hof bin ich für ihre Pflege zuständig.«

»Du reitest?«

Sie lachte, und der helle Ton brachte in ihm etwas zum Klingen. »Reiten kann ich, ja. Aber in unserer Welt sind Pferde Zugtiere für Fuhrwerke oder Landmaschinen. Unsere Kaltblüter sowieso.«

»Deine Welt, meine Welt.« Gedankenverloren streckte er die Hand nach Mondschein aus, streichelte ihr über die Blesse. »Den Tieren ist das einerlei. Und wie heißt es so schön? Das Paradies der Erde …«

»… liegt auf dem Rücken der Pferde. Ich habe Bodenstedt nicht gelesen, aber mein Lehrer hat mir von seinen Gedichtsammlungen erzählt. Er schwärmte vor allem von den Liedern des Mirza Schaffy.«

Alexander nickte überrascht. Sich als einfache Fuhrmannstochter derart für Literatur zu erwärmen war unüblich. Gwendolyn schien noch weit interessanter zu sein, als in den paar Minuten ihres bisherigen Gesprächs angenommen. Das Bändchen stand in der Bibliothek seiner Mutter. Er klopfte Mondschein am Hals. »Also, möchtest du?«

»Was?«

»Na, ausreiten.«

Das Kieselsteingrau ihrer Augen traf ihn, umrahmt von gebogenen Wimpern und mit einem Ausdruck darin, als gestattete sie ihm Einblick auf den Grund ihrer Seele. »Ja.«

Er riss sich von ihrem Anblick los, bevor ihm schwindelig wurde, schaute in Richtung der Ställe und pfiff auf zwei Fingern. »Micha, hol den zweiten Sattel für Mondschein, bitte.«

Zehn Minuten später saß er auf Zeus, Gwendolyn auf der Stute. Fasziniert beobachtete er, wie Gwendolyn eine Verbindung zu ihr aufnahm, indem sie sich an den Hals lehnte, dem Tier etwas ins Ohr flüsterte, ihr sacht die Oberschenkel in die Flanken drückte. Auf den Damensitz hatte sie verzichtet. Alexander überraschte es nicht. So verschieden Gwendolyn im Vergleich zu Martha war, hatten sie doch eines gemeinsam: Beide hatten sie ihren eigenen Kopf, und so gab Gwendolyn nicht allzu viel darauf, was andere für schicklich hielten, und hatte offenbar nicht vor, sich von derlei Konventionen einschränken lassen. Alexander störte das nicht, im Gegenteil.

»Bist du so weit?«, fragte er.

Sie drückte die Wirbelsäule durch. »Reite voran.«

Über die Felder galoppierten sie hintereinander her, dann zog sie an seine Seite, sodass sie sich anschauen konnten. Er mochte es, wie der Wind die Strähnen unter ihrem Hut hervorwehte, wie ihre Augen blitzten und das Lächeln ihre Züge weicher machte. Wie schön es wäre, sie nur noch auf diese Weise lächeln zu sehen. Der Weg führte nun durch weniger einsehbares Gelände, sie brachten die Tiere in den Schritt und drangen in den Wald aus Linden, Eichen und Buchen ein.

»Was sagt deine Familie dazu, dass du mit dem Schmuggel nichts zu tun haben willst?« Alexander fühlte sich gewappnet, das wichtige Gespräch fortzusetzen.

»Ich habe eine Aufgabe übernommen, bei der ich für mich sein kann, ohne mich direkt an den Machenschaften zu beteiligen.«

»Die Buchführung.«

Sie wandte ihm das Gesicht zu, fragend. »Du hast mich bei unserer Begegnung in Deggendorf durchschaut.«

Er hob die Schultern. »Deine Nervosität war offensichtlich. Und dass ihr ein Konto habt … Ja, das hat mich zum Nachdenken gebracht. Aber niemals wäre ich auf die Idee gekommen, dass …« Die Erinnerungen daran, wie dumm er gewesen war, setzten ihm zu. Gwendolyn war rücksichtsvoll genug, darauf mit wohltuendem Schweigen zu reagieren. Heimlich betrachtete er sie von der Seite. Von jeher hatte er sich mehr mit den Menschen verbunden gefühlt, die nach Meinung seiner Eltern weit unter seinem Stand waren. Vinzenz, Florian, die anderen beiden der früheren Fünferbande, Lisa, die Schankmagd aus Leipzig. Dann Martha. Sie hatte scheinbar perfekt in dieses Schema gepasst, sich von den älteren Herrschaften abzugrenzen, seine Eigenständigkeit trotz aller notwendigen Anpassungen zu bewahren. Aber ihre Widerborstigkeit, ihre Art, die Dinge bestimmen zu wollen, ihr burschikoses Lärmen, ihr freizügiger Stil lagen weit auf der anderen Seite der Skala. Vielleicht hatte sie ihn deshalb so angezogen. Mittlerweile sah er ein, dass kein Extrem das richtige war. Das wahre Glück lag in der Mitte. Wieder betrachtete er Gwendolyn.

Auf einer Lichtung, auf der sich das hellgrüne Gras wie ein Teppich ausbreitete, stiegen sie ab, banden die Zügel der Pferde an einen Ast. Ein umgefallener Baumstamm lud zum Sitzen ein, über ihnen rahmten die grünen Wipfel der Bäume das Himmelsblau ein so wie ein originelles Passepartout ein Gemälde. Sonnenstrahlen ließen winzige Blütenpollen in der Luft tanzen. Alexander fasste sich ein Herz, wollte auch von sich etwas preisgeben, nachdem sie sich ihm so geöffnet hatte. »Erstaunlich, was die Eltern von uns erwarten, nicht wahr? Und wie schwierig es ist, sich davon zu lösen.«

Sie hielt die Hände im Schoß gefaltet, die Beine von sich gestreckt, an den Knöcheln überkreuzt. »Du kennst das?«

Diesmal lachte er, als hätte sie etwas Lustiges gefragt. »Gemeinhin ist das in jeder Familie so, ja. Zumindest in den meisten, denke ich. Ein ständiger Kampf, es recht zu machen und doch man selbst zu bleiben.«

»Und um dich auf andere Gedanken zu bringen, amüsierst du dich mit den Frauen.«

Die Direktheit überraschte Alexander. »Deine Schwester ist keine, mit der man nur spielt, Gwendolyn. Da verbrennt man sich die Finger.«

»Das stimmt wohl. Du bist nicht der Einzige, der das erfahren musste. Aber auch in deinem Leben gab es doch mehr als nur Martha?«

»Du meinst, während meiner Studienjahre in Leipzig? Natürlich bin ich kein Heiliger, wollte auch nie einer sein. Es gab ein Mädchen, Lisa. Darüber hinaus muss ich dich enttäuschen.« Er hob die Hand, als sie den Mund öffnete. »Ich weiß, dass die unglaublichsten Gerüchte über mein Leben dort im Umlauf sind. Die Wahrheit ist, dass ich mir zuletzt die Nächte mit Lernstoff um die Ohren geschlagen habe, um diesen verdammten Abschluss zu schaffen. Mir fällt es schwer, mir Zahlen und mathematische Regeln zu merken. Ich habe im wörtlichen Sinn schon mit dem Kopf gegen die Wand geschlagen, um mir das Geforderte einzuhämmern, aber es hat kaum gereicht. Einmal bin ich durchgefallen bei der Prüfung, bei der zweiten haben sie mich mit einem zugedrückten Auge durchgewinkt, vermutlich, weil mein Vater ein wichtiges Mitglied der Nationalliberalen ist und als Großindustrieller viel Einfluss hat.« Er stieß ein Lachen aus. »Ich bin kaum geeignet, den Handelsbetrieb meiner Eltern zu übernehmen.«

Gwendolyn stimmte in sein Lachen ein. »Ich liebe Zahlen! Fast so sehr wie«, sie sah zur grasenden Mondschein, »nein, weit weniger als Pferde, wenn ich ehrlich bin. Aber Bilanzen und dergleichen liegen mir. Wenn du magst, kann ich dir einige Kniffe beibringen, wie man schneller rechnet. Es geht kinderleicht.«

Er blickte sie erstaunt an. In seinem Kopf arbeitete es, dann hoben sich seine Mundwinkel zu einem Grinsen, Gespielt förmlich streckte er ihr die Hand entgegen. »Dann wäre das mein Vorschlag, Gwendolyn Schinder. Du kannst jederzeit auf Gut Theresienberg kommen, wenn du Zeit mit Mondschein verbringen möchtest. Im Gegenzug hilfst du mir, dass ich mich nicht blamiere, wenn ich meinem Vater das nächste Mal etwas vorlegen muss.«

Sie betrachtete seine Hand, legte ihre hinein, damit er ihr aufhelfen konnte. »Und wenn ich nicht wegen Mondschein so weit laufen möchte?«, fragte sie ernst.

»Auch dann bist du jederzeit willkommen. Sogar noch mehr.«

Auf dem Heimritt blieben sie dicht nebeneinander. Die Hufe tockerten auf dem Pfad, in den Baumkronen zwitscherten Singdrosseln und Kohlmeisen. Immer wieder blitzte die Sonne zwischen dem Grün hindurch und kitzelte ihre Gesichter. Sie kamen auf Gwendolyns Liebe zu Büchern zu sprechen, Alexander berichtete von den wenigen, die er im Jugend- und Erwachsenenalter gelesen hatte. »Früher hatte ich mehr Muße dazu«, sagte er. »Aber vielleicht sollte ich einen neuen Versuch wagen, was meinst du? Kannst du mir einen guten Roman empfehlen?«

Er freute sich über den Glanz in ihren Augen und dass sie gleich aufzählte, welche Bücher zu ihm passten.

Zurück auf Gut Theresienberg wollte ihnen Micha die Pferde abnehmen, um sie zu versorgen, aber sie verständigten sich mit einem Blick, das selbst zu erledigen. »Danke, Micha, du kannst für heute nach Hause gehen. Wir kommen zurecht.« Sie arbeiteten Hand in Hand, trockneten die dampfenden Pferdeleiber, führten die Tiere in ihre Boxen, füllten die Tröge mit Hafer und Wasser. Alexander erinnerte sich an keine Stunde in den letzten fünf Jahren, in der er so in sich selbst geruht und gleichzeitig die Gegenwart eines anderen Menschen genossen hatte. Als sie beide nach der Mistgabel griffen, um frisches Stroh in die Box zu werfen, berührten sich ihre Hände. Gwendolyn zuckte zusammen, wollte ihre zurückziehen, aber Alexander hielt sie sanft fest. »Du bist eine wunderbare Frau, Gwendolyn. Bitte komm bald wieder.«

»Um dir das Rechnen beizubringen?«

»Auch das.«

Gwendolyns Knie fühlten sich weich wie Butter an, als sie sich auf den Beifahrersitz des Fords setzte. Alexander bestand darauf, sie nach Hause zu fahren. Sie nahm das Angebot gern an, so musste sie nicht befürchten, in der einsetzenden Dämmerung wieder dem alten Xaver zu begegnen, der es sich vielleicht anders überlegt hatte und sich von ihr nichts befehlen lassen wollte. Das Leder duftete, es roch nach Benzin und warmem Blech, der Motor erwachte brummend zum Leben, Alexander brachte den Wagen ins Rollen, und Gwendolyns Hände krampften sich seitlich in ihren Sitz. Was für ein Wunder! Was für eine Errungenschaft der Technik! Wie mochte es sein, selbst so ein Gefährt zu steuern? Ob er es ihr beibringen würde, wenn sie ihn darum bat?

Ein Diener schob sich die Schieberkappe in den Nacken, als sie durch den Hof auf den Torbogen zubrausten, drüben am Eingangsportal des Haupthauses stand ein dickbäuchiger Mann im Gehrock und mit einem Zylinder, die Hände in die Seiten gestemmt. Er drehte den Kopf, seine Miene konnte Gwendolyn aus der Entfernung nicht deuten.

»Mein Vater«, sagte Alexander zwischen den Zähnen hindurch. Ob es ihm unangenehm war, mit ihr gesehen worden zu sein?

»Er wird dich nach mir fragen.« Mit jedem Meter, den der Ford hinter sich legte, entspannte Gwendolyn sich mehr. Alexander war ein umsichtiger Fahrer, er schien trotz der Geschwindigkeit alles unter Kontrolle zu haben.

»Soll er. Ich habe beschlossen, dass ich es nicht auf ein weiteres Versteckspiel mit meinen Eltern ankommen lasse. Sie werden mich und meine Wünsche annehmen müssen.«

Gwendolyn hielt den Blick auf die Straße gerichtet. In Windeseile ging es nach Ornbach hinab, von dort weiter zur Donau und auf die Brücke zu. »Das ist sicher der beste Weg, aber nicht immer der leichteste. Ich weiß nicht, ob ich das könnte.«

»Ich glaube, es lohnt sich«, erwiderte er, nahm eine Hand vom Lenkrad und legte sie auf Gwendolyns.

Seine Berührung schien Stromstöße durch ihren Körper zu jagen, doch sie führte seine Hand zurück zum Steuer. »Mag sein. Aber setz mich trotzdem auf halbem Weg zwischen Polderfeld und unserem Hof ab. Ich muss nachdenken.«

Er lenkte das Automobil an den Straßenrand, sobald sie Polderfeld durchquert hatten. Eine Kutsche rollte in entgegengesetzter Richtung zum Dorf. Gwendolyn erkannte den Krämer, der ihr mit hochgezogenen Augenbrauen zuwinkte. Sie erwiderte den Gruß. Dann war die Straße leer. Schweigen senkte sich über sie, als Alexander sich zu ihr beugte und ihre Wange streichelte. In seinen Augen sah sie, dass er sie zum Abschied auf die Wange küssen wollte, sie wortlos um ihr Einverständnis bat.

»Es ist zu schnell«, flüsterte sie, hörte das Pochen ihres Herzens in ihrer Stimme und kämpfte gegen den immer stärker werdenden Drang an, sämtliche Bedenken aufzugeben. War er wirklich über Martha hinweg? Oder gab er nur einer Gefühls-regung nach, um Martha zu bestrafen, indem er ihre Schwester verführte? Aber nicht er war auf sie zugekommen, sie hatte ihn aufgesucht und die Dinge klargestellt.

Martha hatte in den letzten Wochen nur schlimme Worte für ihn gefunden, hatte geschimpft, wenn sie und Gwendolyn allein gewesen waren, als hätte es nie eine Zuneigung zwischen ihr und Alexander gegeben. Wie würde sie reagieren, wenn sie erfuhr, dass ihre Schwester sich ausgerechnet in ihn verliebt hatte? Nein, es führte kein Weg daran vorbei: Sie würde mit Martha reden müssen, bevor sie sich auf Alexander einließ.

»Haben wir eine Chance, Gwendolyn?«

Ihre Gesichter waren dicht voreinander, sie roch Bergamotte und glaubte, innerlich zu verglühen. Sie hatte ungezählte Liebes-geschichten gelesen, die an Intensität und Deutlichkeit nichts zu wünschen übrig ließen, aber nichts hatte sie vorbereitet auf das, was sie in dieser Stunde mit Alexander erlebte.

Sie zögerte, dann berührte sie mit ihren Lippen seine Wange, kostete die Nähe aus. Sie antwortete nicht, lächelte nur, bevor sie die Beifahrertür öffnete und ausstieg. Noch einmal sah sie ihn an, prägte sich seine in diesem Moment weichen Züge ein. »Die Ausritte mit Mondschein sind keine ausreichende Gegenleistung dafür, was ich dir in der Buchführung alles beibringen kann.« Verschmitzt lächelnd wies sie mit dem Kinn auf das Lenkrad in seinen Händen. »Wenn du mir zeigst, wie man fährt, darfst du mich morgen um diese Zeit abholen. Ich warte hier auf dich.«

Sie raffte den Rock und lief auf den Schinderhof zu. Sie hatte nicht die geringste Ahnung, wie sich ihr Leben in dieser Zer-rissenheit zwischen der Pflicht als Tochter, den eigenen mora-lischen Ansprüchen und dieser beginnenden Liebe entwickeln sollte. Aber es fühlte sich an, als könnte sie jeden Moment in die Lüfte steigen und davonfliegen.

19

Am folgenden Nachmittag

Gwendolyn zählte die Stunden wie im Fieber, bis sie ihre Arbeiten auf dem Hof erledigt hatte und aufbrechen konnte. Von den anderen fragte niemand, wohin sie unterwegs war, als sie kurz vor Gwendolyns Abmarsch mit zufriedenen Gesichtern von ihrer Tour aus Waidreut und Kahlmühlen zurückkehrten. Vorsorglich packte sie sich einen Stapel Bücher unter den Arm, sodass alle annehmen mussten, sie wäre auf dem Weg zum Lehrer.

Einen Moment war Gwendolyn versucht, zu Hause zu bleiben, aber das Abendessen würde verlaufen wie immer: Die drei würden den geglückten Schmuggel in ausgelassener Stimmung Revue passieren lassen, sie würde danebensitzen und sich ihren Teil denken. Wie viel verlockender war die Aussicht, mit Alexander durch die Gegend zu brausen?

Diesmal ließ sie es zu, dass er sie zur Begrüßung sacht auf die Wange küsste. Dann fuhren sie los. Auf einem einsamen Stück Landstraße stoppte er den Ford, stieg aus und ging um die Karosserie herum. Mit einer einladenden Geste wies er auf das Steuer. »Bitte, du wolltest es versuchen?«

Gwendolyn hatte am Tag zuvor und auch heute genau aufgepasst, es schien ihr nicht schwer, Schalter und Hebel zu bedienen. Sie wusste, wie man Gas gab, die Gänge wechselte und bremste, und lachte über Alexanders Erstaunen, als sie kurz darauf das Automobil zum Rollen brachte und zügig an Tempo zulegte. Die

Hände fest am Lenkrad, hielt sie den Wagen in der Spur. Was für ein Gefühl von Freiheit!

»Es ist herrlich!«, rief sie. »Ich wünschte, wir hätten auch eins. Ich würde den lieben langen Tag nur damit herumfahren.«

»Meine Frau hätte ein eigenes«, sagte er. »Einen Mercedes.«

In der einsetzenden Stille hörte Gwendolyn über das Surren des Fords ihren Herzschlag. Sie hatten gestern das erste Mal Zeit miteinander verbracht, und obwohl unter dem Kribbeln in ihrem Magen das Gefühl lag, Alexander schon ewig zu kennen, war eine derartige Andeutung doch tollkühn. Hielt mit den Automobilen in ihrer aller Leben eine Geschwindigkeit Einzug, die sie vorher nicht gekannt hatten? Das würde sie ausbremsen müssen. Sie lenkte den Ford im nächsten Dorf in einen Hof, um zu wenden. »Zeit, dass wir umkehren«, sagte sie, auch wenn sie ewig mit Alexander an ihrer Seite hätte weiterfahren können.

Das holten sie an den darauffolgenden Tagen nach. Die Ausflüge wurden zur Gewohnheit, der Radius erweiterte sich. Wenn sie zu Hause war, suchte sie Gelegenheit, mit Martha zu sprechen. Die aber war viel zu beschäftigt und auffallend oft mit Benno unterwegs. Erst gestern hatte Gwendolyn sie spät in der Nacht in der Küche gehört, wie sie miteinander gelacht hatten. Sie hatten sich geneckt, als hätte nie etwas zwischen ihnen gestanden. Sie wäre sich wie eine Spielverderberin vorgekommen, die Schwester in dieser Stimmung um ein ernstes Gespräch zu bitten.

Erst eine Woche später traf sie Martha nach kurzem Klopfen in ihrem Zimmer an. Sie zog sich ein frisches Kleid an und schloss die Knöpfe am Dekolleté. »Du gehst aus?«, erkundigte sich Gwendolyn.

»Benno und ich fahren nach Deggendorf. Auf dem Marktplatz gibt es ein kleines Konzert.«

»Das mit Benno und dir … das ist jetzt was Ernstes? Ihr scheint euch so gut zu verstehen in letzter Zeit, unternehmt viel gemeinsam …« Sie ließ sich auf der Bettkante nieder und blickte zu ihrer Schwester auf, die sich vor dem Spiegel die Lippen rot anmalte.

»Ach, Benno und ich waren schon immer Freunde.«

»Er will mehr.«

»Ich weiß.«

»Wärst du denn jetzt frei für ihn?« Gwendolyn spürte ihren Puls an der Halsschlagader, während sie auf Marthas Antwort wartete.

»Ich bin immer frei«, erwiderte Martha, setzte sich auf einen Schemel und zog ihre Schnürschuhe heran. »Aber falls du auf den Wallendorf anspielst … der soll sich hier nicht mehr blicken lassen. Ich bin mir immer noch nicht sicher, dass nicht doch früher oder später die Gendarmerie über ihn Wind von unseren Geschäften kriegt.«

»Er wird uns nicht verraten.«

Martha setzte sich kerzengerade hin, die Schnüre am Schuh noch ungebunden. Sie stieß ein Lachen aus. »Werd erwachsen, Gwendolyn! Oder hältst du immer noch an deiner Schwärmerei fest?«

Gwendolyns Blut gefror ihr in den Adern. »Wie … woher …?«, stammelte sie.

»Jetzt schau nicht so. Meinst du, ich wüsste nicht, dass du dich letztes Jahr in ihn verguckt hast? Ich hätte gedacht, der Tauber hat inzwischen seinen Platz eingenommen.« Sie wandte sich wieder ihren Schuhen zu. »Er ist vielleicht keine Augenweide, der Lehrer, aber er hat was im Köpfchen. Und genau darauf kommt es dir doch an, oder? Damit wäre Alexander sowieso nichts für dich gewesen. Und für mich schon gar nicht.«

Gwendolyn hatte sich gefangen. »Er hat mir gesagt, dass er uns nicht melden wird.«

Martha sah auf. »Du … du hast mit ihm geredet?«

»Nicht nur einmal. Wir treffen uns. Regelmäßig. Manchmal reiten wir aus, öfter sind wir mit seinem Automobil unterwegs, fahren durch die Gegend und unterhalten uns.« Sie lächelte zaghaft. »Ich darf den Wagen sogar selbst lenken. Es ist ganz einfach.«

Martha schüttelte ungläubig den Kopf. »Was für ein Mistkerl! Macht meiner Schwester schöne Augen, um sich an mir zu rächen! Und du bist auch noch so dumm und fällst darauf herein.«

Obwohl Gwendolyn ähnliche Gedanken gehabt hatte, wusste sie es inzwischen besser. »Diesmal geht es nicht um dich, Martha. Sondern um mich. Es ist keine Schwärmerei, ich habe mich verliebt. Und ich weiß, dass es Alexander ebenso geht.«

»Hast du den Verstand verloren? Merkst du nicht, dass er ein übles Spiel mit dir treibt? Vielleicht will er nur mehr Beweise für den Schmuggel und hat sich deswegen an dich herangemacht.«

Gwendolyn kämpfte gegen die Tränen an, die Marthas Worte auslösten. Kam ihr nicht einmal in den Sinn, dass sich ein Mann wie Alexander in sie verlieben konnte? Hielt sie so wenig auf ihre eigene Schwester?

»Der Vater fällt tot um, wenn er davon erfährt!«, fuhr Martha fort.

»Was dich nicht abgehalten hat, als du mit ihm zusammen warst«, konterte Gwendolyn und schluckte den Kloß hinunter, der sich in ihrem Hals gebildet hatte. Sie hatte auf ein gutes Gespräch mit Martha gehofft, nicht auf unhaltbare Vorwürfe.

Martha schürzte die Lippen. »Hör zu, ich habe es bereut, mich auf dem Fest mit ihm eingelassen zu haben, als ich erfuhr, dass er ein Wallendorf ist. Hätte ich das vorher gewusst, hätte ich einen weiten Bogen um ihn gemacht. Dass ich ihn danach noch getroffen habe … ja, das war ein Fehler. Ich habe gedacht, wir könnten die Widerstände überwinden. Aber das funktioniert nicht, Gwendolyn! Er ist so arrogant wie sein Vater, skrupellos und ausbeuterisch. Er manipuliert und spannt dich für seine Zwecke ein.«

»Das sehe ich anders. Aber gut, ich habe verstanden, dass du mit ihm nichts mehr zu tun haben willst. Nur das wollte ich wissen. Wenn du noch verliebt in ihn wärst, hätte ich mich von ihm zurückgezogen. Aber du sprichst wie eine Kämpferin, die sich in die Idee verrannt hat, dass sie die Gute ist und die anderen immer die Bösen. Ich brauche deine Erlaubnis nicht, um mich mit Alexander zu treffen, Martha, aber es war mir wichtig, dass zwischen uns alles geklärt ist und ich dir nicht das Herz breche.«

Martha lachte böse. »Das Herz brechen? Gwendolyn, wir sind hier nicht in einem deiner Liebesromane. Wofür hältst du mich? Ein dummes Gänschen, das vom großen Zuckerbaron träumt? Von mir aus kann Alexander mit jeder Frau in Niederbayern ins Bett steigen – mich interessiert das nicht mehr. Ich bin froh, dass er mir rechtzeitig die Augen geöffnet hat, als er mir in der Scheune aufgelauert hat. Und darauf kann er sich verlassen: Jetzt habe ich noch viel mehr Grund, den Schmuggel am Leben zu halten. Bei jedem Pfund, das ich verkaufe, male ich mir aus, wie er tobt, und freue mich darüber!«

Gwendolyn schüttelte den Kopf. »Du machst dir das Leben nur selbst schwer mit deinem Groll. Horche in dich herein, Martha, ob du wirklich so eine Frau sein möchtest.«

»Guck du nur in den Spiegel«, gab Martha zurück, »und frag dich, wo dein ach so geschätzter Verstand geblieben ist.«

Gwendolyn hatte genug. Marthas Worte trafen sie, aber dennoch überwog die Erleichterung, dass sie nicht zu Rivalinnen um Alexander Wallendorf wurden. Was Martha von ihm hielt, hatte sie deutlich ausgesprochen. Ein steiniger Weg lag vor ihr, wenn sie an ihrer Liebe festhielt.

Zwei Wochen später waren Korbinian, Martha und Benno erneut Richtung Schweiz aufgebrochen, um neues Saccharin zu holen. Alexander und Gwendolyn trafen sich jeden Nachmittag. »Was tust du?«, fragte Gwendolyn, als er das Automobil, das ausnahmsweise wieder einmal er bedienen durfte, direkt bis zum Schinderhof lenkte.

»Du warst auf Gut Theresienberg«, sagte er, hielt an, stieg aus und eilte um den Wagen herum, um ihr die Tür zu öffnen, »jetzt will ich sehen, wie du wohnst. Dein Vater und Martha sind nicht da, Helena ist bei ihrer Freundin im Ort, hast du gesagt …« Er nahm sie in die Arme, sodass sie seinen Körper von den Knien bis zur Brust spürte. Dann beugte er sich zu ihr hinab, hob ihr Kinn mit einem Finger und küsste sie mit einem Mal so zärtlich, dass ihr die Beine wegzuknicken drohten. »Ich will wissen, wo die Frau, mit der ich zusammen sein möchte, aufgewachsen ist.«

Gwendolyn löste sich von ihm, noch immer überrascht von seinen deutlich gezeigten Gefühlen für sie. Sie betrachtete ihn. In seinem Blick lag nichts außer echtem Interesse. Sie nahm ihn bei der Hand und zog ihn hinter sich her zum Haus. »Dann komm.«

Sie zeigte ihm die Stube.

»Wie gemütlich ihr es habt«, sagte er. Gwendolyn versuchte zu ergründen, ob Spott in seinen Worten mitschwang, aber er schien es ernst zu meinen. »Alles lädt dazu ein, sich gesellig zusammenzusetzen und zu feiern. Anders als in den viel zu großen Räumen auf dem Gut.«

»Früher hatten wir öfter Gäste. Als unsere Mutter noch lebte.« Ein Schatten legte sich auf ihr Gemüt, nagte an der Freude über Alexanders spontane Idee. »Mein Vater duldet nur noch wenige in seiner Gegenwart. Uns, Onkel Max, …«

»Er trauert noch immer. Er scheint die Liebe seines Lebens gefunden und sie verloren zu haben. Das würde jedem zusetzen.«

Gwendolyn brachte ihn in ihr Zimmer, aber die Gegenwart

des Betts, in dem sie die Nächte mit Gedanken an ihn verbracht hatte und das ihr jetzt allzu einladend erschien, sich mit ihm darauf niederzulassen, machte sie seltsam befangen. Seine lieben Worte befeuerten nur die Sehnsucht, in seinen Armen zu liegen, ihn Haut auf Haut zu spüren, eins zu sein. Sie beendete die Führung durch das Haus, zeigte ihm draußen die Scheune, das Hühnerhaus, den Pferdestall. »Alles klein und bescheiden. Du bist natürlich anderes gewöhnt.«

»Auf Gut Theresienberg ist alles größer, stimmt schon. Aber wenn etwas kaputtgeht, bezahlen wir Handwerker, dass sie es reparieren. Ihr verrichtet die Arbeit hier mit eigenen Händen. Ich wette, dein alter Herr kennt jedes Brett und jeden Pfosten. Das ist viel wert.« Er nickte zur Holzbank, die ihr Vater vor einigen Jahren direkt am Teich errichtet hatte. Ein paar Enten glitten schnatternd davon, als sie sich dicht nebeneinander niederließen. »Viel Geld und gesellschaftlicher Stand haben nichts mit Glück zu tun, das sehe ich immer klarer. Ich wünschte, wir hätten etwas mehr von eurem Zauber und der Behaglichkeit des Schinderhofs. Erzähl mir noch ein bisschen von euch.«

»Nun ja. Martha, Helena und ich teilen uns alle Arbeiten auf, die mit dem Hof und dem Haushalt zu tun haben.«

»Auch das erledigen bei uns die Bediensteten«, sagte er mit nachdenklichem Ton.

»Denkst du noch oft an Martha?«, fragte sie geradeheraus.

»Ja«, gab Alexander unumwunden zu, nahm dabei ihre Hand in seine und küsste ihre Fingerspitzen. »Aber nicht mehr mit Groll. Ich hätte viel früher erkennen müssen, dass wir nicht zueinander passen. Sobald wir uns ernsthaft unterhalten wollten, sind wir in Streit geraten. Es war ein Strohfeuer, mehr nicht. Ich hoffe, das sieht sie auch so und ist darüber hinweg.«

Gwendolyn nickte. »Sie hat mit dem, was zwischen euch war, abgeschlossen.«

»Das ist gut. Dann möge sie glücklich mit diesem Benno Meininger werden. Der ist ja offensichtlich hinter ihr her.«

»Ein halbes Leben lang schon. Aber ob Martha ihn nimmt? Sie ist und bleibt unberechenbar, tut nie das, was man von ihr erwartet.«

Alexander legte ihr den Arm um die Schulter, zog sie an sich heran, sodass sie den Kopf an ihn lehnen konnte. »Jetzt lass uns nicht mehr von Martha sprechen. Ich bin froh, wenn sie nicht länger zwischen uns steht.«

»Sie wird immer meine Schwester bleiben. Ich kann mich nicht von ihr lösen, wie du es tust.«

»Das sollst du auch nicht, Liebes.«

Die Zärtlichkeit, mit der er das Kosewort aussprach, brachte ihre Haut zum Prickeln. In der nächsten Sekunde spürte sie seinen Mund auf ihrem. Sein Verlangen sprang sofort auf sie über. Dieser Kuss war anders als der erste. Es fühlte sich an, als würden sie miteinander verschmelzen. Gwendolyn gab sich ihrer Leidenschaft hin und schaltete das Denken aus, bis sie sich endlich schwer atmend voneinander lösten. Selbst in ihren Träumen hatte es sich nie so angefühlt.

»Ich will dich nicht mehr verlieren, Gwendolyn. Komm doch bald auf Gut Theresienberg. Dann zeige ich dir, wie es bei uns zugeht.«

»Dein Vater«, fiel ihr ein. »Hat er dich eigentlich auf mich angesprochen?«

Alexander schüttelte den Kopf. »Ich sehe ihn kaum diese Tage. Er ist sehr in die Kampagne eingespannt. Manchmal meine ich, er ist mehr mit der Firma verheiratet als mit meiner Mutter.« Er sah ihr in die Augen. »Ein Fehler, den ich nicht begehen werde.«

Sie unterdrückte ein Lachen. Seine Andeutungen waren so subtil wie der Geruch nach Melasse aus den Schornsteinen der Fabrik. Süß waren sie dennoch, und wenn er ernst meinte, was sich hinter seinen Bemerkungen versteckte … Ihr wurde heiß und kalt zugleich. Ihr Herz stolperte und hüpfte gleichermaßen. Er wollte sie gar nicht loslassen mit seinem Blick, sie versank im hellen Blau seiner Augen. »Ich werde mein Glück nicht länger verstecken, Gwendolyn. Ich möchte dich ihnen vorstellen. Als meine zukünftige Braut.« Einen atemlosen Moment herrschte Stille zwischen ihnen, dann stellte er die Frage: »Gwendolyn, willst du meine Frau werden?«

20

Eine Woche später

Das waren Wochen nach Korbinians Geschmack. Von der Prozession mit dem süßen Nepomuk nach Böhmen waren sie mit den Taschen voller Geld zurückgekehrt. Und mit dem Wissen, dass Alfons Hartler weiterhin seinen Dienst an der Grenze versah – und seinen Sold für Bier und Schnaps verprasste. Von nun an wartete er darauf, dass Korbinian ihm Informationen über die möglichen Schmuggler bringen und sein Leben sich daraufhin zum Guten wenden würde.

Schon wenig später hatte Korbinian mit Benno und Martha eine weitere Ladung Saccharin an der Schweizer Grenze abgeholt, wo sie mit Andrin und Loris über das dumme Gesicht des Zöllners Vogel gelacht hatten. Ja, Martha schien wieder die alte zu sein. Während beider Reisen hatte sie viel mit Benno getuschelt und gescherzt, doch sie war immer zur Stelle, sobald ihre Hilfe gebraucht wurde. Ein tüchtiges Mädchen. Wenn sie endlich Bennos Werben nachgeben würde, dann wäre Korbinian so zufrieden, wie man ohne die geliebte Ehefrau nur sein konnte. Im Geiste stellte er sich vor, ein Altenteil an den Schinderhof anzubauen, in das er sich zurückziehen konnte, während Benno und Martha das Haupthaus mit einer Schar von Kindern bewohnen würden. Helena wäre noch ein paar Jahre dabei, Benno würde Cilly am Wochenende auf den Hof holen, und Gwendolyn … Wie immer, wenn er an seine mittlere Tochter dachte, erfasste ihn Unruhe.

Dass der Bäckersohn ihr im letzten Jahr einen mehr als töl-pelhaften Antrag gemacht hatte, war mittlerweile zu ihm durch-gedrungen. Dass sie ihn ausgeschlagen hatte, war verständlich. Die Alternative war Martin Tauber, mit dem sie sich zuletzt öfter getroffen hatte. Der Lehrer war fünfzehn Jahre reifer als sie und trocken wie altes Holz, aber bevor sie gar keinen abbekam, sollte sie …

»Du grübelst zu viel!« Martha streichelte die behaarten Un-terarme, die er vor sich auf dem Tisch gekreuzt hatte, Barbaras Medaillon in einer Hand verborgen, wie üblich, wenn er nach-dachte. Sie bestritt wie meistens mit Benno die Unterhaltung. Auch Helena erzählte von den Hoftieren und wie viel schlauer ihr Wastl als die anderen Gänse war, lauschte aber gespannt Marthas Planungen der nächsten Tour.

»Ich will mit!«, verlangte die Jüngste. »Ich will nicht allein zu Hause bleiben. Ständig ist Gwendolyn fort.«

Aha, das mit dem Tauber schien doch ernster zu sein. Korbi-nian starrte seine mittlere Tochter über den Tisch hinweg an. Sie hatte kaum etwas gesagt, hatte nur ein paar Löffel Kohlsuppe geschlürft, die sie selbst so köstlich gewürzt hatte.

»Darf ich?«, quengelte Helena, und zum ersten Mal fiel Kor-binian auf, dass sie für derlei zu alt war. Sie sollte vernünftiger sein. Umso weniger kam infrage, dass er sie mitnahm. Ihre toll-patschige Art hatte schon einmal zum Unglück geführt. Falls Derartiges erneut passierte und ihm nach Barbara eine der Töch-ter genommen wurde, würde er das nicht überleben. Es gab Grenzen für das, was ein Mann aushalten konnte.

»Auf keinen Fall«, beendete er Helenas Flehen. »Benno, Mar-tha und ich, wir sind ein gutes Gespann. Wenn wir mehr Leute brauchen, sprechen wir die üblichen im Dorf an. So kann es blei-ben. Nur …« Er blickte geradewegs in Gwendolyns Augen, die ihm an diesem Abend unergründlich erschienen. »… vielleicht magst du dich uns wieder einmal anschließen. Du bringst die nötige Ruhe in die Gruppe.«

Alle starrten Gwendolyn an, die seinen Blick erwiderte. Sie schwieg, als müsste sie seine Worte sacken lassen. Dabei war keine seiner Töchter so schnell im Kopf wie sie. Es entsprach der Wahrheit, dass er ihre Bedachtsamkeit schätzte. Aber mehr noch war ihm daran gelegen, dass sie mal herauskam aus Polderfeld, sich die Welt anschaute. Und die jungen Männer, die außerhalb des Heimatdorfes nach den Mädchen schielten. Sicher würde manch einer ihr einen zweiten Blick zuwerfen, sofern er nur die Chance dazu bekam. Andrin und Loris Brunner etwa. Helle Köpfchen, nicht direkt abstoßend in ihrem Äußeren, gewitzt und tüchtig. Egal welcher, er wäre eine bessere Partie als der steife Dorflehrer – auch wenn das bedeuten würde, dass eine seiner Töchter in die Schweiz übersiedeln würde.

»Nein, ich komme nicht mit«, sagte Gwendolyn in die Stille hinein mit fester Stimme. »Nicht diesmal und auch sonst nie mehr.« Sie holte tief Luft. »Und, Vater, ich werde künftig auch nicht mehr die Bilanzbücher führen und das Geld verwalten. Es ist nicht das Leben, das ich mir erhofft habe, ich ziehe einen Schlussstrich darunter.« Sie nickte in Richtung Helena, die sie mit großen Augen anstarrte. »Helena kann meine Aufgabe übernehmen. Ich bringe ihr bei, was sie wissen muss.«

Korbinians Magen schnürte sich zu. Er hatte immer gewusst, dass Gwendolyn nicht hinter dem Schmuggel stand. Aber er hatte angenommen, dass sie sich ihrem Schicksal fügte. Niemand konnte sich aussuchen, in welches Leben er hineingeboren wurde. Man musste das Beste aus jeder Situation herausholen. Er hatte geglaubt, er hätte all seine Töchter zu pragmatisch denkenden Menschen erzogen. Aber nein. Gwendolyn war anders. Schon immer.

»Ich übernehme das gern«, schnatterte Helena. »Nur, was willst du dann tun?«

354

Die Jüngste sprach nur aus, was alle dachten, und Korbinian spürte das kommende Unheil wie ein gewaltiges Gewitter im großen Zeh. Ihm gegenüber legte Benno die Hand auf Gwendolyns Schulter. »Wenn du Zeit zum Nachdenken brauchst, nimm sie dir. Du musst nicht hier und jetzt alle in deine Pläne einweihen.«

Korbinian nickte ihm zu. Der Junge fand oft die passenden Worte, während er selbst noch nach ihnen fischte wie nach Barschen in einem trüben Teich. Als er Martha anschaute, erschrak er über das Feuer in ihren Augen. Sie sah aus, als wollte sie durch bloßes Stieren Gwendolyn zum Brennen bringen.

»Doch«, sagte die ungerührt. »Es ist an der Zeit. Ich habe vor einigen Tagen einen Heiratsantrag bekommen. Jetzt frage ich mich, warum ich darüber nachdenken musste. Ich werde ihn annehmen.«

Dröhnende Stille legte sich über alle in der Wohnküche. Helena fing sich als Erste. Sie kicherte in ihre Faust. »Hoffentlich sehen eure Kinder dir ähnlich und nicht Quirin.«

Gwendolyn presste die Lippen aufeinander.

Korbinian sprang der Mittleren bei. »Nicht Quirin, Helena. Sie meint den Lehrer Tauber.«

Martha stieß verächtlich die Luft aus. »Pah, glaubt ihr, mit solchen Leuten gäbe sich unser ach so begabtes Wunderkind zufrieden? Die greift gleich nach den Sternen. Oder nach dem, was sie dafür hält! Sag es schon, Gwendolyn, los, sprich es aus! Treib einen Keil in unsere Familie, und stürze dich in dein Unglück! Du bist ja wie besessen, blind und taub für die Ratschläge von Leuten, die es gut mit dir meinen.«

Eine Ader pochte an Korbinians Schläfe. Gleichzeitig stieg ihm der Schweiß auf die Stirn. Was geschah hier?

Benno versuchte zu vermitteln: »Martha, jetzt beruhige dich, ich bin sicher, Gwendolyn wird …«

Gwendolyn unterbrach ihn. Ihr Gesicht war weiß wie Schnee, ihre Lippen blutleer. Doch sie hielt den Kopf, als würde sie eine Krone tragen. »Alexander Wallendorf hat mich gefragt, ob ich seine Frau werden möchte.«

Korbinian sackte das Blut aus dem Schädel. Er hielt sich an der Tischkante fest, weil er befürchtete, zur Seite zu kippen. Dieser Name! Sein halbes Leben begleitete ihn diese Sippschaft. Das würde er nicht zulassen, niemals!

Martha stöhnte auf und barg für einen Moment das Gesicht in den Händen. Als sie wieder aufschaute, blitzten ihre Augen. »Und du glaubst immer noch im Ernst, dass er dich wirklich liebt?«

»Genau das glaube ich, und ich weiß, dass er dich nie geliebt hat.« Zum ersten Mal an diesem Abend schien Gwendolyn ihre Fassung zu verlieren. Über ihre Wangen zog sich eine fleckige Röte. »Ich hätte es mir anders gewünscht, aber wenn du, Vater, wenn ihr alle nicht hinnehmen könnt, dass ich Alexanders Frau werde, dann tue ich es auch gegen euren Willen. Niemand wird mich davon abhalten. Er ist der Mann, auf den ich mein Leben lang gewartet habe. Ich lasse mir diese Chance nicht entgehen.«

»Die Wallendorfs sollen verflucht sein«, zischte Korbinian, hielt Gwendolyn sein Gesicht entgegen und fuhr sich mit zwei Fingern über die Narbe. »Was glaubst du, was das ist? Ein Andenken an meine letzte Begegnung mit dem alten Wallendorf. Er kennt keine Skrupel. Jähzornig und rücksichtslos ist er, wenn es nicht nach seinem Kopf geht. Menschen wie die bekämpfen wir, Gwendolyn, wir verbinden uns nicht mit ihnen!«

Helena hielt sich die Hände auf die Ohren, weil Korbinian immer lauter geworden war. Jetzt sprang sie auf. »Das Geschrei ist nicht auszuhalten.« Sie schluchzte auf und floh aus der Küche.

»Da siehst du, was du angerichtet hast!«, fuhr Martha Gwendolyn an. »Und das ist erst der Anfang. Ich verstehe nicht, warum du alles zerstören willst, was wir uns aufgebaut haben.«

»Wallendorf weiß von unseren Geschäften«, presste Benno hervor. Korbinian glaubte, seinen Ohren nicht zu trauen. Er wähnte sich in einem Albtraum gefangen, aus dem er nicht erwachte. Benno zog die Brauen zusammen. »Zwingt er dich zur Heirat? Droht er, uns sonst doch noch auffliegen zu lassen?«

»Das ist lächerlich, Benno«, erwiderte Gwendolyn ruhig. »Er wird uns nicht verraten. Er hasst den Schleichhandel, ja. Aber letzten Endes ist die Zuckerindustrie dank der Unterstützung in der Politik noch immer am längeren Hebel, die Schmuggler schaden den Industriellen nicht in dem Maße, dass es gefährlich würde. Er weiß, dass er meine Liebe verlieren würde, wenn er einem von euch etwas Böses wollte. Das wird er nicht riskieren.«

»Du bist dir ja verdammt sicher.« Marthas Stimme troff vor Spott.

»Ja, das bin ich.«

Blitze zuckten hinter Korbinians Stirn. Er packte den vor ihm stehenden Bierkrug und warf ihn gegen die Wand über dem Herd, wo er krachend zerschellte. Alle zogen die Köpfe ein, warteten. Korbinian sackte nach vorn, und die Trauer um Barbara, die diese Katastrophe hätte abwenden können, sprang ihn an wie ein tollwütiges Tier. Er war unfähig, seine Mädchen zu guten Menschen zu erziehen. Sie machten, was sie wollten, kümmerten sich nicht um seine Wünsche. Er kannte den Schuldigen, denjenigen, der ihm Barbara genommen hatte, und all sein Zorn konzentrierte sich auf ihn. Wie dunkle Sturmwolken flogen die Gedanken hinter seiner Stirn, sein Hass fand einen Weg über seinen Mund und lag in seiner Stimme, als er Gwendolyn anbrüllte: »Ich verbiete dir, dich noch ein einziges Mal mit dem Kerl zu treffen! Du bleibst im Haus, bis du zur Besinnung gekommen bist!«

Gwendolyns Stuhl scharrte über den Küchenboden, als sie abrupt aufstand. »Es tut mir leid, dass es so gekommen ist! Ich habe das nicht gewollt. Aber ich habe zu lange stillgehalten. Ich lasse mir nichts mehr verbieten.« Aus ihrer Stimme sprach eine Selbstsicherheit, die Korbinian überraschte. Wann war seine mittlere Tochter erwachsen geworden? »Ihr werdet mich nicht davon abbringen, Alexanders Frau zu werden. Ich spüre deine Verachtung, Martha, ich spüre deinen Hass, Vater, und beides macht es mir unmöglich, noch länger mit euch unter einem Dach zu leben.«

Korbinian runzelte die Stirn, versuchte, den Sinn ihrer Worte zu verstehen. In ihm war für nichts anderes Platz als für dieses Donnern und Blitzen, die Trauer und den Zorn.

»Tu nichts Unüberlegtes, Gwendolyn, ich bitte dich.« Benno sah sie flehend an.

»Ich war nie vernünftiger als in dieser Stunde, Benno. Danke für alles.« Sie drehte sich um und eilte in ihr Zimmer. Ein Schrank wurde geöffnet, Schritte, dann zog sie offenbar den Koffer unter ihrem Bett hervor, der dort seit langer Zeit Staub ansetzte. Gwendolyn hatte ihn nie benutzt, hatte ihn von der Mutter übernommen, die darin ihre Aussteuer mit auf den Schinderhof gebracht hatte. Vor so vielen Jahren.

Nur wenige Minuten später stand sie in ihrem langen Mantel und dem besten Hut vor der Schwelle zur Stube. Martha war überraschend still geworden, schaute zwischen ihr und Korbinian hin und her, als könne sie nicht glauben, was hier passierte.

»Auf Wiedersehen, Vater.«

»Dann geh nur zu ihm und finde heraus, was für Menschen die Wallendorfs sind!«, brüllte er.

Ohne ein weiteres Wort wandte sich Gwendolyn um und verließ den Schinderhof. Das Zufallen der Tür hörte sich in Korbinians Ohren endgültig an. Er kreuzte die Arme auf dem Tisch und legte den Kopf darauf. Seine Augen brannten, aber er hielt das Weinen zurück. Er hatte das Gefühl, dass er nicht mehr aufhören könnte, wenn er die Tränen zuließ.

Wo war Helena? Mit schnellen Schritten war Gwendolyn im Hühnerstall. Im Halbdunkel der Hütte sah sie die jüngere Schwester mit Wastl auf dem Boden hocken. Sie hielt das Tier umschlungen, wie um Trost zu suchen, flüsterte etwas in sein Gefieder, als könne er den Streit in der Küche mit einem Schnattern ungeschehen machen. Bei Gwendolyns Auftauchen hob sie den Kopf. Ihr Gesicht war vom Weinen aufgequollen, die Augen gerötet. »Gehst du?« Ihre Stimme klang dünn wie das Piepen eines Kükens.

»Ich bin nicht aus der Welt, Helena. Ich bin immer für dich da, das weißt du.«

»Wirst du Alexander Wallendorf heiraten und bei ihm wohnen?«

»Ja, das werde ich.« Sie seufzte. »Hör zu, im Moment spielen alle verrückt, aber das wird sich legen, Helena, vertrau mir. Es wird nicht lange dauern, und du kannst mich besuchen, wann immer du möchtest.«

»Ich will hier nicht mit Martha allein sein. Du weißt, wie gemein sie sein kann.«

»Ja, das weiß ich. Ich weiß aber auch, dass du dir nie etwas gefallen lässt.« Gwendolyn schaffte es, die Jüngere anzulächeln. »Du lässt dich von niemandem ärgern, nicht wahr? Und wenn ich dir die Buchführung überlasse, hast du bald eine wichtige Aufgabe auf dem Hof. Niemand wird sich dann erlauben, dich nicht mehr ernst zu nehmen.«

Helena setzte Wastl neben sich und schlang die Arme um Gwendolyns Hals. »Ich werde dich vermissen.«

»Ich dich auch.«

Sie hielten sich eine Weile umfasst, dann löste Gwendolyn sich und ließ Helena voller Mitgefühl mit ihrer Trauer allein. In Wastl hatte sie den besten Trost, den sie bekommen konnte.

Wenig später lag der Schinderhof hinter ihr. All die Jahre, die sie dort verbracht hatte, schienen ihr nachzurufen. Schienen wie der Wind zu heulen, konnten sich aber nicht gegen den Ruf ihres eigenen Herzens durchsetzen und sie zum Bleiben und der Fortsetzung ihrer Geschichte auf dem Hof bewegen. Das nächste Kapitel lag jenseits der Donau.

Sie war erst wenige hundert Meter in Richtung Dorf gegangen, als sie hinter sich das Trappeln von Pferden und das Rattern von Kutschrädern hörte. »Du willst doch nicht zu Fuß nach Ornbach, oder? Komm, ich fahre dich.« Benno hielt die Droschke neben ihr an.

Mit zwei Schritten über die Eisenstiege kletterte Gwendolyn auf die Kutschbank. »Danke. Pass auf sie alle auf, Benno, ja?«

Er betrachtete sie mit schräg gelegtem Kopf. »Du weißt, dass ich ebenso wenig von Alexander Wallendorf halte wie Martha oder dein Vater. Aber ich halte viel von dir. Du warst schon immer die Schlaueste. Meinst du, dass er es wert ist?«

»Das ist er.«

»Der alte Leopold hat meinen Vater damals so schlecht bezahlt, dass meine Mutter gezwungen war mitzuarbeiten. Indirekt hat er den Tod meiner Eltern verschuldet. Und seinen Sohn kenne ich als nicht weniger überheblich als den Alten. Mag sein, dass ich mich täusche. Ich hoffe, du wirst es nicht bereuen, Gwendolyn.«

»Was ist mit dir? Mit dir und Martha?«

»Jetzt, wo Wallendorf aus ihrem Leben verschwunden ist, werde ich sie zu einer Entscheidung drängen. Ich bin es leid, zu warten und zu hoffen. Entweder bekennt sie sich zu mir, oder ich muss wegziehen aus Polderfeld, um all das hinter mir zu lassen.«

Sie schrak zusammen. »Bloß das nicht«, sagte sie. »Du bist ein so wichtiger Halt in unserer Familie. Für alle.«

»Einen weiteren Liebhaber von Martha könnte ich nicht ertragen. Dann breche ich lieber alle Brücken hinter mir und Cilly ab.«

Gwendolyn wusste nicht, ob sie irgendeinem Mann wünschen sollte, dass Martha sich ihm zuwandte. Wie verletzend sie sein konnte, hatte sie erst an diesem Abend bewiesen. Aber es wäre ein Unglück, wenn Benno Polderfeld verließ. Außer Max war er der Einzige, der Zugang zu ihrem Vater hatte.

Er ließ die Zügel schnalzen, lenkte das Fuhrwerk hinab zur Donau, über die Brücke und nach Ornbach hinauf. Am Abzweig zum Gut legte Gwendolyn ihm die Hand auf den Unterarm. »Lass mich hier absteigen. Den Rest gehe ich zu Fuß. Ich muss mich sammeln. Und Benno«, sie sah ihm in die Augen, »danke für alles. Du weißt, dass du meinem Vater wie ein Sohn bist, auch ohne dass du mit Martha zusammen wärst. Damit bist du für mich ein Bruder.« Sie lächelte und knuffte ihn freundschaftlich in die Seite, bevor sie vom Kutschbock sprang. »Ich wünsche dir alles Glück der Welt.«

»Das wünsche ich dir auch, Gwendolyn. Lass dich bald wieder in Polderfeld blicken.«

Sie nickte ihm zu, wandte sich dann zu Gut Theresienberg um, dessen Mauern hoch oben aufragten. Als Gwendolyn mit ihrem Koffer darauf zuging, einen Schritt entschlossen vor den anderen setzend, wirkte das Gebäude im Licht der untergehenden Sonne bedrohlich wie eine uneinnehmbare Festung.

21

Ornbach

Alexander liebte die späten Nachmittage über dem Tal. Aus seinem Zimmer hatte er einen guten Blick auf Ornbach, weiter unten floss die Donau dahin. Jenseits des Flusses verbarg sich Polderfeld hinter den von Laub- und Nadelbäumen bewachsenen Hügeln. Wie gern würde er den Abend dort verbringen, statt sich für ein Dinner vorzubereiten. In den letzten Tagen hatte er kaum etwas zu den Gesprächen rund um die endgültige Fertigstellung der Werkssiedlung oder den Start der Kampagne beigetragen. Leopold Wallendorf hatte die Zügel noch fester in die Hand genommen. Als befürchtete er, seinem Sohn zu großen Freiraum innerhalb des Unternehmens gewährt zu haben – und damit auch Bedeutung. Viel schien ihm daran gelegen zu sein, sich selbst als unersetzlich zu sehen. Einer wie er fürchtete den Ruhestand mehr, als dass er ihn herbeisehnte. Er drehte hier an einer Stellschraube im Genehmigungsverfahren, kündigte dort eine großzügige Spende an die Partei an, falls nötig. Es war ermüdend, in seinem Schatten zu stehen und als Junior nicht ernst genommen zu werden. Vieles musste sich ändern.

Durch das Fenster sah er eine Kutsche an der Abzweigung zum Gut. Das Gefährt kam ihm vertraut vor. Er kniff die Augen zusammen. Veronika mit ihren Eltern? Was hatte das zu bedeuten? Das Treffen mit Familie Lanz im Juni mit dem gefürchteten Geiger und allem romantischen Brimborium hatten sie verhindert. Sie hatten später bei einem Spaziergang durch Deggendorf darüber gelacht, wie glaubhaft Veronika ihren Eltern eine Sommergrippe vorgespielt hatte.

Er schlüpfte in den Frack und eilte die Treppe nach unten. Im Foyer traf er auf seine Eltern, ebenso elegant gekleidet wie er, seine Mutter mit dem Federhut und den langen Handschuhen zu festlich für das angekündigte Geschäftsessen.

»Wartet, ich …!«, rief Alexander, aber sein Vater war, offenbar alarmiert vom Hufgeklapper im Hof, schon an der schweren Tür angekommen und zog sie schwungvoll auf.

Alexander trat neben ihn und beobachtete, wie zuerst Walter und Edith Lanz der Kutsche entstiegen. Veronika folgte im moosgrünen Dirndl, die funkelnden Ohrhänger ließen ihre Augen strahlen. Was für eine bezaubernde Erscheinung sie war mit den hochgesteckten Haaren, den geschwungenen Lippen und dem besonderen Blick, obwohl ihr von Irritation gezeichneter Gesichtsausdruck widerspiegelte, was in Alexanders Innerem vor sich ging.

»Walter und Edith!« Alexanders Vater drückte Veronikas Mutter einen plumpen Kuss auf den Handrücken, als sie mit ihrem Gatten die Stufen nach oben gestiegen war. »Endlich besucht ihr uns wieder einmal. Es ist viel zu lange her.«

»Ja, *tempus fugit*, mein lieber Leopold, wie der Lateiner sagt.« Walter Lanz schüttelte Leopold die Hand und schien dann zu merken, dass er fälschlicherweise angenommen hatte, Alexanders Vater hätte eine ebensolche Bildung genossen wie er. »Die Zeit vergeht«, übersetzte er, um die unangenehme Situation zu überspielen. »Aber auch *amor manet*, heißt es. Die Liebe bleibt.«

Er nickte Alexander zu und machte einen Schritt zur Seite, damit Veronika vortreten konnte. Alexander spürte die Blicke seiner Eltern auf sich und wusste, was von ihm erwartet wurde.

Er umfasste ihre Schultern und küsste sie links und rechts neben die Wangen.

»Es tut mir leid«, wisperte sie, die Nähe nutzend. »Ich habe erst heute von den Plänen unserer Eltern erfahren und konnte nichts mehr ausrichten oder dich vorwarnen.«

Veronika und er hatten offenbar so erfolgreich vorgegeben, sich anzunähern, dass nicht einmal eine andere Frau auf dem Beifahrersitz in Alexanders Wagen an den Vorstellungen seines Vaters von einer Vermählung rüttelte. Oder hatte Alexander ihm mit der Spritztour mit Gwendolyn vielleicht sogar den Grund geliefert, in dieser Angelegenheit wieder aktiver zu werden?

»Die Liebe bleibt«, wiederholte sein Vater Walter Lanz' Zitat, klang dabei aber weniger herzlich als geschäftsmäßig. »Genau wie ein Imperium, das, einmal aufgebaut, einer Familie Generation für Generation den Wohlstand sichert. Doch dazu müssen klare Verhältnisse herrschen, findest du nicht auch, Alexander?«

Alexander war durchaus für klare Verhältnisse, allerdings anders, als sein Vater dies erwartete. Er überging seine Frage, nahm sich vor, das unwürdige Spiel sobald wie möglich zu beenden. Heute. Er musste nur den richtigen Zeitpunkt abwarten, sich mit Veronika absprechen. Er bot ihr den Arm an. »Ich freue mich, dich zu sehen. Magst du mich in den Rosengarten begleiten? Im Nachmittagslicht kommen die letzten Blüten der Saison besonders hübsch zur Geltung.«

»Sehr gern.« Veronika griff nach seinem Ellbogen wie nach einem Rettungsring.

»Der Rosengarten.« Edith Lanz seufzte hinter ihnen. »Wie romantisch!«

Alexander führte Veronika über den Hof. Auf dem Weg, der um das Gut herum verlief, steuerten sie die Bank an den Blumenbeeten an und nahmen darauf Platz.

»Es ist wirklich wundervoll«, sagte sie mit Blick auf die Spätblüher, doch in der Brüchigkeit ihrer Stimme lag das Dilemma, in dem sie steckten.

»Sie hoffen, dass wir uns heute verloben.«

Veronika nickte. »Meine Eltern können es kaum erwarten.« Sie bog die Mundwinkel herab.

»Jeder Mann könnte sich glücklich schätzen, dich an seiner Seite zu wissen. Aber dass aus uns beiden nichts werden kann, haben wir besprochen, nicht wahr?«

Sie sah ihn an. »Was machen wir nun? Um mehr Zeit bitten?«

»Würden ein paar Wochen mehr denn etwas an der Situation ändern?«

»Du hast recht, nichts würde sich ändern.« Sie biss sich auf die Unterlippe. »Ich habe Angst um meinen Vater, wenn er die Wahrheit erfährt. Er gibt sich kraftvoll, aber er hat ein schwaches Herz.«

»Wir werden es ihnen so schonend wie möglich beibringen. Aber es führt kein Weg daran vorbei.«

»Ja, das machen wir.« Sie lehnte den Kopf an seine Schulter, eine freundschaftliche Geste voller Vertrauen. »Erzähl, wie steht es mit dir und Gwendolyn?«

»Ich kann immer noch nicht glauben, dass ich nicht gleich erkannt habe, dass sie die Richtige ist. Martha hat mich verhext, aber Gwendolyn berührt mich in der Tiefe meiner Seele. Verstehst du das?«

Sie lächelte leicht. »Ich weiß so genau, was du meinst. Mit Rudolf geht es mir nicht anders.«

Alexander schaute nachdenklich am Gutshof vorbei über die Äcker von Ornbach bis zum Wald. »Marthas Wildheit hat mich angezogen. Es war, als wäre ich ein Pendel, das meine Eltern zu lange festgehalten haben und das dann umso stärker in die andere Richtung ausgeschlagen ist. Gwendolyn hat es gestoppt. Bei ihr habe ich zum ersten Mal das Gefühl, zur Ruhe zu kommen.

Der sein zu dürfen, der ich bin. Bei ihr fühle ich mich … zu Hause. Ich habe nicht gewusst, dass ich mich nach einem solchen Gefühl der Geborgenheit gesehnt habe.«

Veronika sah ihn mit leuchtenden Augen an. »Ich freue mich für dich. Und ich hoffe, dass du dich bald auch für mich freuen kannst. Rudolf hat mir geschrieben, dass er mit seiner Frau gesprochen hat.«

»Und?«

»Wie sich herausgestellt hat, ist die Gute schon lange nicht mehr glücklich in der Ehe und wäre bei einer finanziellen Absicherung willig, sie zu beenden. Was das für Rudolfs Ansehen heißt, wissen wir nicht, aber wir sind bereit, es herauszufinden.« Das Lächeln wurde dünn. »Das entspricht sicher nicht den Erwartungen, die meine Eltern haben, aber immerhin.«

Die Sonne sank tiefer, ein rötlicher Schimmer mischte sich ins Blau des Himmels, rundherum leuchteten Rosen und Bäume goldbestrahlt auf. Eine Böe ließ die Blätter der Büsche rauschen. Die Erwartungen der Eltern. Auch Alexander spürte sie in allem, was er tat. Die Lehre in Leipzig, jetzt die Auftritte als Vertreter der Firma, der Druck, sich zu vermählen und der Familie ein Enkelkind zu schenken, einen Sohn, der die *Donau Zucker* nach ihm fortführen würde.

»Müssen wir das?«, sagte er aus seinen Gedanken heraus. Veronika sah ihn fragend an. »Ihren Erwartungen gerecht werden? Sind es nicht unsere Leben, und haben wir nicht das Recht, sie so zu gestalten, wie wir uns das wünschen? Haben wir nicht die Pflicht dazu? Wem müssen wir Rechenschaft ablegen? Nur uns selbst. Die Wünsche meiner Eltern haben dort eine Grenze erreicht, wo sie mein Glück verhindern. Bei Martha habe ich gezögert, weil ich tief im Herzen gewusst habe, dass wir nicht zusammenpassen. Ich wollte sie mit aller Kraft verändern. Bei Gwendolyn ist es mir egal, was meine Eltern denken. Ich liebe sie, wie sie ist. Ich habe sie gefragt, ob sie meine Frau werden will.«

»Was hat sie gesagt?«

Alexander senkte kurz den Blick. »Die Antwort steht noch aus, aber an ihrer Liebe habe ich keinen Zweifel. Es geht um ihren Vater, ihre Schwestern. Sie muss mit ihnen reden.« Er richtete sich auf. »Genau wie ich mit meiner Familie.«

Veronika betrachtete ihn, ihre Hand fand seine und drückte sie. Ein Zeichen, dass sie beide trotz allem etwas verband, ein ähnliches Schicksal. Sie nickte. »Dann lass uns nicht mehr länger warten.«

»Hier habe ich das Rezept für deine Köchin aufschreiben lassen.« Annegret schob Edith Lanz das gefaltete Papier zu, auf dem die Zubereitung der Donauforellen stand, die sie heute mit Butterkartoffeln und Prinzessbohnen zu sich nehmen würden. »Wichtig ist ein guter Cognac in der Knoblauchbutter, habe ich mir sagen lassen.« Rezepte auszutauschen fand Annegret wenig unterhaltsam, aber mit der Mutter ihrer künftigen Schwiegertochter hatte sie sonst kaum gemeinsame Interessen.

»Herzlichsten Dank, meine Liebe.« Edith Lanz nahm das Blatt an sich, dann rollte sie die Augen mit Blick auf die Ehemänner, die mit Sherry-Gläsern am Fenster standen und sich intensiv unterhielten. »Geschäfte, Geschäfte. Manchmal meint man, dass es nichts Wichtigeres gibt, nicht wahr?«

Dieses Gefühl war Annegret nicht fremd. Sie kannte ihren Mann nicht anders, unterstützte ihn, wo immer er es zuließ. Ein Mann mit Visionen, das war Leopold, und sie hielt ihm nach Kräften den Rücken frei, damit er sich auf das Wesentliche konzentrieren konnte. Natürlich war auch der heutige Abend seine Idee gewesen. Annegret hätte den jungen Leuten lieber Zeit gelassen, bis sie selbst bereit für den Schritt waren. Deutete nicht alles darauf hin, dass es bald so weit sein würde? Die erste Begegnung mochte ihren Sohn überrumpelt haben, und ja, ein Jahr war lange genug, um sich kennenzulernen, aber seit Kurzem hatte sich etwas verändert. Das Getriebensein hatte nachgelassen, das Alexander eine Zeit lang umgeben hatte wie eine Wolke. Stattdessen wirkte er … ja, glücklich. Annegret lächelte bei dem Gedanken. Einer Mutter spielte man nichts vor. Ihr Sohn war bis über beide Ohren verliebt. Sie hatte ihn noch nie so erlebt und spürte mit jeder Faser, dass Alexander endlich angekommen war. Wenn er Hemmungen haben sollte, dieses Glück mit einer Hochzeit zu krönen, brauchte es vielleicht tatsächlich die Unterstützung seitens seiner Eltern. So falsch lag Leopold also nicht. In allem, was er unternahm, hatte ihr Mann auf seine eigene Weise nur das Wohl der Familie im Sinn.

Die Tür ging auf, Alexander und Veronika betraten Seite an Seite den Speisesaal. Veronika hatte sich bei ihm untergehakt, wirkte nervös und wich Annegrets Blick aus. Scheu vor der zukünftigen Schwiegermutter? Die brauchte sie nicht zu haben, Annegret würde der Frau beistehen, die ihrem Sohn so viel bedeutete. Sie waren ein hübsches Paar – bis die junge Frau sich mit einem Lächeln von Alexander löste, einen Schritt zur Seite trat und die Arme hinter den Rücken nahm. Sie schienen sich einig zu sein. Heiratswillig sahen sie ganz und gar nicht aus.

»Wir sollten anstoßen«, sagte Leopold vom Fenster aus und hob sein Glas. Wie konnte ihm der plötzliche Stimmungsumschwung entgehen?

»Gern.« Alexander schaute seinem Vater direkt ins Gesicht. »Wenn es darauf ist, dass eine Entscheidung gefallen ist. Veronika und ich sind uns freundschaftlich verbunden. Aber mehr wird aus uns nicht werden.«

»Wie bitte?«

»Wir werden nicht heiraten, Vater.«

»Das … das …« Zum ersten Mal erlebte Annegret ihren Mann sprachlos. Sein Gesicht lief rot an, die Hand schloss sich verkrampft ums Glas.

Walter Lanz steckte zwei Finger in seinen Hemdkragen, um ihn zu lockern. Sein Blick flog zu Veronika, auf seiner Glatze bildeten sich Schweißperlen. »Der nächste Mann, den du mit deiner offensiven Art verschreckt hast.«

»Sie irren sich.« Alexander machte einen schützenden Schritt schräg vor Veronika. »Gerade Veronikas Direktheit hat mich für sie eingenommen.«

»Wohl nicht so sehr, dass Sie sich mit ihr vermählen wollen. Also, was ist schiefgelaufen? Was hat sie falsch gemacht? Wieso verliebt sich keiner ernsthaft in sie?«

»Ich werde geliebt!« Veronika trat aus Alexanders Deckung. Ihr Brustkorb hob und senkte sich, eine Ader an ihrem Hals pochte im selben schnellen Rhythmus. Annegret erkannte, wie sehr der Vater sie verletzte. Aber auch ihre Entschlossenheit, dies nicht mehr länger hinzunehmen.

»Was heißt das?«, meldete sich Edith Lanz zu Wort. »Du wirst geliebt?«

Bevor Veronika antworten konnte, erklang ein Räuspern von der offenen Tür. Josef, der mit einer Verbeugung um Erlaubnis bat, eintreten zu dürfen. Leopold nickte ihm zu. Wahrscheinlich befürchtete er ein Problem in der Fabrik, das nicht einmal in dieser Situation warten konnte. Aber der Kutscher eilte nur bis zu Alexander, beugte sich vor und flüsterte ihm etwas ins Ohr. Mit einer weiteren Verneigung kehrte er um und entfernte sich. Was blieb, war Alexanders verwunderter Gesichtsausdruck.

»Sein Name ist Rudolf«, antwortete Veronika, und die Aufmerksamkeit wandte sich wieder ihr zu. »Ich werde euch von ihm erzählen, aber nicht hier. Lasst uns nach Hause fahren.«

Annegret fuhr der Schreck durch die Knochen. Ihr armer

Sohn! Er hatte sich Hoffnungen hingegeben und war abgewiesen worden. Heute hatte er die Wahrheit erfahren. Ihr Mann schien zum gleichen Schluss zu kommen. »Was für ein niederträchtiges Verhalten! Wie lange spielen Sie uns schon etwas vor? Was haben Sie damit bezwecken wollen? Sich einen Wallendorf warmhalten für den Fall, dass der andere Sie abserviert, was? Wer ist der Kerl überhaupt? Wie kann er es mit dem Erben der *Donau Zucker* aufnehmen?« Ohne Vorwarnung richtete sich seine Wut plötzlich auf Alexander: »Oder wusstest du davon und hast die Gelegenheit beim Schopf gepackt, um uns hinzuhalten? Kannst du denn nicht ein einziges Mal Verantwortung übernehmen?«

»Ich werde mir deine Vorwürfe nicht länger anhören, wenn du mich nicht zu Wort kommen lässt«, fuhr Alexander ihn scharf an.

Leopold setzte zu einer Erwiderung an, aber da erhob sich Annegret. »Ich will hören, was Alexander zu sagen hat. Sei still jetzt, Leopold.«

Ihrem Mann klappte vor Verwunderung der Mund auf. So hatte sie noch nie mit ihm gesprochen. Vielleicht war es der richtige Zeitpunkt. Auch Alexander betrachtete sie erstaunt. Dabei lag in seinen Augen ein Ausdruck von Zuneigung, der ihr das Herz wärmte. Sie war seine Mutter. Obwohl sie früher nicht immer für ihn da gewesen war, wenn er sie gebraucht hatte, konnte sie es in Zukunft sein. Sie spürte, dass es wichtig war. Wichtig für die Zukunft der Wallendorfs. Sie nickte auffordernd.

»Auch ich habe jemanden kennengelernt. Sie ist die Frau meines Lebens.«

»Etwa die Person, die ich mit dir in deinem Wagen gesehen habe? Sie sah mir nicht passend …« Leopold konnte sich offenbar nicht zurückhalten. Alexander unterbrach ihn.

»Ihr Name ist Gwendolyn Schinder.«

Die Farbe wich aus dem Gesicht ihres Mannes, er taumelte

und stützte sich an der Wand ab, als hätte ihn der Schlag getroffen. »Schinder?«, ächzte er. »Aus Polderfeld?«

»Die Tochter des Fuhrunternehmers Korbinian Schinder. Du kennst ihn?«

»Ein Taugenichts ist er, das weiß ich. Einer, von dem man sich besser fernhält. Die Schinders sind eine Familie, mit der die Wallendorfs nichts zu tun haben wollen. Wie lange geht das schon so mit euch hinter unserem Rücken?«

»Ist etwas zwischen dir und Schinder vorgefallen?«, unterbrach ihn Annegret.

Leopold schnaubte. »Das ist so lange her, dass es schon nicht mehr wahr ist.« Auf seiner Miene zeigte sich für einen Moment der Kampf, den er innerlich ausfocht. Dann hatte er sich wieder im Griff. »Lassen wir die Vergangenheit ruhen. Das Heute zählt. Und die Zukunft. Und die wirst du nicht …«

»Ich mische mich ungern in Familienangelegenheiten ein.« Walter Lanz hatte den obersten Knopf seines Hemdes inzwischen gelöst und bedachte Leopold mit einem mitfühlenden Blick. »Doch offenbar hast du keine Ahnung, mit wem ihr es zu tun habt. Ich weiß nicht, ob ich es überhaupt erzählen soll, es handelt sich nur um ein Gerücht, aber …«

»Raus mit der Sprache!« Leopolds Stimme hallte durch den Speisesaal.

»In Deggendorf munkelt man, dass der Schmugglerkönig vom Bayerischen Wald ein Fuhrunternehmer aus der Region ist. Es gibt nur wenige Kandidaten, aber am ehesten traut man es Korbinian Schinder zu.« Walter Lanz wischte sich mit einer Serviette über die Stirn, legte das Tuch ab und forderte seine Frau mit einem Nicken zum Aufbruch auf. »Auf Wiedersehen. Ich wünsche viel Glück für diese schwere Prüfung.« Damit verließ die Familie Lanz den Speisesaal. Leopolds Wut blieb. Durch Walter Lanz' Bemerkung hatte sie sich nur noch gesteigert und schien ihn wie eine rot glühende

Aura zu umgeben. Er war früher schon explodiert und hatte Alexander in jüngeren Jahren wegen anderer Dinge geschlagen. Momente, in denen Annegret fast das Herz zerbrochen war. Auch jetzt wollte es zerspringen in ihrer Brust.

»Wusstest du davon?«, fragte er gepresst.

»Gwendolyn ist die Frau, die ich liebe und heiraten werde.« Keine Antwort auf die Frage, aber auch kein Moment des Zögerns, keine Verwunderung über die Offenbarung, welcher Art die Familie war, der Gwendolyn angehörte. Er wusste es, erkannte Annegret, wusste, welchen Schaden der Schmuggel mit Saccharin der *Donau Zucker* zufügte – und hielt dennoch zu dieser Frau.

»Du wirst dich von ihr fernhalten«, stieß Leopold mit der Autorität hervor, mit der er seine Angestellten zum Kuschen brachte.

»Sie ist vor wenigen Minuten mit einem Koffer auf Theresienberg eingetroffen, wie Josef mir berichtet hat.«

»Dann schick sie wieder fort!«, brüllte Leopold.

»Wenn sie gehen muss, gehe ich mit ihr. Es muss etwas Schwerwiegendes vorgefallen sein, das sie zu diesem Schritt bewogen hat!«, entgegnete Alexander nicht minder aufgebracht.

»Ist das unser Problem?«, gab Leopold zurück.

Annegret hielt es nicht mehr auf ihrem Platz. Sie stand auf, der Stuhl kippte um und fiel mit einem Scheppern auf den gefliesten Boden. An der Tür zur Küche harrten die Angestellten mit den Platten voller Forellen, Kartoffeln und Bohnen aus. Sie warteten auf ein Zeichen, das sie auftragen durften, aber an diesem Abend war allen der Appetit vergangen. Ihr Mann und ihr Sohn sahen Annegret an, und für einen Moment hörte sie nur ihren eigenen Herzschlag.

»Wir setzen eine junge Frau nachts nicht auf die Straße.« Mit einem Blick auf den Diener, der sich bei der Tür hielt: »Bitte sie herein.«

»Das kommt gar nicht in …!«, setzte Leopold an.

Annegret fiel ihrem Mann ins Wort. »Wir haben nur einen Sohn, und ich habe nicht vor, ihn wegen deiner Dummheit zu verlieren!«

Der Diener schaute zwischen Annegret und Leopold hin und her, bis Annegret ihm zunickte. »Tu, was ich gesagt habe.«

Mit stapfenden Schritten verließ Leopold den Speisesaal. Die Tür fiel krachend hinter ihm ins Schloss.

Und dann stand sie plötzlich im Raum, die junge Frau, die ihren Sohn offenbar so glücklich machte. Aufrecht, trotz der aufwühlenden Auseinandersetzung mit ihrer Familie, die sie wohl durchgemacht hatte, den Kopf wie eine Königin haltend, den Koffer vor sich in beiden Händen. Ihr Blick war klar und hell, ihre Züge offen. Ein paar Sekunden lang musterten sie sich gegenseitig, als wollten sie abschätzen, was sie voneinander zu erwarten hatten. »Willkommen auf Gut Theresienberg, Fräulein Schinder«, sagte Annegret, und Alexander war mit wenigen Schritten bei ihr, nahm ihr den Koffer ab, legte den Arm um ihre Schultern.

»Bitte entschuldigen Sie meine Unhöflichkeit, gnädige Frau. Alexander hatte mir angeboten, dass ich jederzeit …«

»Schon gut«, unterbrach Annegret sie. »Schlafen Sie sich erst einmal aus, morgen unterhalten wir uns in Ruhe. Josef wird Ihnen ein Gästezimmer zurechtmachen.«

Das Lächeln der jungen Frau ließ ihre Züge erstrahlen, als leuchte die Sonne darauf. Sie hatte etwas Besonderes an sich mit der hohen Stirn und diesem Blick, der alles um sie herum blitzschnell zu erfassen schien.

»Danke, Mutter.« Alexander trat auf sie zu, küsste sie auf die Wange, nahm sie einen Moment lang in den Arm. Sie fühlte seine Dankbarkeit. Die Zeiten würden niemals mehr sein wie zuvor.

22

Am folgenden Morgen

Beim Aufwachen stürzte das Erlebte auf Gwendolyn ein. Alexander hatte sie noch bis zu ihrem Gästezimmer begleitet, sie in den Arm genommen und geküsst und ihr versichert, dass sie genau richtig gehandelt hatte.

»Aber ich habe euch draußen gehört! Dein Vater hat furchtbar laut geschimpft, und eure Gäste sind herausgestürmt und völlig überstürzt mit der Kutsche davongefahren. Ich wollte umdrehen und zurücklaufen, weil ich dachte, dass das alles meine Schuld ist, aber da hat mich euer Diener schon hereingeholt. Sag mir doch, habt ihr wegen mir gestritten?«

Er legte ihr den Finger auf die Lippen, bevor er sie erneut küsste. »Gar nichts ist deine Schuld. Mein Vater ist ein halsstarriger alter Mann, aber meine Mutter hält zu uns. Wir werden jetzt stark sein, Gwendolyn.«

»Vielleicht wird er mich morgen davonjagen«, flüsterte sie mit klopfendem Herzen.

»Wenn du Gut Theresienberg verlässt, dann nicht allein. Ich bin ab jetzt immer für dich da. Das verspreche ich dir. Wenn wir hier nicht bleiben können, finden wir andere Möglichkeiten. Wir wären nicht die Ersten und nicht die Letzten, die in die Staaten auswandern.«

Weit weg von allem, was sie belastete? Ein verlockender Gedanke. Aber der Heimat den Rücken kehren? Gwendolyn wollte durchaus herausfinden, ob das Amerika ihrer Bücher der Wirklichkeit entsprach. Mit Alexander an ihrer Seite klang das wie ein großes Abenteuer. Aber für immer? Dazu fühlte sie sich der Donau und dem Bayerischen Wald zu verbunden. Polderfeld. Dennoch beruhigten seine Worte sie ein wenig.

Sie hatte damit gerechnet, keinen Schlaf zu finden, zu viel war an diesem Tag geschehen. Doch die Müdigkeit hatte sie überraschend schnell heimgesucht, hatte sich wie eine schützende Decke über ihr Gemüt gelegt und ihr ein paar traumlose Stunden beschert. Nun strömten die Erinnerungen an den vergangenen Tag umso stärker auf sie ein, sickerten wie das frühe Tageslicht durch die Vorhänge in ihr Bewusstsein: der Streit mit ihrem Vater und Martha, die Fahrt mit Benno, das Lärmen aus dem Speisesaal, die erste Begegnung mit Alexanders Mutter, Alexanders Küsse vor dem Gästezimmer. Und sein Versprechen.

Der Gedanke an das bevorstehende Gespräch mit Alexanders Eltern ließ ihre Haut vor Nervosität prickeln. Sie musste hier raus. Vielleicht war Mondschein auf der Koppel und konnte sie beruhigen. Die Morgenluft würde sie erfrischen, ihren Verstand beleben. Der Tag war jung, die ersten Vögel zwitscherten, aber Gwendolyn war es gewohnt, früh aufzustehen. Alexander schlief vermutlich noch. Aus der Küche hörte sie vereinzelt Klappern und Murmeln und das Zischen aus einem Wasserkessel. Dienstboten bereiteten offenbar das Frühstück für die Familie vor.

Sie schlug die Decke zurück, nahm ihr puderrosa Lieblingskleid mit dem geflochtenen Taillengürtel und der Spitze am Ärmel aus dem Koffer und schüttelte es auf, um die schlimmsten Falten zu vertreiben. Ein Riss am Saum war säuberlich genäht und fiel nicht auf. Außer ihren wenigen Kleidungsstücken, einem Kamm, einer Zahnbürste, Waschtüchern, einem Stück Seife und Haarspangen lag in ihrem Gepäck ein knappes Dutzend Bücher, die sie zu ihren liebsten zählte. Alle übrigen Bände hatte sie zurückgelassen. Sie würde sie abholen, sobald die Zeit gekommen war, am besten, wenn Martha und ihr Vater unterwegs waren. Dann konnte sie auch Helena die Buchführung erklären. Ein Leben ohne Lesen kam für sie nicht infrage. Schnell zog sie sich an, spritzte sich Wasser aus einer Schüssel ins Gesicht und steckte die Haare im Nacken fest. Sie eilte über den Flur, sprang die Treppe hinab und entdeckte eine in den Hof führende Tür.

Die Luft schlug ihr kühl entgegen, auf den Steinen gleißte die Feuchtigkeit im Morgenlicht der Sonne, die den über dem Donautal hängenden Hochnebel bald auflösen würde. Ein Bilderbuchtag kündigte sich an, als wolle die Natur zeigen, wie wenig sie sich um das Auf und Ab im Leben der Menschen scherte, um all die Geschichten, die sie für so bedeutsam hielten. Die Sonne hingegen wanderte auf ewig und einen Tag am Himmel entlang, die Jahreszeiten wechselten, Bäume verloren ihre Blätter, sprossen im Frühjahr neu aus. Nichts unterbrach den Lauf der Natur.

Gwendolyns Schritte hallten von den Wänden der umliegenden Gebäude wider. Durch einen Bogen gelangte sie in den Rosengarten, dessen Duft von einer schweren Süße verdrängt wurde, als der Wind drehte. Der Geruch von Melasse aus der Fabrik. Sie erreichte die Ställe, die Weidefläche grenzte daran. Sie bog um die Ecke und stellte fest, dass sie nicht die einzige Frühaufsteherin war. Der ältere Mann, dem sie bei ihrem Eintreffen im Hof begegnet war und der Alexander über ihr Kommen informiert hatte, führte Zeus auf die Wiese. Hinter den beiden trat Alexander auf die Koppel. War er etwa schon ausgeritten? Es schien so. Das Fell des Tieres dampfte, Alexander klebte das Haar feucht in der Stirn. Als er Gwendolyn entdeckte, flog ein Strahlen über sein Gesicht. Er lief los, und auch sie hielt nichts mehr. Sie rannte auf ihn zu, fiel ihm in die Arme, hob den Kopf, um ihn zu küssen. Wie wunderbar war es, ihn zu fühlen, seine Lippen zu schmecken, den vertrauten Duft einzuatmen, der sich mit Schweiß mischte. Der Wunsch, jeden Zentimeter seines Körpers zu spüren, wurde übermächtig in ihr. In seiner Nähe verblassten alle Zweifel. Sie hatte richtig gehandelt. Ihr Platz war an seiner Seite.

»Was für eine Aufregung gestern.« Gwendolyn legte den Kopf an seine Brust, wollte ihm so nah sein wie nie zuvor. Noch hatte sie keine Erfahrung mit der Liebe, aber sie vertraute darauf, dass sie sich, wenn es so weit war, in seiner Umarmung fallen lassen konnte.

»Jetzt bist du hier, und ich lasse dich nie wieder gehen.« Er küsste ihren Hals, streichelte ihren Rücken.

Seine Worte und Zärtlichkeiten lösten ein Kitzeln aus, das ihr wohlig das Rückgrat hinablief. Aus dem Augenwinkel sah sie, dass Josef im Stall verschwand und sie allein ließ. Sie mochte den alten Mann, der sich um alles zu kümmern schien und Situationen stets mit Gefühl einzuschätzen wusste. Aber sie machte sich nichts vor: Nicht jeder auf Gut Theresienberg würde ihr wohlgesonnen sein, allen voran der Hausherr nicht. Vielleicht würde er seine Abneigung nicht einmal zu verbergen versuchen. Wie sollte sie dann reagieren? »Ich habe Angst vor der Begegnung mit deinem Vater«, gestand sie und schmiegte sich mit einem plötzlichen Frösteln enger in Alexanders Umarmung.

»Ich werde nicht zulassen, dass er dich verletzt. Und meine Mutter scheint zum ersten Mal aus seinem Schatten zu treten. Ich würde mir wünschen, dass sie dir eine Vertraute wird.« Er nickte in Richtung eines Tors, an dem vorbei sich ein weiterer Weg rund um das Anwesen zu erstrecken schien. »Lass uns ein Stück gehen.«

Sie schlenderten Hand in Hand, aber die Fragen, wie es nun weitergehen würde, umschwirrten Gwendolyns Geist wie die Fliegen Alexanders edlen Zeus, der bis zum Gatter neben ihnen trottete. »Wissen deine Eltern, wie meine Familie den Großteil ihres Geldes verdient?«

Alexanders Miene wurde ernst. »Dein Vater scheint in Schmugglerkreisen einen gewissen Ruf zu genießen.«

Gwendolyn presste die Lippen aufeinander. »Nicht nur dort. Das Volk verehrt Menschen wie ihn. Man hält sie für Freiheitskämpfer, die sich gegen die Obrigkeit stellen. Was für ein verzerrtes Bild der Wirklichkeit. Die wenigsten Schleichhändler geben etwas darauf, wie es den Leuten geht.« Nichts taten sie aus Mitgefühl, alles aus Profit. Je schlimmer die Repressalien waren, die die Bevölkerung erdulden musste, desto besser für das Geschäft. Vielleicht war das der Punkt, der sie am meisten an den Reden ihres Vaters gestört hatte? Dass er nicht erkannte, wie ähnlich er und seinesgleichen den Industriellen waren, denen sie den Kampf angesagt hatten.

»Mein Vater hat getobt«, fuhr Alexander fort, während er Gwendolyn den Weg entlangführte. »Er wird darüber reden wollen. Er will uns in der Bibliothek treffen, noch vor dem Frühstück.«

»Unsere Väter«, folgte sie dem nächsten Gedanken, »sie kennen sich. Die … die Narbe auf dem Gesicht meines Vaters«, sie stockte, wusste nicht, wie er reagieren würde. Aber es durfte keine Geheimnisse zwischen ihnen geben, sie sollten von Anfang an offen zueinander sein. »Er behauptet, dass dein Vater sie ihm zugefügt hat.«

Alexander nickte stumm. »Es ist ihm zuzutrauen«, sagte er. »Aber was hat das mit uns zu tun? Wieso sollen wir unter dem leiden, was in der Vergangenheit geschehen ist? Ich will nicht, dass die beiden Sturköpfe unserem Glück im Wege stehen, und …« Er brach ab, als Gwendolyn ihm einen Finger auf die Lippen legte und ihn voller Liebe betrachtete. Vielleicht war es unmöglich, den Segen der Familien zu erhalten, aber aufgeben, bevor sie überhaupt darum zu kämpfen begonnen hatte, war nicht Gwendolyns Art. Nicht mehr. Sie würde es versuchen. Mit Alexander an ihrer Seite war sie bereit dafür.

Wie angekündigt empfingen seine Eltern sie in der Bibliothek, vor einem der Bücherregale stehend, die den größten Teil der Wände einnahmen. Gwendolyn schaute staunend hinauf und hinab. Was für ein Paradies! Mehrere Reihen mit antiquarischen Bänden ließen darauf schließen, dass man die Sammlung seit Generationen erweiterte. Auf den ersten Blick sah sie zwar nur Lexika und Fachbücher über Wirtschaft und Pferdezucht, aber weiter oben las sie die Namen großer Schriftsteller. Dostojewski, Oscar Wilde, Tolstoi, Jane Austen …. Leicht verstaubt schienen sie darauf zu warten, neu entdeckt zu werden. Gwendolyn fühlte, wie sich ihre Aufregung ein wenig legte. In einem Haushalt, in dem gelesen wurde, konnte nicht alles schlecht sein.

Leopold Wallendorf war bullig. Er wirkte mit den hochgezogenen Schultern und den angespannten Armen, als wolle er sie jeden Moment überrennen. Das Monokel klemmte unter der gesenkten Augenbraue, der Backenbart unterstrich das kräftige Gesicht. Im Auftreten von Alexanders Mutter lag auch heute eine Spur von Distanziertheit, aber ein warmer Glanz in ihrem Blick deutete darauf hin, dass es ein Schutzschild war, den sie sich zugelegt hatte, ein Bild, dem sie gerecht werden wollte. Als sie Alexander betrachtete, glitt ein Leuchten über ihre Miene.

»Ihr Erscheinen gestern war eine ziemliche Überraschung«, begann sie die Unterhaltung. Gwendolyn riskierte einen Seitenblick auf ihren Mann, der sichtlich Mühe hatte, sich zurückzuhalten. Offenbar war es aber so abgesprochen, denn Annegret Wallendorf fuhr fort: »Auch für Sie, Fräulein Schinder, wenn ich es richtig verstanden habe. Sie haben Ihr Zuhause Hals über

Kopf verlassen?« In ihrem Ton lag eine Spur von Besorgnis und Mitgefühl.

Gwendolyn nickte. »Die Auseinandersetzung hat sich schon länger angebahnt. Mein Vater und meine ältere Schwester wollen nicht akzeptieren, dass ich mich in Alexander verliebt habe. Ich habe die Konsequenzen gezogen.«

Demonstrativ nahm Alexander ihre Hand. »Und Gleiches werde ich tun, wenn ihr uns Steine in den Weg legt.«

Jetzt konnte sich sein Vater nicht mehr zurückhalten. »Du bist nicht in der Position, Forderungen zu …«

»Da täuschst du dich.« Alexander sprach ruhig, aber mit so viel Überzeugung, dass der Senior schwieg. Einen Gegenwind wie seit gestern schien er in seinem Leben noch nicht erhalten zu haben. »Es ist keine Forderung, sondern eine Tatsache. Oder eine Konsequenz, wie Gwendolyn es genannt hat.« Er nahm einen tiefen Atemzug. »Ich habe meine Werte, du hast deine. Die Fabrik. Die Siedlung. Das Gut. All das, was du mir vermachen willst. Dein Lebenswerk.« Er drehte den Kopf, um Gwendolyn anzusehen, bevor er weitersprach. Sie wusste nicht, was er vorbereitet hatte, hörte nur mit klopfendem Herzen zu, mit welcher Klarheit er jetzt zu ihr stand. »Nichts davon will ich«, fuhr er fort, »wenn ich dafür auf mein Glück mit Gwendolyn verzichten müsste. Ich möchte gern die *Donau Zucker AG* weiterführen, aber ich kann mir auch ein Leben ohne das alles vorstellen.« Er wartete, dass das Gesagte bei seinem Vater ankam, und wurde noch deutlicher: »Wenn du mich zwingst, mit Gwendolyn fortzugehen, weil du sie als meine Frau nicht akzeptieren kannst, dann werde ich mir mit ihr ein eigenes Leben fernab von Gut Theresienberg aufbauen, mich am Tag deines Todes mit dem Fürsten zu Thurn und Taxis in Verbindung setzen und ihm die Firma zum Kauf anbieten. Ob er sie dann fortführen oder zerschlagen will, wird mir gleichgültig sein.«

»Das … das …« Alexanders Vater wurde aschfahl und schnappte nach Luft. Hilfe suchend schaute er zu Annegret. Sie starrte ihren Sohn voller Erstaunen an, aber was sie sah, schien ihr auch Respekt abzuverlangen. Dennoch wandte sie sich an Gwendolyn. »Wäre das denn überhaupt in Ihrem Sinn, Fräulein Schinder?«

»Bitte, sagen Sie doch Gwendolyn zu mir, Frau Wallendorf. Und falls Sie damit in Erfahrung bringen wollen, ob ich mir Gedanken über das Gut und die Firma mache – ich kenne beides nicht, und solange dies so ist, vertraue ich darauf, dass Alexander die richtigen Entscheidungen trifft. Als ich mich in ihn verliebt habe, wusste ich nicht, wer er ist.«

»Und das sollen wir einer Schinder glauben?«, murmelte Leopold für alle hörbar. Gwendolyn spürte, dass Alexander sich zurückhalten musste, seine Hand nicht zur Faust zu ballen, während sein alter Herr nun lauter weitersprach: »Ich kenne Ihren Vater. Zwingen Sie mich nicht, meine Meinung über ihn kundzutun. Er soll es nicht wagen, mir vor die Augen zu treten.«

Gwendolyn richtete sich auf und hob den Kopf. »Ich weiß, dass Sie beide inzwischen von den Geschäften meiner Familie erfahren haben. Aber glauben Sie mir, mir sind sie schon lange ein Dorn im Auge. Ich habe immer damit gehadert.«

Alexanders Vater schien nicht überzeugt, seine Stirn lag in Falten, während er offenbar nachdachte. Sein Hass auf die Schinders war beinahe greifbar. Genau wie die Befürchtung, einen Fehler zu begehen. Gestern hatte seine Frau gegen seinen Willen Gwendolyn als Gast aufgenommen, heute fand sein Sohn deutliche Worte dafür, wenn sein Vater sie vom Gut jagte. *Halte dich aus meinem Leben heraus oder ich zerstöre dein Werk.* Nichts anderes hatte er gesagt. Gwendolyn ahnte, dass der Senior das nicht auf sich sitzen lassen würde. Er würde um jeden Preis versuchen, wieder die Kontrolle zu erlangen. Sie kannte ihn erst seit wenigen

Minuten, aber alles in seiner Miene und seiner Körperhaltung drückte aus, dass er derjenige sein wollte, der die Regeln festlegte.

»Wenn Sie mit dem schändlichen Treiben nichts zu tun haben wollen«, sagte Leopold Wallendorf endlich und legte eine Kunstpause ein, in der man nur das Ticken der Standuhr hörte, »wird es Ihnen sicher leichtfallen, sich von Ihrer Familie loszusagen, Fräulein Schinder.« Gwendolyn sog die Luft ein, Alexander zuckte zusammen. Bevor Gwendolyn oder er etwas erwidern konnten, hob Leopold Wallendorf die Hand. »Das ist dann meine Konsequenz. Ich … ich habe Fehler gemacht, das gebe ich zu. Aber ich will dich nicht verlieren, Alexander. Ich nehme deine Entscheidung an. Die Bedingung dafür ist, dass Gwendolyn sich ohne Wenn und Aber zu uns bekennt und ihre Vergangenheit hinter sich lässt.«

Gwendolyn rang noch immer nach Atem. Heftige Worte waren zwischen ihr, Martha und ihrem Vater gefallen. Sie hatte angenommen, dass die Gemüter sich beruhigen würden und sie bald einen Vorstoß zur Versöhnung wagen konnte. Diese Vorstellung hatte Alexanders Vater soeben zerstört. War das Leben nichts weiter als Politik, in der man schacherte? *Akzeptiere meins, dann akzeptiere ich deins.* Ihr Verstand kreiste um diese unfassbare Forderung, während sich ihr Herz laut und vehement gegen eine vollständige Abkehr von ihrer Familie sperrte. Andererseits … Martha war nicht weniger verbohrt als der Vater, sie würden nie billigen, dass sie Alexander heiratete. Vielleicht würden sie sich sogar selbst von ihr abwenden. Sie liebte beide, aber sie wusste, dass sie ihr eigenes Glück nicht von ihnen abhängig machen durfte.

Sie spürte Alexanders Atem an ihrem Ohr. »Es ist deine Entscheidung«, flüsterte er. »Egal, wie sie ausfällt, ich stehe zu dir.« Kein Versuch, sie zu beeinflussen. Nur bedingungslose Liebe. Sie wollte mit ihm glücklich werden, aber sollten sie deswegen beide ihre Familien verlieren? Zumindest auf eine mussten sie sich verlassen können, als Eheleute und vielleicht in nicht allzu ferner Zukunft als junge Eltern. Annegret und selbst Leopold Wallendorf hatten dazu an diesem Tag mehr Bereitschaft gezeigt als die Schinders.

Gwendolyn schaute Leopold Wallendorf in die Augen und hielt seinen Blick. Sie nickte. »Dann soll es so sein.«

23

April 1910, Ornbach

Die Straße durch den Ort war verstopft von Menschen, die der Hochzeit zwischen Alexander Wallendorf und seiner Gwendolyn beiwohnen wollten. Die Rübenzuckerkampagne war längst beendet, die Fabrik lief an diesem Tag nur mit einer Handvoll Arbeiter, dem Rest hatten sie freigegeben, um an den Feierlichkeiten teilzunehmen. Sie schwenkten Hüte und stießen Jubelrufe aus, als das Brautpaar das Gotteshaus verließ und auf den Zweispänner zuging, der mit Blumen und Bändern geschmückt für sie bereitstand. Alexander hatte kurz erwogen, die Fahrt von der Kirche zum Gut Theresienberg im Ford zu unternehmen. Aber seine Eltern und Gwendolyn hatten es ihm ausgeredet: Die Leute wollten das Hochzeitspaar sehen, in die traditionelle Kutsche hatten sie den besseren Blick. Also hatte er nachgegeben. Sie würden noch oft genug Gelegenheit haben, mit dem Automobil durch die Region zu brausen.

»Der Alex unter der Haube«, seufzte Florian neben Alexander, als das Fortkommen ins Stocken geriet. Zu viele wollten vor allem Gwendolyn schon jetzt gratulieren, der jungen Frau, die zur Zuckerbaronin geworden war wie das Aschenputtel zur Prinzessin. »Wer hätte das gedacht, was?«

»Bleibst nur noch du übrig, Florian«, gab Alexander amüsiert zurück.

Sein Freund lachte und schaute in Richtung der jungen Gratulantinnen, die auf ein Händeschütteln mit Gwendolyn aus waren. »Es gibt sicher einige, die sich Ähnliches erträumen und auf eurem Fest, zu dem ich dankenswerter Weise eingeladen bin, ihre Augen nach einem passenden Kandidaten offen halten. Da werde ich zur Stelle sein.«

»Bis sie am nächsten Morgen merken, dass sie sich mit einem schlichten Schreiner eingelassen haben?«, kam Vinzenz' Stimme von links. Er und seine Frau Kathi waren die Trauzeugen. »Sie werden begeistert sein«, spottete er mit einem Augenzwinkern.

»Oha, ist da wer auf Streit aus?« Florian lachte und beugte sich verschwörerisch vor, sodass die drei die Köpfe zusammensteckten wie früher. Alexander legte ihnen rechts und links den Arm um die Schultern und hätte sie am liebsten an seine Brust gedrückt. Wie schön es war, dass sie diesen Tag gemeinsam mit ihm begingen. Jetzt aber galt seine Aufmerksamkeit Florian. »Unterschätzt niemals einen Köhler. Ab Herbst werde ich meinen Meister machen. Alles bereits geplant und angemeldet. Na, was sagt ihr?«

»Es herrscht immer Bedarf an guten Handwerkern«, hörte Alexander Gwendolyn, die herangetreten war und das Gespräch unter den Freunden mitbekommen hatte. »Das Zeug dazu hast du auf jeden Fall.« Fand sie nicht stets die richtigen Worte? Alexander warf ihr einen Blick voller Liebe zu.

Kathi schloss zu ihnen auf, den kleinen Kurt auf den Armen, Vinzenz' Sohn, gerade einmal ein halbes Jahr alt und schon ein Nichtsnutz wie sein Vater. Er zupfte seiner Mutter eine Blume aus dem Haar, hielt sie ihr vor den Mund und quietschte vor Freude, als Kathi auf das Spiel einging und nach der Blüte schnappte.

Nach außen hin wirkte Vinzenz wie der alte, aber in seinen Augen lag beim Betrachten seines Sohnes ein Leuchten, als hätte er das Mysterium des Lebens ergründet.

»Wie macht er sich?«, fragte Alexander an Kathi gewandt.

»Gut. Nachts plagen ihn manchmal die Bauchschmerzen, aber …«

»Nicht Kurt«, unterbrach Alexander sie scherzend. »Vinzenz habe ich gemeint!«

Lachend schaute Kathi zu ihrem Mann, zog ihn mit einer Hand zu sich und drückte ihm einen Kuss auf den Mund. »Ich kann nicht klagen. Auch er verlangt nachts hin und wieder nach Aufmerksamkeit, aber ich weiß schon, wie man da helfen kann.«

»Au weh!« Florian zog den Kopf ein. »Und im Winter haben wir dann einen weiteren Winkler in Ornbach. Prost Mahlzeit!«

Kathi lachte. »Ich hätte nichts dagegen. Vinzenz ist der beste Vater, den man sich vorstellen kann.«

»Zumindest, den *du* dir vorstellen kannst.« Alexander würde diese Angelegenheit bald mit Gwendolyn vertiefen. Sie hatten schon darüber gesprochen und waren sich einig. Kinder würden ihr Glück perfekt machen.

An diesem Tag sah sie aus wie ein Engel. Er konnte den Blick kaum von ihr abwenden. Die Entscheidung gegen eine Hochzeit in Tracht zeigte nur zum Teil ihre Verwandlung in den letzten Wochen und Monaten. Im üppigen weißen und eigens für den heutigen Tag angefertigten Kleid stand sie vor ihm, Ärmel und Dekolleté mit Spitze besetzt, dazu Handschuhe aus Seide und die Haare zu einem Kranz geflochten. Ein Diadem glänzte an ihrer Stirn und betonte den außergewöhnlichen Farbton ihrer Augen. Aber auch ohne diese Aufmachung umgab sie eine Aura, die sich verstärkt hatte, seit sie auf Gut Theresienberg lebte. Nicht nur Alexander kam es vor, als hätte dort ein neuer Geist Einzug gehalten. Die Bediensteten, angefangen beim alten Kutscher Josef, über den Burschen Micha, bis hin zu den Küchenmägden, schienen es ebenso zu spüren. Hatten sie ihre Arbeit oft ernst und in sich gekehrt verrichtet, taten sie es in Gwendolyns Gegenwart mit Freude auf den Gesichtern. Dass sie für jeden ein gutes Wort übrighatte, war nur ein Grund dafür. Auch in der Fabrik spürten alle ihre Wärme und Freundlichkeit. Die sonst so harten Männer an den Maschinen kneteten wie Schuljungen die Mützen in ihren Händen, sobald sie vorüberging, und manch einer blickte ihr verstohlen hinterher. Voller Hochachtung tuschelten sie miteinander, wenn sie durch ihre Fragen und Kommentare bewies, wie schnell sie die Arbeitsabläufe kennengelernt und verinnerlicht hatte. Sie kannte alle Namen von Mitarbeitern, Kunden, Lieferanten, wusste, wie was funktionierte und wer wofür zuständig war. Jedem gab sie mit dieser Art das Gefühl, etwas Besonderes zu sein. Leopold Wallendorf war vermutlich der Einzige, der sie nach wie vor kritisch beäugte, doch selbst er kam nicht umhin zuzugeben, dass sie mit ihrem scharfen Verstand eine Bereicherung für die Firma war und sich in ihrem tatkräftigen Wesen genau das zeigte, was er sich für seinen Sohn vorgestellt hatte. Umgekehrt bekam sie endlich die Anerkennung, die sie nach Alexanders Meinung schon lange verdient hatte und die ihr immer verwehrt geblieben war. Wer hätte gedacht, dass ihr Leben nach den schwierigen Anfangstagen auf Gut Theresienberg eine solch rasante Entwicklung nehmen würde. Ihm kamen Gwendolyns Worte in den Sinn, die sie bei einem Ausflug nach Passau an Ostern gesagt hatte: *Eine neue Zeit hat Einzug gehalten, in der alles schneller geht als zuvor.*

Die Frühlingstemperaturen waren seit dem Wochenbeginn beharrlich gestiegen, hatten aber noch nicht die Marke erreicht, dass Alexander sich in Frack und mit Zylinder unwohl fühlte. Ein leichter Wind wehte, der nur Gutes mit sich zu tragen schien. Ob das auch Gwendolyn so sah? Wie versprochen hatte sie auf der offiziellen Verlobungsfeier im November bekundet, den Namen Schinder und alles, was damit zusammenhing, bald abzulegen und eine Wallendorf zu werden. Dass sie dadurch den kriminellen Machenschaften den Rücken kehrte, hatte zu Gerede geführt, wie Alexander von seinen Freunden wusste. Kathi hatte, auch mit ihrem kleinen Sohn im Tragetuch, beim Eier- und Milchverkauf die Ohren überall. Man fragte sich, wann der Schmugglerkönig vom Bayerischen Wald hinter Gittern landen würde, jetzt, wo seine Tochter die Seiten gewechselt hatte. Sie verfügte zweifellos über Informationen, mit denen sie im Handumdrehen verurteilt werden konnten. Aber nichts geschah. Gwendolyn hatte sich abgewandt von ihrer Familie – doch sie würde lieber sterben, als gegen sie auszusagen. Das hatte Alexander an seine Eltern weitergegeben, die es zähneknirschend hinnahmen. Man setzte darauf, dass Korbinian Schinder irgendwann einen Fehler beging und durch eigenes Verschulden in die Mühlen der Justiz geriet. Den Schaden für die *Donau Zucker*, weil sie ihn weiter seinem zwielichtigen Gewerbe nachgehen ließen, mussten die Wallendorfs als Preis dafür zahlen, dass das Gerede verstummte und Ruhe einkehrte.

Die Geschehnisse hatten Alexanders Vater zugesetzt, und der kalte Winter hatte ebenfalls seinen Tribut gefordert. Er benutzte den Gehstock nicht mehr nur als modisches Requisit, sondern stützte sich darauf. Ein Anfang des Jahres aufgetretener Husten hielt sich hartnäckig und bereitete Alexander und seiner Mutter Sorgen. Doch wegen der angeschlagenen Gesundheit des Seniors wurde Alexander stärker in die tagesaktuellen Geschäfte und längerfristigen Belange des Familienunternehmens eingebunden. Die Fürsprache seiner Mutter im Herbst schien nur der Startschuss für weitreichende Veränderungen gewesen zu sein. An manchen Abenden schwirrte Alexander der Kopf von all den Zahlen und nötigen Entscheidungen. Gwendolyn ließ er an sämtlichen seiner Gedanken teilhaben – und staunte oft, weil sie ohne Handelsbetriebslehre weit schneller als er begriff, worauf es ankam. Mit geschickten Fragen und Hinweisen lenkte sie ihn so einige Male zur Lösung eines Problems. Das war eine Seite, die er nicht an ihr gekannt hatte, und Alexander sah sie schon jetzt als seine wichtigste Beraterin in der Firma.

Er schüttelte die Gedanken an die Arbeit ab, nahm Gwendolyn bei der Hand, zog sie weiter Richtung Kutsche, vorbei an den Gratulanten. »Danke für euer aller Kommen!«, rief er über den Lärm hinweg, den eine solche Menschenmasse veranstaltete. »Jetzt lasst uns zusammen den schönsten Tag in Gwendolyns und meinem Leben feiern!« Er zog sie an sich und küsste sie unter dem Applaus aller stürmisch und voller Vorfreude auf das Fest.

Wenn es ein Traum war, wollte Gwendolyn nie wieder daraus erwachen. Die Menschen säumten die Straße und schlossen sich dem Zug hinter der langsam fahrenden Kutsche an, sobald diese sie passiert hatte. Es fühlte sich an, als führten sie und Alexander eine Karawane wie aus Tausendundeiner Nacht an, wenngleich die Wälder rund um Ornbach kaum an die in Gwendolyns Büchern beschriebenen Wüstenlandschaften erinnerten. Aber war sie nicht selbst in den letzten Jahren durch ein Ödland gewandert? Hatte sie nicht unendlich viele Entbehrungen erduldet? Nicht körperlich, sie hatten immer genug zu essen gehabt, und auf dem Schinderhof hatte es nie Züchtigungen gegeben wie andernorts. Aber hatte ihre Seele sich nicht trotzdem stets nach einem anderen Leben gesehnt? Und ihr Herz sich nach Alexander, seit sie sich beim Erntedank begegnet waren? Nun saßen sie auf den gepolsterten Sitzen nebeneinander als Mann und Frau. Ihr Hochzeitstag schien vollkommen, aber unter alldem Glück surrte kaum wahrnehmbar ein vages Gefühl von Unbehagen, das sie jedoch mit aller Macht aus ihrem Bewusstsein zu halten versuchte.

Vorn auf dem Kutschbock lenkte Josef sie durch den Bogen hindurch in den Hof von Gut Theresienberg, der kaum wiederzuerkennen war. Lediglich ein schmaler Streifen war für den Zweispänner frei gelassen worden, der Rest war voll mit langen Tafeln und Stühlen. Die ersten Arbeiten hierfür hatte Gwendolyn noch mitbekommen, dann hatte sie sich um ihre Garderobe und die Frisur gekümmert, unterstützt von einer Schar an Mägden. Annegret sah ihnen in regelmäßigen Abständen auf die Finger und rauschte wieder ab, um andernorts nach dem Rechten zu sehen. »Es ist wundervoll«, rief Gwendolyn. »Deine Mutter hat sich selbst übertroffen.« Die weißen Tischdecken strahlten mit den am Himmel treibenden Schönwetterwolken um die Wette. Als hätte ein Maler sie mit dem Pinsel hingetupft, oben wie unten. Ein helles Wiesengrün dominierte die Dekoration – Gestecke, Kerzen, Stoffservietten. Sogar für die Bauern, Händler und Tagelöhner gab es edles Geschirr und Kristallgläser. Der Duft nach Schmorbraten, Burgunderwein und französischen Kräutern wehte über die Festgesellschaft hinweg. Gwendolyn glaubte allerdings, an diesem Tag vor Aufregung keinen Bissen herunterzubekommen.

Alexander sprang aus dem Kutschwagen und hielt ihr die Hand hin, um ihr behilflich zu sein. Die eintreffenden Menschen mit ihren Geschenken und guten Wünschen trieben sie auseinander, aber über die Köpfe hinweg fand Gwendolyn Alexanders Blick. Schon drängte er sich an den anderen vorbei, um sie wieder an den Händen halten zu können, als befürchte er, sie ginge ihm verloren. Auch später, beim Plaudern mit den Besuchern, nutzten sie jeden Moment für eine flüchtige Berührung. Gwendolyn überspielte einen Schauer, während sie sich mit einem Geschäftspartner unterhielt und Alexander ihr zärtlich den Rücken streichelte. Kurz darauf nutzte sie die Gelegenheit, als sie seinen Mund an ihrem Ohr spürte, weil er ihr den Namen eines anderen Gastes zuflüstern wollte. Sie wandte schnell den Kopf und holte sich so statt des Namens einen Kuss ab, was die Umstehenden und Alexander zum Lachen brachte. Ach, das Fest sollte niemals enden! Der Trubel half ihr, diese flirrende Unruhe unter der Oberfläche zu verdrängen. Alles sollte gut sein an diesem Tag, und es würde noch tausendmal schöner sein, wenn sie endlich mit ihm allein war. Sie konnte es kaum erwarten.

»Herzlichen Glückwunsch«, hörte Gwendolyn am frühen Abend über die Musik der Kapelle hinweg, nachdem Alexander Florians und Vinzenz' Drängen auf einen einzigen Verdauungsschnaps nachkam, den sie mit einigen anderen jungen Männern aus dem Dorf einnehmen wollten. Sie drehte sich um und stand vor einer hübschen Frau Anfang zwanzig. Die Besonderheit eines Auges ließ Gwendolyn vermuten, wen sie vor sich hatte.

»Fräulein Lanz, wenn ich mich nicht täusche?«

Ihr Gegenüber nickte. »Ich hatte noch keine Gelegenheit, Ihnen zu gratulieren. Alexander hat von mir erzählt?«

»Nur das Beste. Ich weiß, dass Sie beide ein Arrangement hatten.«

»Und nehmen es mir nicht übel? Immerhin haben wir uns hin und wieder auch noch getroffen, als er längst in Sie verliebt war, Fräulein … entschuldigen Sie, Frau Wallendorf.«

Es war ungewohnt, mit diesem Namen angesprochen zu werden, ebenso ungewöhnlich fand sie Fräulein Lanz' direkte Art. Es erinnerte sie an Martha, und das Surren wurde einen Herzschlag lang lauter, verursachte ein Schwindeln, aber Gwendolyn bewahrte ihre Haltung. »Nach allem, was mein Mann mir berichtet hat, diente es nur dazu, den Schein zu wahren. Also nein, wie könnte ich Ihnen böse sein? Und nennen Sie mich Gwendolyn, bitte. Ich würde mich freuen, wenn wir Freundschaft schließen würden.«

Veronika strahlte und umfasste Gwendolyns Hände mit ihren. »Das wäre schön! Aber bis auf wenige Besuche wird es wohl eher eine Brieffreundschaft sein.«

»Wieso das?«

»Ich ziehe nächste Woche nach Hamburg. Alexander hat dir sicher von Rudolf erzählt? Alles Weitere dann in meinem ersten Brief. Ich will dich nicht länger in Beschlag nehmen. Ich denke, Alexander braucht dich gerade.«

Gwendolyn folgte dem Blick ihrer neuen Freundin in die Mitte des Hofs. Dort hatten ein paar Männer einige Tische beiseitegeräumt, um eine freie Fläche zu schaffen. Alexander streckte die Hand in Gwendolyns Richtung, die Handfläche nach oben. Ihr Puls beschleunigte sich. In der Kirche hatte es ihr nichts ausgemacht, im Mittelpunkt zu stehen. Aber der Hochzeitstanz war eine Herausforderung. Auf dem Parkett hatte sie niemals so viel Anmut und Geschick gezeigt wie … Sie verdrängte den Gedanken sofort, befürchtete, auf dem Weg zu stolpern. Doch ihre Beine trugen sie ohne ihr Zutun voran. Schon war sie bei Alexander, und ein neuerlicher Schauer jagte ihr über den Rücken, als sie ihre linke Hand in seine erhobene rechte legte und sich mit der anderen in Tanzposition halten ließ. Ihre Blicke versanken ineinander. »Bereit?«, fragte er, unendlich sanft.

»Bereit wie noch nie«, antwortete sie mit klopfendem Herzen.

Alexander nickte dem Kapellmeister zu, der sogleich den Taktstock hob und anzählte. Die Musiker setzten an, und Gwendolyn verpasste fast ihren Einsatz. Hatte sie es doch gewusst!

»Das … das ist«, stammelte sie, nachdem sie im langsamen Dreivierteltakt in die ersten Schritte gefallen war. *An der schönen blauen Donau.*

»Der Walzer, zu dem wir schon einmal getanzt haben, ich weiß.« Alexander lächelte verschmitzt. »Denkst du denn, ich hätte ihn vergessen? Wie könnte ich? Immerhin hatte ich an dem Abend das hübscheste Mädchen von Polderfeld im Arm.«

Gwendolyn stutzte nur kurz, wollte etwas erwidern, spürte Beklemmung und einen Stich im Herzen, als sie daran dachte, mit wem er an diesem Abend hauptsächlich getanzt hatte. Aber dann fühlte sie seine Lippen auf ihren. Das wohlwollende Murmeln der Gäste untermalte die gediegene Melodie. Sie achtete nicht mehr auf ihre Schritte, ihre Füße fanden die richtige Position von selbst, wenn Alexander sie führte. Perfekt aufeinander abgestimmt glitten sie über die Tanzfläche. Aus dem Augenwinkel nahm sie die bewundernden Blicke der Menschen wahr. Zwei, die zueinander gehörten und im gleichen Takt schwebten. Nichts Schöneres konnte sie sich in diesem Moment vorstellen, als so mit ihm durchs Leben zu tanzen. Der Walzer endete zu schnell, sie blieben stehen, sahen sich in die Augen, küssten sich erneut. Dann kehrten sie in die Wirklichkeit zurück.

Sie traten einen Schritt auseinander und bedeuteten damit den an ihren Tischen stehenden Gästen, dass die Tanzfläche nicht mehr allein ihnen gehörte.

»Juchhe!« Der Kapellmeister ließ dem Hochzeitswalzer eine Polka folgen, die in die Beine ging. Alexanders Freund Florian war der Erste, der Gwendolyn mit einer Verbeugung um diesen Tanz bat. Mit einem Lachen stimmte sie zu und fegte kurz darauf an seiner Hand über die Fläche. Drei Lieder und Tanzpartner später, vom Bauern Engelhardt über Vinzenz zum alten Herrn von Basnitz, brannten Gwendolyns Füße in den Brautschuhen. Außer Atem und mit erhitzten Wangen flüchtete sie von der Tanzfläche, bevor ein Weiterer sie auffordern konnte. Sie schritt durch die Tischreihen, hielt hier ein Schwätzchen, holte sich dort ein Kompliment ab, strebte aber zügig dem Torbogen entgegen, vor dem sie ein wenig verschnaufen wollte.

Die Sonne war inzwischen untergegangen, Fackeln erhellten den Weg hinab nach Ornbach. Außerhalb ihres Scheins legte sich die Dunkelheit wie ein schwarzes Tuch über die Welt. Alexander und sie hatten befürchtet, dass es so früh im Jahr zu kalt werden konnte. Jetzt aber war sie dankbar für den Wind, der ihr

Gesicht erfrischte. Und welches Gasthaus hätte schon Platz für so viele Menschen geboten?

Gwendolyn schloss die Augen, blendete die Stimmen und die Musik hinter sich aus. Für ein paar Sekunden ließ sie zu, dass das, was ihre Beklemmung verursachte, in ihr Bewusstsein drang. Martha hätte ein Fest wie dieses geliebt. Sie hätte die Tanzfläche nicht verlassen, wäre umhergewirbelt und hätte mit ihrer Lebensfreude alle angesteckt. Helena hätte sich in die Ställe verzogen und nach Tieren Ausschau gehalten, von denen es auf Theresienberg längst nicht so viele gab wie auf dem Schinderhof. Aber an Zeus hätte sie Gefallen gefunden. Genau wie Cilly, die mit dabei wäre. Benno fehlte, der sicher etliche der jungen Leute hier kannte. Und auch Onkel Max. Er war unterwegs zu seinem Cousin Constantin Fahlberg, der mit seiner Familie mittlerweile in Nassau lebte und schwer erkrankt war. Die Leitung seiner Saccharin-Firma bei Magdeburg hatte er anderen übertragen. Es hieß, er liege im Sterben, sein Lebenswerk würde der Menschheit erhalten bleiben. Onkel Max wollte die Gelegenheit nicht verpassen, ihn noch einmal zu sehen. Aber selbst wenn er nicht auf Reisen gewesen wäre, hätte sie ihn mit einer Einladung zur Hochzeit niemals in die Verlegenheit gebracht, sich in seiner Loyalität für eine Seite entscheiden zu müssen.

Sich zu ihrer großen Liebe und den Wallendorfs zu bekennen bedeutete, ihre Vergangenheit bedingungslos hinter sich zu lassen. Sosehr sie ihren Alltag in einer Schmugglerfamilie als Last empfunden hatte, wurde ihr nun bewusst, wie schwierig der Abschied war. Sie tupfte sich mit einem Finger eine Träne aus dem Augenwinkel. Warum musste das Leben so kompliziert sein? Warum konnte die Liebe in der Wirklichkeit nicht alles überwinden wie in ihren Romanen? Dass der Vater über seinen Schatten springen und mit Leopold und Annegret an einem Tisch sitzen konnte – unmöglich. Aber davon zu träumen, dass ihre Familien die Kluft überwanden, das gestattete sie sich in dieser Minute. Für Helena würde sie immer da sein, das hatte sie ihr noch einmal versprochen, als sie ihr bei drei heimlichen Treffen die Buchhaltung erläutert hatte. Erstaunlich schnell hatte die Jüngste alles aufgenommen, vielleicht zu rasch, bei den Gleichungen benötigte man Ruhe und Konzentration. Gwendolyn würde sie nicht im Stich lassen, wenn sie eine große Schwester brauchte und Martha nicht zur Stelle war. Aber zu ihr und ihrem Vater würde sie Abstand halten, solange sie die Schmuggelei nicht aufgaben. Sie hatte die Traurigkeit und das Feuer im Blick ihres Vaters förmlich vor sich gesehen, als sie laut verkündet hatte, dass sie sich von ihnen lossagte. Und das zynische Lächeln in Marthas Gesicht, weil sie davon überzeugt war, dass Gwendolyn einen Fehler beging.

Sie würde sich von niemandem reinreden lassen. Auch wenn sie ihre Familie schon am ersten Tag ihrer Ehe mehr vermisste, als sie es für möglich gehalten hätte. Sie würde lernen, es auszuhalten. Mit Alexander an ihrer Seite konnte sie alles erreichen. Sie wandte sich zum Hof und ging mit festen Schritten zurück in ihr neues Leben als Zuckerbaronin Gwendolyn Wallendorf.

»Sie ist weg.« Martha erhob sich hinter dem Busch. Für einen Moment hatte sie geglaubt, dass Gwendolyn sie entdeckt hatte. Sie hatten den Hochzeitswalzer und die darauffolgenden Tänze aus den Schatten des Abends heraus beobachtet und waren schnell in Deckung gegangen, als Gwendolyn zum steinernen Bogen gekommen war. Sie hatte direkt zu ihnen geschaut, sie aber hinter dem Gestrüpp nicht bemerkt. Auch Benno stand auf, klopfte sich den Dreck von der Hose. Zu seiner Linken reckte Cilly den Hals, um etwas sehen zu können.

Helena neben Martha trat trotzig einen Schritt vor, als sei es ihr egal, ob sie entdeckt würden oder nicht. »Wieso konnten wir sie nicht begrüßen?«, fragte sie und richtete den Kranz von Gänseblümchen auf ihrem Haar, der ihr im Gebüsch verrutscht war. »Gwendolyn hat versprochen, dass ich jederzeit zu ihr kommen kann. Ich möchte ihr so gern gratulieren. Das macht man bei einer Hochzeit.«

»Nicht bei dieser«, erwiderte Martha. Wann begriff die Jüngste es endlich?

»Aber können wir nicht einmal hineingehen und …?«

»Und uns all den Prunk und Protz ansehen? Darum geht es hier doch, um nichts weiter. Wer kann es sich schon leisten, halb Niederbayern einzuladen? Sie sollen zu den Wallendorfs aufschauen, sie bewundern für das, was sie haben. Und dabei sollen sie schön vergessen, dass Industrielle wie die ihren Wohlstand durch Ausbeutung und schmutzige politische Spielchen erlangt haben. Sie sollen sie für etwas Besseres halten. Aber das sind sie nicht, Helena! Nimm den Tischschmuck weg, das feine Besteck und Porzellan, die Lichter, die Musik, steck die herausgeputzten Affen in Arbeitskleider, gib ihnen eine Harke in die Hand oder lass sie Kohlen schaufeln. Was meinst du, bleibt dann noch übrig? Es ist alles Blendung, Helena, nicht mehr. Prahlerei und Täuschung.«

Benno wandte sich ihr mit gerunzelter Stirn zu. »Gwendolyn ist keine, die sich blenden lässt. Sie wirkt sehr erwachsen, findest du nicht auch?«

Martha verschränkte die Arme vor der Brust, presste die Lippen aufeinander, schwieg. Erwachsen, ja, aber von Herzen glücklich? War Martha denn die Einzige, die beim Walzer den Schmerz über ihr Gesicht hatte huschen sehen? Etwas hatte sie verletzt, doch sie hatte rasch wieder die Maske aufgesetzt, zu der Alexander erst sie, Martha, hatte zwingen wollen und die er dann kurzerhand einer anderen Schinder verpasst hatte. Nein, so sah wahre Liebe nicht aus.

Ein neuer Gedanke ließ sie auflachen. »Was für ein pompöses Kleid. Würdest du eine Schmugglerin darin vermuten?«

Benno schüttelte den Kopf. »Ich weiß nicht, ob man sie so nennen kann. Sie war lange auf keiner Tour mehr dabei, hat nur die Bücher geführt. Hat sich deutlich von …« Er zögerte, befürchtete wohl, Martha mit seinen Worten zu beleidigen, fuhr dann aber fort: »… von euch abgewandt.«

Bange Wochen lagen hinter ihnen, in der die Familie sich gefragt hatte, ob Gwendolyns Irrsinn sie so weit brachte, dass sie Geheimnisse ausplauderte, die ihnen zum Verhängnis werden konnten. Als nichts dergleichen geschehen war, hatten sie ihre Geschäfte wieder aufgenommen. Erst in kleinem Umfang auf neuen Routen, die Martha mit Benno ausgekundschaftet hatte, dann in gewohntem Maß auf den bekannten, die den größten Gewinn versprachen. Aber das reichte Martha nicht. Sie lachte erneut. »Du hast mich nicht verstanden. Wie viel Pfund Saccharin wohl in versteckten Taschen in ein solches Kleid passen würden?«

»Du meinst …«

Martha strahlte ihn an. »Wie viele Beerdigungen können die Brunners noch durchführen, bevor Vogel skeptisch wird und doch nachforscht? Wie wäre es zur Abwechslung mit einem freudigen Anlass, zu dem man über die Grenze muss?« Sie nickte zum Hof. Dort fegte Gwendolyn gerade mit Alexanders Freund Vinzenz umher. »Wer würde einer Braut schon an die Wäsche gehen, außer der eigene Bräutigam?«

»Martha!« Benno wies mit dem Kinn auf Helena und Cilly, was Martha nur lauter lachen ließ. Über die Musik hinweg würde sie drüben niemand hören. Glaubte Benno denn, sie würden ewig Kinder bleiben? In ihrem Alter hatte Martha schon vieles aufgeschnappt. Nachdem die beiden es sich nicht hatten ausreden lassen, Benno und Martha auf diesem Ausflug zu begleiten, mussten sie aushalten, dass sie mit Dingen konfrontiert wurden, die dem Leben erst seine Würze gaben. Die Mädchen steckten die Köpfe zusammen und kicherten.

Helena allein mit Cilly auf dem Hof zu lassen hatte Martha nicht übers Herz gebracht. Die Jüngste verhielt sich noch bockiger, seit Gwendolyn gegangen war. Inzwischen gab sie sogar dem Vater gegenüber Widerworte, schlich sich dann aber nachts weinend zu Martha ins Bett. Oft hing sie tagsüber an ihrem Rockzipfel, als befürchtete sie, auch die ältere Schwester könnte den Hof verlassen. Ein komisches Bild gaben sie ab, wie sie zu dritt über den Hof liefen, Martha vornweg, hinter ihr Helena, der wiederum Wastl auf dem Fuße folgte.

Der Vater war am Morgen in aller Früh nach Böhmen aufgebrochen, im Gepäck nur seine alte Schmugglerweste. Viel einzunehmen war damit nicht. Ihm lag an der Zwiesprache mit der verstorbenen Mutter, das vermutete zumindest Benno. Martha glaubte an einen anderen Grund. Sie sah zu den Feiernden und fühlte Wut in sich aufsteigen auf den zur Schau gestellten Reichtum, einen Hass, der sich ein Ziel suchte und es im eng umschlungen tanzenden Hochzeitspaar fand. Nein, der Vater war nicht wegen der Mutter gegangen. Er hatte nicht in der Nähe sein wollen, wenn eine seiner Töchter ihm in den Rücken fiel und zu den Mächtigen der Zuckerindustrie überwechselte.

Martha richtete sich auf. Auf sie konnte er sich verlassen. An Ideen mangelte es ihr nie. Sie würden sich noch viele Jahre daran erfreuen, den Industriellen einen Strich durch die Rechnung zu machen und das Saccharin unters Volk zu bringen, wenn sie nur zusammenhielten. Benno, der Gute, stets an ihrer Seite, von Anfang an.

»Ein Hochzeitskleid anschaffen, nur um es für den Schmuggel einzusetzen?«, murmelte er nun gedankenverloren.

Sie lächelte ihn an. »Vielleicht finden wir ja noch eine andere

Verwendung dafür.« Suchend tastete sie nach seiner Hand, fand sie und schlang ihre Finger um seine.

Helena kicherte unterdrückt, als Cilly auf ihren Bruder und Martha deutete und mit den Augen rollte. Auch Helena hatte bemerkt, dass Martha nach Bennos Hand gegriffen hatte. Da glaubte Martha, dass sie keine Ahnung von der Liebe hatte, und verstand doch selbst nicht, wie offensichtlich manche Dinge waren! Dass Helena sich nach keinem umsah, mit dem sie heimlich Händchen halten oder Küsse tauschen konnte, hieß nicht, dass sie dumm war und die Zeichen nicht erkannte. Sie hatte nur entschieden, dass sie sich von der Liebe fernhalten würde. Verliebt sein brachte zu viele Probleme, mit denen sie sich nicht herumärgern wollte. Allerdings führte sie auch zu rauschenden Festen wie dem, das sie wie Diebe in der Nacht beobachteten. Martha konnte gegen den *Prunk* und *Protz* wettern – die Lichter, das Gläserklirren, das Lachen, die duftenden Blumen, die Musik, all das bezauberte Helena. Es war wie im Märchen, und Helena freute sich für Gwendolyn, dass ihres wahr geworden war. Gwendolyn in ihrem wunderschönen Kleid und mit dem Strahlen im Gesicht. Martha verhinderte in dieser Stunde, dass Helena zu ihr lief und ihr um den Hals fiel, aber sie konnte sie nicht ständig im Auge behalten. Dafür war sie zu beschäftigt mit sich selbst. Helena würde Gwendolyns Einladung nachkommen, früher oder später.

Jetzt saugte sie die Eindrücke in sich ein, nahm alles auf, brachte die Erinnerungen in ihrem Kopf in eigens dafür geschaffene Räume. In ihrer Fantasie sah sie ein Ankleidezimmer mit dem funkelnden Kleid, die Speisekammer mit den Torten, die gerade für eine süße Stärkung aufgetragen wurden, im Musikzimmer probte die Kapelle, eine Halle hinter einer weiteren Tür beherbergte unzählige gedeckte Tafeln. Zu Hause würde Helena sich einen Spaß erlauben und die Hochzeit noch einmal im Geiste durchspielen. Oder eine neue erfinden. Was Martha und Benno davon halten würden, die Auserwählten zu sein? Oder sollte sie Cilly mit dem Jungen aus dem Internat vermählen, über den sie sich auffallend oft beschwerte? Sie hatte kein Bild im Kopf, würde ihm aber ein hübsches zaubern. In ihrer Vorstellungskraft war alles möglich. Sie könnte die Kapelle einmal ein Stück spielen lassen, das ihr selbst gefiel. Die Feier sollte auf einer Wiese stattfinden, und die Gäste sollten barfuß laufen. Und anders als Gwendolyn würde Helena kein Diadem tragen, sondern einen Kranz aus Windröschen und Wiesenblumen. Wie Alexander Wallendorf für Gwendolyn hätte Helenas Bräutigam nur Augen für sie, würde mit ihr in eine Zukunft voller Sonnenschein und gegenseitiger Liebe tanzen. Ein Ehemann, der ihrer wert war. So und nicht anders sollte es sein.

Epilog

Korbinian Schinder folgte mit seiner Kutsche dem Weg, den sie vor vier Jahren zum ersten Mal genommen hatten. Er hatte sich den Tag über Zeit gelassen, hatte viel gerastet und kam nun, wie erwartet, am Abend an. Mit Martha war abgesprochen, dass er zwei Tage fortbleiben würde. Entweder quartierte er sich beim Lochner ein oder drüben in einem böhmischen Gasthaus. Vielleicht schlief er mit den Pferden unter freiem Himmel. Doch die Nächte waren noch kalt, und manchmal fror Korbinian selbst am wärmsten Feuer, so wie jetzt, da er sich dem Ort der letzten schönen Minuten seines Lebens näherte. Am Ende der Siedlung Waidreut tauchten die ersten Häuser Kahlmühlens auf. Das Emailleschild der Gendarmerie zeichnete sich im Licht der untergehenden Sonne ab.

Hier hatte er darüber nachgedacht, Barbara und Gwendolyn beim nächsten Schmuggel zu Hause zu lassen, dort hatte Helena sich zu dem dürren Kätzchen gebückt und war zurückgeblieben. Der Weg führte die steile Anhöhe hinauf, links und rechts zogen Wälder, Wiesen und Schluchten vorbei. Er kam zu der Stelle, an der Helena sie wieder eingeholt hatte und auf den Saum ihres Kleides getreten war, und Korbinian meinte die Freude des kleinen Mädchens mit dem geschmückten Hut über den vermeintlichen Schnee zu hören.

Jeden Tag drehte und wendete Korbinian die Frage hin und her, was geschehen wäre, hätte damals der alte Gendarm seinen

401

Dienst verrichtet, von dem Böch ihnen erzählt hatte. Die Teilnehmer der Prozession hätten über Helenas Missgeschick gelacht, dann wäre man weitergewandert. Stattdessen war ein Teufel mit roten Haaren in die Menge gefahren.

Korbinian schnalzte mit den Zügeln, steuerte das leichte Fuhrwerk, das er für heute genommen hatte, zum Lochner und stellte es ab. Er würde nachsehen, ob Hartler da war, und dann entscheiden, ob er das Pferd gleich versorgen würde oder es noch etwas Arbeit verrichten musste.

Drinnen begrüßte Constanze ihn mit einem Lächeln. Sie dachte wohl an das Trinkgeld, das sie jedes Mal bekam, wenn sie ihn und den Hartler beköstigte. »Grüß dich«, sagte sie und nickte schon zu einem Tisch in der Ecke, an dem der Gendarm in seiner zerknitterten Uniform saß. Mittlerweile zog er sich nicht einmal mehr um, bevor er zum Saufen ging.

Die trüben Augen richteten sich auf Korbinian, als er sich ihm gegenüber auf die Bank schob. Dann klärten sie sich in einem Ausdruck von Freude. »Heusing, mein Freund. Wie schön! Erzähl, was gibt es Neues?«

Normalerweise begegnete Korbinian dieser Begrüßung mit einem breiten Lachen, das Hartler nie als falsch erkannt hatte. An diesem Tag musste er sich zurückhalten, ihm nicht den *Freund* mit der Faust zurück in den Hals zu schieben. An diesem Tag, an dem seine Tochter Gwendolyn einen Wallendorf heiratete. Nie war ihm schmerzhafter ins Bewusstsein gedrungen, wie ohnmächtig er ohne seine Frau war. Niemals wäre es mit Barbara als dem Mittelpunkt der Familie Schinder zu dieser Tragödie gekommen. Sie hatte immer gewusst, wie sie die Mädchen begleiten und führen konnte. Er selbst hatte kläglich versagt.

»Was guckst du denn so trübsinnig?« Hartler kniff die Augen zusammen: »Was ist los, Heusing?«

Korbinian atmete schwer. »Probleme zu Hause.«

Hartlers Züge hellten sich auf. Er bedeutete Constanze, ihnen zwei Wacholderschnäpse zu bringen, die sogleich auf ihrem Tisch standen. »Die beste Medizin gegen häusliche Schwierigkeiten.« Er kippte den Klaren hinunter. »Ärger mit der Frau?«

»Ich habe keine.«

»Ah, ein Junggeselle. Da siehst du, wie wenig ich über dich weiß, Heusing. Eine gute Entscheidung, sage ich dir. Wo drückt dann der Schuh?«

»Die Kinder.« Korbinian erntete einen verständnislosen Blick. Kinder, aber keine Frau? »Ich bin Witwer.«

»Oh.« Hartler sah betroffen zu seinem leeren Glas. Er griff nach dem danebenstehenden Krug Bier und nahm sich den Rest vor. Korbinian beobachtete ihn dabei. Eine Ruhe breitete sich in ihm aus, die er lange nicht mehr gespürt hatte.

»Sie ist in eine Schlucht gestürzt.« Er deutete vage hinter sich. »Gleich da oben. Mit dem Kopf auf einen Stein, und das war's.« Er sah Hartler in die Augen, während die Bilder kamen, die auch nach vier Jahren nichts von ihrer Schärfe und Intensität verloren hatten. Als hätte er ein schreckliches Gemälde zu Hause an der Wand hängen und müsse es jeden Morgen betrachten, die albtraumhafte Zeichnung einer Nixe in einem Fluss.

Weil Korbinian nichts bestellte, hob Hartler die Hand. Sie zitterte. »Zwei, Constanze.« Er wartete, bis die Schnäpse da waren, und trank. »Da läuft es mir kalt den Rücken runter, Heusing.«

»Als Gendarm siehst du doch einiges. Was kann dich da noch erschüttern? Vielleicht hast du selbst mal einen um die Ecke gebracht?«

»Ich? Nein, Gott bewahre!«

»Aber auf jemanden geschossen hast du schon, oder?«

Hartler schüttelte heftig den Kopf. »Nur Warnschüsse habe ich abgegeben, als ein paar Schmuggler sich aus dem Staub machen wollten.« Unsicher griff er nach dem Schnapsglas, stellte fest, dass es leer war, schaute in den Krug, kam zum gleichen Ergebnis – und schob beides mit ungewohnter Klarheit von sich, statt weitere zu bestellen. Mit den Händen stützte er sich auf die Tischplatte, um sich zu erheben. »Nichts für ungut, Heusing, aber ich glaube, ich habe genug für heute. Wir reden das nächste Mal länger, wenn du wieder in der Gegend bist, ja?«

»Ich zeige es dir gern.« Der Ernst in seiner Stimme ließ Hartler innehalten.

»Was?«

»Wo mir das Liebste genommen wurde.«

Wieder bewegte Hartler den Kopf verneinend. »Ich …«

»Ist ein beliebter Schleichweg für Schmuggler, habe ich erfahren. Ehrlich, Hartler? Ich kann verstehen, warum es heißt, dass Waidreut und Kahlmühlen beliebte Treffpunkte sind. Wenn der Gendarm lieber im Gasthaus sitzt, als sich auf die Lauer zu legen, was soll einem da schon passieren?«

Hartler stierte an Korbinian vorbei zu einem der Fenster, hinter dem der Abend in die Nacht überging. »Meinst du, dass auch heute welche ihr Unwesen treiben?«

»Schmuggler? Ich bin mir sicher.«

»Worauf warten wir dann noch?« Plötzlich schien ein Feuer in ihm zu brennen. Er erhob sich, schwankte und rief Constanze zu: »Schreib an, auch den Kurzen für meinen Freund. Wir haben es eilig.«

Gemeinsam verließen sie das Gasthaus und stapften in den dahinter liegenden Wald. Korbinian würde den Weg mit verbundenen Augen finden, und jetzt, da der Mond aufging und alles in ein silbergraues Licht tauchte, würde er sogar schneller vorankommen, musste aber an jeder Biegung auf Hartler warten, der ihm keuchend folgte.

»Du hast recht. Hier habe ich schon einmal jemanden verfolgt. Gaunerpack, das sich unters gläubige Volk gemischt hat.«

»Und da hast du geschossen. Zwei Mal.«

Hartler fiel nicht auf, wie genau Korbinian es wusste. Er nickte eifrig. »Warnschüsse, Heusing, wie gesagt. In die Luft.«

»Was meinst du, wie sich einer fühlt, hinter dem geschossen wird?« Sie erreichten die Stelle, an der sie Gwendolyn gefunden hatten, zusammengekauert und mit leeren Augen zur Schlucht starrend.

»Was weiß ich.« Hartler bedachte Korbinian mit einem schrägen Blick. »Stehen bleiben und die Hände heben sollte derjenige, mehr nicht.«

»Oder er rennt noch schneller, aus Angst um sein Leben, und achtet nicht mehr auf seine Schritte.«

Der Gendarm stemmte die Hände über dem Gürtel mit dem Schlagstock und der Dienstwaffe in die Hüften. »Hör zu, Heusing, ist das die Schlucht, in die deine Frau gestürzt ist? Deinen Verlust bedaure ich, glaub mir, ich weiß, wie es ist, jemanden zu verlieren.«

»Nichts weißt du!« Verglich Hartler die Tatsache, dass seine Frau ihn wegen seiner Trunksucht verlassen hatte und sich lieber mit einem anderen vergnügte, mit dem Leid, das er, Korbinian, erdulden musste? Das er ihm zugefügt hatte? Ein Wort mehr, und er würde …

»Wenn du das glauben willst, gut!«, bellte Hartler da mit einem Schmerz zurück, der Korbinian überraschte. »Wir sind nicht wegen unserer Familiengeschichten hier, sondern wegen der Schmuggler.« Er senkte die Stimme. »Und wenn wir weiter so einen Lärm veranstalten, kriegen wir sicher keinen zu Gesicht.«

»Oh, doch.« Korbinians Narbe spannte sich unter dem Lächeln. »Du siehst ihn ja jetzt schon, wenn du nur die Augen richtig aufmachst.«

Hartler zuckte zusammen. Er duckte sich, seine Hand fuhr zum Knüppel, während er in die Büsche spähte. »Wo?«

»Du stehst direkt vor ihm.«

»Ich … du … was?«

»Ostern vor vier Jahren, Hartler. Du hast deinen Dienst an dem Tag angetreten. Du hast die Prozession beobachtet. Einer Frau fiel Saccharin aus dem Kleid. Du wolltest sie verhaften.«

»Das … das.« Ein Ausdruck des Begreifens legte sich im Mondschein auf sein Gesicht. »Der Mann mit dem Mädchen über der Schulter. Das warst du! Und die Frau mit dem anderen Kind an der Hand war …«

»Barbara. Die Liebe meines Lebens.«

»Sie ist hier in die Schlucht gestürzt?« Hartler schüttelte ungläubig den Kopf. »Es gab keine Leiche.«

»Wir haben sie weggeschafft und behauptet, dass sie zu Hause verunglückt ist.« Korbinian deutete um sich. »Aber es war hier. Sie kam dort herauf, voller Angst, dass du ihr und unserer Tochter auf den Fersen warst. Aber sie kannte sich in diesen Wäldern nicht aus, und plötzlich ging es nicht weiter. Sie wollte umkehren, einen anderen Weg suchen, doch es war zu spät. Sie musste schauen, ob sie irgendwo in die Schlucht steigen und sich dort mit Gwendolyn verstecken konnte. Dann hat sie den ersten Schuss gehört. Sie musste sich beeilen, geriet in Panik. Der zweite Schuss. Ganz nah. Ein erschrockener Schritt zur Seite, sie lässt das Kind los, rudert mit den Armen. Sie stürzt.« So oft hatte Korbinian sich die letzten Minuten im Leben seiner Frau ausgemalt, dass es für ihn die Wahrheit war. Als wäre er dabei gewesen. Nun schoss seine Hand vor, er packte Hartler am Kragen, verdrehte ihm mit der Linken den Arm, der nach dem Knüppel oder der Pistole greifen wollte. »Da! Sieh hinab! Dort unten lag sie! Wegen dir!«

Hartler kämpfte, riss sich mit einer ausholenden Bewegung des freien Arms los und stieß Korbinian mit aller Wucht vor die Brust. »Du bist ja verrückt! Selbst wenn sie gestürzt ist, meine Schuld war es nicht!«

»Wessen denn dann?«, brüllte Korbinian, dass ihm die Kehle brannte.

»Was weiß ich, wer sie zum Schmuggel verführt hat! Und jetzt nimm die Hände hoch, wo ich sie sehen kann, Heusing!«

»Schinder heiße ich. Korbinian Schinder.« Hartler sollte endlich wissen, wer vor ihm stand. »Gib zu, dass du sie auf dem Gewissen hast!«

»Du bist wahnsinnig! Zurück jetzt!«

Er stieß Korbinian noch einmal. Korbinian hatte ihn trotz der Größe bislang für schwächlich gehalten. Ein Irrtum. Er taumelte, fing sich, schnellte vor und erwischte Hartler erneut am Kragen, als der sich in eine bessere Position bringen wollte, weg vom Abgrund. Korbinian riss ihn mit aller Kraft zurück, holte den Mann damit von den Füßen. Der Gendarm stolperte, trat auf einen losen Stein, der klackernd in die Tiefe stürzte – und folgte ihm eine Sekunde später.

Mit einem Klatschen schlug er unten auf.

Keuchend stierte Korbinian hinab. Das Rauschen in seinen Ohren übertönte das des Bachs, der den Polizisten umfloss. Hartlers rechtes Bein stand in einem unmöglichen Winkel ab, seine Hüfte war zertrümmert. Aus einer breiten Kopfwunde lief das Blut auf den Stein. Leere Augen starrten zu Korbinian in die Höhe.

Ein Unfall!, wollte er rufen, aber seine Stimme versagte. Er sah sich dennoch um, als hätte er es geschrien, doch wenn jemand in der Nähe war, hätte er sie längst gehört.

Wann würde man Hartler vermissen? Morgen? Würde Constanze sich daran erinnern, dass der Gendarm mit ihm das Gasthaus verlassen hatte? Sicher. Würde sie oder ein anderer seinen Tod mit ihm in Verbindung bringen? Wahrscheinlich. Doch würde jemand dem Kerl nachweinen und Korbinian zur Rechenschaft ziehen? Die Leute hielten in diesen Zeiten nichts von der Obrigkeit. Dennoch sollte er sich eine Geschichte einfallen lassen.

Er öffnete die versteckten Taschen seiner Schmugglerweste. Viel hatte er nicht dabei, aber es würde reichen. Ein gelbes Päckchen nach dem anderen segelte in die Schlucht. Wer auch immer Hartler fand, würde annehmen, er sei Schmugglern auf der Spur gewesen und verunglückt. Oder er habe sich letzten Endes doch für den Profit entschieden, sich mit Saccharin bestechen lassen und sei im Suff den Abgrund hinabgestürzt.

Die meisten Tüten fielen ins Wasser, wurden von der Strömung davongetragen und verfingen sich in der nächsten Biegung im Schwemmholz. Eine landete auf dem Stein, auf dem Hartler lag, eine zweite auf seiner Brust. Korbinian warf weiter, fuhr in jede Tasche, innen wie außen, schleuderte alles hinab, das seine Finger zu greifen bekamen, bis ein Klirren ihn innehalten ließ. Was für ein gottverdammter Idiot er war! Er hatte versehentlich Barbaras Medaillon erwischt. Unten schimmerte es im Mondlicht. Er würde hinabsteigen und es holen. Allerdings war der sanfte Hügel, den Benno damals entdeckt hatte, inzwischen von dornigem Gestrüpp überwuchert. Er würde es gleich hier versuchen. Er stieg auf einen Stein, hielt sich an einer Wurzel fest. Ein großer Schritt und … Sein Fuß rutschte auf dem feuchten Moos ab, die Holzfasern rissen. Korbinian stürzte wie Hartler vor ihm, wie Barbara vor Jahren, prallte neben dem Gendarmen mit dem Kopf auf und brachte damit auch das Papiertütchen mit Saccharin auf dem Stein zum Platzen. Die Kristalle verteilten sich, der Bach leckte daran, löste sie auf und floss eine Spur süßer weiter, als Korbinian ein letztes Mal ausatmete.

Nachwort

Manchmal schreibt das Leben Geschichten, die man sich so nicht ausdenken könnte. Die Erfindung des Süßstoffs Saccharin und sein Siegeszug in Europa und der ganzen Welt gehören dazu.

Viele Szenen in unserem Roman beruhen auf wahren Begebenheiten. Tatsächlich gab es eine Auseinandersetzung zwischen dem deutschen Zuckerchemiker Constantin Fahlberg, der damals in New York lebte, und Ira Remsen, dem Leiter der chemischen Fakultät an der kurz zuvor gegründeten Johns-Hopkins-Universität. Wir haben den Austausch zeitlich gerafft, um ihn in die Dramaturgie unseres Romans einzugliedern. Die Kapitel rund um Fahlberg sind eng an seine Schilderungen dieser Zeit angelehnt und enthalten zum Teil wörtliche Zitate der akademischen Debatte.

Die Geschichte um das vermeintlich süße Brot und die Haushälterin ist so übermittelt. Dass es zwischen Constantin Fahlberg und der adretten Wirtschafterin ein romantisches Techtelmechtel gegeben hat, haben wir allerdings hinzugedichtet. Ebenso haben wir uns beim Treffen zwischen Fahlberg und dem Fabrikanten Adolph List einige Freiheiten erlaubt. Fahlbergs begeisterte Rede über die Einsatzmöglichkeiten seines Saccharins ist dabei zu Teilen einem Vortrag im Reichstagsgebäude 1903 entnommen.

Korbinian Schinder trägt Motive des realen Schmugglerkönigs des Bayerischen Walds zu dieser Zeit, Kajetan Schinkinger. Seine Mitarbeiter gingen mit altbewährten Schmugglerwesten auf Tour, die Frauen in eleganten, faltenreichen Schmuggelröcken, wie im Roman beschrieben. Als Fuhrunternehmer verschob er große Mengen an Saccharin in ausgehöhlten Baumstämmen, Umzugskisten und Möbeln. Seine Bande flog erst im Sommer 1912 auf, und er kam ins Gefängnis. Die drei Töchter sind unserer Fantasie entsprungen.

Wie im Roman geschildert, kam es nach der Entdeckung und Vermarktung des Saccharins erst durch das Eingreifen der Mächtigen der Zuckerindustrie zu einem lebhaften Schleichhandel. Tatsächlich sahen die Zuckerbarone in ganz Europa – abgesehen von der Schweiz – ihre Felle davonschwimmen und setzten Himmel und Hölle in Bewegung, um die Konkurrenz auszuschalten. Insgesamt gab es zwischen 1898 und 1939 im Deutschen Reich fünf Süßstoffgesetze, die den blühenden Industriezweig eindämmen sollten.

Die Schmuggler erwiesen sich als ausgesprochen findig im Vertreiben ihrer Ware. Der im Roman geschilderte Nepomuk kam tatsächlich zum Einsatz. Die Bewohner von Bischofsreut, an das unser fiktives Waidreut angelehnt ist, brachten Anfang des 20. Jahrhunderts alle zwei Wochen die mit Saccharin gefüllte Statue in einer Bittprozession ins böhmische Röhren. Dass den Grenzern nie auffiel, wie schwer die Bischofsreuter am Nepomuk trugen, lag wohl auch daran, dass sie als gute Christen stets das Haupt neigten, wenn die Figur vorüberzog. Nie wurde jemand entdeckt, kein Dörfler wurde bestraft. Die Heiligenfigur steht noch heute in einer kleinen Kapelle im Ort.

Die Idee, dass sich die schweizerischen Brunner-Brüder in

unserem Roman eines Sarges bedienen, um das Saccharin zu schmuggeln, beruht ebenfalls auf Tatsachen. Auffallend viele Schweizer ließen sich zu jener Zeit in Deutschland beerdigen. Die Sache fiel auf, als an vier aufeinanderfolgenden Tagen sieben Leichenzüge die Grenze nach Deutschland passierten. Anders als Rupert Vogel in unserem Roman waren die deutschen Grenzer irgendwann erfolgreich, eine gesamte Trauergemeinde wurde verhaftet.

Von weiteren skurrilen Schmuggelaktionen, dem turbulenten Auf und Ab des Saccharin-Handels und den tragischen, romantischen und kuriosen menschlichen Schicksalen dahinter erzählen wir sehr gern in unserem nächsten Band.

Um größtmögliche schriftstellerische Freiheit in der Beschreibung der Siedlungen und Landschaften zu haben, haben wir zu den realen Orten wie Deggendorf – dem »Tor zum Bayerischen Wald« –, Passau oder Gottmadingen fiktive Dörfer in die Nachbarschaft platziert: Polderfeld, Ornbach, Fellenau oder Dietelfink im Bayerischen Wald, Buchel und Englingen an der deutsch-schweizerischen Grenze oder Waidreut und Kahlmühlen im deutsch-böhmischen Grenzgebiet.

Seit wir gemeinsam Romane schreiben, werden wir gefragt, wie sich eine solche Zusammenarbeit gestaltet. Das Wichtigste in unserer Zusammenarbeit ist Vertrauen und gegenseitige Wertschätzung. Wir wechseln uns Woche um Woche im Schreiben und Bearbeiten ab, halten uns in der Anfangsphase nicht an Details auf, sondern lassen uns von Ton und Atmosphäre der Geschichte tragen. Mit unseren Stilen haben wir beide eine große Stammleserschaft, und manch einer meint zu erkennen, wer welches Kapitel, welchen Abschnitt geschrieben hat. Tatsächlich ist es aber so, dass wir in der finalen Fassung selbst nicht mehr wissen, wer die Basis für welche Szene gelegt hat. Über das halbe Jahr unserer intensiven Zusammenarbeit verbindet uns vor allem ein Wunsch: die Leserschaft bestens zu unterhalten. Wie viel Vergnügen wir selbst beim Schreiben haben, merkt man hoffentlich der ein oder anderen Szene an.

Die wichtigste Quelle bei unseren Recherchen war der 2011 in der Fachzeitschrift »Chemie in unserer Zeit« von Erich Lück und Professor Klaus Roth veröffentlichte Artikel »Die Saccharin-Saga«. Professor Roth war überdies so freundlich, das fertige Manuskript zu lesen. Außerdem hat vor allem der Nachdruck des bereits erwähnten Vortrags (»25 Jahre im Dienste der Saccharin-Industrie unter Berücksichtigung der heutigen Saccharin-Gesetzgebung«) Constantin Fahlberg vor unserem geistigen Auge lebendig werden lassen. Recherchiert man im Netz, finden sich zahlreiche weitere Artikel.

Unser großer Dank geht an Stefanie Zeller und den Lübbe-Verlag, die von Anfang an von der Geschichte des Saccharins und unserer Schmugglerfamilie überzeugt waren. Anna Hahn danken wir für das kompetente Lektorat. Claudia Kamchen von der Stadtbibliothek Straubing hat einen Blick auf das Lokalkolorit geworfen. Wir danken auch Rosi Kern und der Agence Hoffman sowie Regina Seitz und Niclas Schmoll von der Meller Agency. Große Unterstützung haben wir von unseren Familien erhalten. Ohne diesen Rückhalt wäre unsere Arbeit nicht möglich. Herzlichen Dank an Carmen Wolz und vor allem an Frank Dräger, der uns als Erstleser wichtige Impulse gegeben hat.

Wir freuen uns, wenn Sie den Weg der drei Schinder-Töchter auch in unserem zweiten Band um »Die Zuckerbaronin« weiterverfolgen möchten. Um immer auf dem Laufenden zu bleiben, nehmen Sie gern Kontakt zu uns auf via Facebook und Instagram.

Martina Sahler und Heiko Wolz im Oktober 2022

Das letzte Geheimnis des berühmtesten Gemäldes der Welt

Dirk Husemann
DIE BEUTE
Auf der Flucht mit
der Mona Lisa

496 Seiten
ISBN 978-3-404-18489-7

Paris 1939. Deutsche Bomben drohen auf die französische Hauptstadt zu fallen. Colonel Pierre Delort, Organisationsgenie der Armee, erhält einen unmöglichen Auftrag: Er soll über dreitausend Gemälde, Statuen und Artefakte aus dem Louvre evakuieren, bevor die Wehrmacht einmarschiert. Schon bald heftet sich ein deutsches Einsatzkommando an Delorts Fersen, und eine gefährliche Jagd durch das ganze Land beginnt. Den größten Schatz trägt Delort stets sicher verpackt bei sich: die Mona Lisa. Und allmählich begreift der nüchtern kalkulierende Offizier, warum dieses kleine Porträt für die Welt von so großer Bedeutung ist ...

Lübbe

Amsterdam und Hamburg im Goldenen Zeitalter – eine neue Generation strebt nach Freiheit und Glück

Sabine Weiß
GOLD UND EHRE
Historischer Roman

688 Seiten
ISBN 978-3-404-18483-5

Nach einem verunglückten Experiment wird Benjamin von seinem Vater nach Hamburg geschickt. Anfangs tut sich der junge Architekt schwer so fern der Heimat. Er wird belogen und betrogen, doch bald lernt er Menschen kennen, auf die er zählen kann – allen voran Lucia, die stehlen muss, um das Überleben ihrer Familie zu sichern. Sie fasziniert ihn, auch weil sie blitzgescheit ist. Als Benjamin von seinem Vater zurück nach Amsterdam gerufen wird, bleibt sie zurück. Kann dennoch mehr aus ihrer Verbindung werden?

Ein großer historischer Roman um den Bau des Hamburger Michels, Krieg und Frieden und die Freiheit, sein eigenes Glück zu suchen

Lübbe